宜　昌
当代地方作家研究

桑大鹏　著

WUHAN UNIVERSITY PRESS
武汉大学出版社

图书在版编目(CIP)数据

宜昌当代地方作家研究/桑大鹏著.—武汉：武汉大学出版社,2023.4
ISBN 978-7-307-23616-5

Ⅰ.宜…　Ⅱ.桑…　Ⅲ.作家评论—宜昌—当代　Ⅳ.I206.7

中国国家版本馆 CIP 数据核字(2023)第 071347 号

责任编辑:朱凌云　　　　责任校对:李孟潇　　　　版式设计:马　佳

出版发行:**武汉大学出版社**　（430072　武昌　珞珈山）
　　　　（电子邮箱: cbs22@ whu.edu.cn　网址: www.wdp.com.cn）
印刷:武汉邮科印务有限公司
开本:720×1000　1/16　印张:25.75　字数:367 千字　插页:1
版次:2023 年 4 月第 1 版　　2023 年 4 月第 1 次印刷
ISBN 978-7-307-23616-5　　定价:90.00 元

序：宜昌当代作家作品的导读及解构

——桑大鹏教授《宜昌当代地方作家研究》品鉴

韩永强

《宜昌当代地方作家研究》是三峡大学文学院硕士生导师、教授桑大鹏关于宜昌作家文学评论的论文集。我有幸第一个读到这本论文集的样稿，用时近一个月，精心阅读了大鹏教授研究活跃在宜昌一线当代作家们的论文，心中充满了感动和敬畏之情，得出的结论是，这是一本对当下宜昌文学现状，进行综合导读及解构而富有学术价值的文论集，对于繁荣宜昌文学创作，具有极大的启示和指导意义。依个人浅见，这本论文集学术上具有以下几个存世价值。

一、论文集具有集合概念的标志性意义

1. 论文研究的作家具有标志性

30 位作家的作品，是宜昌文学界近二十年来代表性作家的代表作品。这些作家组成的方阵，在宜昌作家中具有标志性的领军意义。他们的作品在小说、诗歌、散文、报告文学等各领域所展示的成就，不仅在宜昌、湖北具有较大的影响力，即使在全国也占据着重要地位。

2. 论文评论的文学样式具有多样性

30 位作家列为研究对象的作品，既有小说、诗歌，又有散文、报告文学，涉猎范围广泛。其中小说体裁比例大。小说领军人物韩永明、吕志青、陈刚、阎刚、杜鸿等，他们的作品或者在工业题材上开拓创新；或者对现代生活进行精辟入微的探索观照；或者在历史题材上大显身手。这些作品，有的鸿篇巨制，如陈刚的工业题材小说《卧槽马》，先由《中国作家》发表作品，再由作家出版社推出单行本；有的言简意赅，如杨子峰三五百字一个好故事，刻画一个好人物，作品不断上榜《小小说选刊》和《故事会》；有的小说先行发表之后，影视作品迅速跟进，如杜鸿的数个小说的运作；有的获得业界的一再肯定，韩永明创作的小说无论长中短篇，始发后基本上被小说选刊选本二次推送。

小说家们炙手可热，诗人们绝对不甘人后。以毛子为代表的宜昌诗坛，多年来在中国诗坛占据着制高点。全国有影响力的大型诗歌奖，毛子几乎没有缺席。邱红根诗歌作品遍地开花，小说创作也成绩斐然。

宜昌多年来一直是湖北省散文创作的高地。宜昌市散文学会会长温新阶，出任湖北省散文创作委员会副主任，他的散文集《他乡故乡》获得了全国少数民族文学创作"骏马奖"，他还以"清江水手"之名，以八百里清江为基地创作散文，作品风行全国报刊；有"风情高手"之美称的甘茂华，用散文的样式写尽了鄂西风景和风土人情，斩获"冰心散文奖"；当红女作家朱朝敏，左手写散文，右手写小说，创作的散文有深度，小说有卖点，作品深受编辑和读者喜爱。

报告文学大家胡世全，继报告文学《革命百里洲》获得鲁迅文学奖之后，又推出《药道》《药灵》等力作；刘抗美的《中国有条黄柏河》，聚焦宜昌黄柏河的前世今生，写出了一条河流与一座城市相互交织的命运史。

用随笔的形式解读民国文学史的张永久，推出的随笔文集《摩登已成往事》，还原了民国盛行的"鸳鸯蝴蝶派"的本来面目，被评论界称为"新历史主义"文学解读。

3. 论文集具有"集成"的时代标志

纵观入围这本论文集被评论的作家、作品，时间段集中在20世纪末和21世纪初20年间，作家队伍囊括了老中青三代当下创作活跃的群体。一本论文集在手，可谓基本掌握一个历史时段的宜昌文学状态大致脉络和走向。

二、论文集对宜昌作家作品的导读解构意义

细致阅读这本论文集，可以引发我们对宜昌文学现象的思考，进而繁荣宜昌文学创作。我有理由相信桑教授至少从以下几个方面为我们阅读和理解作家的文本指明了路径。

1. 用概念设置，引导读者进入并体验文本的内核

当下社会浮躁是不争的事实，怎样进入阅读境界，是作家和读者都在寻找的破解方式。陈刚的《卧槽马》是一部工业题材长篇小说，小说具备的文学意义不言而喻。小说既是工业题材而且篇幅较长，如何进入文本阅读，桑教授采用的方法是"设置概念，引导读者进入文本"。用桑教授的话说，"身体写作"是一个已经"锈蚀"了的概念，但是他移花接木，导入"化工题材身体呈现中的'人设'隐喻"这个概念，用一个非常生动而富有暧昧色彩的概念设置，吸引读者努力去认识这个题材中"身体"所代表的内在意义。他在论文最后总结说：《卧槽马》用身体意识统御化工题材，描写化肥厂在时代风云中的兴衰，并植入丰富的人性故事，使"性格"不仅完成了小说本有的人物塑造之使命，更有隐喻化肥厂之初兴、早衰、变革、涅槃的意义提升效果。"身体"的设置为文本植入一种感知题材的具体形象，使读

者得以触摸工业题材的人性底蕴。化肥厂肉身涅槃所抵达的精神境界使文本获得了某种形而上价值。

读到"结语"，我们恍然大悟，原来我们的阅读换一种思路，不仅别有洞天，还可以丰富阅读者的审美空间。

"新写实"是一个颇有热度的文学概念。怎样理解和认识这个概念？桑教授以小说家韩永明为例，做出了解读。他评论韩永明的作品时说：韩永明的小说在对凡俗琐碎以及庸常人生的描摹中展现出传奇色彩。根据学界对新写实作品的定位：第一，关注底层。韩的小说无疑正是大量叙写底层社会，关注个人得失与小人物兴衰，此属新写实主义文本的视域。第二，价值中立。新写实主义小说致力于追求"真实"，并且大量的是"细节真实"，却无意于"本质真实"，韩永明小说同样遵循此道。第三，零度叙事。新写实主义作家的叙事保持克制，原生态显露，质实而真朴，将善恶美丑、崇高卑劣的判读留给读者，构成文本的"零度叙事"。正是在这一点上，韩永明的小说创作与新写实主义显露差异。

用这样的方式诠释文学概念，指向明显而浅近易懂，同时对读者怎样阅读韩永明的小说，提供了帮助。

什么是"新历史主义"？"鸳鸯蝴蝶派"究竟为何流行又逐渐退出人们的视野以至于衰落？中国近代文学史上的这段"历史"怎样解读？桑教授以张永久的《当摩登已成往事》为案例，从文学立论上和文本解读上，给予了回答：重建历史叙事不仅是大量全新文献被发现和记录的过程，而且是在新的时代语境下重新解释事件的过程。这意味着新历史主义的叙事进程就是在语境的转换中不断发现、阐释新旧材料和重建历史文本的过程，故带有历史意味的文学文本因此打上了鲜明的个人印记。《摩登已成往事》站在新的时代语境回望鸳蝴派作家，显然要对他们的存在价值表现出更多的宽容和理解，文本有一个目的：矫正革命文学对鸳蝴派作家的独断性指责和价值偏见，恢复他们应有的历史席位，重新拼接历史的价值断层，使晦蔽的历史真实重新敞亮起来。

《摩登已成往事》回到鸳蝴派作家所处的历史语境中，指出这群旧式文人并不封闭保守，而是积极向域外文学拿来全新的文学与价值精神，塑造本民族的文学形象，成为一批最早向西方学习的中国文人。

这样的评论文字，是对 20 世纪初风靡一时的"鸳鸯蝴蝶派"写作的一种历史认同，也是从理论上对《摩登已成往事》的充分肯定，同时准确回答了"新历史主义"这个命题存在的科学性，对于我们如何从历史唯物主义的认识论入手，从文艺、文学、文化本质意义上厘清已经存在的文学现象十分必要。

2. 揣摩文本，强调地域和民族文化认同的重要

散文写作与小说写作相比，更注重地域文化的挖掘和展示。桑教授评论宜昌散文家的作品时，特别用心关注"地域文化"的概念。

桑教授认为，所有"地域文化"的精脉，都来自对"民族"的认同。他在论述散文家温新阶的开篇就是这样进入正题的：民族意识，是一个作家作为写作主体的身份自认。描写土家族乡村底层的世俗生活，既为温新阶散文提供了一种民族确证，又为其散文涂上了某种浓重的底色，这使他的散文带有一种尘世的烟火气，品味这一道尘世的烟火，可感受其文本深蕴的底层情怀。

有了这个开头，桑教授还觉得意犹未尽，又以温新阶的几个作品为例，进一步阐发他的"民族认同"观点，还列举了以下文字佐证自己的理论：温新阶散文特别关注乡村生活。土家族村社、村民、田野、炊烟是其笔调惯常行进的路径，因此文本不经意间总是流露出浓重的烟火气，升斗小民的点滴得失，凡夫俗子的悲欢离合，柴米油盐的精确算计总是引动作者对底层民众的牵挂。

另一位散文大家甘茂华的出生地在鄂西，他以鄂西风情为舞台，构筑了属于他的精神领地。鄂西地域的山山水水、土家族的人物影像和一栋栋吊脚楼，在他的笔下都风采卓然。

桑大鹏教授对甘茂华的"地域民族认同"是这样理解的：作者与祖居地

的互"看"达到了两种效果：一者使三峡故地的文化意义由隐蔽而敞开，向人、人类敞亮起来；二者是主体自身因地域之历史文化意义的领悟而获得个人宿命式的回归。人与祖居地就如此互相悦纳、彼此促进、共同成长。但富于意志的主体显然并不满足于这种"看"，他还要进入符号意义的重构。

在主体与祖居地的彼此观待、互相悦纳之中，主体不仅领悟民族文化的核心意义，更在这种领悟中烙上自我的印记，开始文化的个体性重构。

桑教授的引导使我们不仅对甘茂华先生的散文作品有了进一步理解，同时对于阅读者中的有心人，在写作探索上，更是一种向深度和广度进军的开拓性提示。

3. 研习语言，探究诗歌文化向度的与众不同

在所有的文学样式中，诗歌无疑是对语言魅力最深刻的呈现。据说诗人毛子没有读过什么书，但是他对语言的理解比饱读诗书的人更能心有灵犀，因此他在诗歌中对语言的运用所产生的文化向度与众不同。他总是用最朴素的语言表达自己的精神世界，他获得了"扬子江诗歌奖""屈原诗歌金奖"等，还斩获了奖金高达十万元的"闻一多诗歌奖"。

毛子的诗歌"语言"，是他在诗歌创作中的利器。但是他对诗歌语言却始终充满敬畏之心。他说："我希望我的语言能穿越和深入到那沉默的地带，得到它的奥秘。但我知道也感受到这里面无数多的障碍，我只能当死胡同走到底。"从这个有点儿宿命色彩的表达中，我们进一步认识到语言在诗歌创作中的举足轻重。

桑大鹏对毛子诗歌语言的运用，进行了理性的导读和解构。他认为毛子为了突破语言与物的符号围困，走向源头，采用了词语裂变与归并的方式，从词语的隐喻、复义、象征视角出发，试图抵达对源头同一性的认知。他说，通读毛子之诗，可知毛子不仅被现实围困，更被语言围困。毛子也清醒地意识到这两种围困本质就是一种围困——符号围困！深陷符号

围困中的毛子要从无数碎片化的意义中，理出一条通往源头或遭遇神性的道路，就只能从其"在握"的母语符号入手。所以毛子对词语的运用不仅有裂变，而且有归并，在归并中找到自己最理想的表达方式。

三、论文集对宜昌文学界的意义

这本论文集论及的宜昌当代作家只有三十个，但对当代宜昌文学界却具有一定深度和广度的意义。

1. 关于地域文化的认知

对于"地域文化"这个概念，很多写作者有点儿不以为然，认为一旦陷入"地域文化"的概念中就有了"画地为牢"的束缚。桑大鹏教授论及的三十位宜昌当代作家，无论是小说家还是诗人、散文家，他们的作品无一不是从自己生活的地域中发现和发掘出来的精彩华章；无一不以与众不同的风采而彰显个性；无一不是运用本地域的母语体系构建自己的话语系统。从这些成功案例中，我们可以确认"地域文化"在文学作品中具有的作用和地位。

2. 关于文学概念的理论认知

部分写作者有认识误区，认为只要有一定的才情和文字表达能力，就可以成为一个出色的作家，这样的写作者，经常忽略对文学理论的学习和认知，所以在文学创作上取得了一定的成绩后很难走远。桑大鹏教授评论的作家，都是在创作中不断学习吸收文学理论知识的基础上，不断丰富、完善自己的积累中厚积薄发的。

3. 关于文学创新的实践认知

桑大鹏教授在论述毛子的过程中，着重从毛子作品的语言体系、思想认知和对世界诗歌创作大格局的把控等多个方面展开，准确无误地告诉宜昌的文学写作者们，文学需要饱满的激情，文学更需要以"创新"为驱动力，只有这样才能让文学之树长青。

这本论文集对于繁荣宜昌文学创作，具有较好的指导意义。但是因为资料收集整理和占有的不丰富，或者其他因素，缺失了"杂文"和"文艺评论"这两个门类，同时对当代宜昌文坛具有极大影响力的几位代表性作家的研究付之阙如，造成的遗珠之憾，令人惋惜。

作为一个文学理论知识先天不足的门外汉，突然之间被桑教授错爱，在鲁班门前弄斧，说三道四，加上本人学识水平和语言表达能力的缺失，必定是贻笑大方，在此祈求桑大鹏教授和各位作家们海涵和原谅。

韩永强

2022 年 8 月大暑于宜昌明月斋

目　录

（以作家姓氏的英文字母为序）

走向小说创作的高地

——《宜昌小说撷英》序

摆在我面前的是一部《宜昌小说撷英》(简称《撷英》,后同),撷英者,优中选优之谓也。我因担任大学"写作"课程讲授的任务,故关注宜昌文学创作二十余年,看着作家们从青涩到成熟,大致熟悉宜昌小说成长的整个过程。以我观之,宜昌文学创作成就至今已蔚为大观,笔者通过本书从诸多方面梳理宜昌当代地方作家的创作成就:

第一,贴近底层,接续地气,直面现实之"真"。毋庸讳言,这是一个目前已受到普遍怀疑的价值标准和创作标准,从学界、创作界的质疑出发,分析出几个值得探讨的论题:对象决定论;题材决定论;价值决定论;良知决定论,种种怀疑指向一系列普遍的反诘:难道底层人天然具备道德优势吗?底层人中不也照样有种种反人性反文化的现象吗?作家创作就一定要描写底层才能达到政治正确、体现创作良知吗?不能不承认,这一系列反问都具备一定的合理性,它们解构了文学的阶级视角,将创作推向普遍的审美表达与人性洞察。撇开这一系列反问包含的合理因素,我们仍然要自问:底层人的生活是不是最大众化的生活?底层人的忧患是不是最具一般性的忧患?底层人命运的波诡云谲、悲欢离合是不是最能折射人性的多面性?底层人的价值坚守与顺应是不是最能隐喻历史传统的走向与流变?

通读该书,笔者发现宜昌当代地方作家经过当代哲学的过滤与净化,早已明智而巧妙地避开了文学的阶级视角,走向了人性与审美的回归,他们通过上述四种自问获具最大公约数、最本质的认知,重新选择审美视角,达到对底层人的重新审视,为读者带来了某种全新体验。如阎刚的

《嫂嫂不哭》写政府办公室副主任刘明银在拆迁过程中对个人情谊的背叛与拯救；温新阶《白太阳》中俞发菊在体制的控引下一路升迁却难挽家庭的破碎；张泽勇《玩蛇的女人》柳幺婆用毒蛇杀掉乱伦的小儿子而后自杀；周士华《不举》中杨老大因嫖娼带来的性无能以及李晓梅《红裙子》中对五代女性苦难的微观透视等，都达到了底层人生活与人性描写的高度逼真效果。"真"是上述小说共同追求的目标，是作家们自觉直面的现实。

为了获得"真"的效果，作家们不逃避、不隐晦、不曲美、不粉饰，故其笔下反映了底层人生活与人性的原貌。因此此系列真实是直指人心的残酷袒露，是超越了阶级视角而直面人本身内外困境的最高哲思。

第二，形式的觉悟与经营。小说具有形式感，或曰作家对小说文本具有高度的形式领悟。《白太阳》开篇叙述民办教师俞发菊住进医院，两天后醒来，脑中出现鲜红的映山红；与此同时，县委办许主任和教育局施局长来慰问，并带来市委书记的表彰和推优决定；而俞发菊极不情愿却又无能为力；平静的丈夫朱成海端来尿盆，准备伺候俞发菊小解。开篇设置了大量的伏笔与悬念，读者要问：这个民办教师究竟是什么人？是有背景吗？是很优秀吗？是抓住了某大官不可告人的秘密吗？她为什么不愿被宣传被推优？映山红意味着什么？她与丈夫的关系如何？等等，这一系列疑问使读者产生强大的阅读兴趣，要破疑就不能不继续读下去，这种戏剧的冲突形式贯穿文本始终，推动读者不能不读下去，因此是一种具备引导力的能动形式。

《慈悲刀》整个呈现出一种"有意味的形式"：小说按照"设悬"与"释悬"的思路运笔，每一个叙事单元都设下悬念，下一个单元既解释上一个悬念，又设下新的悬念，使读者兴味盎然，欲罢不能。最后当萧谷声徒手用慈悲刀的功夫准备杀掉霸占其老婆的父亲萧天林时，小说戛然而止。小说结尾以萧谷声之口写道："别躲，我请你领略下一种刀法，名叫慈悲刀……你也别紧张，我手中没有任何刀器……怎么说呢？慈悲刀不杀人，是救人，它的厉害你早应该知道，可惜挨到今天晚上。"这又是一个悬念：萧谷声究竟会不会杀他父亲？为什么慈悲刀有救人的效果？由于叙述已终止，读者被迫展开想象，完成尚在发育的文本，于是文本有了被二度创作的可能，形式带着巨大的创生能量袭扰读者，读者的创造性想象被激活，同作者一起进入创作之中。"设悬"与"释悬"一般多在侦探小说和武侠小说中被运用，金庸是此中高手，此种形式技巧被用于社会人情小说中尚不多见，但其效果恰恰惊人，作者深得小说三昧。

《红裙子》讲述五代女性的苦难故事，作者打乱线性叙事的固有进程，分别独立叙述四个女性的故事，但她们之间的关系是逆向而跨代的。四个静态文本并置，古拙而灵巧，分别折射了具有血缘关系的四个女性在不同时代遭遇的标志性苦难：玉珠 20 世纪 80 年代被拐卖又自我卖身，被兄弟共妻，因卖身而性病缠身、下身腐烂；20 世纪三四十年代的苦女先是被继父强奸而生下一女，因不能养活而抛弃，继而在煤工、猎户、弹花匠之间被不断转卖，每任丈夫都死于非命，最后出于自愿嫁给一位军人，不幸军人死于抗美援朝，儿子溺毙于古井；美朵 20 世纪 50 年代与根正苗红的生产大队大队长儿子热恋并诞下私生女，出于阶级斗争、道德谴责和普遍饥饿的恐惧将私生女送人，自己焚身而死；20 世纪 90 年代的思晴背负着家族四代人苦难的痛苦体验，考上大学而无力就读，只好加入当时盛行的民工潮自谋营生，微贱如一根野草。四个女性五代人（苦女的母亲没有正式出场，但文中有隐叙）的故事虽各自独立，但文本的布局曲折回环，构成镜子式映照的功能结构，具体而微地照映出中国大半个世纪的历史，是历史的微缩与隐喻，是"有意味形式"的别样形态。

《嫂嫂不哭》的最大形式特征就是"穿插"，穿插既是一种写作技巧，又是一种形式经营的技巧。小说以拆迁补偿故事为主体叙事，共用了五次穿插：我（王建民）与哥嫂一家关系的穿插；我与县政府办公室副主任刘明银过往情谊的穿插；我与同窗田秀丽爱情的穿插；我与田秀丽儿子吴红平关系的穿插；吴红平暴打拆迁流氓最后却协助拆迁的穿插。这五次穿插的运用，丰富了故事主干，使文本旁枝斜逸、枝繁叶茂、更加饱满。阎刚的小说向来善用穿插，如中篇小说《家惠的战争》因多重穿插，几乎要压倒主干，但作者最后还是扶正叙事主体，使故事能够被继续讲述，这是一种功夫。清代李渔、现代鲁迅都主张穿插要慎用，阎刚无疑在用险招，但他成功了。他的穿插达到了目的：使文本更加茁壮。

第三，感觉的恣肆与隐秘心理发微。写感觉，是作家的本分，不如此，则不足以写活芸芸众生的生命体验。而感觉的描写，往往最具考验力度：考验作家对自我对环境是否敏感？能否准确抓住活跃的细节？能否深入人物内心进行微细的体认？心理感觉的细节描写往往是人物是否具有立体感的衡量标尺，感觉描写充分的文本往往元气充沛淋漓。杜鸿的《蛙鸣如潮》可试一观："荷叶之下，不知是哪来的几只土山蛙，一开始小心翼翼的，怪腔怪调的，若有若无的，在鸟叫的合鸣里，来那么几下，如同以往在静静的池塘里，扔几颗怪头怪脑的石子，哇哇，喀喀，瓜瓜，咯咯，叫上几声，惹得人正耳去听时，它们又全然没有了一丁点儿的声息"——这是从主角袁世楷的视角感受蛙鸣如潮，隐喻故土将要迎来的繁华。作者从听觉上写蛙鸣汹涌，鸟声和悦，水塘寂寂，林木葳蕤，有动静，有生命，有层次，有想象，果然是元气淋漓！

感觉的微细之处可深入人物隐秘的内心，将此隐秘心理予以开掘，为文本营造巨大的想象空间，带来读者二度创作的可能。邱安凤短篇小说《紫盒子》作了尝试：主人公丁香准备抛掉一个装有73封前男友情书的紫盒子，以诀别过去的爱情，专心经营现在的家庭，但事情每不如意——抛到垃圾池，嫌脏；想从山顶抛到森林里，但野草灌木遮蔽了上山之路；想抛到洪水滔天的大江，然而暴雨狂风，不得成行；想直接划火柴烧掉，但大风吹灭了唯一一根火柴，学校小卖部又关门，无法再买。读者要问：她真想抛弃紫盒子吗？带着这种疑问细读文本，读者会发现，丁香虽与前男友有过龃龉，但内心其实十分珍惜那份纯真的初恋，并不想抛弃紫盒子，每一次遇到的"阻碍"不过是在为自己寻找借口而已。后来紫盒子干脆遗失，丁香极力寻找，一方面是怕丈夫发现，另一方面也觉得未尝不是一件好事。小说结尾写道："在多年以后的这个春天，呈现在丁香面前的，没有良田，没有房屋，只有疯长的野草。在那绵延不断的荒芜里，根本看不出哪里曾是埋葬紫盒子的地方。"紫盒子遗失到无影无踪其实是一种最好的方式：既没有被丈夫发现，又是对自己多次无法抛弃的交代，更可使自己免于忘掉初恋的内疚。小说对人物内心的体认极为隐微，是感觉精细化的结果。

第四，经典道路的坚守与创新尝试。恩格斯通过阐述"胡斯塔夫式背景"提出了创造典型环境中的典型人物命题，此后成为作家们尊奉的圭臬。他本是通过归纳19世纪俄、法、英一大批批判现实主义作家的经典作品和成功创作经验而提出的，具有普遍指导意义，是现实主义文学的创作、审美、评判准则。《撷英》中大批作品可归入此类，如王永红的《逮鱼》、张泽勇的《玩蛇的女人》、虹珊的《豆花嫂》、马桂兰的《卧底》、阮仲谋的《位置》、牛海堂的《颈椎病协会》、周士华的《不举》、陈孝荣的《愚人岛》、吴宏旭的《三憨子》、张会芬的《孤独少女》等。

王永红用方言写成的《逮鱼》描写主人公水猫子为了逮住娃娃鱼到郑家河棺材潭放钓钩，当夜大雨倾盆，洪水泛滥，郑家河遭遇百年不遇的洪灾。作家为了塑造主人公性格，为其设置了恰当的人文环境与自然环境，使人物性格与环境天衣无缝、妙合无垠，读者从人物性格中可看到合情合理的环境因素。张泽勇《玩蛇的女人》开篇用大量笔墨描写界岭的原始荒蛮和独立不羁的野性，以及远离开化文明的边地风俗，隐喻柳幺婆坚守传统伦理的信心与固执，为后文柳幺婆用毒蛇杀掉乱伦儿子提供价值观的合理性，是环境与性格的高度统一。虹珊的《豆花嫂》写了一个名叫吴琼花的单身农村妇女来到城市和儿子团聚，因为自己的拿手本领制卖白豆花因而结识了退休老教授爱因斯坦和同样生活在城市边缘的李老头。爱因斯坦正直不阿，但也因此引来了不少非议和麻烦。最终是让豆花嫂吴琼花选择了离开，带着奇丑无比的李老头重又回到了乡下生活。这是虹珊的一个心结。她的作品里多次表现出关于城乡二元对立的思考。吴琼花带着一个丑陋老头的离去，无疑是将这一主题进一步放大。她似乎是要解答城市化进程中乡下农人究竟有多大的生存机会。从这个意义上说，《豆花嫂》这部小说的问世就有十分肯定的现实意义。马桂兰《卧底》写"我"为了帮强哥拿到汤卤的配方，以打工者身份到汤卤名店打工，小说写餐馆厨房、寝室的混乱设

5

置，餐馆人物关系，强哥每况愈下的生活轨迹，最后将一个居于社会最底层歌女的性格写活，而相关环境无疑是此种性格成长的土壤。阮仲谋《位置》写基层官场：县委办公室副主任李祖光想通过下乡扶贫升上正职，但遭遇周围暗流汹涌的人事关系困扰，感觉人心难测，处处陷阱，正在李祖光心力交瘁、万念俱灰、无意进取时，却传来升职的消息。严格说，李祖光正是一个久坐办公室、被体制同化的基层官僚，他的工作并无创造性，为人也不太坏，政治上虽不敏感但也并非毫无作为，还是一个略有良知、讲求孝道、因循守旧、中规中矩的俗人，这种俗人唯有相应的体制环境方能培育，"人是环境的产物"在李祖光身上得到了切实的印证，小说与刘震云的创作具有同一理趣。周士华的《不举》写农民工杨老大嫖娼被民警抓获惊骇而丧失性功能，并无主见的杨老大受民工们蛊惑要起诉当地警局，他被老板赶出建筑工地后，又为一杀狗的屠夫打工，筹齐了诉讼费和法医鉴定费，结果官司还是输了。杨老大具备底层农民工的主流性格：谨慎、小心、勤劳、没有主见、易受蛊惑、精于算计、习惯于为自己的缺点寻找外因而不是自我追责，小说为这种性格设置的环境与主人公性格极好地互相印证，获得了经典命题（双典型）的经典形式。陈孝荣《愚人岛》写办公室主任蒋练被降为副主任科员后，心生去意，恰好同学商人彭林超邀请他到公司任职，蒋练递交辞呈并心情雀跃，准备绝地反击，不幸传来彭林超行贿被捕的消息，蒋练万念俱灰逃到多次聚餐的世外桃源愚人岛打工，一年后反倒心宽体胖了。自由的精神与自然环境使逃离体制的身心健康成长，这是一种隐喻，是对环境的正面书写。吴宏旭的《三憨子》、张会芬的《孤独少女》也是对双典型的印证并各有千秋。

与上述经典道路的坚守相呼应的是某种创新尝试，这些创新在写作方法和写作理念上体现出来。宋离人短篇《午后》表现我（杜桑）与妻子刘雅静和情人简贞之间的情爱纠缠关系；刘雅静与富商之间的婚外情关系。全篇将意识流与传统叙事方式相结合，用意识流铺叙主人公心路历程，回忆、联想、梦境、意识碎片连缀成故事流程，物理时空因意识的干预而具有流动的精神色彩，成为主人公命运流变的精神心理符号，是意识流手法的集中运用。意识流自 19 世纪末西方作家伍尔夫、乔伊斯、福克纳、普鲁斯特等人的运用后传入中国以来，中国作家的运用并不多见，王蒙(《春之声》)、谌容(《人到中年》)、池莉(《你是一条河》)在作品中曾有部分运用，但都没有大用，故宋离人的意识流手法仍可视作一种写作方法颇见成果的有效尝试。

胡兴法《我在这个秋天回来》完全是对小说经典理念的突破。小说的经典理念是塑造人物性格，环境只是陪衬，是为创造人物性格服务的，不可能成为主体表现的对象。但胡兴法反其道而行，将"我"秋天回家历经的整个自然时空环境作为描写的主体，荒村、铁瓢、野草、包谷承载故事进程而一路流动，人物性格本是空性，并非作者预设，因"物"的到场而显现色彩、而"凝结"，并最终现形。换言之，性格是环境的次生物。这是一种颇具新意的写法，是一种有效的创新尝试。

第五，小小说的特立独行之姿。这一领域以杨子锋的系列小小说为代表。一般人大多推崇鸿篇巨制，或精力不济写成中篇，而对千余字的小小说置之不顾，视其为初学者的入门练笔习作，如同武学的入门功夫，焉知此种"入门功夫"正是原发性基础。据笔者有限的知见，英国、日本作家的小小说具有世界影响，不知中国作家出于何种心理轻视小小说？幸好有杨子锋在寂寞中的实践探索，算是对笔者"有可能"是错误判断的一种反证。以下分析杨子锋小小说的系列成就。

《笔误》写曾为美丽空姐的何小姐被某大公司聘为礼仪培训师，被单身的总经理私下钟情，并不知情的何小姐一个月后拿到总经理签发的培训劳务费付款单到财务处提款，却被财务处处长黄小姐发现总经理的签名写成了何小姐名字，黄到总经理办公室要他改签并告知何已婚，总经理的失意跃然纸上。全篇通过笔误将某种暗恋与失意写得隐微细致，却并无一字着笔于此种情愫，读者只能透过已经写出的细节去体认，胜过鸿篇巨制的大段告白，正所谓"不着一字，尽得风流"，含蓄而蕴藉，有国画"留白"的想象效果。

《地主冯守德》写地主冯守德土改时被批斗，上台"揭发"的农民居然尽说冯守德如何如何借给人粮食并最后撕掉借据，并不许人宣传，批斗会只好不了了之；更有调查发现冯曾借给解放军大宗钱粮，民政局欲偿还本息，冯的后代按冯的嘱托将借据在坟前烧化了——"替我说，不用还了"——家传厚德代代流芳。小说并没有正面写冯的慷慨厚道，全是通过旁人的追忆或政府的严格调查而凸显，其笔致居然能够在小小场地（千余字）闪转腾挪，自由舒张，谈何容易？

《风斗》写徐姐老公的关门弟子望叔在师傅临终时帮忙做完尚未完工的风斗，他在风斗中加了一个暗格，并以自己生产队长的特权决定风斗归集体所有，由徐姐家保管。生产队每次使用风斗时，暗格中接满了米粮，徐姐一家以此度过了饥寒交迫的艰难岁月。徐姐儿子虎子不知真情，每次风斗被使用时坚决反对，徐姐临终坚决要求当面看见风斗被烧掉，望叔临终告诉虎子真相，虎子兄妹几家大梦初醒，为望叔披麻戴孝，圆成后事。全文写艰难时世中的感恩传统和令人心酸的代际隔膜，主题绝对宏深，运笔绝对微细，"四两拨千斤"，扬眉瞬目而芳华毕现。

另有《没装满的坛儿》《烟瘾》均可圈可点，此不多及。

小小说虽曰短制，但创作界并没有为其特别开恩允许小小说言不及义，照样要求小小说遵循经典理念塑造性格，故此小小说要写好其实至为困难。笔者前几年读杨子锋的小小说，其规模尚有两千余字，今已微缩到千余字，而仍有性格或文化主题，可见作者在挑战自己。笔者预感若假以时日精研精磨，杨子锋的小小说将来会在国内占有一席之地。

总之《宜昌小说撷英》在形式、理念、创作手法上的成就是有目共睹的，其间有继承、有坚守、有创新，形形色色，各显其能，非可一语道尽，笔者只是抛砖引玉。据了解，宜昌市小说学会此后每隔几年计划出一部《撷英》，笔者有理由期待上述作家有更好的成果并有更多的新人涌现。

"身体"的另一种形貌

——陈刚长篇小说《卧槽马》叙事的"肉身"隐喻

身体写作，曾经是创作界的时尚。十余年前，棉棉(《糖》)、卫慧(《上海宝贝》)、九丹(《乌鸦》)、林白《一个人的战争》、木子美(《遗情书》)等人曾在后现代女性主义的名义之下掀起身体写作的前卫热潮。身体，在这群女作家的作品中呈现三种形态并分别被三种叙事驱动：身体：自然主义叙事；肉体：窥阴叙事；裸体：欲望叙事。身体而且主要是女性身体被她们细细打磨成无穷自我指涉的道具和欲望化符号，学界视之为"下半身写作"。她们的写作并不是拯救了女性身体，反而是迎合男性猥琐的眼光使女性身体进一步沉沦，媚俗意味俨然。

十余年过去，此类写作已趋于沉寂，但此类文本提出的"身体"概念却得到了深远的回响并愈来愈显示严肃正面价值。身体，作为承载人类现实生命并将生命运抵死亡彼岸的资生之具与价值符号，已被学界、创作界用以领悟万物深微意义、把握宏观对象的工具。身体在文学文本中若隐若现，富于质感的"肉身"一转而成具有隐喻对象意义的文学意象。陈刚长篇小说《卧槽马》①就摆脱了肉身的窥阴叙事，显示身体叙事的正面价值，"身体""肉身"成为其把握表现对象的具形感知渠道。

一、身体初验"缩地神通"

作家陈刚对具像的身体、肉身有特殊的感知，他可将众多意义凝聚在

---

① 陈刚：《卧槽马》，北京：作家出版社2019年版。

身体作出微细的体认，描述身体承载的生命意义与时代意义，甚至对抽象的意义作出透彻的具像把握。小说开篇叙述农民王友忠在父亲授意下向公社书记告密自己父亲王谋远是特务，公社书记发动批斗会，人们看到了公社书记的身体。

> 书记站在台子中央讲话，臂上箍着红袖章，手上拿个小红本一扬一扬的，像在打着拍子。下面开始有人在议论，说书记以前是个佃农，农闲贩点篾货，去山里卖篾货正碰上闹农会。篾货没卖出去一件，饿得两眼翻白，心一横也跟着去闹革命。一闹闹成了革命家，现在当了大干部。据说天天吃猪肉，肠子都让猪油给糊住了。大家又看他的腰，果然很粗，肚子鼓得像孕妇。忍不住再摸摸自己装满糠菜屎的肚子，里面发出一阵咕咕的叫声。

书记的身体凝聚了时代、政治、身份、阶级、权力、人性等多重意涵，究极而论，是一个权力和时代的身体，这个权力身体浓缩了太多意味。中国古典小说中描写神佛，时常提到一种"缩地神通"：某位神人在前面小步慢行，你怎么也追不上，神人虽是小步，其实每一步都浓缩了大段空间距离，此之谓"缩地神通"，《封神演义》《西游记》，以及众多佛典故事都有描述。

陈刚也在使用"缩地神通"，他使书记身体释放出太多繁复意义，读者从中领悟政治、权力、时代、身份、人性意义，具像的与抽象的意义一体向读者灌注，读者看着书记身体就看到了一个时代，目击了权力异化的结果，具像身体实证了抽象领悟。

此种"身体意识"在随后的化工题材中被切实运用。

二、化工题材的身体呈现

《卧槽马》表现一个军转民之化工厂的前世今生和不断死而再生的历史

命运。不具备任何感性意味的化工题材如何进入文学领域，激活读者的文学想象？作家巧妙地避开工业题材的生硬冰冷，引入此前女性主义写作中已然锈蚀的"身体"概念，向"身体"注入正面价值，为杂多破碎的工业题材赋予某种感性的具像，以此具像作为引导作家把握题材的具形化道路，并为读者设置一种感知陌生题材的具体形象，触摸工业题材的人性底蕴，完成对象的表达，使《卧槽马》最终成为国内表现化工领域之不可多得的惊艳文本。

化工厂是有身体的！这是作家前置于题材中的固执理念。正因为有此理念，所以作家下意识地十分重视描述化工厂在每一阶段的形制、形貌与名称，为自己也为读者提供一种具体可感的认知与想象理路。

化工厂的前身是一个生产硝铵的军工厂，坐落于山脉环抱、中有河流、形如撮箕、名为"卧槽马"的群山之中，军工厂的形制就是转产之后化工厂的最初形制：

> 沿着山的褶皱圈了一片地，竖起了一排排硕大的火柴盒一样的厂房，还有几根伸到了云端里的烟囱。门口挂一块牌子，中国人民解放军第505军工厂建设指挥部。半个卧槽马现在都变成了军事禁区，站岗的人端着冲锋枪。这里将兴建一个年产十万吨硝铵的军工厂。

文本详细描述军工厂在卧槽马山地的分布样态，就是给出化工厂最初的身体形态，这个"身体"上将上演精彩动人的故事，演绎悲欢离合的人生，并随着波澜壮阔的历史进程历经迭变，领有不同的名称，每一个名称都成为化工厂历史生命和变化着的身体的表征。正因为有了身体，杂多而冰冷的工业题材才具有温度，形形色色的个体故事才有发生的起点，性格和形象有了实在的依附，曲折的历史进程才有流变的渊源，故"身体"能将一切意指、意谓成功凝聚。

化工厂由军工转民用而来，它领有的第一个名称是"峡湾地区化肥厂"，表明它将秉承时代转轨的使命，瞄准农业，提供农用资具。为适应

11

此一名称，作者不失时机地给出了转型后化肥厂的"身体"样态：

> 黄政勇又陪着领导们去看现场，从煤场到包装，沿着整条生产线参观。看熊熊燃烧的炉子不停地吞食着黑色的煤块，打嗝放屁一样把废气喷出来，一朵朵蘑菇云从高大的烟筒里腾空而起，像一片祥云飞向蓝天……大家兴致盎然地看雪花一样晶莹剔透的白色碳铵，在包装皮带上唱着歌、跳着舞，每个人的心也都在唱着歌、跳着舞，幸福像花儿一样开放。白天是运煤的拖肥的汽车鸣笛声，倒卖化肥指标的叫卖声，工厂的高音喇叭声，装卸工人夸张的嘿嗨声，都顺着烟筒与天空低垂的白云连在了一起。到了夜晚，压缩机传来的震颤声，破碎机发出的崩裂声，鼓风机吐出的轰鸣声，齿轮咬合的咯吱声，电焊弧光的刺啦声，砂轮机的金属切割声，尖厉的，粗犷的，间歇的，持续的，浑厚的，突然迸发的……各种声响合唱在一起，万声鼎沸与满天繁星遥相呼应。

作家从音、形两个层面塑造化肥厂的身体样貌，表明这个身体的年轻、活力、功能强大，化肥厂正如初生的少年身体，青春、无畏。作家将抽象的时代使命落实在化肥厂具体的身体行动之中，使富含坚硬理性因素的工业题材获得了文学的感性形式。

此后，"峡湾地区化肥厂"由于效益突出，无数人削尖脑袋挤进来，工厂从 800 人迅速增长到 4000 余人，管理人员超过一线工人，机构臃肿，人浮于事，腐败丛生，效益亏损，化肥厂身体也随之变异成臃肿、低效、残喘、破败，"少年身体"提前老化：

> 厂区的大道两侧，全是停产了的车间厂房，门上挂着大铁锁，风一吹咣当咣当地响，窗户上的玻璃碎成冰碴子，尖利的锐气还在。生产线被空气腐蚀得斑驳陆离。有个工具箱掉在地上，露出一张 1976 年油印的简报，有不少繁体字，标题是大干快上争上游，报眼里是黄政勇

手写贺词的影印件。医务室的地上还有打过点滴的瓶子，滚在地上，东倒西歪。工人文化宫的舞台，塌了一半，还有一半斜着，台下的座椅也缺胳膊少腿的。一片枯叶在夕阳里的风中盘旋，凋敝的厂区越发显露出一派荒芜景象。

可以看出，作者依然以"身体"为线索来感知化肥厂行将倒闭的破败气象，无论是无意还是有意，"身体"都是作者认知和叙述化肥厂命运的有效而具体的实证印迹。

臃肿而低效的化肥厂不堪忍受行将就木的恐惧，终于迎来改革，改革的理路就是停产、清理、减员、增效，改革后的化肥厂又领有了一个新的名称"泰丰化工责任有限公司"，股份制企业意味着化肥厂的利润已与员工利益牢牢绑定，化肥厂带着无数人的利益期望得以重生，化肥厂的"身体"虽打满了利益诉求的符号印记，但也有另一种精神因素被植入：

> 如果卧槽马的街道像一条大河，那么沿街的铺面则像春日旺发的螺蛳挤挤挨挨，街面行驶的车辆如往来穿梭的船只，不断地泊进化肥厂的港湾。这样厂大门就宛若大河上的码头了。现在大家惊奇地发现码头上的门脸有了变化。化肥厂改称泰丰公司后，在大门两侧涂刷出两块巨大的白色影壁，仿佛打开着的另外两扇门，上面规规整整题着"厂兴我荣，厂衰我耻"八个大字……沿厂区大道两侧插满了彩旗，迎风招展。厂区里挂了许多标语。泰丰是我家，我爱我家。不要向钱看，更要向前看。员工要忠心，效益是中心。打开清廉的前门，关牢腐败的后门。一条又一条，参差肃穆地从办公楼一直挂到了车间。

所谓"厂兴我荣，厂衰我耻"的荣辱观、"员工要忠心，效益是中心"的忠悖观、"打开清廉的前门，关牢腐败的后门"的廉腐观，都是将利益诉求作出伦理化的表述，以合于国人的文化接受趣味与意义领悟之思，为利益诉求设置文化伦理的围墙，为干部们注入抵御糖衣炮弹的意志力量，企业有了文化，有了精神，有了凝聚力，干群合心合力，使化肥厂的利益身体具备了精神含量，此之谓"重生"。

与此同时，重生后的化肥厂开始关注成本和效益，化肥厂的"身体"将迎来涅槃式的再生。公司总经理吴英俊带团考查了国际 YH 化工在内蒙、新疆的两个子公司，见识了国际化工低成本高效益的整个设备、生产、管理、环保体系，叹为观止，团队决意与 YH 国际联合，从头到脚翻新泰丰，彻底推倒原有体系，以效益为目标，从重新选址、管理、设备、生产、环保上打造全新的泰丰，最终使其成为上市公司，此时化肥厂又领有了新的名称"YH 泰丰联合化工公司"，于是化肥厂又重获新的"身体"：

> 政府在离卧槽马五十公里的地方规划了一个几十平方公里的化工园区……一个年产值五百亿的化工企业拔地而起。园区新建了配套的生物刺激素研究所，测土施肥技术中心，水肥一体化实验室。宽阔的马路，高耸的烟筒，林立的塔罐，涂着各种颜色的管道蜿蜒盘旋，花草树木点缀其间。这是一座花园式的现代化工厂。特别是轩敞的大门口还种了几树芭蕉，长势尤为喜人。

化肥厂身体终于抵达涅槃之境。它有全新的地址、全新的功能、全新的存在方式(中外联合)和运作方式(上市)、全新的环保样态，涅槃之身已舍弃了旧时的所有身体形式。作者显然对此涅槃之身充满期待，试图让此身体辉映美好的未来。我们可以看出，化肥厂身体与其命运紧密相关，一同迭经变异。每一次变异而来的肉身都在表证着化肥厂的实体意义与历史遭遇。化肥厂早期的简陋，少年时代的年轻和早衰，青年时代的密实而低效，以及中年时的化蛹为蝶、涅槃重生，都是在时代的催迫下寻生避死的结果，与四十余年改革开放中的个人、群体、企业、社会演绎着同一命运，故化肥厂的身体变异成了一个时代的隐喻。

三、肉身变异的"人设"隐喻

小说描写化肥厂不断绝地重生，隐喻时代风云，企业的动荡一定关涉到个人生活。但文本的主旨是集中于化肥厂的命运，个人是被动因应化肥厂的死而再生，虽然其中个人也有自主行为，但由于个人自主是应对化肥厂的历史遭遇，这就使个人行为成为隐喻化肥厂肉身变异的动态符号。如此，文本就有两重隐喻：人的动态隐喻化肥厂每一次身体价值，化肥厂的曲折历史又隐喻时代命意。

化肥厂从军工转民用时，市委和企业都是一片茫然，不知军工企业转向民用企业的何种功能，但军转民的消息早已在厂里传开，在厂长黄正勇到市委领受转产投产任务时，厂里各色人等本着"投产就是投资"的理解也开始了形形色色的"投资"，供销科长姜大民长袖善舞，谐媚软熟，善体上意，情商很高，知道最有效的投资就是投黄正勇之喜好，他弄到一只腊猪蹄到指挥部炖煮，等着黄正勇从市委回来大醉一场——黄正勇的满意程度将决定自己能否被重用；不知就里的技术科长吴英俊闻香而至，吴英俊是厂里唯一的化工专业大学生，与谐媚软熟的姜大民素不相能，他对军转民有清晰的思路，决定用自己的转产理念影响黄正勇的决策，二人各怀心事。毫无军转民思路的黄正勇回来，一眼看中吴英俊的图纸规划，大喜过望，决定按吴的思路转产投资，吴英俊投资成功了，但姜大民也同样受到重用，二人俱各得享所愿。化肥厂兴建晚期出了人命案，马海松、胡远成从吊塔摔下而亡，二人弟妹马海霞、胡远方被化肥厂安排顶班，他们无意间用生命为自己弟妹投资了前途与未来。

小说第一章名为"投产"，投产就是预投资。小说为了叙述军工厂转产化肥厂的身体形态，将纷繁的头绪用"投产"提炼，一体概括。一方面描述工厂从百废待兴走上正轨，一方面叙述复杂人心，各色人等都在化肥厂预投的影响下进行自己的"预投"：姜大民的人情预投；吴英俊的知识预投；马海松、胡远成无意间的生命预投；还有小说述及的无数人预投。人性在

15

种种"预投"中千殊万类，斑驳芜杂。他们的预投将使工厂最终的身体命运和价值取向别有意味，如此，人的活动就成为企业肉身的"人设"隐喻。

初建的化肥厂带着一切新生事物的锐气一往无前，效益突出，福利优厚，但也浪费严重，无数人想方设法挤进化肥厂，乃至各大领导都写便条往化肥厂安插亲友，化肥厂进入无序扩张，"化肥厂慢慢变得越来越像印度火车，每个部门就像每节车厢，座位早就占满了，过道里是人，连车顶上也密密麻麻地挤满了人"。不仅如此，人们心态失重，物欲横张，与周边卧槽马居民关系日益紧张，于是新建的化肥厂在走过短暂的辉煌后从里到外、从形制到神魂过早进入衰败。为表现此"衰败"主旨，作者叙述胡远方辞掉化肥厂工作，凭一身蛮力做成卧槽马黑老大，设计搞残夜色玫瑰歌舞厅老板于天文，霸占了于天文的产业和老婆马雪花；叙述王怀亮与马海燕在磅房里偷情被老婆马海霞抓奸而鸡飞狗跳；叙述厂外的供应商经销商背着成捆的钞票，拿下了化肥厂各级干部，塞进劣质煤炭和大堆假冒伪劣用料，导致机器故障丧生失命，原料质检科艾新华被迫顶缸入狱；叙述化肥厂最终效益亏损，工资无法兑现，只能向员工许下一堆白条。等等等等。化肥厂在残喘中终于停滞不前，而前述种种劣迹都表明化肥厂的衰败其实是人的衰败。道德败坏、欲望横张早已超过了企业的承受能力，企业的臃肿、低效、残喘、死亡精准地对应着人性黑暗，人性之不受羁勒再次成为化肥厂肉身变异的"人设"隐喻。

凡事衰至极处，要么寿终正寝，要么迎来反弹。面对企业死亡、全员断炊的恐惧，化肥厂被迫"改革"，市委和化肥厂选择了主动激活反弹机制，他们采取解构、消肿、盘活、增效的思路，首先解除黄正勇厂长职务，把他调到市委，推举技术处长吴英俊任总经理，使全新的纯技术思维得以贯彻，改革、削减、合并庞大的管理机构；砍掉转包了医院、学校、招待所、商场、文化宫以及其他辅助岗位；领导家属一律退居二线；按年龄、学历、资历、能力排名打分竞聘上岗；买断工龄，下岗分流，裁汰的冗员重新安置或自主择业。吴英俊的技术专长和供销处长姜大民多年经营的人脉此时强强联合、相得益彰。总之，一切以效益为目标，打破官本位、大锅饭形制，让企业轻装上阵，重塑企业肉身。

改革是痛苦的，必将触动部分人底线而激起反弹，但企业在求生意志驱动下更要从死亡绝地中反弹。小说叙述李大威上演跳楼的闹剧，保卫处长张建新顺势弹压了以楚大银为代表的下岗反弹群体，将人群的不满消弭于无形。两种反弹相向而错位，同质而龃龉，"人设"至此具备了一种反讽性困境隐喻。

绝地反弹的改革使化肥厂获得重生，重生后的化肥厂被灌注文化与精神力量，为因应此"重生"之义，小说重点设计了马雪花和黄正勇的故事。早期马雪花因倾慕胡远方的孔武有力，放任胡远方用车祸摔残自己丈夫于天文，引狼入室，但与胡远方多年媾合后，终于不能忍受胡的残忍虐待，她看透了一个强大身体里的道德低下、心性凉薄与精神荒芜，怀恋丈夫的温柔体贴，每日尽心服伺呼唤植物人丈夫，终于把丈夫唤醒，请来警察逮捕了胡远方。此中有两种重生：马雪花的心灵重生和于天文的生命重生。小说又叙述退休后的黄正勇在酒宴上被人讽刺自己对化肥厂垂帘听政，气急之下心脑血管病爆发，安上血管支架之后倍感生命宝贵，决意今后减少与化肥厂的联系，免遭物议，这是价值取向的重生。故小说用生命重生、心灵重生与价值取向重生表证化肥厂肉身重生，表里相应，"人设"至此走向精神隐喻。

如上，小说描写化肥厂在时代境遇中的初生、衰败、改革、重生的历史命运，向其中注入预投、人性丑陋、困境突围和精神重建的价值意义，使人性与人的生活成为引导化肥厂命运的核心力量，"人设"达到了对化肥厂的多重隐喻效果。

四、再生：老鹰自我救赎的肉身涅槃

泰丰化工公司虽绝地重生，但时代语境不容许化肥厂悬停于重生的自得自嗨，就此止步，很快国家取消了优惠电价，煤炭价格上涨，化肥又因供过于求价格下滑，环境污染和罚款整改的通知使企业焦头烂额，成本过高而效益低下的现实再次逼使化肥厂在完全放开的市场经济中突围求生。吴英俊带团现场考查了黄正勇之子黄祖华就职的国际化工公司，从对方低成本高效益的视角反观化肥厂的高能耗低效益，简直如弱鸡！吴英俊决心不仅要带着化肥厂在残酷的市场中突围，更要将化肥厂运抵产业升级、自由发展的涅槃之境，他们最终决定与黄祖华的国际化工联合成立"YH泰丰联合化工公司"。一则"老鹰蜕变"的故事使吴英俊深受启示，他将此故事与赋闲在家的黄正勇分享，意思是请黄正勇调动各种官场资源，成就自己的理想：

> 吴英俊放松了语气，说老鹰是世界上寿命最长的鸟类。它一生的年龄可达七十岁。但要活那么长的寿命，它在四十岁时就必须做出困难却重要的决定。当老鹰活到四十岁时，它的爪子开始老化，无法有效地抓住猎物。它的喙变得又长又弯，几乎碰到胸膛，难以捕食。它的羽毛长得又浓又厚，翅膀变得十分沉重，飞翔困难。它将面临两种选择，一是等着饿死；二是通过蜕变获得重生，但要历经漫长的痛苦磨炼。它要努力地飞到山顶，在悬崖上筑巢，停留在那里。先用它的喙击打岩石，直到喙完全脱落。然后静静地等候新的喙长出来。再用新长出的喙，把厚重的趾甲一根一根地拔出来。当新的趾甲长出来后，又用它把羽毛一根一根地拔掉。五个月以后，新的羽毛长出来了，老鹰开始飞翔，重新再过神鹰一般的三十年岁月。在我们的生命历程中，有时候也需要做出困难的决定，像老鹰一样，使得我们可以重新飞翔。蜕变是人生前进的一个过程。现在化肥厂就面临着这样的抉择。说完，两个人陷入短暂的沉默。

老鹰蜕变的故事意味深长，正是化肥厂肉身滞重和市场困境的现实写照，也意味着化肥厂面临艰难抉择。如此说来，"老鹰蜕变"就是化肥厂涅槃再生的绝好隐喻。黄正勇感激于年轻一辈的雄心壮志，不遗余力地帮助吴英俊转圜疏通各种人事关系，吴英俊终于如愿以偿。YH泰丰联合化工公司迁移新址、增加设备、创新功能、环保节能，花园工厂适时诞生，一个全新的具有国际品格的化工公司摆脱了政府的抱养扶持，终于能够自由自主地搏击于市场经济的残酷世界，是谓之化肥厂的"涅槃"。

为悟入化肥厂突围与涅槃的精神旨趣，小说继续"人设"理路，看似顺理成章实则别具匠心地设计了刘梦娜、艾新华、马海霞、黄正勇等人的故事，应和着化肥厂肉身的突围与最终涅槃。

刘梦娜：姜大民过世后，妻子刘梦娜感觉生无可恋，黑沉沉的人生了无生趣，"姜大民离世后好长一段时间，刘梦娜仿佛陷在一个泥潭里，感觉窗外的风景离她很远，繁华人生都如戏里的各种秀。每个场景都形同虚设，每个人都像幻影，迟早都会被烧掉，世界不过是一堆热闹的巨大灰烬"。妹妹刘招娣多方设法开解刘梦娜心结，终于想到用刘梦娜儿子重新激活姐姐的生活热望：

> 她捏着刘梦娜冰冷的手，轻言细语地说，姜军还没结婚呢，你总得抱抱孙子吧，过去怎么给大民哥交代。
>
> 这句话像是捅到了刘梦娜的穴位，她青灰的脸色泛起了淡淡憧憬，如青之末的微风。她似乎想说什么，嘴动了动，却没有发出声音。但刘招娣看懂了她的口型，孙子。刘梦娜虽然什么也没说，但她心里的某个部位在缓慢打开，像昙花在夜里悄悄打开紧锁的花苞。
>
> 第二天她再扶着窗户怅然眺望外面，沸腾的世间生活让这个旁观者忍不住悄然溅泪。雪山融水，信念终于攻克了她心中坚硬的堡垒。过段时间，她开始出现在广场舞的台阶上观望，灯光和暖，遍地温柔，她的目光里升腾起一阵细雾。再后来，她就像黑夜里的一朵花，悄然绽放在广场舞的人群里。在她内心的最深处，是未出世的"孙子"让她对生活有了新的期待。她赦免了自己。

这是一个灵魂重生的故事，是绝望的人最终放过自己，让生命重新绽放的故事。放在化肥厂突围的语境中，何妨将其理解为化肥厂的一脉精神旨趣？化肥厂的突围具有刘梦娜式的打开制度、设备、功能、环境制约的枷锁，迎取发展自由，走向涅槃的价值意义。

艾新华：多年牢狱生涯结束，被开除厂籍的艾新华终止与化肥厂同事接触，绝不理会外人的眼光，放下自己的过去，专心于现在的生活，将卧槽马老家住址改作农家饭庄，不意其住址土地被征用，艾新华得到数百万征地补偿和几套还建房，艾新华惨淡的人生居然比化肥厂上岗职工更有亮色了。艾新华虽已是化肥厂局外人了，但其遭遇并没有逃出化肥厂突围的语境，在此语境中解读艾新华形而下生活变轨故事，更具有"人生命运升沉难料"的形而上神秘指谓。艾新华心灵是自由的，了无牵挂，心无旁骛，专心于当下、现在的重建，神秘的造物终于为其赋予自由富足，这是不是可用以意指化肥厂以自由之心专意于突破当下困境必将迎来未来的涅槃？

马海霞：获知艾新华的惊人补偿，王友忠儿媳、王怀亮媳妇、一辈子精于算计的马海霞想起早年廉价卖给张美丽的大块土地并知道此地已获五百万元补偿，心头滴血，拉上丈夫要去与张美丽平分补偿款，被张美丽退休的父亲、原保卫处长张建新一番痛骂，仅拿了六千元落荒而逃。王友忠一家一辈子都在算计中并每有斩获：王友忠父亲王谋远与儿子王友忠合谋，在极"左"时代算准社会的需要，用自己生命算成、铺就了王友忠的官运亨通，最终做到了公社书记，想来令人悲酸；王怀亮算了一辈子美色；马海霞既算着王怀亮的家庭背景成了王友忠儿媳，又以能说会道算到了化肥厂质检科岗位，复将算上早期廉价出卖土地的补偿款。然而造化弄人，他们在算准利益时更多的是失去，正如沙子攥在手中，攥紧了少许，却流失了大部分。世易时移，在市场经济的规则中，王友忠一家更见边缘化，公社书记被时代轻视，美色可望而不可及，评分补偿款的尴尬失败又彻底宣告算计的最终落空。

小说将马海霞故事作为艾新华故事的对立面叙述，表明不惜以父辈鲜血铺就自己成功之路的算计人生终将落得空花泡影，更大的失去将在自己的精心算计中无情显现，留下的只是失落与后悔。艾新华替人顶缸入狱，终获富足自由；马海霞一家算计一生，只抓住空花泡影，命运看似升沉不定，但有一个基本东西永远不变：因果律——善良厚朴与否决定了最终的苦乐沉浮！王友忠一家的故事贯穿小说始终，代表了一类以算计为价值取向的人生态度，正是这一类人造成了化肥厂的臃肿停滞，少年早衰，他们的算计在各级干部、各级岗位、供应商经销商身上都有体现，算计的结果导致早期化肥厂过早崩溃，昙花一现。在化肥厂中年突围、走向涅槃的大趋势大语境中，小说特别叙述艾新华马海霞两种对立价值的效应故事，表明了化肥厂走向涅槃应该做出的道路选择。

黄正勇：黄正勇从从国资委任上退下来后，以闲淡之心周游列国，眼界大开，他固然珍惜生命，再也不会因人讽刺"垂帘听政"而脑血冲顶，但也不会过于执着化肥厂兴衰，而是淡泊自任，即物而离物，既能应吴英俊之请调动官场资源助推吴英俊愿望之实现，又能随时放手旁观。他似乎对个人、群体、社会、历史的关系有了一种深度领悟：

> 黄正勇给他的微信里转载了一段话，说在个体的、具体的生命与整体的、抽象的历史之间，充满了永恒的紧张的对峙，社会的进步就在这每一个历史对峙的缝隙里生长。我们的使命就是填补好这缝隙，让新的生长更加牢固。也许这才是生命的自觉意识。

生命的自觉意识！这是黄正勇的最高领悟，正是从生命的自觉意识出发，随缘而动，做好自己应做的事，入世而出世。此种领悟在道家的"洒脱逍遥"和佛家的"出离尘累"之间，又不乏儒家的责任意识，是会通了儒释道三家生命观的"中道"。小说叙述黄正勇的领悟，就是为化肥厂突破重围走向涅槃标出了其抵达的精神高度。

小说在叙述化肥厂"突围""涅槃"进程时，虽继续前文的"人设"理路，设计了刘梦娜、艾新华、马海霞、黄正勇的故事，但在"老鹰蜕变"之肉身重生的比喻前提下，多种"人设"已不仅仅具有隐喻功能，还意味着化肥厂发生蜕变已作出的价值选择：像刘梦娜一样不要在绝望中困死自己，要看到生命的新境界；像艾新华一样以善良厚朴之心不计得失心无旁骛地专心突破重围，不要马海霞式的患得患失和困死自我的利己主义算计；像黄正勇一样以中道之心笃定前行，既担待企业的责任使命又放下个人名声的得失计较。涅槃，不仅仅是化肥厂老鹰蜕变似的肉身重生，更是一种高蹈逍遥的精神境界。

结　　语

《卧槽马》用身体意识统御化工题材，描写化肥厂在时代风云中的兴衰，并植入丰富的人性故事，使"性格"不仅完成了小说本有的人物塑造之使命，更有隐喻化肥厂之初兴、早衰、变革、涅槃的意义提升效果。"身体"的设置为文本植入一种感知题材的具体形象，使读者得以触摸工业题材的人性底蕴。化肥厂肉身涅槃所抵达的精神境界使文本获得了某种形而上价值，《卧槽马》最终成为国内表现化工领域之不可多得的惊艳文本。

直面历史的曲笔与隐喻

——杜鸿长篇小说《琵琶弦上说》解读

这是一个充满矛盾的命题：既言"直面"，何来"曲笔"与"隐喻"？但这无法，小说文本本身形成了这样的品格。小说写杨端正、杨老四父子两代人的革命故事。因琵琶镇来了一股四川溃散的棒子土匪，骚扰地方，杨端正告到县政府和警察局，但得知官匪合流，只好参加神兵以求自保，以其英勇虽对官匪小有薄惩，终因寡不敌众，兼经验不足，一味轻敌，最后失败，杨端正只身逃出，化身为巫师，以算命为生，言福不言祸，暗中辅助自己的儿子继续革命，其间，杨端正早年的女儿、杨老四的妹妹失散在妓院，虽以卖淫为生，但被官府收卖，打入革命队伍内部。与此同时，琵琶镇大地主周大兴伪装革命，混得革命队伍的信任，实则为内奸，但杨端正父子失察，反倒充分倚重周大兴，每次重大革命活动的情报被敌人充分掌握，在关键时刻功败垂成，杨老四土地革命、解放穷人的愿望也以破产告终，其间居然有自己的亲妹妹参与对抗，真是莫大的悲哀，绝大的荒诞与讽刺。

就此意义而言，小说是直面历史的，是对最初共产党领导底层老百姓打土豪、分田地以及还乡团反扑之真实历史的叙述，其中对于底层人物和生活的叙写也十分逼近历史的真实。但这时代太过复杂，小说有一段倾述发人深省，作者借周复兴（即杨端正的化身巫师算命先生）之口说道："我们的国家，历来就是迷信造就了这个世界的迷信，造就了这个世界的荒诞，造就了这个世界的麻木，造就了这个世界对苦难顺理成章的接受和理解，造就了一种人吃另一种人成为家常便饭的事实，造就了虎狼一般的私心，造就了习惯而安然地看着别人流血的目光，造就了一切不可能成为可能，造就了婊子比任何淑良的人更有理由为自己立一座贞洁牌坊，造就了反动政客当道，掮客成群，最虚假的呻吟成了最动人的喊春，造就了对世界构成破坏的延缓……造就了世界在明亮眼睛里的一名不值。"

太深刻了，因其对悖论、反常性的揭露，故事的表层叙事就不能等闲视之，而应另究其深意，而我们一旦进入深意的探寻，就在逻辑上不能不承认文本别有意涵，以往视之为直面的叙述此刻只能以曲笔观之了，而其"深意"当是其隐喻意味，如此，文本又具有隐喻功能了。

周复兴的倾诉是对历史与现实的隐喻，他对人性和社会看得太透了，故有如是诉说。在周的冷静透视中，一切直叙都应翻转，一切都有意味。周化身为算命的巫师本就是智慧的选择，这一方面是继续革命的需要，另一方面是试图以"神我"抓住意义的努力。但世界与人性超出一切人的想象力，意义永远走在人的前面，留下的只是人对意义的事后思索。细读小说文本，我们发现至少有如下隐喻：

第一，隐喻人性困境。如周所说："我们的国家，历来就是迷信造就了这个世界的迷信，造就了这个世界的荒诞，造就了这个世界的麻木，造就了这个世界对苦难顺理成章的接受和理解。"如果不是共产党起而革命，广大底层民众安于现状，认为苦难和贫困是命该如此。而此迷信进一步加强了他们对现实的妥协，只有觉悟者能够突破精神与肉身的困境，冲出重围，获得身心的解放。但他们身上也带着主流意识的弱点，一当他们开始行动，弱点就发挥作用，于是革命变得至艰至危。他们的弱点有可能吞噬自己，革命到最玄微之处，往往是自己导致失败，杨端正的两次革命，第一次是轻敌，第二次是失察，他经过革命的失败，虽对此有清醒认识，但却无法克服，这就是深陷重围者的悲剧，革命本质是革自身的命，但谁意识到呢？进一步讲，谁又愿意呢？

第二，隐喻现实。人们安于现状，但也希望有人出头改变现状，一旦真有出头人，乃应者云集，一个人的意志成为全体意志。且不说个人意志成为全体意志极为危险，单说希望别人替自己出头，自己毫无担当，趁机捞便宜之行为就是极端自私之举，而这正是杨端正父子两代的革命走向失败的外部原因。民众也希望杨端正革命，因此杨老四的感召不是没有人响应，甚至他的想法可以覆盖民众，但他们却是为了大发革命财，一旦涉及自己的得失，就犹豫再三，因此杨氏父子两代的队伍都是人各一心，但这一点被掩饰着，只在关键时刻露头。现实是，人们都希望通过革命改变自己的生存困境，捞到好处，而不是推动历史的进步，人们都太关注眼前的利益，而没有考虑队伍的整肃问题，于是集体失察，周大兴轻易取得了人们的信任，他给人们的好处太多了，轻易将队伍的行动情报骗到手，于是革命土崩瓦解。

第三，隐喻当下。革命和革命者个人不是没有缺点、错误，但这不是全盘否定革命的依据。在改良成为不可能时，只有鲜血能够润滑锈蚀的旧文化和体制，于是革命成为必须，这是历史的设定。无奈当下许多学者和文人却对已然的革命说三道四，他们搜检旧文献，找出革命的缺点加以指责和否定，试图以细节解构全体，为买办、汉奸、压迫和欺骗重新招魂，在此风甚嚣尘上之时，小说以一种特异的姿态，表明自己对这种思潮的思考，构成对当下的隐喻指谓。

综上所述，杜洪长篇小说《琵琶弦上说》以曲笔与隐喻的形式直面人性、历史、现实、当下，构成文本的多重隐喻意味，作者尽可能保持客观和中立叙事，他只是遵循因果律写出人性与历史优缺点及其相关结果，而留给人们思考的余地，对各种苦难与不幸不分阶级的保有大悲悯和矜哀，使文本流露出浓郁的慈悲之情，而作者站在历史之上，静观历史按黑格尔式的"正、反、合"之辩证逻辑运演，演出无数轮回和悲欢离合，留给后人品读。

用词语逃避、遭遇和释放意义

——冯汉斌诗集《与词语对舞》的语言逻辑之路

词语，尤其是汉语词，其意义开掘向来遵循言→像→义的认知进程。在汉语诗歌的写作与阅读中，汉语词之"像"是诗歌审美发生的基础。由于汉字书写的六书(象形、指事、形声、会意等)因素的存在，作为词语之空间表征的"像"既关联起词语发音的单音节音素，又是词语意义发生的最初源头，乃至汉语表意居然与"像"不可须臾或离，"像"成为语意发生的基础。在文化语境对意义的多向度培育下，每一个以词语形式出现的"像"其意义都绝不是单一的，而是多向辐射的，那么，汉语诗歌中的"像"就具有了多义指谓，"意象"构成了汉语诗歌之意义发生的隐喻基础，换言之，因"像"而来的意象"隐喻"是汉语诗歌的基本功能、根本美学特征。

冯汉斌诗集《与词语对舞》完整反映了诗人在数十年的诗歌写作探索中对"像"的领悟与实践运用过程，其间既有早期诗歌中越过"像"的本位而逃避诗义的哲学道说，又有随后以词语遇合意义的用"像"实践，最后走向利用文化语境培育与蕴积意义的多义释放，终于实现了词语隐喻的审美本质。是故，《与词语对舞》成为观察诗人历时性地领悟与抵达诗歌本质功能("隐喻"!)的样本，按时间集结而成的文本隐含了诗人进抵诗义核心的语言逻辑之路。

一、逃避：哲学道说对"像喻"本质的遗忘

《与词语对舞》集结了诗人从20世纪80年代中期至21世纪前十年的

诗歌文本。三十余年的创作实践清楚显示了作者在西化语言的影响之下向汉语语体的回归过程，亦即，其创作逐步唤醒了汉语诗歌的隐喻本质。冯汉斌80年代中期，正处于大学求学期间，思想活跃，哲学领悟力超强，其致思力往往能够越过像喻中介而直抵本质意义，但这也造成了其汉语诗歌由于词语像喻的缺失而带来诗歌隐喻功能的不彰：

怀念普拉丝

通过你，我越过语言/到达你的性别/你以不孕为媒，让我/把你体验如此之深/我还要把你更深地体验/无人与我匹敌，普拉丝/你忍心去死，去赶赴灵魂的盛宴/你拦腰死去/使许多人活不下来/你割裂这么多因素而死/这么多年，鸟都老了/你不再歌唱/我足以用才气娶回你/就像我无法用诗歌把你唤回/普拉丝，我的不忍之心/这么多年，你的死亡/已经养活了一代人/你的死亡也丢弃了一代人/在灵魂出没之所/我怎样才能到达你？/不通过时间，就能把你到达？/不通过爱情就可到达？/不把自己击穿就算到达？①

此诗以"怀念"的方式向诗人普拉丝致敬。普拉丝，美国自白派诗人，32岁自杀。作为自白派诗人，普拉丝善于书写讳莫如深的现实和隐秘幽微的内心，以此袒露与众不同的个体性。

此诗带有鲜明的时代印记，由哲学言说引导的意义进趋之路规定了文本诗意发想的方向与性质。

但正如诗人坦言，在对个体性的领悟之中，诗人的悟力是如此迅捷，乃至可"越过语言/到达你的性别"。请注意，诗人抵达普拉丝以性别为主体的个体性是没有经过语言——意义符号的，是哲学领悟力试图对意义根底进行直接穿透。作为符号的语言(词语)被悬置，那么普拉丝个体性究为

---

① 冯汉斌：《与词语对舞》，昆明：云南出版集团2010年版，第2~3页。

何意？诗歌并不能作出精妙言说，只能从普拉丝之死的效果入手给予描绘：你拦腰死去/使许多人活不下来……这么多年，你的死亡/已经养活了一代人/你的死亡也丢弃了一代人，普拉丝个体性终付阙如。

由于缺乏词语中介向意义的接力与推送，普拉丝个体性的终极意义其实一派茫然，是故，诗人最终也陷入于一片悬疑之中：在灵魂出没之所/我怎样才能到达你？/不通过时间，就能把你到达？/不通过爱情就可到达？/不把自己击穿就算到达？此种悬疑固然释放出诗性的内在回响，但词语悬置导致意义无法明见，诗性与意义并没有并行飞翔，故而诗意最终落地无力。如此，回到诗歌文本，毋宁说诗歌在以悬置词语的方式逃避意义。

有读者要问，你这不是吹毛求疵、捏骨成泥吗？诗歌要像哲学一样界定普拉丝个体性的内涵外延吗？其实，若从诗歌本质功能之彰显的层面而言，当然不必道尽普拉丝的个体性，只需悉心经营诗歌的隐喻功能，即把握词语作为像喻的本性，由读者根据个人体验去领悟普拉丝个体性的最终意义，那么这种由隐喻推动的无边领悟也可实现诗歌文本的诗性价值，但诗歌最终因明明白白悬置语词、遗忘像喻而逃避了诗性与意义。

二、遭逢：词语、意义与诗性的遇合

《与词语对舞》早期无意于用词语经营像喻，实现诗歌的隐喻功能。但随着创作的深入，作者似乎对此有所领悟与防范，开始在用诗歌进行哲学言说时，注意词语像喻功能的发挥，诗以此向其艺术本位趋归。既如此，我们在诗中可发现诸多篇章开始显示词语、意义与诗性的遭遇，此种遭遇妙合无间，文本因而具备致密的肌理。

等待

等待一个熟人问我名字/等待陌生者同我上路/我怎么也记不清/

我和旧世界之间/有哪些联系/等待一辆车从对面驶来/等待一个过时的约会/我把一条路走到尽头/才发现世界没有底/等待一场虚无的对话/等待窗外的一方天空/我一脸的黑暗/无数的黑暗/在我心中/等待远方的闪电/和近处的欢呼/等待罪证/我怎么也想不到/因为赎罪/我卖过自己①

　　《等待》仍然以诗的方式完成哲学道说。按诗歌所表，等待是生命的常态，此种状态是如此庸常，充满意义的不确定性，意义的体验混忙无绪，或者生命与生活的意义需要外物中介的参与才得以显露：有意义的名字需要熟人的提示才被记起；眼前的路需要陌生人参与方能同行；我与世界的联系已无所知……世界如此空无，无底可寻，"我"需要一场约会，一方天空，一道闪电，一声欢呼，一片黑暗的注入，方能寻获意义；乃至为了被定的罪证而出卖自己。

　　可以看出，全诗充满存在主义的哲学道说，与西方戏剧《等待戈多》具有同一理趣，同一荒诞，荒诞空无的生命因茫无目的等待居然具有了意义。如此，"等待"不仅是生活的姿态，而且是生命意义得以充实的方式，更是生命诗意的展现。

　　是故，"等待"作为全诗的核心，作为具有强大内生能量的关键词语，与存在主义意义巧妙遭逢，妙合无垠，词语与意义最终凝聚成诗性符号。

　　应该说明的是，全诗仍然是走哲思一途展现诗性，"等待"所凝聚的存在主义哲学意义启动的是读者领悟力，由悟力趋向生命价值的把握，全诗的诗性价值也由悟力而绽放。但"等待"最终还是没有走出词语，走向"像喻"，只能说完成了部分像喻功能，诗歌诗性之展现乃是因悟性而来的意义之思，但也发生了因像喻而来的隐喻联想。就阅读效果而言，悟力大于联想。故此，诗歌最终还是止于词语与意义的遭逢一途。

---

①　冯汉斌：《与词语对舞》，昆明：云南出版集团 2010 年版，第 62~63 页。

三、释放：像喻与诗性同彰

作者在创作实践中艰苦探索，在 21 世纪前十年终于获得了诗歌隐喻功能的觉悟，此种觉悟既是一个心智发生的时间进程，也显示了一个语言演绎的逻辑进程：词语成为像喻，文本获具隐喻。诗歌因能启动读者的无穷联想而向艺术本位回归。

青果

　　一个长久的禁闭里/爆出的核/长久的被手掌握/以无言以对的凝望/结束夜的主题/升起浓重而浓重的月光/这枚青果/它的主人已经敞开了/世界就此卧倒/看我身不由己的腰肢/怎样被缠绕/怎样被一个姿态切割掉/而怅然相守的/不只是苦涩和青酸的/一段水路/更是吻在黑暗处的闪电/打击在头顶的风景/咬在嘴角的一笑/那些强迫的合谋/也像我问世以前/所订的契约/没有条件/没有所谓临床的动机/没有来来往往的忘记和看见/仅仅这枚青色的日子/到来的时候/就已陌生①

"青果"作为关键词语，是此诗的核心"意象"，因其"像喻"资格而使诗歌完具了隐喻功能，值得反复深入品读："一个长久的禁闭里/爆出的核/长久的被手掌握"——某种无可言喻的意义因长久的无言(失语)所蓄积的能量此刻正被主体掌握，"核"，作为"青果"的中心意涵正以像喻的资格兀立；"以无言以对的凝望/结束夜的主题/升起浓重而浓重的月光"——在心领神会的对视中，某种晦暗的去蔽正在展开，一切因敞亮而澄明；"这枚青果/它的主人已经敞开了/世界就此卧倒"——意义如此磅礴，主体解开掌控，世界匍匐于意义的光芒；"看我身不由己的腰肢/怎样被缠绕/怎

---

　　①　冯汉斌：《与词语对舞》，昆明：云南出版集团 2010 年版，第 143~144 页。

样被一个姿态切割掉"——意义回身闪击主体，主体在消解二元对立时只能瞥见自己被解构的一瞬；"而怅然相守的/不只是苦涩和青酸的/一段水路"——与同主体一起消失而最终被流连的，何止是生命的万千体验！"更是吻在黑暗处的闪电/打击在头顶的风景/咬在嘴角的一笑"——主体因悟力抓住了核心意义的圆满性，在最后放手的一刹如此淡然和洒脱；"那些强迫的合谋/也像我问世以前/所订的契约"——我只是兑现了造访此世之前必将解开万物之关联而回到缘生缘灭的然诺；"没有条件/没有所谓临床的动机/没有来来往往的忘记和看见"——然诺的兑现是一种必然，没有任何条件，绝不因事而变；"仅仅这枚青色的日子/到来的时候/就已陌生"——唯有此种刻骨铭心、缘生缘灭的意义体验，因生命的无数次重返既熟悉又陌生！

"青果"作为名词性词语，不仅自身呈现为像喻，而且使全诗具备了隐喻功能：它是主客物我的统一，是主体的体验，是万物缘生缘灭的真理，是启动生命的无数次重返的终极根因，是意义的敞开与澄明。"青果"的内蕴如此丰富，乃至万物都只能匍匐于其意义的光芒之下，要抽绎青果的意义，只能将其置于具体语境之下方能言说，而每一说出来的意义，都是青果内涵的释放。换言之，"青果"作为像喻，使全诗隐喻功能得以展现，诗以启动读者联想的方式，最终释放出意义与诗性。

结语：向隐喻进发

《与词语对舞》虽然最终回归于诗歌的艺术本位，实现了诗歌隐喻之形式功能的自觉，但有一个问题余响不绝：诗歌为什么要强调隐喻？在汉语诗歌里，由于词语的象形本色，诗歌的隐喻是由意象自然实现的，无从选择。英语世界中，诗的词根"poetry"本来有模仿、制造、创造三义，就模仿而言，童年的人类之最初的模仿其实是以人自身为范型："由于人类心灵的不确定性，每逢堕在无知的场合，人就把他自己当作权衡一切事物的标准。"①以此发生"移情"，将人类心灵的特点移植到对象身上，生起万物有灵的信仰，认为万物背后都有神灵，此种物我互渗的关联性联想(移情)即为诗意发生的第一来源，是人的本性；就制造而言，其本义是"将物赋能"，即根据生活的需要为物赋予某种功能，使物因人的需要而存在，人性灌注于物中，心灵与万物再次关联，此即诗意发生的第二来源；就创造而言，本义是"无中生有"，但结果是心灵的物化。综合上述三义，可知诗意的发生离不开物，离不开视像，此种视像表现在诗中就是作为名词性词语的意象。无论是汉语词的言→像→义认知还是英语 poetry 的三义，其实互相呼应，共同确认了诗歌隐喻的基本美学特征，由意象而启动联想，是诗歌本质功能的体现。

意义因悟而来，联想因像而发，领悟与联想并驱，共同催生了诗意。但联想本质是一种感性心智，此中的理性活动相对较为薄弱，按意大利人类学家维科之论："推理力愈薄弱，想象力也就成比例地愈旺盛。诗的最崇高的工作就是赋予感觉和情欲于本无感觉的事物。儿童(可比拟为人类童年时代——笔者)的特点就在把本无生命的事物拿到手里，与它们交流，仿佛它们就是些有生命的人……在世界的童年时期，人们按本性就是些崇高的诗人。"②故此，诗意联想是基于人性的本能，而诗歌隐喻催生的联想是人之本性的最终实现。

《与词语对舞》最终趋向诗歌的隐喻，显示了深度的形式自觉。

---

① [意大利]维科：《新科学》，朱光潜译，北京：商务印书馆1997年版，第98页。

② [意大利]维科：《新科学》，朱光潜译，北京：商务印书馆1997年版，第115页。

文化的个人体验与重构*

——甘茂华文化散文集《这方水土》解读

文化，此概念我们无数次遭遇，但又无法界定它。有人曾统计中外学术界对此概念的定义，达两百余种。古典中国没有刻意对文化下过定义，但有分别对"文"与"化"的运用：观乎天文，以察时变；关乎人文，以化成天下①。被后人从中提炼出"人文化成"一词，此中，文的本义是"交错的纹理"，但在表述中被用作隐喻，喻指天道规律和人伦风尚。表明人由野蛮向文明进化犹如风行草偃，是文化施行的结果。英国19世纪文化人类学家泰勒在其名著《原始文化》中曾对文化做过界定："乃是包括知识、信仰、艺术、道德、法律、习俗，和任何人作为一名社会成员而获得的能力和习惯在内的复杂整体。"②这一对狭义文化的界定被多数学者所接受。至于《辞海》中对文化的广义定义"人类一切物质财富和精神财富的总和"，是一种大而无当的常识，不被看重。

从文化的英文词culture词根cultiv隐含耕种、耕作之意中，可知文化最初表明人与自然的关系。据此，笔者试作如下理解：文化是人的主体意志见之于对象(人、自然)的符号意义。按符号学家的诠释，一切能够承载意义的自然与人为之物都可视(释)作符号，或被符号化。笔者由此开出三

＊ 本文获湖北省人文社科重点研究基地"当代文艺创作研究中心"资助，项目名称"宜昌地区当代作家研究(一般)"，编号：17DDWY20。

① 原文："刚柔交错，天文也；文明以止，人文也。观乎天文以察时变，观乎人文以化成天下。"——语出《周易·贲卦·象传》。

② ［英］爱德华·伯内特·泰勒：《原始文化》，连树生译，上海：上海文艺出版社1992年版，第23页。

个向度：（1）人与自然。人在实践中向自然打上主体意志的烙印，自然被赋予承载或引领主体情感、哲思、诗意发舒、自由想象的功能，自然被纳入"人"的精神系统中，自然成为具有"人味"的符号。（2）人与人。通过人与人的关系实践，任何个体或类化的人都成为主体赋予意义的符号载体。（3）人与时间。在时间的绵延中，人与自然的符号意义日益沉淀而丰厚，引动主体向过去追怀，寻找意义而安身立命，演绎生命的极致情态。

文化不仅是群体的，更是个体的。个体在对文化群像的领悟与理解中注入个人意志，使之向个人生成，文化就在这种与个体的互动中打上鲜明的个人印记，成为具有个体特色的微观意义系统。甘茂华文化散文集《这方水土》可视作文化个体化的一个样本。文本表明，具有鲜明地域和民族特色的巴文化不仅被作者目击、领悟、记录，更在此种领悟中以个体体验达到文化的个体性重构。

一、相遇是宿命

作者出生于鄂西恩施，青年时代随知青上山下乡活动（1967年）被下放到江西，五年之后又迁徙到山西，又十五年之后回到出生地恩施，之后定居宜昌。在外地漂泊二十余年，其间身份叠经变化：农民、工人、编辑、银行干部、作家、词作家。但无论何种身份，都无法斩断作家的怀乡之思。文本处处是这种深情款款的文字：

> 清江不仅给了我们吃的喝的，而且还给了我们用的玩的。我在清江边筛过沙，挑过石头，苦力换来的钱，买过书本，也买过玻璃球。夏天里，清江是天然游泳池。游过对岸，在五峰山脚下有一处冰凉的山泉。用小桶盛满泉水，双手推托着游回来，再提回家，一家人泡西瓜吃，其乐也融融。①

---

① 甘茂华：《这方水土》，武汉：长江文艺出版社2012年版，第60页。

此种文字置于文本固有的语境中，其实不能仅仅理解为情感的发舒，或作家童年记忆的叙事，而是对某种召唤的回应，是与某种从不主动出场而又无处不在的精神的相遇，笔者将此种精神命名为"乡愁"。

作家从故乡出发，二十余年后又回到祖居地，这是一种个人命运的文化隐喻：无论漂泊的时空范围多长多远，故乡的文化之根正如手中的风筝线，始终牵引着漂游的灵魂，时间愈久，地域愈广，牵引力就愈发坚韧，怀乡之思终于显现为不可遏止的回乡冲动，乡愁展现为现实行动，回到祖居地表面看来是个性的选择，本质是对地域与民族文化的追寻与祭奠，是某种宿命式的"回归"。正如作者自白：

> 难道是巧合吗？上天让我分两次看了三峡的上半截和下半截，是故意吊我的胃口，还是冥冥中另有安排？反正离开家乡鄂西去江西当知青，心情十分沉郁，谁知知青这辈子是个什么结果呢？……人们在告别她的时候，才发觉这条文明大峡谷蕴含的历史文化的上千年记忆，是无法忘却也是无法复制的。①

这是对于"宿命"的认知与领悟，甚或是某种"欣然认命"。正如作者所说："这条文明大峡谷蕴含的历史文化的上千年记忆，是无法忘却也是无法复制的。"当领悟到这种宿命之后，作家的行为变得更为自觉：自觉打量武落钟离山、清江画廊、摆手舞、腊猪蹄、包谷酒；自觉认知祖居地的文化意义；自觉进入祖先文化的深度体验；自觉留住行将灭失的文化旧影。最后，所有自觉凝聚为一种设想：作家要创造一种富有个性化特征的文化系统，作为对祖先、对过往的心仪与祭奠。

二、相看两不厌

人与自然，构成对象化的双方，正是双方的互相的看、关注、打量，

---

① 甘茂华：《这方水土》，武汉：长江文艺出版社2012年版，第53~58页。

构成了互相接纳的基础。站在自然立场看人，一座山峦、一条河流、一片瓦砾沿着人的文化气息走进其精神深处；站在人的立场看自然，澄明的目光使自然的文化精神醒目、鲜明而活跃起来。"看"，使自然的精神气质趋于明朗、鲜活。王阳明说："你未看此花时，此花与汝心同归于寂。你来看此花时，则此花颜色一时明白起来。便知此花不在你的心外。"①《这方水土》就描述了一个人与山水、历史、故乡互相观待而各自活跃的过程。

> 庙背后黄牛岩顶那四座灰白色山壁，被阳光照得晃眼。在大江高崖衬托下，黄陵庙显得威严而又尊贵，不仅气势凌人，而且伟岸壮观。我眼睛一亮，在心里呼唤：大禹，别来无恙？……它脚踏滚滚波涛，弓身低头，两只犄角直朝峡岩撞去，仿佛刹那间便会爆发出雷霆万钧之力，使人联想到黄牛助禹开峡的雄奇形象。②

可以看出，正是作者的"看"，黄陵庙的伟岸、雄奇、壮观、气势凌人等精神特质一时鲜明起来，向知音、向同类精神、向熟悉的文化气质之生动显发。"我眼睛一亮"，隐喻了一种内心的洞开与敞亮，基于此种敞亮，"我"得以与祖先对话而进入无数年日的时间旅程，领悟历史并对黄牛岩、黄陵庙全面悦纳，黄陵庙也因"我"的悦纳而凸显其意义的"整全"。

"看"不仅仅是一个简单的视觉行为，此中不仅有对对象的召唤，还有对其精神的领悟与理解，更有对主体自我的反思，主体在这种精神的反复回流中获得充实与成长。

> 每次在长江上独立船头凝眸三峡时，我总是感到了一种诗人的襟

---

① 王阳明：《传习录》。原文："先生游南镇，一友指岩中花树问曰：天下无心外之物，如此花树，在深山中自开自落，于我心亦何相关？先生曰：你未看此花时，此花与汝心同归于寂。你来看此花时，则此花颜色一时明白起来。便知此花不在你的心外。"岳麓书社 2004 年版，第 297 页。

② 甘茂华：《这方水土》，武汉：长江文艺出版社 2012 年版，第 40～41 页。

怀，一种船工的性情，一种虔诚的宗教般的渴望，让我刻骨铭心……
从宜昌到巴东一段，恰恰是三峡长卷中的精彩部分，每次经过这段水
路，看峡谷峡江，总觉得百看不厌，还有一种恍如隔世的感觉。①

从恍如隔世、似曾相识中领悟一种宗教情怀，正是现在的"我"与某种
失落已久的恒久意义的遇合，"我"因此种遇合而有一种获得感：获得当下
的领悟与充实。三峡也因"我"的获得而具有了饱胀的意义，此意义溢出三
峡的地域限制，成为一个意义饱满的文化符号。

可以看出，作者与祖居地的互"看"达到了两种效果：一者使三峡故地
的文化意义由隐蔽而敞开，向人、人类敞亮起来；二者是主体自身因地域
之历史文化意义的领悟而获得个人宿命式的回归。人与祖居地就如此互相
悦纳、彼此促进、共同成长。但富于意志的主体显然并不满足于这种
"看"，他还要进入符号意义的重构。

三、时空的个人印记

在主体与祖居地的彼此观待、互相悦纳之中，主体不仅领悟民族文化
的核心意义，更在这种领悟中烙上自我的印记，开始文化的个体性重构。

> 雨天的吊脚楼群，像唐代的《竹枝词》，乡情土韵，牵动着父老乡
> 亲的心。这时我们看一眼清江，如龙、如凤、风里来、浪里去，便有
> 了一种襟怀摇曳的感觉。②

主体以"我们"——类化的"我"打量吊脚楼，发现吊脚楼玲珑秀美，具
有刘禹锡竹枝词的诗意。是不是所有个体观待吊脚楼都像竹枝词呢？显然

---

① 甘茂华：《这方水土》，武汉：长江文艺出版社 2012 年版，第 55 页。
② 甘茂华：《这方水土》，武汉：长江文艺出版社 2012 年版，第 66 页。

不是。故此，吊脚楼之富有竹枝词的多情就是主体的个人印记了，是吊脚楼的符号意义之向主体的独有启示。循此余思，笔者可将主体在"襟怀摇曳"之思中看清江如龙凤般的动感，视作个人的图腾意识与清江妖娆之姿的遇合。

个人印记还在主体少小时的点滴记忆之中：

> 那时恩施还没有自来水，居家用水都靠家人从清江河挑回来。也有专靠挑水卖的人，成为一种谋生的职业。我每天放学回家都要去清江河挑水，直到把水缸灌满为止。沿着北门河坎上的一道斜坡走下去，在河滩上等候跳板。因为跳板像极了略宽的长条板凳，一头搭在岸边，一头伸向水深处，只容得下一个人来回走动。你要想吃到干净的水，就必须等前面的人下了跳板后你再上去。①

"挑水"是特殊地域环境中的特殊生活方式，"我"对挑水的自身经历加强了对地域特征的亲身体验，"我"的体验顺势印入地域的独特性中，从此成为浪游灵魂对故乡的特殊记忆，并构建"我"对他乡风物的前见与理解，这种前见式理解把我更深地引入与故乡精神的浑整统一。

> 听着清江冬日的低语，我们听见了清江深处黄钟大吕般的旋律。清江的历史文化，流水一样缱绻柔情，唤醒了冬眠的山魂，绽开了人性的花朵。清江河是向王天子的一支牛角吹出来的，是巴人部落古老的迁徙歌唱出来的，是男女翩跹跳摆手舞跳出来的……②

此中，作者将感知角度从视觉转为听觉。听，是一种更深的感知，是将对象纳入内心的凝神内省，是深远而宁静的忘我之知，因而是物我合一

---

① 甘茂华：《这方水土》，武汉：长江文艺出版社 2012 年版，第 59~60 页。
② 甘茂华：《这方水土》，武汉：长江文艺出版社 2012 年版，第 70 页。

的精神凝练。在这种凝练中，主体灵魂破茧而出，看到了部落迁徙、舞姿翩跹；听到了向王天子的牛角呜呜；悟到了缠绵柔情、人性花朵与醒来的山魂。于是我们可以说，此种文化意味带着主体感知的个人印记。

由于个人灵魂印记印入祖居地，于是故乡风物就领有了人的生命：

> 向王天子一支角，吹出一条清江河。声音高，洪水涨，声音低，洪水落。牛角弯，弯牛角，吹成一条弯弯拐拐的清江河。于是，清江河流淌着土家族先民开疆辟土的史诗。老辈子们沿清江流域迁徙入川，就在鄂西南的大山里耕云播雨、繁衍生息。于是，从此大山就有了永恒的生命力，从此这方水土就属于开拓者自强不息的领地……我想，山的雷鸣电闪，山的狂风暴雨，山的悬崖瀑布，山的呐喊挣扎，乃至整个民族历史波澜，全部激荡在山的怀抱中。谁说山无灵性？大山确实具有生命的真实，生命的力量，生命的坚韧，生命的厚重，生命的灵魂。[①]

潮涨潮落、山高山低、雷鸣电闪、呐喊挣扎等具有生命迹象的风物动态都因呼应着向王天子和"我"的引领而发生，随着主体的性灵节奏而舞动，本质是人之生命的借以呈现。如果说在物我观待、"互看"中还能悟出山水的自身生命，那么此中故乡风物却是打上了人的生命印记。

不仅如此，领有人之生命的故乡风物还灵动地向广大延伸，流入更广更大的人文之海，故乡风物在不同"前见"的解读中展现出多重意蕴：

> 历史学家或民族学家眼中，由此寻觅到几千年前消失在三峡黄金洞里、尚武喜舞的巴人的悬棺铜剑；作家或艺术家，在此倾听到传说中生长在土司山寨里、原汁原汤的土里巴人的情歌巫歌；便又有哲人

---

① 甘茂华：《这方水土》，武汉：长江文艺出版社 2012 年版，第 96~98 页。

怀着淡淡的忧伤，来此寻觅精神的乐园。感叹：适彼乐土！①

当历史学家、民族学家、作家、艺术家、哲人关注同样一方水土时，他们各自看到了属于自己的意义。这一方水土就是一面镜像，映现出千千万万的心影。我们何尝不能将此理解为同一种生命与无数个体性的遇合从而带有个人印记的万千新生命之发生？

四、何以忧怀？

甘茂华文化散文的审美风格表层看来有忧郁、伤怀的基调，《鄂西风情录》如是，《山那边是海》如是，乃至《这方水土》亦复如是。亦即，此种忧伤从20世纪90年代直至如今似乎始终挥之不去。生活中的甘茂华能因腾格尔的豪放而鼓舞，能自作"山里的女人喊太阳"而壮歌。但其散文却无法不流露伤怀。因何而伤？大约因某种必然的逝去而痛惜。作者有足够的理由忧伤：三峡是作者的精神故乡，是灵魂的始源地与回归地，而现代化的经济运作却使故乡向历史的深部渐行渐远，"故乡"随移民而流散，某种文化的"原力"正被现代化所稀释。作者虽怀着顶礼膜拜的心情朝礼故乡，但一路上反复遭遇伤逝，因而悲从中来，忧伤不可遏止。

作者能做的就是记下故乡印记的原汁原味、原汤原水，记下山水人文的粗粝与野蛮，记下自己沉重的乡愁，并将自我生命注入故乡风物之中，使之获得个体性的永生。而关注与描述首先表现为一种自觉：

现在是时候了，我要把自己体验到的三峡，告诉我的读者朋友。哪怕是粗线条的勾勒，也要把它素描出来。我知道我的笔力太弱，无法尽述我的心情。但再弱的笔一沾上三峡的色彩，它就有了或多或少

---

① 甘茂华：《这方水土》，武汉：长江文艺出版社2012年版，第96页。

的美感。①

但描述的自觉终究敌不过伤逝的沉重：

> 数千年承载三峡文明的主要地区将淹没在水面下，上百万人举家
> 迁徙，又让我们不禁发出留住千古三峡的概叹。②

伤逝激发的心情是复杂的，是众多的牵挂与追问：

> 我隐隐担心的是，三峡百万大移民，他们像蒲公英的种子被风吹
> 到天南地北，在异乡的土地上重新开始生存，也必须融入当地的文化
> 之中。而他们适宜生长的水土呢？乡音难改的方言土语呢？多姿多彩
> 的民俗风情呢？曾经诞生过竹枝词的山歌民歌五句子情歌呢？……恐
> 怕也会随着被淹没的城镇而被淹没掉了。③

作者牵挂的是故乡百姓因移民远离故土、散处四方而导致文化的灭
失；父老乡亲异乡生存之艰难；方言、乡音、民歌等种种的埋没。这一切
无法不使人忧伤。伤怀的心情驱使笔致具有挽歌之音：

> 我们都曾记得哑巴艄公肚子里有数不清的故事，可如今，竟和数
> 不清的岁月一道沉默了。这沉默协调着默契的心声，而那一弯飞虹却
> 负不起过多的心事。唱啊唱，唱不过杜鹃飞过的叮咛。峡啊峡，留不
> 住你深深浅浅的身影，留不住你汩汩滔滔的脚步。无人知晓，这平静
> 下的暗流，有多急，有多深。而冷冷的钟乳石，正冷冷地注视着，这

---

① 甘茂华：《这方水土》，武汉：长江文艺出版社2012年版，第56页。
② 甘茂华：《这方水土》，武汉：长江文艺出版社2012年版，第57页。
③ 甘茂华：《这方水土》，武汉：长江文艺出版社2012年版，第83~84页。

尘世间的天阴天晴、花开花落、月圆月缺。她说，那边是石拱桥，连接千年往事……这桥凝固，如孩提之梦之剪影。早散的乡场，晚归的夕阳，有无数村民匆匆走过。驮梨的耕牛便如此愈走愈远。牧童归去，那无腔的短笛信口横吹一阙玉漱新歌。我听见许多的行人传扬开那时的辉煌，石拱桥旋转歌唱，如小夜曲般低回。①

以此挽歌巡历哑巴艄公、身影脚步、花开花落、短笛牧歌，故乡的人、事都进入凝神内省之中，进入伤怀的往事追忆之中，即将"逝去"的时间使故人故物都被烙上某种忧伤的"宁思"，从而具有了某种"禅悟"意味：

我又想起这次在乐平里邂逅的那个清纯如水的姑娘……她的容颜和身材就是一枝站在家乡的端阳花，朴素中透着诗人的灵气……雨水顺着她乌黑的头发像露珠一样流成一串儿，清秀的脸上写满了脉脉的温情。我想她应该属于正宗的屈原的诗族诗裔，是她的光脚板踩出了一行又一行散发乡土气息的诗句。②

至此，作者以对土家姑娘入丝入微的内观而获得古典诗意的超越性感悟，打灭了伤逝的悲切，在平静的心境中接受更广大的意义：屈原既是民族的，更是世界的、人类的，是故，屈原的文化符号意义更为恒久。这种"接受"无疑更具理性意味。

五、无喜无悲入涅槃

涅槃，是佛法的专有概念，对应汉语的不生不灭、无喜无悲以及没有时间标尺的"永恒"。佛，因看透并经历了轮回的一切悲喜剧，至入涅槃时

---

① 甘茂华：《这方水土》，武汉：长江文艺出版社 2012 年版，第 195 页。
② 甘茂华：《这方水土》，武汉：长江文艺出版社 2012 年版，第 18 页。

已无喜无悲。本文当然只是"借用"涅槃概念，用其无喜无悲之意。佛的无喜无悲虽以"寂照""无为"为本，但并不排除能够感应轮回众生的一切生机，或其无喜无悲之中本身就充满生意。

前文已述及，甘茂华文化散文表层看似伤怀，但观其文本行至深处，其实无喜无悲。作者意识到，红尘滚滚，人世巨变，"一切在历史过程之中发生的东西都将在历史过程之中消亡"。故迷人的三峡人文无论其如何特异，如何牵动人的挚念，消逝都是必然的。更何况在今日叠遭巨变。故伤怀、挽歌并不能留住行将逝去的旧影。与其如此，不如对峡江文化进行理性的省思，接受更广大的意义。这种"理性的自觉"在其后期文化散文中更加明显：

> 穿越巴山楚水，探寻苍茫的历史风雨，诵读鲜活的现实诗篇，心中笼罩着一片踏遍青山人未老的豪迈气概。我知道，这不仅是神奇山水带给我的真实感受，而且更是建设者的精神风貌，如一道灿烂的阳光照亮了我的内心世界。一路走来，正是巴山楚水不知不觉地滋润我的情怀。我因此深深的理解了跋涉蜀道的艰难和价值。这些人生风景将陪伴我继续去探寻诗和远方。①

可以看出，作者虽叙述文字气韵生动，虽仍然向往诗和远方，但理性的痕迹俨然。重要的是，文字一如既往地带着"我"的痕迹，带着鲜明的"个体性"。于是笔者试作如是理解：既然无法阻止地域与民族文化向历史深部渐行渐远的必然趋势，则何妨从伤怀之中超脱出来作理性静观？而作者以理性审视故乡所获具的更广大的文化意义带着鲜明的文化哲学与美学的个体性达到了无悲无喜的涅槃之境。

---

① 甘茂华：《穿越巴山楚水》，载《今古传奇》2018 年第 2 期。

六、结　语

要描绘、勾画出一个民族、地域的文化面相，散文是最便利的方式。如果用小说，因小说文体的核心使命是刻画性格，地域、民族的文化资源都用之于性格的刻画，当性格立体式地凸显时，文化信息因被片面地使用，其意义走向狭窄。只有散文，具有表达的自由和散点透视的方便。甘茂华使用散文，表达的自由使其在历史与现实、个体与群体、山水与人文之间自由穿行，而散点透视又得以描绘出土家文化的全方位、多侧面、立体感，并不失时机地将个人体验带入意义的认读之中，创造了一种具有个体性特征的文化符号系统，最后在无悲无喜的理性静观之中将民族的文化意义带向人类意义。这正是甘茂华文化散文的价值所在。

在史笔与文笔的双重驱遣之下

——高登元长篇史传文学《西汉权臣霍光》叙事技巧透视

历史真实与艺术真实，向来被史传文学奉为圭臬，但如何达到此双重真实，却从来是史传作家全力而为、倾尽心血之事：他们一方面要还原历史，呈现时代本真，另一方面又要体认人性，回溯历史语境下的人格表现。故史传文学叙事遭遇了史笔与文笔的双重驱遣。高登元长篇史传文学《西汉权臣霍光》通过搜罗大量正史、野史、笔记、书信、奏章、旁叙，钩沉辑隐，掘古发微，在严密的史迹考证中启动文学想象，驱遣史笔与文笔，描绘了西汉权臣霍光波澜壮阔而身死族灭的一生，是史传文学的重大成果，文本既有史笔的秉笔直书，又有文笔的合理想象，达到了史传文学之历史真实与艺术真实的统一。

一、作为文笔的史笔

小说的主要表述法是叙事，《西汉权臣霍光》作为史传文学、历史小说，其"文笔"之主体表述方法当然也是叙事，此种历史小说的叙事在塑造文学形象的同时，始终一力追求史笔之真，在涉及职官、制度、后宫、地理、姓氏、事相源流时，秉笔直书事件真实，使文学形象具备了属于特殊时代的历史原貌。显然，这种书写必须基于考据功夫，这就为文本带来了某种学术品格。

文本有对于职官的梳理：

御史大夫，秦代始置，是监察机构最高长官，负责监察百官，代表皇帝接受百官奏事，管理国家重要图册典籍，代朝廷起草诏命文书等，官位次于左、右丞相。西汉沿置御史大夫，还兼任副丞相，协助丞相综理大政，但仍偏重执法或纠察，不仅可以劾奏不法的大臣，而且还可以奉诏收缚或审讯有罪的官吏。

上述文献在叙述霍光故事时及时植入西汉高层与底层职官的权力流变史实，此外，文本还有有关地理、姓氏的系列历史知识的介入：

平阳是春秋时期霍国所在地……到了周成王时，蔡叔、管叔与纣王之子武庚发动叛乱，史称"管蔡之乱"，霍叔受到牵连，被周成王废为庶人，三年后恢复封国。时至春秋战国时期，也就是公元前661年，霍国被一度称霸的晋国所灭，霍国的后人为不忘故国，从此就以原国名为姓，称为霍姓。

种种历史文献的引入，本质就是设置了霍光初涉政坛时面对的制度结构、权力环境与家族人事关系。霍光虽家世寒微，但有同父异母的哥哥、大将军霍去病做跳板，霍光少走了很多弯路可以直达皇室高层。但他面对的制度、权力与人事关系环境毕竟客观地早已先期置于霍光之前，由于人与环境的互动关系，霍光面对的时空环境一定程度上决定了其行为举止的必然走向，亦即，文本史笔之真决定了文本必然朝向历史真实。

还原人物存在的历史真实，是文本利用史笔之真一力经营的意念凝聚的目标，正是基于此种意念凝聚的历史真实，读者乃可从诸多具体的历史事相中跃升，思考人性与事件互动的历史哲学问题，观察制度与社会形态、权力与人性、民族与命运、必然与偶然等问题，领悟到霍光及其家族的命运一方面源于集权制度的诱引与限制，另一方面又根源于人性对权力的试探与挑战。是故，霍光作为"历史的人"活跃于文本中早已被文本史笔之真所预置，是文本在进行文学书写时秉承史笔之真的结果。

二、作为史笔的文笔

文学形象、人物性格的塑造仍然是历史小说的核心目标。但与一般生活小说描述人物现实关系不同，历史小说注重观察人物所在时代所关涉的诸多社会、人事关系，尽力为人物设置性格表现的关系环境：

> 霍光、司马迁、李陵、上官桀四人先在西市转了转，看见的全是打铁、铸器、制漆、刨木、编席、纺纱、染布、做衣等手工业作坊……觉得没什么好玩的……
>
> "我们每人按自己的生肖点个菜，可否？"上官桀笑着说。
>
> "好。"三人连声叫好。"我属牛，那我点牛肉。"司马迁首先点了。"我属羊，点一盘羊肉。"李陵接着说。"我属鸡，就来一只烧鸡。"上官桀连忙报出。霍光不好意思一笑："我只能点狗肉了。""狗肉不上正席。"上官桀打趣道。"哈、哈、哈！"四人一同大笑。

这段文字极为巧妙！在正史(《史记》《汉书》)中，上述四人只在列传里单独叙述，野史也没有合并叙述，但四人既然生活在同一时代，同朝为官，那么他们是否有交集？作者发挥合理想象，通过酒肆点菜的细节既道出各人的生肖属相和长幼关系，又写出其间的心态差异，更带出菜市所喻指的生活环境，文本的"文学性"因此涌现出来。

霍光有什么基本性格？在群星璀璨的武帝时代，他何以既不凭五经修为、又不凭半点军功而纵横朝野？《国语》有云："吾闻之，唯厚者能受多福。"文本首先关注到了霍光性格的"仁厚"：

> 霍光一下跪在霍去病面前，流着泪说："士兵们为了保卫国家，征召入伍，离别家人，提着生命，跟着你出来打仗，可他们得到了什么呢？现在食物都快没有了，已经饿得没力气行军了。你有皇上犒劳

的专车食物，行军之余还踢球游乐，食物吃不完，烂掉了也不拿出来，那他们在心里该如何想呢？如何看待你呢？"

文献表明，霍去病带兵并不注重与士兵同甘共苦，武帝用以犒劳士兵的酒肉衣粮霍去病并没有层层下发，导致很多士兵饥寒交迫，而霍去病不顾士兵饥寒，还在军中画地举行蹴鞠游戏。他大约太年轻，不知体恤下情。作者利用文献提供的蛛丝马迹展开想象，刻画霍光力谏霍去病体恤士兵寒苦的宅心仁厚，文本始终描写霍光以此种仁厚忠直的性格处人处事，左右逢源，广招福缘，构成了霍光抵达其人生顶点的基本性格逻辑。

不仅如此，文本还在历史文献的缝隙中按照性格的必然走向设想人物的可能言行，进一步将性格的刻画导向精微：

> 霍光直瞪着眼睛，想了一会流泪说："皇上，老臣有件事，有件事，有件事一直想跟皇上说，可我……"
> "什么事？到这时候了，大将军您有什么话就告诉朕吧！"
> "皇上，这皇后，皇后，皇……"
> "老爷，皇后正在外面为您及我们霍家悲痛伤心啊！"霍显突然闯进来说道。原来这霍显一直躲在外面偷听，当听到霍光支支吾吾、断断续续说到皇后，她料到霍光是要向宣帝说出自己指使女医淳于衍毒死皇后许平君的事情，就赶忙闯进来打断。
> 宣帝看到霍光说到这事的表情状态，又见霍显不顾君臣之礼突然闯入打断，心里猜想到很可能是要说出皇后许平君的死亡真相，这时他恼怒地看了这位岳母一眼。

霍光将死，心中有一个极为重要的心结要向宣帝祖露：其妻霍显曾利用宫廷医生向前皇后许君平使用慢性毒药害死了她，以便把自己小女儿送上皇后之位，许君平是宣帝在民间患难与共的爱人，宣帝心中有痛，本来一直在怀疑是霍家所为。霍光将死而言善，准备临死前向宣帝坦承并祈求宽恕，免遭将来灭族之祸，不料霍显乘机突入，打断了这一千载难逢的机会，霍氏之灭终成定局。应该说，作者设想的这一细节是对历史文献的有效运用，是史笔指引下的文笔：既是对霍光性格走向的可能描摹，又是对史实之真的有效弥合，因为文献并没有表明霍光临死要向宣帝袒露的记载，文本描写霍显打断二人对话其实是向史实的回归。因此，此种描写可视作文笔在史笔中的闪耀。

三、新历史主义取向

《西汉权臣霍光》既秉承史笔之真，在严格考据基础上还原历史真实；又经营文笔之韵，利用历史细节发挥合理想象，这就在整体言路上造就了文本的新历史主义价值取向。

新历史主义要求将历史、文学文本重新置于历史学、人类学、社会学、政治学、文学、经济学等各学科的关系维度中，关注文本发生的语境，特别留意权力意识、政治意识形态对文本意义的暗示、引导与潜在干预。新历史主义认为，基于叙述的历史文本包括事件、记录、解释三个方面，新历史主义并不否认某个历史事件在某时某地发生的客观性，其理论产生于"历史"的记录和解释阶段。而记录和解释都遵循某种句法结构，既如此，"历史"就是句法结构对事件的重新编织，"历史"是事件在语言中的"客观"涌现——尊重事件的客观性与事件解释的"非"客观性看似矛盾，实则并不矛盾——"历史"带着叙述者鲜明的个人印记。

作为历史文学，作者特别注意描写霍光心性在权力、利益、关系中的本色演出，亦即，写出一种古今共有、人所共知的人性，霍光是活着的"历史的个人"。由于"人"的活跃，导致霍光关涉着的历史细节都有别样的"人"的意味，而这正是文本既通向历史又通向文学的缘由所在。文本的新历史主义取向从语境、个人印记、关系维度三个方面体现出来。

语境。文本是在当代语境下据史实书写。叙事摆脱了皇权体制下的奴化语言，是在人性充分展露与理解下的放言发舒——作为凡夫的五欲（财、色、名、食、睡)在"人性本然"的理解中获得了充分安放，而人性的饱胀与充分书写只有在当代自由言说的语境中才得以达成，亦即，霍光人格、心性、心理活动的充分书写基于自由言路的事件重构。故作者可在充分钩沉正史、野史、笔记、奏章的散碎文献中整合霍光的人格形态，预拟霍光的人性故事，虚构霍光的言行举止，重构霍光的性格全型。总之，自由想象构成了文本一切有关霍光内在精神与外在关系特征之书写的核心语境力量。

个人印记。文本一切有关霍光的史迹重构，由于是语言对事件的重新编织，一定程度上突破了事件发生之时地、价值的客观性，因而都带有强烈的个人印记。尽管文本一力追求史笔之真，但叙事本身使事件的客观性发生偏转，而向作者对事件的理解方向进趋。

小说叙述霍光的婢女霍显通过心机谋略首先上位成为霍光之妻；接着又使心机掌控家政，与家奴私通；再接着复使心机谋害皇后许君平，推自己女儿上位成皇后；最后闯入密室，打断临死的霍光与宣帝的对话，经过系列描写，霍显终于成为霍氏灭族的罪魁祸首。显然，这是作者在史迹爬梳中获得的认知。此种理解固然有其合理的一面，但读者站在历史哲学的立场要问：霍氏灭族有没有相权高过皇权而为皇权所忌的原因？所谓权大欺主？霍显的系列操作有没有霍光本身的贪欲被利用的原因？所谓贪婪引祸？如此等等，对同一事件的理解其实有多种向度，而作者的理解显然带有鲜明的个人印记。

小说叙述昌邑王刘贺侥幸得晋大位，带着家臣万里加急，强带民女车中淫乱，进京后失德、失言、拒谏，不理政事搞小集团，二十七天犯下千余件失德之罪，终被霍光废除。文本叙事强化了刘贺因失德而失位的言路，但读者又可跳出叙事而反思，刘贺失位是不是其尾大不掉、霍光难以控制的原因？不然霍光何以重选弱龄的宣帝刘病已？等等。故刘贺因失德而失位的叙述与理解又打上了鲜明的个人印记。

关系维度。一部历史小说所叙霍光波澜壮阔的一生，一定关涉到霍光与皇权、社会、宗族乃至军事战争和经济地理的关系，关涉到历史学、人类学、社会学、政治学、经济学、地理学，是斑驳芜杂的关系构建了霍光辛苦操劳、直达顶点而终至灭族的命运，将人物命运置于千丝万缕的关系中，以此带出时代的意识形态与权力结构特征正是新历史主义的经典叙事方式。小说对霍光牵涉到的诸多关系的全面展现一方面遵循了基于考据的史笔之真，另一方面又是话语结构、叙事方式对客观历史事件的重新"编织"，"历史"带着特有的"客观性"从语言中"涌现"。

是故，文本因其语境、个人印记和关系维度表现出新历史主义叙事与价值取向。

余　思

《西汉权臣霍光》在史笔与文本的双遣之下完成了叙事，并因此具备了新历史主义品格。但通观全篇，也有一些不如意处，大体被史笔所限，而文笔使用不够。主要有两处：第一，小说写昌邑王刘贺奉诏（皇后之诏）入位大统，万里加急，道路扰民，失德乱性，入京搞小集团，终被霍光废位，所据文献大体依据《汉书》。《汉书》提供了详实的史实细节，此中正可植入丰富的文学想象和描写，刻画饱满的人物形象，是文笔的用武之地。但文本只是依据《汉书》所述直叙刘贺乱德，并无想象的发挥。刘贺二十七天犯下千余件失德之罪，能否写几件典型事件？居丧期间刘贺如何继续淫乱后宫？他如何切断与外臣的联系独宠家臣导致自己最终失去外援？等等，均是想象的游冶之地，但文本付之阙如。第二，霍光去世是家族溃败的开始，宣帝大权在握，不能容忍权大欺主，开始一件件清算霍家之罪，其时霍显、霍山、霍禹等惊慌失措，言动皆乱，诸多不祥之兆接连发生，然则此中乱象如何？各色人等有何表现？霍显生有败家之相最终如何验证？牢不可破的臣僚、权贵、家族关系如何土崩瓦解？等等，史据历历而不见文笔之用。此二处读者读之心有不足，留下了一定的遗憾。

病态心理的文学表现及其文本困境

——高惠芬长篇小说《银手镯》之文学表现与文本疑思

高惠芬长篇小说《银手镯》描写了一批心理疾病患者的沉沦与拯救的故事。出版社在小说扉页上标上"中国版《挪威的森林》"的推荐语。客观的说，小说显然远没有达到村上春树《挪威的森林》的艺术高度，当然，其构思理念与叙事行进路径确乎与《挪威的森林》有可比之处。

一、病态心理学视野下的性格塑造

《银手镯》叙述具有正常人格的林碧萱所关联着的各色人类，他们分属不同的阶层，由于生活经历的曲折与差异，他们或多或少都有不同程度的精神创伤、心理疾病，在病态心理学视野下探究人物的性格形成与人格类型，就成了小说的主要致思理路。大体而言，作者往往在平缓的叙事进程中突然安排情节斗折蛇行，让人物心理在深层震荡中得到本质性的凸显，展现其创伤深重的内心及其与众不同的价值取向，使人物性格在急遽的情节推动中加速形成，以此完成小说"塑造性格"的核心使命。此种性格表现方式有利有弊，具体分析如下：

林碧萱：林碧萱大体属于缺乏双亲之爱、内心保守、用情专一、直觉发达、谨守人伦、不畏惧挑战的知识女性，她是全书的中心人物，关联着众多线索，林的性格在种种线索的展示中逐步显现。由于有关林的叙述节奏大体平缓，因此林的性格形成有清晰的脉络，上述种种性格特征的形成有迹可循，既有情节的线索又有情节的实证。小说写林的心理游走于病态心理的危险边缘，通过寻找母亲和爱人，拯救别人而达到自救，在爱的施与中获得爱的回归，最后复归人格的正常，其性格形成颇具辩证否定意味。

邓书来：从事建筑设计的邓书来理性、冷静而宽容，忠诚于爱情，虽被众多少女瞩目但绝不受诱惑。他被宁素珍囚禁在自己设计的楼房中，虽备受折磨，但被解救后还是宽宥了自己的对手，正是这种宽宥使自己免受病态心理的干扰。由于邓书来心中无恨，因而他能逃出仇恨的折磨，小说为写出邓书来性格而设计的众多情节隐然体现了无处不在的因果律。

舅妈(母亲)：林碧萱舅妈(母亲)是徘徊在理性与情感之间蹉跎一生的矛盾女性。小说写舅妈与裁缝师傅宁开济的婚外情贯穿其两次正式婚姻，生死孽恋的情节设计表明不伦之情主导了其全部心智，追求真情不得而导致一地鸡毛，理性回归之后又陷入对女儿深重的负罪感而出走，此种出走其实是一种逃避，逃避罪孽，逃避伦理的谴责。她通过刘婆婆将传家宝银手镯留给女儿，意味着她要将她所珍视的人伦传统假手于人传承给自己女儿，而自己显然没有资格。这是一种自我认定，是理性的判断。小说就在理性与情感的来回波动之间设计情节，使舅妈的性格获得丰富的层次感。舅妈之病与其说是心理之病，不如说是不伦之情冲荡婚姻伦理而被反噬的伦理之病。尔后舅妈不断退守于道德的自我谴责之中，成为一个退缩于"道德与心理盔甲"之中的人。她是全书性格塑造最成功的人物。

宁素珍：仇恨是宁素珍的性格基调。小说写舅妈破坏宁开济家庭而被宁素珍仇恨，写林碧萱无意间抢走女儿情人邓书来而被宁素珍仇恨，写她疯狂报复邓书来而流露仇恨。小说为了写出宁素珍的仇恨主调，设计了系列情节：最初到林碧萱的服装店打探；之后盘下隔壁董老板的服装店作势要与林碧萱竞争；知晓林碧萱的一切，二人发生冲突，林碧萱把宁素珍推到在地；女儿蓝月的情人被林碧萱无意间抢走，宁素珍仇恨更深；出于报复她将邓书来囚禁在楼中折磨，等等。一系列的情节设计将宁素珍以仇恨为主调的病态心理铺叙到十分充分。

何幻香：虽然记者是这一知识女性的事业成功的标签，但情执是何幻香的性格主流。她执着于与朱念真虚幻的所谓"爱情"，无视朱念真的根本背叛，反倒为这种背叛寻找理由，缺乏基本的理性，宽容而自欺欺人，这是一切陷入情执的女性的根本心理特征，最后从高楼一跃而下，用生命为情执买单。何幻香虽事业成功，但她走不出情执，其实是走不出自己。小说将何幻香的矛盾与病态心理表现到相当的深度。

如上人物的成功塑造，表明作者有清醒的使命意识：小说的核心使命就是塑造人物性格。至于文本的价值之思、情怀担当、诗意想象、文化探索、哲学领悟等，都是在"性格"这一核心的精神凝注中才得以发生。小说正是在成功的性格塑造中才有系列的价值指向。

二、银手镯的表意价值

银手镯作为林碧萱母亲的传家宝，是小说的线索和焦点。小说共出现四个银手镯，刘婆婆手中的三个和失足女黄雨佳手中的一个。由于银手镯分属不同的人，有不同的出场方式，这使银手镯作为表意符号领有了不同的功能价值。

（1）文本结构价值。作为小说的线索，银手镯是故事行进的路径，在故事行进中，小说将刘婆婆、舅妈、林碧萱祖孙三代作为一个整体表现并关联起形形色色的其他人与事，形成一个整合的结构。作为焦点，银手镯是小说灼照所有心理疾病的最后光源，各种类型的精神动荡在银手镯所代表的深度安宁中被放大。

（2）伦理隐喻价值。银手镯代代传承，它代表着古老的文化和传统，在我们的文化传统中，女性是被"塑造"的，是被文化的伦理价值观念强力规范而生成的，尤其是贞操观，是传统女性人格生成的强大能量场。但舅妈的三个银手镯被刘婆婆保管着，这一笔意味深长，意味着舅妈自觉自己因为未婚先孕，没有守住女性婚前应该保有的贞操而没有资格把银手镯亲手传承给自己女儿，只能由自己姨妈代为保管和传承，舅妈的自责本质是一种伦理的自责。

（3）心理灼照价值。舅妈的情执、自责、忏悔以及试图以逃世的方式达到自救的矛盾纠结心理，在银手镯象征的纯朴、透明、安宁中被深度灼照，人物心理性格因此多层次凸显，这是银手镯心理灼照价值的直接显现；以仇恨为性格主调的宁素珍其仇恨心理也因其而被放大。

（4）精神救赎价值。因为银手镯的存在并被代代传承，一种行将崩溃的伦理传统在人的自责与反思中得以最终弥合。在银手镯的安抚中，舅妈从寺庙中自省归来；林碧萱与邓书来破镜重圆；黄雨佳在寺庙中通过做义工修复破碎的灵魂。银手镯已超越了其物质性，以其承载的文化力量实现了精神救赎的功能。

三、作为小说文本的若干可疑之处

全书 31 万余字，出版社标以"中国版的《挪威的森林》"，实话说，小说除了关注心理疾病这一共同主题有可比之处外，其艺术价值与《挪威的森林》存在相当大的距离。今从如下若干可疑之处讨论。

（1）叙述。全书 31 万字，铺叙过长，语言泡沫过多，不够精炼，31 万字的故事至多可在 8 万字的大中篇内解决。全书围绕林碧萱展开多线故事，有部分富余人物可以舍弃，譬如白风、黄雨佳等。白风没有下文，有始无终，小说里不应有可有可无的废人；黄雨佳突然出现，又突然消失，她的作用是用来引导林碧萱找到寺庙里的舅妈，但这种作用完全可用林的别的熟人引起，如果要通过黄雨佳写出灵魂拯救的意义，则应详叙，不应突然出现和消失。而且由黄雨佳带出第四个银手镯，她的这一银手镯与舅妈的三个银手镯是什么关系？有何内在联系？有何补充价值？这一系列问题小说里都没有交代，这么看来有关黄雨佳的故事及其手中的银手镯就是小说的赘瘤了。

（2）故事结构。小说以林碧萱为中心关联各种人物，构成放射状人物关系结构，而不是围绕林碧萱建立起多层环状结构，这是其中某些单线人物的故事可以取消的原因。譬如前述林碧萱与白风、林碧萱与黄雨佳的关系故事，因有始无终，都可直接取消而使文本结构趋于凝练。小说固然也设计了白风与其男友、白风与钟教授、白风与何幻香的关系，但他们的关系毫无情节展开，更无性格生成，没有在其中透视某种心理疾病的发生，又因白风的消失戛然而止，小说最终还是回到单一的放射状结构。

（3）社会背景。小说社会背景过于单薄。使得促成心理疾病发生的社会因素与生活节奏表现得不够充分有力，经济的快速发展导致精神危机加深的社会背景没有得以充分叙述。没有写出生活方式、传统人伦与价值观变异导致精神疾病发生的合理逻辑。人物关系和故事大多在舅妈的后院里展开，这是戏剧的场景设计，但《银手镯》作为小说却无法容纳更多更丰富的社会与文化资源用之于心理疾病的表现。

（4）对话。小说对话一般有两种功能：1. 凸显人物性格；2. 深化或引导情节转向。以此两种功能对标《银手镯》，发现文本对话多属于废话连篇，既不能凸显性格，又不能深化或引导情节转向，寡淡无味，无法引动读者的性格之思或价值领悟。

（5）情节进程。小说无数次在描写情节进程的关键环节突然旁叙，荡开一笔，打断情节进程。按小说的一般套路，荡开一笔之后接续的情节应是情节的转向，或情节新的开始，但小说的接续之处不过是过往情节的延续，那么荡开一笔有何必要？

（6）性格。1. 情节非性格内生。一般而言，小说作者固然可以设计人物的性格基调，但人物性格一旦形成，就有了自主性，性格自主运演，此谓之"性格逻辑"。换言之，情节与性格有其行进理路：当性格形成之前，还可由作家设计情节，指向某种预想的性格，但人物性格一旦形成就有其内在逻辑，性格决定情节走向，情节都是性格"内生"的。鲁迅就在有关《阿Q正传》的创作谈中谈到了自己的"不得已"——不得不将阿Q写向死路，这表明鲁迅是遵循性格逻辑的高手，故有阿Q这一经典形象的诞生。《银手镯》的情节对于性格而言却多是"外设"，即多由作者设计情节，以此引导性格生成。譬如林碧萱与其闺蜜白风探访燕临河，白风突然将林碧萱抛在悬崖边不管不顾，这一情节因何而来？有白风的性格内因吗？是白风性格使然吗？即使是出于闺蜜之间的仇恨，这一仇恨有来由吗？如果是出于恶作剧，恶作剧有解释吗？小说一概付之阙如，使读者颇涉疑思。2. 钟教授为何走向圣人？林碧萱答应了钟教授的求婚，已开始拍婚纱照了，突然知晓了邓书来的消息，于是不顾一切去寻找邓书来，此时的钟教授不仅心中无恨，没有半点焦躁和恼怒，反倒协助林碧萱寻找邓书来，他是傻子吗？或是圣人吗？既然是教授，多少总有点智商，可见傻子的判断不成立，那就是圣人了！小说能不能写圣人？当然能写！金庸小说《射雕英雄传》就写了中神通王重阳，《倚天屠龙记》就写了张三丰等圣人，但圣人自有圣人之迹，有小说情节铺就的逻辑轨迹，读者搜寻情节的蛛丝马迹，自会觉得他们成为圣人合情合理。钟教授从出场到向林碧萱求婚，始终是凡夫之姿，突然就有圣人人格了，这个转折是如何发生的？有情节轨迹可寻吗？小说并无情节铺垫，读者再次迷茫。

（7）银手镯最终功能不张。小说《银手镯》有一个目的：通过银手镯负载的人伦价值最终实现其精神创伤的弥合功能。此种功能确乎一定程度上实现了，林碧萱、舅妈、黄雨佳等人都在银手镯的叙事中得到人伦与精神安宁的回归，此种功能在林碧萱的寻找与精神重建中层层凸显，但既然银手镯有此精神弥合功能，并在舅妈、黄雨佳身上完美实现，那么与林碧萱关联着的何幻香何以跳楼？宁素珍何以因仇恨失志？她们处于银手镯的价值传统之外吗？小说提供此种"之外"的资源没有？通观文本，并没有提供此种"之外"的情节或思想资源。银手镯的表意价值至此萎缩。

（8）硬伤。1. 两次燕临河探访的时间安排有误。小说先写林碧萱与白风阳春三月探访燕临河，仅仅四天之后，林碧萱又与邓书来一起探访同一条河，"按节气来说今天刚好是寒露，'九月节，露气寒冷，将凝结也'"——阴历九月至少是阳历十月了，如此，四天过了七个月！2. 找到舅妈之后的春节时间计算有误。小说写腊月三十林碧萱与邓书来一起通过黄雨佳在南方某小镇寺庙找到舅妈后，当天开始周转两天回到中部小镇的家，其间因过于疲累又睡了一天，按理应是新年初三了，但两人醒来听到

57

四周鞭炮声爆响，知道人们开始过春节了——"人们"与两人一同误认新年初三为初一了！

综上，由于文本存在多处缺漏，显得稚嫩，与村上春树《挪威的森林》之艺术价值不具有可比性。

心灵究竟有几层?

——郭寒散文随笔集《得闲》之心理学分析

柏拉图在阐述其"理想国"蓝图时，曾把人的心智分为情感、意志、理性三层，认为不同的人其心理结构中总有其中的某层占主导，由此决定了其心理、性格、命运及其在社会生活中的身份地位。柏拉图并据此将人们分为劳动者、武士、统治者，认为对此三类人应该施以不同的教化：劳动者为欲所使，一辈子奔走于衣食之需，应施以音乐教化，特别是颂神乐和英雄赞美乐，使其情感因陶冶而净化，为国家提供资生之具；武士可教以体育和数学，强化其保卫国家的意志；统治者则醉心于哲学，用哲学理性统治国家，好的统治者应该是哲学王。所谓"理想国"就是三类人各安其位、各尽其职的国度。

康德将人的心智分为感性、知性、理性三层，此三层各有其内在规定的先验范畴，感性先天具有时空范畴，将万物感知为具有时间、空间性特征的纯粹经验材料，知性用内在的统合性为此经验材料赋予规律和条理性，理性用先天具有的四大类十二范畴(质：肯定、否定、不定；量：全称、特称、单称；关系：直言、假言、选言；模态：实然、或然、必然)将此统合材料进一步精细化，三者共同协作达到了对世界的深度认知，因此所谓外物不过是人的内在先验范畴投射的结果，故此"人为万物立法"。

中国自孔子"食色，性也"肯定人欲以来，经数千年实践，又接受了佛教禅宗的悟性说，形成了对人类心智的全面认知：欲望、情感、意志、理性、悟性。欲望(财、色、名、食、睡)属于本能；情感是基于欲望的共享之心；意志体现为我执(个体的我与类化的我)；理性就是在客观的二元对立中主体凭自身清醒的意志作出思维、推理、判断与选择的精神能力；悟性是不经过逻辑之思对对象本质的直接抵达与领悟。五种精神能力共同构成了人类的完整心智。一般人如果不是天赋异禀或经过特殊训练，很难具备通透的悟性。而如果经历异于常人或教育的残缺，往往又在其余四种中或有不足。因此，虽或为人，拥有健全的心智、灵魂的人仍然是极为稀有的。

读宜昌作家郭寒的散文随笔集《得闲》，常常心中生疑：人的心灵究竟有多少层次，而能灵动如斯，感应万端？乃至千幻并作，花烂映发？这不能不激起了笔者一探究竟的兴趣。

一、感知方向与认知圈层

文集名曰《得闲》，记载作家工作之余闲处所得，闲游、闲读、闲情、闲话。生而有闲，心态才能充分展放，故"闲"是生命的完全放松与率性状态，是真性情的流露状态。读者可从中体悟闲游时的精神徜徉，闲读时的思力所致，闲情的无绊无羁，闲言的情理万彰。闲，是生命、生活向读者赤裸裸的呈现。

《得闲》首先向读者展示的是闲游，作者游遍全球列国万邦，闲游显示了时空的延展以及作者精神的舒展与成长。《闲游美国》不吝笔墨深度刻印了美国的山水人文、蓝天白云、水坝峡谷，以及科教文明，此中有对美国自然生态一任天然的倾慕，有对耶鲁哈佛人文水准的向往，有对美国市民急人所急、毫无心机的教养的赞叹。《纽约最震撼我的一幕》除了描写纽约下午如溪如河的跑步人流，特别记下了这个城市地铁的破败："它的陈旧，令人难以置信，永远是轰轰隆隆，摇摇晃晃，破破烂烂，臭气哄哄……一股尿骚味。"[①]

综观美利坚游记，可使人联想到清末国内首次睁眼看世界的知识精英的一些域外记游。如容闳《西学东渐记》、郭嵩焘《伦敦与巴黎日记》、曾纪

---

① 郭寒：《得闲·纽约最震撼我的一幕》，武汉：长江出版社 2020 年版，第 36 页。

泽《出使英法俄国日记》、康有为《欧洲十一国游记》、梁启超《新大陆游记》等。与此诸多大师由于深受数千年农耕文明宗法伦理的熏陶，在坚船利炮中感受国破家亡、社稷丘墟后亲眼目击强大工业文明时的讶异与自卑不同，作者则是在中华民族伟大复兴路上的心境中，打量超一流强国的优势与不足，此中流露的是"应然如是"的欣赏，更是毫无心理膈应的"平视"和国运重来的自信。

携着这种"平视"的信心，作者其余域外之旅，相继描写了埃及、日本、越南、柬埔寨等地的人文风貌。其中埃及是与中华文明同样源远流长的文明古国，作者用系列"一半……一半"的表达式，描写了一个交织着古老与现代、渐行于历史深处的文明背影，留下了打量某种文明余晖的目光；而对于曾经是中华藩属国的日本、越南等地，作者也不吝赞美之词，这是发乎本然的称许与赏识，是文化信心的流露。在吴哥窟记游中，作者感叹："吴哥的老，是死过了，再拉回，体验一次在阳间窥见阴间里的往生模样；吴哥的老，是割肉刮骨，熬干最后一滴生命汁液，依然露出让人心痛的微笑；吴哥的老，是教人如何通透，平静，隐忍，不争，不怒；吴哥的老，是让人明白没什么可以抗住自然，抗住时光，石头可以侵蚀为粉，人只是一缕青烟。"①显然，某种文明的旧影让作者目击的不仅仅是物之垂老的印记，吴哥窟古老的文明古迹启动了作者对某种心像的领悟。

作者国内记游中，充满了对河山地理、民风民情悉心深微的刻画。或对海峡两岸民情差异的感知："一切都很明显，一道海峡，这边只是差时间，那边却迷失了方向。"②或对贡嘎独腿游客的注目："记得问及他为什么要来贡嘎，他有些禅意的回答：是让自己休息一下。下一步，还回去南迦

---

① 郭寒：《得闲·老到极致，宛若吴哥》，武汉：长江出版社 2020 年版，第 61 页。

② 郭寒：《得闲·这边差的是时间，那边差的是方向》，武汉：长江出版社 2020 年版，第 66 页。

巴瓦峰、冈仁波齐峰。'有些山，适合灵魂小憩。'他跟我说的最后一句话。"①或对葛洲坝大坝重量的体认："葛洲坝之重，重在中国人精神不怂。重在它是中国的水电炼炉。重在它是设计布局的天工巧夺。重在它让宜昌城市升级。"②或站在三峡大坝制高点黄牛岩上，放思其历经数千年存废而瞥见一个民族国家的历史背影，等等，不一而足。

综观文本描写的域外与本土记游，其感知所涉既有物质仰望，又有文化比伦，既有文明幽思，又有民情之议，不仅发掘山川地理的人文精神，而且目击某种文明旧影影影绰绰的历史心像。大体而言，列国记游是游冶于宏观时空的宏大叙事，基于此，其间以"个我"感受为出发点，走向对"类我"的建构，亦即，文本显示了一种不断突破自我而深入体认历史、文明、民族、国家的精神印记和情怀。

二、赋 神 于 物

文本在多重感知中显示从个我走向类我的认知方向，显然并非只是呈现一种简单的静态心理结构，而是显示了一种能动的、动态的心理运动进程，此一进程在延展中天然具备了赋神于物的能力。

神，显然是属于主体的，主体赋神于对象，使对象具备了主体的生命情态，此种情态有多种表现形式。

一类将物写出人的性格："清江源自湖北西部的最后一道屏障——齐岳山麓一个叫龙洞沟的涌泉，一路跌落伏流，劈山闯峡，沉潭滑滩，一念凶险，一念秀美。清江流走的两岸，除源头地带的利中平原，其余全部在武陵山峡谷里，遍布崖壁、石林、天坑、地缝、洼地、漏斗、溶洞、盲谷、暗河。少见民居，有则藏在云雾里，偶有田地，多是挂在坡岸上……

---

① 郭寒：《得闲·有些山，适合灵魂小憩》，武汉：长江出版社2020年版，第79页。

② 郭寒：《得闲·葛洲坝的重量》，武汉：长江出版社2020年版，第93~98页。

江水暴涨暴跌，乖戾无常……这样的清江，流淌了万千年。"①

此种描写承继一般游记通常的理路：赋物以灵。既写出清江发于泉洞，汇集众流、一路跌宕奔涌、冲荡不息、峥嵘万状的生长形态，但是显然，于此"物"的生长中又被注入了凶险、秀美、内敛，以及映光袒露等种种"属人"的性格情态，非可一言以尽。种种情态得之于人，寓之于物，是"物"向人的生成。

另有一类是被事件激活某种情绪化认知，事件因而成为主体情态的寓言："有时，文学想不幽怨还身不由己。主干道上的高楼大厦是别人，文学只是小巷里的青砖瓦屋。瓦屋固然可以固守清贫，但高耸云天的玻璃幕墙反射过来的光污染，也会搅皱那份孤寂与平静。你青砖屋瓦自我欣赏的沧桑、劲道、醇厚、深刻，别人也可感知为陈旧、固执、寡淡、小众，然后，喷你一脸唾沫星子……它只是一杯茶，你用来细细品味其中的三分苦涩七分清香，别人咕隆咕隆一口，清香过那腐臭的大嘴，然后啊呸一声吐掉。"②

这是另一种赋神于物的别样形态：叙写自己对文学的独特认知。此类认知在《闲读》中所在多有，表达作为独处者的独特感悟，是某种心境的借物显化。按作者所述，在这个物化的时代，某种精神性的东西已渐行渐远，作为承载了一个民族数千年心理迭变的文学已愈益小众化，而与文学深刻感通的心灵却被时代投以异样的目光，因而此种独特的心灵也就愈益孤独。如此说来，孤独居然成为主体与文学往来的独得之秘，是主体自我体认的借物以寓，"物"（文学）至此被赋予了某种独特深刻的心灵品质。

还有一类，关涉于物的行为举止而体现主体徜徉于物的自在逍遥："摄影发上烧后，只要不出差，每到周四，就踮起脚尖眺望周末的天气。随之就有远远近近的谋划。这个季节，千山万壑，层林尽染；天高野旷，秋风瑟瑟。有一年的这个季节，我从湘西凤凰回来，自己开车，特意走来

① 郭寒：《得闲·宜昌有溪九十九》，武汉：长江出版社2020年版，第125页。
② 郭寒：《得闲·文学是杯茶》，武汉：长江出版社2020年版，第137页。

凤、鹤峰、五峰线路，两峰交界处的那个秋色，铺了一山山，一弯弯，一钩沟，红葡萄般浓酽，至今回味都咽口水。"①

可以看出，这是一种有别于前两类赋神形式的另外样式，主体徜徉于物之上，逍遥自在的心态既由物而来，又回归于物。一方面将自然的形貌尽收眼底——"千山万壑，天高野旷"，体现某种高蹈俯瞰、御风而行的流动心性，另一方面又显示情由物生——"层林尽染，秋风瑟瑟"，秋意的繁荣与萧瑟一时间弥漫心怀，主体注神于物，但与此同时，"神"又由物生，"神"往还于物我之间，磅礴万物，互渗而互生。如此，一种弥漫于天地间的"神"统御了物我，二者互相向对方演化，验证了庄子"天地有大美而不言"的最高领悟。

三、心 灵 涌 生

能够对于天地大美具有深刻领悟的心灵绝不是单一的，其间一定具备繁密的层次，只有心灵的各要素之间深度关联，才能互相影响，从而在整体上显示一种心灵结构的能动效应。前述感知方向的多样化，认知上突破个我而走向类我的精神成长以及赋神于物的效验等都是此种心灵丰富性的实证。在显示这一切效应之后，读者在文本中终于目击了此种心灵的最高表现：自主涌生。

"涌生"意味着精神性的东西向物的演化，意味着主体内世界外化于物，使物成为主体的镜像，是比赋神于物更趋内化的心像重构。当然，通观文本，心灵涌生其实显示了一个渐进的过程。

此种渐进过程从情感的对流开始："用 20 年时间感悟出来的爱，是什么样的爱？是赌命越狱，是泰然自若；是把一湖寡淡无情的水一滴滴分解出世间绝顶甘醇；是淡泊尘世的一杯冰激凌一个挽手一次共进早餐。20 年时间坚守的爱，是什么样的爱？是维系跟跄生活的唯一信念；是百折不挠

---

① 郭寒：《得闲·读书笔记》，武汉：长江出版社 2020 年版，第 158 页。

的隐忍与优雅；是古稀面颊上的一抹红晕；是爱到极处的错乱与失忆……"①

这段文字来自《闲读》，叙述作者阅读严歌苓长篇小说《陆犯焉识》心中所感。小说描写特殊时代一个知识分子的惨淡遭际。毫无疑问，人物命运触动了作为读者的作者，心怀悲悯的作者与人物遭际发生对流，感同身受的悲悯之情涌出心灵的地表沛然难御，无数底层生活与命运的经验纂集，故有如此浩叹。以要言之，"对流"激活了心灵结构的能动性。

心灵与对象对流之后就是情意的凝聚："真的细碎如粉尘，纯净如砂糖。我突然觉得，这多像你这18年的日子啊，一口口饭一勺勺水地喂养，一厘米一公斤地长高长重；一次次拌跤一次次翻窗地行走，一次次撒野一次次叛逆地成长……每一粒沙子，既是你18年里每一个时光切片，也是父母每一滴心血每一缕情思。你用一个瓶子，装下了你的18年。我当即决定：我要把这一瓶沙封存、收藏。养育你18年，它是你全部的童真、稚气、乖巧、淘气、聪慧、野性……在一个父亲眼里，这18年再惊涛骇浪也是滑过手指缝的细碎，再惊世骇俗也是风雨与共的纯净。若干年后，当你额头光鲜不再，将如何回味？"②

文字出自《十八岁的沙》。父亲看到儿子长大远行，并从大西北带回一瓶沙，父亲有感于儿子的成长和独立，因而满腹情意发生，此种情意凝聚于儿子成长的艰辛，点点滴滴的回忆激活了古典传统的伦理之情与放手放心的欣慰之意。这是一种特殊的视角——站在养育子女的视角回望生命成长之不易，以及看着子女终于走向自由独立的欣喜之心，凸显了伦理的情意价值，而这已不仅仅是物我对流的精神建构方式，文本将所有伦理之思巧妙地凝聚于儿子从大西北带回的"沙"，寓言式地作出情意发舒，是心灵涌生于物的独特形式。

心灵凝聚于物的结果必然是重构："一个乡下女人，挑着两副担子，慢

---

① 郭寒：《得闲·读书笔记》，武汉：长江出版社2020年版，第160页。
② 郭寒：《得闲·十八岁的沙》，武汉：长江出版社2020年版，第206页。

慢走到了生命的尽头。这样的女人，一辈子很苦很累，也很甜很值。因为，她的苦和累，被她儿子记着，也被儿子言传身教，当另一个人的父亲。而这一切的传承，即便在千里之外，母亲是知道的，她看见了，听见了，感知到了……"①

文本历叙母爱，叙述主体成长中体验到的母亲养育之恩，叙述自己在贫困中长大，受母亲言传身教最终获得伦常的滋养而成长。自己再次成为文化伦理的人格符号，延续文化流脉。此与前述父亲欣赏儿子的成长正好采取了相反的视角，恩养与报恩主题流注其中。不同的是，文本是站在养儿育女"亲历者"的立场反观母恩伦理，表达一种感同身受和心有所寄的安慰，是从人我同一的视角展开言路。因而，读者不妨视之为心灵、情意的重构。

能够重构的心灵必能自主涌生，显示心灵的本来情态："我看见了灿烂的雪和笑意盈盈的阳光在原野上纠缠。2010 年 7 月我曾目击过大草原那世间最纯净的碧波荡漾……2007 年某个冬夜，在五台山，等候斋饭，体验到了寒冬对身体的穿越，南方人过冬的一切装备那时不堪一击。刺痛后感到刺激，有种自虐的快感……自虐让人清醒。人很多时候被生活折腾得麻木而懈怠，温水被煮，疼痛的感觉已经退化。自虐或许让知觉触觉变灵敏一些。疼痛也畅快……自虐可以释放。我总相信，生命体中之毒素、恶因子的释放，自虐是一个较好的方式。它大于哭泣、呐喊、咆哮，小于自残、自闭、斗殴，远远小于吸毒、杀人、放火，恶能释放了，生命体趋于平静。"②

可以看出，这是灵魂本身赤裸裸的呈现，是心灵的自主涌生。心灵以自虐的方式感知自身的存在，这是灵魂的自我运演、自主运作。正是以此方式，心灵才能释放一切压力而归于平静，重回灵魂的自在状态。因而，读者不妨将"看见了灿烂的雪和笑意盈盈的阳光在原野上纠缠"视作心灵的本身演现、本色表演，是心灵自主涌生、借物以寓的动态符号。

---

① 郭寒：《得闲·千里之外》，武汉：长江出版社 2020 年版，第 211 页。
② 郭寒：《得闲·自虐也是一种疗养》，武汉：长江出版社 2020 年版，第 252～253 页。

余　思

读《得闲》，你可目击一个当代知识分子在心态完全放松状态之下的灵魂演现，此中既有传统士大夫"独善其身"的快意自得之姿，又有现代知识分子放眼全球的博大视野和知识架构，更有心灵自主涌现、借物以寓的动态生成。心灵在欲望、情感、意志、理性、悟性之间自由驰骋，完整表现了某种能够感应并建构万物的灵动心智。

细读文本，可以大致勾画出作者的成长轨迹并把握心灵层次叠压层累的过往经历。作者出生于鄂东贫寒之家，幼年丧父，母亲当爹当娘拉扯一家子女长大，久处底层的境遇培育了作者决然出离困顿的意志，母亲合于传统伦常的言传身教不仅强化了此种意志，更赋予作者将欲望与情感驱入伦理方向的致思力，个我与类我得到了伦理的整合；大学汉语言文学专业的训练为作者带来汉语悟性和感知，点滴生活、周游列国又使此种悟性感知得到了载体，此种感知是作者面对万物而自由放思的悟性基础；工作于水电企业、踏勘江河事业，又为作者灌注了某种天人合一、物我转换的哲学思考。因而，作者心灵层次的累进性养成其实与其生活经历、生命旅程一体相关。作者以弱龄时代试图走出困境、突破自我的意志为起点，下而驱遣欲望与情感进入伦理范畴，上而训致理性，培育诗性感知而来的悟性。欲望、情感、意志、理性、悟性一体完备。心灵既有入世的职场自我价值实现，又有出世的高蹈逍遥淡远，乃至心灵的自主幻生，是传统士大夫和现代知识分子精神趣味的有机统一。

应该说明的是，《得闲》也有不如意处：列国游记文献呈现过多。如《入埃及记》所涉埃及的历史文化部分流于历史文献的梳理，而忽略了在埃及现代语境中发生的对历史底蕴的当下感悟，是对悟性的闲置。

但个别瑕疵终不能掩盖心智的致密丰富与浑整统一。

论"日常的传奇"之出场方式①

——韩永明中短篇小说解读

读韩永明小说，你很容易获得第一印象：新写实主义作家群又多了一名成员。但当你读完作品，你要对他进行"新写实主义"定位的态度与立场似乎又犹豫了；待你读完作者大量中短篇，你头脑中又发生一种来自内心的悠远回响，此回响呼应着小说在你心中积淀已久的根本美学特征：传奇。于是小说关于凡俗琐碎的叙事及其似乎是天然具备的传奇色彩向你内心凝聚，凝聚为一个基本认知：日常的传奇。换言之，小说就是在对小人物平庸琐碎、家长里短的叙述中凸显传奇色彩。

一、新写实之辨与传奇之思

韩永明小说是否属于新写实主义文本？根据学界对新写实作品的定位：第一，关注底层。韩的小说无疑正是大量叙写底层社会的鸡毛蒜皮、家长里短、菜米油盐，关注个人得失与小人物兴衰，或叹或怨，或惊或惧，凡俗而琐碎，此属新写实主义文本的根本视域。以此而言，韩永明小说当属新写实主义无疑。第二，价值中立。新写实主义小说大体属于现实主义文学，而现实主义文学领有政治立场和道义标尺，文本蕴含着"本质真实"哲学之思，具有"创造典型（典型人物与典型环境）"的构思标准，具备"走向崇高"的美学追求。而新写实主义小说致力于追求"真

① 本文获湖北人文社科重点研究基地"当代文艺创作研究中心"开放基金资助。项目名称：宜昌地区当代作家研究。编号：17DDWY20。

实"，并且大量的是"细节真实"，却无意于"本质真实"，故小说刻意消解道义的谴责与褒扬，对善恶不予褒贬，知道恶也有致恶的因由，故人物性格模糊，环境成为有寓意的符号，解构崇高，经营碎片化情趣。韩永明小说同样遵循此道。第三，零度叙事。新写实主义作家的叙事绝不流露情感，他们保持克制，客观呈现，原生态显露，质实而真朴，藐视席勒、雨果式的"出场"旁白，冷静到冰凉，将善恶美丑、崇高卑劣的判读留给读者，构成文本的"零度叙事"。正是在这一点上，韩永明小说与此显露差异。

在一次访谈中，韩永明也同意将自己小说归入新写实一类。但是，质实而论，韩永明小说在叙事进程中，虽然从来拒绝以道义和政治标准考量人物，无意于双典型，远离崇高而致力于经营凡俗与琐碎，却不是完全冷静旁观的"零度叙事"。韩永明小说不设置道义的标尺，但有道义的"同情"；无情感的渲染，而有情感的流露；没有诗意的联想，却有诗意的呈现。故小说叙事其实具有相当的"温度"，与零度叙事大异其趣。以此而言，韩永明的文本显示一种新写实小说的新方向，是新写实小说的变异或进化。韩永明似乎正在努力：努力将新写实小说带出零度情感的冰窖，为文本赋予温度与"人味"。回望一批新写实作家现在的文本，此种情形也正在他们的文本中发生着，余华《许三观卖血记》，刘震云《我不是潘金莲》，都显示这种特征。这意味着一批新写实作家要在文本之中注入一种觉醒：在残酷而琐碎的现实中，活着仍然是有意义的，甚至饱胀着意义，挣扎意味着希望，因而不妨对小人物的苟且偷生寄予同情。故此，我们不妨将同类文本标以"新新写实"之名。

庄子"饰小说以干县令"最初提出小说概念，认为小说的"微言琐语"无法与"道"相应，但微言琐语何以能惊动人心，获得美誉？此事颇费思量。班固《汉书·艺文志》搜罗诸子之文，首次将小说家列于诸子九家之后，并作了初步界定："小说家者流，盖出于稗官。街谈巷语，道听途说者之所造也……虽小道，必有可观者焉……如或一言可采，此亦刍荛狂夫之议也。"①故笔者认为，一定是此种街谈巷议、道听途说、微言琐语超出了听者的日常体验，"必有可观"，具有"传奇"色彩，使闻者惊心。是故笔者理解，"传奇"是小说最始源、最根本的美学特征，两千余年来一直被创作家所遵循。

在中国小说发展史的最初阶段，张华《博物志》，干宝《搜神记》，刘义庆《世说新语》，或搜神记物而怪，或修真游仙而奇，或言谈举止骇人心目，无不在传递一种"传奇"色彩；至唐传奇问世，小说正式以成熟形态显露传奇意味；到明清四大奇书、《金瓶梅》《三言二拍》《聊斋志异》《剪灯新话》《孽海花》乃至于《荡寇志》等，随着小说社会担当愈益沉重而传奇意味更甚；清末民初，更有梁启超、林语堂、林纾、鲁迅等一批学者、作家认为小说能以传奇体现教化社会、匡正人心的功能，以曲折的方式关联"大道"；"五四"新文化运动，学界创作界接受了西方小说观念，更注重个人书写，"传奇"以个人经验向读者传递；"文革"十年，八个样板戏书写革命，政治与崇高灌注文本，使"传奇"向革命大义演绎；20世纪八九十年代以来的新写实作家过滤掉道义标尺与情感关涉，保持零度叙事，一方面继续书写传奇，另一方面却又解构政治符号与崇高美学，这是对主流现实主义的反动，此举无疑是有正面意义的，但零度叙事使文本缺少"人味"。而韩永明一派对底层众生的道义关怀、情感流露与诗意呈现又是一次对零度叙事的反动，他们试图唤醒小说应有的人味，为小说注入某种情感的"觉醒"，于是我们在韩永明文本中看到形形色色的芸芸众生以万千姿态向读者"传奇性"地"出场"。

二、出场方式种种（一）：良知

韩永明小说虽则大体关涉底层民众、乡镇民企与基层官场，但小说的传奇呈现、价值取向、审美意蕴乃至形上追问斑驳复杂，非可一语而尽，

---

① 班固：《汉书·艺文志》，颜师古注，中华书局2005年版，第1377页。

导致人物携带价值与审美意义而出场的方式五花八门，其中有一类属于良知认知与实践的文本，描述官民之间、政府与民众之间关系的遇合与漂移，共识与异识，合作与对抗，以此折射复杂的体制与社会现实，如《滑坡》《发展大道》《移民风波》等均是，今以中篇《滑坡》为例，描摹如下。

信用成为奢侈品？——《滑坡》的隐喻

《滑坡》起笔于地质灾害，但喻指的却是政府的信誉滑坡，故地质之滑坡显然隐喻政府信誉之滑坡。官员唯上不为下，与"为民服务"的信念渐行渐远，用政绩工程、形象工程欺惘民众，政府的信用在民众被无数次的欺惘中终于破产，"滑坡"于是发生。百姓与官员的良知一起进入休眠。事实上，此种形象工程即便在灾变中仍然继续表演着：为了应付电视台的报道，救灾负责人向灾民发放毛毯作摆拍，摆拍完毕，毛毯又被收回。外出视察灾情的市长知道实情后，也将此事解读为"误会"，大约此类事件在市长看来是再正常不过的事，大约他也经常干着同类"形象工程"。

官员个人名位大于一切。地震滑坡发生之前，县委副书记刘另与乡长李永祥并不准备转移村民并警告孟华凌要对可能的误判负责，不料滑坡真就发生并死伤无数，为了对付中央巡视组和媒体的报道与灾民的指责，刘、李想到的是说服孟华凌统一口径以欺骗中央和媒体，逃避责任以自保，而不是切实做好救灾工作，孟华凌十分识趣地说出"刘另书记早就命令我撤离村民"，为上级的错误文过饰非，获得官员队伍的接纳与赞赏，这种同辈之间的"讲义气"而不是"讲道义"无疑正是与欺骗合谋，孟华凌也未能免俗——维护官员队伍整体的相安无事已成为每个官员的共识。虽然在之后的救灾中干部们良知觉醒，劳心劳力，牺牲不可谓不大——乱局中死伤十余人，死者中有三名乡干部(小米、小姚、小柯)，六名村民。25岁的小米在背上陈三爷跨过大门时被危墙塌死；小柯抢救民企老总池老大时被地震裂缝卡死；小姚去救洄水河的渔民时，被渔网拖到河里淹死。到达安全点后，村民举着死者遗体到乡政府讨说法，要人均赔偿30万元，指责政府没有提前三天通知撤离。孟华凌找池老大催讨他对村民的欠款，被池老大捅伤住进医院——但这一切并没有获得村民的信任、理解与认同，村民对政府的信任居然成为极为稀罕的奢侈品。

库区因为蓄水而发生地质灾害本是再平常不过的事，村民在地震滑坡时有序转移本是再自然不过的事，官民共同应对灾难本是再合理不过的事，所有这些"平常""自然""合理"在村民的拒绝合作中一时之间居然成为不可能，于是发生两种对立并纽合在一起的政治生态：以孟华凌为代表的政府之呕心沥血与村民的高度质疑和拒绝合作，读者不能不认为这是一种高度变异的政治生态"传奇"，此传奇以"信用的缺失"为标识，向着读者的良知认知世界"出场"。文本以此传奇的出场提出了一个令人深思的问题：国家半世的行政运作究竟发生了什么导致百姓信任缺失？我们不应该对此做些什么吗？好在官员中也有觉悟者对此似有反思，小说以刘另书记的口吻写道："你(乡长李永祥)不要嘴上老是刁民刁民的。你说他们怎么成了刁民了？"刘另望了一眼孟华凌，"华凌先提的问题值得我们思考，为什么这次死这么多人？根本原因在哪里，在他们不听政府招呼，他们为什么不听了？在于政府失去了信度。说白了，他们要赔偿，就是要我们付出代价。我们现在要为过去买单，要还债！"这种觉醒为政府信用的回归带来了希望。

与《滑坡》具有同一旨趣的还有《发展大道》等小说：西楚县要建一条发展大道，因补偿不到位并在施工中砸死人，引起百姓上访。县里由副县长梅芳组成建设指挥部，解决赔偿、上访、建设资金等一系列问题，梅芳因此陷入系列深沉矛盾之中焦头烂额，左冲右突而无法解困，所有问题只在一个症结：信任缺失。因信任缺失，故赔偿不被接受；因信任缺失，故一波接一波的上访不仅无法拦截，甚至舆论影响被网络放大；因信任缺失，银行拒绝放贷建设资金。梅芳万念俱灰中举报自己，准备偃旗息鼓而下台。小说反映的信任危机比《滑坡》更广，它广泛发生于官民之间、官商之间、银商之间，因信任缺失，故万事举步维艰。甚至工作中的小小瑕疵在因缘聚合下立即膨胀为解构整个工作思路的有生力量。严格说，梅芳还是一个有良知的官员，但在信任缺失的社会环境中被无情地逆淘汰，甚至他

本人也加入淘汰本人的过程中———一种官场逆淘汰的传奇向读者良知世界
出场。

三、出场方式种种(二)：人伦与亲情

人伦与亲情是小说不可或缺的主题，其形形色色的构成方式是韩永明
小说关注的重点，也是新写实小说表现的主要领域，其万千形态的描摹正
是韩永明小说的用武之地。《洗脸》《爸爸》《梳发套的姑娘》《晒太阳》等颇
可一观。

(一)留下最后的尊严——《洗脸》的人伦惨剧

大雪封村，天底下一片冰寒，已经躺在床上四天没有进食的倪香儿与
严七爷老两口自感时日无多，他们决定按雨水荒村的固有习俗，临死前洗
个脸，带着尊严离开人世。

此为韩永明《洗脸》的故事主干。文本虽曰短篇，而含蕴深致，直指人
伦，骇人心目。老两口年过八十，或眼瞎，或腿疾，俱各身残，需要互相
扶助才能共同行动。村里人外出打工，基本走空，留下老人无人赡养，他
们以上吊、触电、喝农药、吞汤匙的方式了此残生，甚至有人因无力吃进
最后一口饭，死去十多日，碗里长满厚长的黑毛也无人知晓。生有两儿两
女的老两口觉得横死会为儿女丢脸，他们决定洗完脸后平安地死去，为儿
女、也为自己留下最后的尊严。老两口挣扎着艰难地从屋外取回雪团，砍
柴点火，加热水壶，不幸在此过程中严七爷气力不支而先死，倪香儿在为
严七爷遗体抹搽干净后，未及给自己洗脸而断气。

这是一出痛不可言的人伦惨剧。一种卑微的日常却成为生活遥不可及
的奢望，成为生命最后的遗恨。生命的结束以传奇方式沿着涓埃之微的日
常伦理之路再次发生。作者显然并不想将两老之死指向两儿两女的不孝，
儿女虽则家庭各有伤心事，但他们也曾邀请父母共住，不被同意后又合力

将柴米油盐水电煤运到父母手边，方便他们就近取用。"人伦"的温暖，除了血缘的恩养，更多的是人与人间的关爱与互助，然而村里十室九空，留守老人大多选择上吊触电的方式死亡，连村支书也难自保。"时势"显然并不具备实现人伦的必要条件。文本至此显示深刻的洞察：国家在致力于经济发展的过程中并没有用力于文化的维系，没有为人伦传承与实现提供必要的现实条件，甚至使经济发展与金钱标准打断孝道之思，文化出现断裂。一方面，严七爷子女并没有尽力于对老人的赡养——至少在冰封雪裹的寒冬他们应该来人共同安排老人的生活——这表明几千年的孝道传统到他们这一代已相当薄弱；另一方面，经济活动又抽空了价值环境与物质条件致使互助成为不可能，故生命的终点以人伦惨剧结束。至此，小说《洗脸》以人伦惨剧的"传奇"形式在伦理世界出场。

（二）何妨成为替身"爸爸"？——《爸爸》之留守儿童的亲情缺失

癞痢头单身汉丁广青监护侄儿飞飞读学前班，受学前班小唐老师之请与儿童英子扮演节目《守望》中的父女，此节目讲述留守儿童梦见外出打工回家的父亲的故事，只有两句台词的丁广青本来很难入戏，在英子反复叫爸爸的情境中终于找到感觉，而从出生就没有见到爸爸的英子却将生活中的丁广青真当爸爸，要靠在丁的肩上体验爸爸的亲情，目睹英子悲惨童年的丁广青也乐于做英子替身父亲，并委托邮局以"爸爸"名义送给英子各种小玩具，饱受丧夫之苦的英子母亲鲁翠花在学校水中下毒，丁广青代替鲁翠花顶罪被警察带走。

因城市发展与繁荣所需，大量农村父母外出打工，留下无数留守儿童。父母亲情的缺失，在这些儿童心智成长中留下极为可怕的阴影，成为灵魂畸变的重要诱因。小说《爸爸》就是透视灵魂畸变前夜儿童对于亲情的渴望——英子对父爱的渴求。文本将丁广青置于多种社会关系之中，以多种角色反射社会的病变，他是爹、弟弟、同事、演员，最后还是替代父亲。众多角色交织，凸显出复杂的人格意味。作为监护人的爹，他对侄儿的学习监督也算尽职尽责；作为弟弟，他与嫂子的性关系反映出婚姻的尴尬；作为同事，丁广青极其自卑，他的所有努力都在挣取部分话语权；作为演员，因自卑而来的无所适从使之难以适应角色，又因英子而来的责任感使之对角色心领神会；最后，作为替代父亲，他在英子的认定与父爱渴望中获得成长。严格说，丁广青刚刚出场时由于家境贫困、形象丑陋、婚姻残缺、人际关系惨淡，其心智并不正常，是英子在戏里戏外对其父亲角色的投射与渴求使其成长，而丁广青在替代角色的假戏真做中终于长大。"父亲"成为一个具有能动效应的意义符号，驱动并整合起英子的父爱需要与丁广青的责任担当，丁广青成为一个以父亲为主体意识的完整的人。一旦成长，他就能不卑不亢地面对家境贫困、形象丑陋、婚姻残缺、人际关系惨淡等诸多现实，自卑感悄然消失。不特如此，他还替鲁翠花顶罪，在丁广青看来，这是为了维护英子家庭完整性的道义承担——他的人格成长超出了周围人的意料。

小说笔力呈递进形式，文本表层是叙述英子对父爱的渴求，内里是叙述丁广青人格的成长，两种叙事相向并驱，时而互为表里，向着一种复合意义进发，最后以丁广青顶罪之出人意料而合情合理的"传奇"，带着英子父爱缺失的辛酸向着家庭伦理世界出场。

四、出场方式种种(三)：乡愁

新写实主义小说一般不易涉笔乡愁，因为乡愁的情感描摹极易突破作家的零度叙事而走向诗意联想，出现孙犁或艾芜的诗化倾向，而新写实小说显然也不是诗化文本，故新写实小说家也大多避免走向此路。他们大多通过冷静客观的透视接续着批判现实主义立场，这使韩永明从中吸取思想资源能够以特殊的笔法处理"乡愁"，《淹没》《桐花儿白，梨花儿黄》等可试一观。

不堪回首的"乡愁"——在"《淹没》"中面对"黑暗"

一种由饥饿、贫困、羞耻构成的故乡记忆沉淀为彭淑秀的潜意识，并以自己反复跳入无底深渊的梦境形式困扰着彭淑秀，她接受朋友建议直面恐怖的梦魇，回到故乡岔溪村，回到十余年前立志寻死而跳崖的故地，此时的故乡因库区蓄水早已淹没，彭淑秀面对茫茫水域和零星山岗，从无法遏制的故乡记忆中领悟到黑暗深渊原来就是沉重的乡愁。

正如彭淑秀的乡愁，《淹没》沉重而苦涩。文本叙述物质匮乏的年代，一个少女乃至于一个村庄的生存何其艰难！岔溪村在天时、地利、人和中不据一项，集体贫困，村里土地只是挂在江岸上的坡地，无处觅食；他们只能当渔夫、纤夫、挑粪工过活；常年吃菜粥、蒿子糊维生；为了三五斤麦子或黄豆，村里女人能够默认、容忍生产队长王水獭的无耻性侵。土改中甚至无法划定一个地主，勉强将有微薄家产的李颂国划为富裕中农。

苦难的记忆如此沉重，故当乡愁袭来时，淑秀几乎艰于呼吸，乡愁里充满了贫困、饥饿卑贱与耻辱，淑秀无法直面它。小说写道："淑秀停下了。不知怎么，她有些不想见到小女孩她们。淑秀知道她们不认识她，即便她们是岔溪镇甚至岔溪村上的人也不会认识，因为看起来小女孩的父母比淑秀要年轻得多。她发觉自己似乎是在逃逸，可是又不清楚为什么要逃，她究竟要逃避什么。"她居然本能地选择逃避！而逃避正意味着某种精神能量占据了主体，使主体因恐惧而不敢直撄其锋，于是此能量化作无底深渊在淑秀梦中反复出现。深渊隐喻淑秀无法直面而又必须解开的心结，库区蓄水对岔溪村的淹没以遮蔽的形式揭开了一段无可言喻的乡愁，她要在心结的发舒中纾解郁结已久的苦涩情感，使自己回归正常。

事实上，小说是一个心理学的实验性文本，它将时代、环境、人物、情节都意象化后直指人性，直指人在绝望境地中的痛苦挣扎，导致文本反乎常态，打破了人们关于"乡愁总是甜蜜"的常识认知，为其植入苦涩与沉重。如何解此乡愁？文本提出了两种方式：淑秀的逃无可逃与李家贵的勇毅直面。小说写李家贵在家被淹没、妻子失踪之后的心态："我哪儿都不去，我把搬迁费拿来买了一条船，等在这里，我怕她找不到我，找不到家了，我想我能等到她的，我要给她认个错。难道我还不晓得她可能早死了？我……就是在等她的魂魄回来，我怕她的魂魄迷了路!"面对吴兰芝这个乡愁的隐喻符号，李家贵是热切地回应它。而淑秀在逃无可逃之后还是回到了李家贵的立场，两人演绎着各自的传奇。于是乡愁以传奇方式向着读者情感世界出场。

五、出场方式种种(四)：心灵的形而上之思

有一种超越心性虽属个案，但其中透露的却是人性的普遍困境甚或隐喻着人类自我拯救的希望。韩永明小说对此进行叙写意味着作者对人类内心的深度思考。

(一)绝望中的坚守——《江河水》如此"无味"

当某种价值的坚守遭遇亲人、朋友、同事的蔑视而显得极其惨淡时，你还有坚持下去的勇气吗？这是对每个人的拷问。按亚里士多德之说："诗人的职责不在于描述已发生的事，而在于描述可能发生的事，即按照可然律或必然律可能发生的事。故诗比历史更具有哲学意味。"①《江河水》就是要写出田丰之因某种心性的必然、因价值与兴趣的坚守逐步被社会边缘化时"可能"发生的精神心理与生命状态，故小说具有理想主义气质，具有哲学意味，是一个实验性文本。

田丰之似乎由某种心性的固执爱上了并无国家正式身份认定的地震测量并一往无前地坚持下来，几十年如一日，并因测量实效而受到鼓舞，他放弃了转正、高考、中考、民转公等无数次机会，故固执其实意味着超

---

① 伍蠡甫、胡经之主编：《西方文艺理论名著选编》，北京：北京大学出版社1985年版，第60页。

然，意味着理想主义。为了写出这种超然，作者设置艾真真的世故、校长的冷漠、镇长的愤怒、派出所所长的干预甚至政府最后都放弃监测等。在周围世俗与沉沦的逼迫之下，田丰之不断退守，最后退守而为社会的边缘人，无惧于被所有人误解而固守自己的信念，两相比较，此种精神显得尤为可贵。田丰之这类"愚顽"在现实中显然极其少见，但作为个案，却能透视某种可能和必然。在中国实用主义文化语境中，这种心性似乎呼应着只能在传统士大夫、在高贵灵魂中存在的洒脱超然的道家精神，二胡名曲《江河水》就是这种精神的注脚。

作者最后交代在大地震中死伤无数而唯有田丰之调教的班级死伤最轻就是认同这种理想主义的最后胜利，正如《江河水》在田丰之十余年的演奏中由"无味"而渐趋"有味"了。"坚守"成为"传奇"，向着读者理想主义世界出场。

（二）风尘女也有情怀——《看天的女人》之不了情

在一般人的理解中，古代与现代风尘女决然不同。古代风尘女大多为身世所迫而卖身，但她们被妓院训练，琴棋书画、诗酒文章无一不精，是有文化、有情怀的妓女，具有道义立场（如杜十娘）和家国情怀（如李香君），她们唯一的目的就是逃出火坑，与相爱的人过上正常人的生活；而现代妓女虽也出于贫困而卖身，但她们蔑视知识，内在单薄，金钱是生活的唯一目的，哪有情怀可言！但《看天的女人》却反乎常识，叙述了一个现代妓女的传奇。

莫晓燕在金钱至上的观念的裹挟下南下卖身，积累起惊人的财富（"十辈子用不完"），但小说也提供细节的描摹让读者知道：她也在财富的非正当积累中身心俱疲，精神开始反弹，她向往有飞鸟来去的天空！

"向往天空"是一种双重隐喻：其一，天空的明净、无边、深远启发着灵魂的纯净与透明，呼应精神的纯粹与神秘，莫晓燕对自我内心有一种深度着迷。按小说细节提示，她渴望解开心灵密码，而"天空"常常给予她神秘的启示。她意识到"知识"对解释灵魂之谜的价值，故小说写她被抓之后委托姐姐交给我(村里唯一知识分子)一支存积多年的钢笔，意味着对知识的最后祭奠。其二，莫晓燕虽卖身获得惊人财富，但也丧失了尊严与自由，内心里只有卑贱与屈辱，而天上的飞鸟来去正隐喻性地表演着自由理想与尊严满满的自在，是对屈辱内心的诗意救赎。

故"飞鸟来去的天空"全面回应着莫晓燕的自由之思与形而上领悟，她要以生命捍卫这片心灵净土，不惜下嫁给同村二流子大狗子，唯一条件就是要他不再抓鸟，当大狗子违背诺言后莫晓燕一怒之下斩杀了他。一个卑微妓女灵魂自我救赎的"传奇"故事向着读者情怀世界"出场"。

六、韩永明小说创作的可能方向

韩永明小说的选题、意义、构思技巧价值指向极其繁杂，本文有限的分析不足以概括，挂一漏万是必然的，何况笔者并没有读完其全部小说。但笔者从有限的阅读之中，仍愿对其小说的未来走向作出预判，以就教于韩永明本人及其余批评大家。

前文已述及，韩永明小说虽则同样关注底层，显现价值中立，但其小说具有相当的温度，与其他新写实主义作家大异其趣，是同类文本中的另类。观其近几年叙事走向，其笔法似乎愈益成熟。如《淹没》叙述淑秀以少女眼光打量水岸交界处的江滩与水流：

> 它有各种不同的形状，百态千姿，仪态万方。细看的时候，它一块在翻腾，不停地翻涌，翻出不同的水花，这是"泡"；另一块，一段水流绕着一个方向旋转，最后旋成一个涡，一个连一个，眨眼生成，悠然而没，这是"漩"；还有的看起来平平静静的水面，突然间砰地一声，就四散开来，就像是礼花在水中燃放，这是"濆"……就像这是一个舞台，水充当着不同的角色在这里表演，在这里狂欢；又像这是一个硕大无朋的花圃，各种花儿在不停地绽放。而在九龙奔江这一道道

石梁间，还有老人叫的那些什么：翻花、横流、眉毛、跌水……各式各样的浪……

淑秀小时候，经常站在大梁子上看，呆呆地看，她有一种看戏、看画的感觉，有时又好像自己是在茫茫的天穹下欣赏浩瀚星河的无限变幻。

而这只是某一个地点，某一个时刻的景象，其实，在不同的季节，不同的时间，盆滩上的水也会呈现不同的色彩，不同的形态。阳光下它们明亮艳丽，朝阳投来，一江珍珠跳动，如金子般明亮耀眼，月夜下，江水又像一江碎银涌动。阴雨里，江水凝重沉滞，梁子变得墨黑鬼魅。夏秋水涨，江水一步步漫上大梁，风卷云涌，激昂澎湃，挟风雷，携长风，洋洋洒洒，狂傲不羁；梁子上浪花飞溅，如晴空飞雪，散珠落玉。而至冬春，江水由黄变绿，由浊变清，梁间的汉里，水流舒卷，涟漪回环，水波摇曳，倒映着道道石梁，或者江岸的竹篱茅舍……

毫无疑问，这种叙述是站在被叙述人物的立场感知世界的结果，作者虽尽可能保持克制，但文字还是同时具备了情感与诗意，在丰富了叙述表达方式时也使人物饱满起来。

要之，韩永明小说的道义关怀、情感流露与诗意呈现是体现文本之个人的独特价值之处，韩永明的未来小说将可能坚持这一方向。

按时间序列追索，韩永明小说整体上呈现一种向人物内心迸发的趋势。这种叙事方式构建了一个个具有心理主义气质和精神探索意味的文本。《淹没》《江河水》《无神村》《毛月亮》《看天的女人》《安妮是一个秘密》等，都具有这种特征。文本在韩的手中就是一个实验室，他要在实验室内用手术刀解剖人物内心，细细巡检精神的微妙细部，达到对人性的深刻洞察。如《毛月亮》写"我"利用能见鬼的神异功能洞见村人真实内心：

　　我转身去了灵堂，我想在那里陪陪那个没了眼珠子和耳朵的周大尚。灵堂里仍很冷清，周大尚的两个儿子围在外面看别人打麻将，另一个儿子亲自撸起袖子上桌了。这时我越是想做点什么才好。我跛到周大尚灵牌前，又给他上香，烧纸。烧着烧着，我突然想起了爹，想起爹给我讲过的七婆死了之后的一件事。七婆入棺后，阴魂附到了她的小姑娘身上。闹夜时，小姑娘突然倒在地上，不省人事，过了一会儿，开口说话，声音不再是她自己的，而是七婆的。她平常不抽烟，可那天她要烟抽，人卷了多长一支栀子花，她抽得恶烟直冒，咳嗽的腔板儿也是七婆的。一会儿她又说老鼠凿她脑壳，要人把老鼠赶走。人都不明白怎么回事，有懂窍的人说可能是七婆的包头不干净，就把七婆的包头取下来，一看，原来是包头被老鼠凿了。换了新包头，她就不再说老鼠凿脑壳的话。又说哪个借了她的钱没还等等，那人当时在场，回想起是借过七婆的钱，于是赶快买了纸来烧。

　　作者采用荒诞叙事写村人偷情、赖账、恐惧以及"我"的性冲动等种种隐秘的内心律动，同时辐射世风日下的现实，达到了对人的全面体认。从《无神村》的傻子目击到《淹没》的梦境透视进而《看天的女人》之形上感悟，显示了韩永明的文本向人物内心进发的轨迹，而《无神村》之荒诞叙事又丰富了叙述的表现方法，作者无惧于用多种叙述方法在文本中进行心理学实验，这是韩永明创作可能坚持的另一方向。

　　叙述是小说的主要表现方法，但叙述也有万千技巧，前述之荒诞就是叙事方式之一(荒诞虽是现代性的审美范畴，但也可用作叙事方式)。但就其用平实的叙述设计小说结构而言，也是有技巧的，韩永明的文本对此也有尝试。如《下洼村的宜昌决斗》开篇即写决斗的宣言：

　　关海鹏回家过年的第二天，就挨家挨户地宣传，要和狗日的张宝贵来一个了断。他走到我们家的时候，这样说：老子就不怕他有好多钱，老子就是这条命不要了，也要解决张宝贵，为风斗岩村除去一害。

小说写关海鹏与张宝贵多次相遇，但决斗一再延宕，始终没有发生，文本最后写道：

> 我一直在人群里寻找张宝贵和海鹏子，可是我却没有看到他们的影子。我小声地问父亲张宝贵呢，海鹏子呢？父亲拿手捂了一下我的嘴。
>
> 可还是让人给听见了。但没有人答话，我只听见一片嗡嗡声。
>
> 我转身望了那些人一眼，看到许多人都站住了，我想此时有很多人的眼光也像我一样在寻找张宝贵和海鹏子吧，我好像听到了眼光飞出去时那种嗖嗖的声音。
>
> 我顿时有些心灰意冷，我想难道张宝贵怕了？海鹏子怕了？他们都躲起来了？可是，他们不会连祖坟也不拜了吧。
>
> 正想着时，我们看到下面晃动着两只灯笼。
>
> 许多人都看到了这两只灯笼。队伍这时才又向上移动了。
>
> 到了坟场，人们四散开去，都找到自家的祖坟，程序般地磕头、烧纸，放鞭炮礼花，战岭上一片灿烂。
>
> 战岭上又归于寂静。可是人们却不像往常那样着急回家。他们又聚拢来，瞪着那一前一后两只灯笼漂移上来。
>
> 先上来的是张宝贵。他没有说话，径直走到他爹的坟前去了。
>
> 一会儿，海鹏子也来了。也像张宝贵一样径直走到他爹坟前了。
>
> 我摇了摇父亲的手，说，他们是不是已经决斗了？
>
> 父亲没有吱声，就像他没有听到我说话的声音。
>
> 我看到人们都熄了灯，静静地看着张宝贵和海鹏子跪在爹的坟前烧纸磕头。
>
> 突然，人们听到噼噼啪啪的声响。
>
> 是海鹏子！不知哪个女人说。

我朝海鹏子那边望过去，果真看到跪在坟前的海鹏子狠劲儿地抽着自己的耳光，坟前那堆钱纸燃烧时发出的火光把他的脸照得通红……

小说终究没有写到二人的正式决斗。这有点类似于博尔赫斯的"无穷后退"，虽是叙事层面而非意义层面，但事件的一再延宕却也有意义之"波圈扩散"的效果，激活了读者的意义联想功能，文本就在读者的二度创作中厚实起来。这是一种有效的技巧尝试。众多叙事技巧的吸纳是韩永明创作将要坚持的又一方向。

在贫困的众生相中

——评韩永明扶贫小说集《春天里来》

精准扶贫，作为 21 世纪国家经济社会的重大战略，是 20 世纪改革开放之初即已成型的亿万民众的理想。在小平同志最初设计改革开放的构想中就明确勾画了"让一部分人先富起来，逐步达到共同富裕"的蓝图，其间虽多有波折，但最终还是在万众一心的努力中，共同富裕理念在中华人民共和国成立七十年之后第一次成为现实。

韩永明扶贫小说集《春天里来》以文学的方式呼应社会的重大关切，表达了对国家"精准扶贫"之时代主题的个人理解，是典型的、个性化的主旋律文学。细读韩永明叙事，读者可从中目击中国底层民众尤其是边远山村贫困户的众生相，体悟贫困人生的惨淡境遇，理解贫困其所自来的精神心理因由，以及扶贫干部事必躬亲唾骂先承的忍苦与责任担当。要以言之，《春天里来》向读者提供了令人眼花缭乱的扶贫浮世绘。

一、贫 在 心 智

贫困，是中国历史的心病，而历朝历代贫困的产生病因各异。以中华人民共和国成立延续数十年的贫困而言，前三十年，由于国际封锁导致外贸经济没有流通渠道，国内只能把有限的资源用于国家工业化基础的迅猛积累，导致农村普遍资源贫困和城乡二元对立，为了迅速达到工业化，城市工人的工资收入其实也是极其有限，城乡普遍贫困是不争的事实。改革开放后，在国际环境相对缓和的前提下，国家以举国之力放开国门引进外资的技术和管理。对内，农村实行家庭联产承包，城市激活私有企业的竞争，只用四十年时间，中国就走过了发达国家二三百年的历史进程，国家经济狂飙突进，一举突破温饱，迈向小康。与此同时，国家注意到仍有小部分地区和人口依然处于贫困境地，于是履行"不忘初心、共同富裕"的承诺，派出大量扶贫干部深入贫困乡村，助推他们走出困境，共享改革富裕的成果，此即"精准扶贫"政府行为发生的宏观背景。

韩永明文本在国家普遍小康、但有极少存量贫困的背景下展开叙事。在贫富差异的对比中，读者发现作家关注到了一个惊人的事实，贫困之所以百药罔效，累救无力，原因在贫困人口本身的精神心理状况，一言以蔽之：贫在心智！

扶贫干部下乡对口解决贫困户的困境，他们最先遭遇到的倒不是贫困户惊人的物质贫困，而是诸多不可思议的精神心理障碍：他们在心性、智商、人品、价值观上种种异于常人的病态表现是扶贫干部、村干部们心焦脑热、比物质贫困更难克服的最大问题。文本刻画了贫困户心理病症的诸多类型，揭示了这些贫困户之所以落后于人的原因在于其心智上的硬伤。

老坝对口扶助的对象中有个叫老谢的酒鬼。初到老谢家，老坝发现老谢的土坯瓦房早已是危房，墙体被雨水冲刷到沟壑纵横并绽开两米长的裂口，屋内坑坑洼洼，家徒四壁。村组长介绍老谢家中锅碗瓢盆都被他拿去当了换酒喝，村里凡有红白喜事就见老谢四处蹭酒，甚至与狗抢食，没有任何尊严，老婆孩子都因无法忍受离他而去。老谢酒量并不大，只是沉溺于杯中之物，而且每次必醉，每醉必就地躺卧于山沟、猪圈、茅厕、屋檐下、土地庙随便对付一夜。他其实已经酒精中毒，对贫困似乎早已无感，有酒可喝是老谢活下去的唯一动力。听闻危房改造有相应的扶贫款，老谢要求把钱直接交给自己翻修新房，村组长料定老谢又要拿钱去换酒，不许，结果老谢居然直接拒绝自己被扶贫并对村里将自己划为贫困户颇为不满。（《春天里来·酒是个鬼》）

沉溺于酒是老谢心性的不治之症，因沉溺，老谢从村里最大的富户堕落为村里的贫困户；因沉溺而家徒四壁，妻离子散，乡里乡亲人缘俱绝，孤家寡人居无定所；因沉溺尊严丧尽，恬不知耻漂泊于世，无感于贫困而成混世顽主。文本叙事聚焦于此一类人，深度揭示了贫困其所自来的心性根据。

另有一类贫困户智商极高，但纠结于个人恩怨而对智商不当使用，使其人品和智商走上另途而滑向贫困异数中。

"我"被派往甄家坟村扶贫，不巧正赶上该村村民因贫困户的确认而发生争吵，其中有个原村小学民办教师望跛子最能蛊惑人心。望跛子对死了丈夫的吴燕子不断纠缠，某个夜晚跑到吴燕子寝室要行非礼，吴燕子喊叫惊来校长，望跛子逃跑中摔断了腿，得名望跛子，因失去经济来源衣食无着。吴燕子厨房手艺出众，村里每次来了客人，吴燕子都被村主任老赶叫去烧火做饭，望跛子心生嫉恨，又因自己没有被老赶列入贫困户，望跛子对老赶更加仇恨。在老赶拟订的贫困户中，共产党员占了一定比例，他们多是为村里作出巨大贡献、年老体衰无法养老的人，或抢险牺牲两个儿子，或生了几个姑娘为响应国家计划生育政策仍然率先做节育手术的模范党员，等等。当老赶阐明拟订这些贫困户的原因后，争吵的村民已基本接受了老赶的理由，争吵一时沉默。不料望跛子突然说，认定贫困户不是评选优秀党员，不是根据劳模标准，而是根据贫困标准，而且党员更要体现高风亮节，礼让优先，将指标让给更贫困的特困户。一席话挑动村民又起争吵，更有村民为争贫困指标自杀，消息传播出去，甄家坟村被取消了认定贫困的资格。老赶一时无法反驳望跛子的理由，由于局势大乱，连甄家坟村的贫困村指标也被全部取消。(《春天里来·鹧鸪天》)

望跛子是韩永明塑造的另一种典型。他有知识，有头脑，智商很高，仇恨心强。按说老赶评定贫困户的标准不是不合理，何况为村里作出巨大牺牲的共产党员也确乎陷入贫困，养老无望。但望跛子的"贫困标准说"而不是"模范党员说"也不是没有道理，但他要求为村民作出巨大牺牲的党员继续让出贫困名额无疑是一种"双标"和道德绑架，因此引发村民再次争吵乃至惹出人命。望跛子出发点并不是真正出于公平公正，而是出于仇恨，为了搅黄老赶的计划，报一己私仇，当望跛子目的达成时，其本人其实一无所得。总之，由于人品问题，望跛子在仇恨驱使下搅乱了整个局势。整个甄家坟村由于望跛子的搅局甚至丢失了全体被拯救的希望。

此外，文本又塑造了沉迷于过去时光坚持养羊而死于非命的老万；能演奏全套"满堂红"却因收入低微妻离子散而心死的老秦；沉迷于塑胶美人安妮而与村民隔膜的周傻儿，等等。他们都有一个惊人的共同特点：我执！强烈地执着于自我而不与外界有任何信息交流，如此导致了种种不可逆料的结果。或沉溺于对象，沉溺于对象是我执的反射，老谢对酒的沉溺，老万对过去时光的沉溺，周傻儿对塑胶美人的沉溺等，试图通过对对象的沉溺滋养自我。或因沉溺的对象被粉碎而心死神泯，老秦的全套"满堂红"乐器被老婆砸碎并离家出走，老秦一时万念俱灰，从此一蹶不振。或坚持自我绝对正确拒绝反思自己错误，被仇恨扭曲心智，动用高智商搅乱大局，望跛子并没有意识到自己非礼吴燕子和道德绑架共产党员的不当致使整个甄家坟村拯救无望。

种种情由，要么是心性异化，要么是人品异化，本质是一体表现为心智问题，他们心智上的重大硬伤都使他们不可能接受任何有用的信息，在错综复杂的关系社会中利用有效的社会关系走出贫困，小康无望，盛世伶仃，乃至扶贫干部对他们几乎无从着手给予帮助。心智的贫困，是他们陷入物质贫困的根因。

二、愚 蒙 可 教

扶贫重在扶"志"！只有从他们扭曲的心智中捞出已然沉沦的"志"，使他们自觉自愿走出贫困，走向富裕才有可能。韩永明深刻意识到这一问题，因此其笔力致力于书写扶贫干部重点拯救"志"的篇章。

小说《酒是个鬼》叙述老坝被下派到雨村包扶四组三个贫困户，其中谢石头嗜酒如命，酒精中毒，"跟吸毒是一个级别"，因嗜酒老婆离家跟别人私奔，女儿出走再不回头。老坝找到老谢时，老谢正沉睡在自家茅厕边，他已家徒四壁，甘于贫困，心如死灰，对老坝的扶贫打算颇不耐烦，唯有见到酒时，眼神才有光彩。而老谢也曾有过辉煌的过往，"他原来什么东西一学就会，帮村里老板制茶贩茶，赚了不少钱，还娶了漂亮媳妇。人比现在胖，头发是自然卷，常常穿着白衬衣，白裤子，三接头的皮鞋，迷倒多少姑娘！是我们村第一个买彩电的"。如今心志早已死亡，与贫病相伴，甚至有点抗拒别人来扶贫。

老埧看准了老谢病根所在，与老谢相约一起戒酒（老埧也好酒），其间老谢虽多有反复，甚至用村里扶植自己建房的钢筋换酒喝，但老埧绝不放弃，鼓励与威胁并用。帮老谢建起安居房；又费尽九牛二虎之力找到已与别人结婚的老谢老婆郭翠莲，通过公安局和居委会解除了郭的重婚；沟通了老谢与其女儿的联系；推荐老谢进了茶叶合作社，让老谢的制茶手艺大显身手；并自掏腰包帮老谢建起猪圈和柴房。系列动作让老谢重新升起生活的热望。终于，老谢复活了，他从酒精沉溺中走出来，制茶手艺被认可，又重新在老婆和女儿面前赢得了尊严，摆脱贫困居然成为他生活的最大愿望！

这一典型叙事意味着在暗黑的心灵隧道中可以找到走出隧道的微光，只要绝不放弃，扭曲的心性可以拨转，沉沦的心志仍可拯救！只要唤醒主体自己走出贫困、走向富裕的"志"，激活主体自身的精神能量，他们摆脱贫困就是可以希冀的事。

与老谢沉溺于对象（酒）而心性扭曲、富裕无志正好相反，作家在《满堂红》中以老秦为代表塑造一种沉迷的对象被粉碎而决志疏离对象乃至心志死亡的反向人生。

包文化被派到雨村扶贫，其中有个善于演奏"满堂红"、患有风湿病的老秦对他爱答不理，原先对口扶贫老秦的老夏把老秦纳入大病医保范围，又帮老秦弄来当归和栀子种子种在田里和山岚，准备让他走出贫困，但老秦拒绝服用医药，田里草比人深，老夏扶贫失败，居然被退回原单位。包文化了解到满堂红是出自明朝宫廷乐曲，老秦是祖上三代"满堂红"传人，隔壁几个村也有满堂红乐队，全都从老秦祖上发源，其中只有老秦掌握的演奏最为正宗，原汁原味。但满堂红演奏只是山村婚丧红白喜事迎请的乐队，收入低微，一晚上的酬劳才一二十元甚或几升包谷，到老秦一代已基本绝传。老秦本对满堂红爱入骨髓，为此甚至耽搁了考大学和参军之事，但老婆和女儿坚决反对，老婆砸碎了全套乐器，女儿初中毕业，因老秦食言又有两晚在外演奏，女儿愤然离家出走，失踪十年。老秦落得孤家寡人，万念俱灰，心死神丧，从此发誓不再碰满堂红。生活也陷入特困中，但老秦拒绝被任何人扶贫，包文化无计可施，眼看他将重复老夏的命运。

适逢文化站站长小筱搜集整理非遗保护，要将满堂红纳入非遗保护中。在小筱的鼓噪下，包文化认为这可能是一个救活老秦的入口，于是二人以此试图说服老秦，不料老秦更加抗拒，小筱找到邻村的老谭，以儿子结婚要演奏满堂红为由将老秦骗到村委会，请求老秦对乐团予以指导，又请文化局副局长柳音观摩，得到大力肯定，老秦心中略有所动，柳音决定将满堂红纳入申遗保护，这与老秦要将满堂红传承下去的理想不谋而合。小筱找来自己男友命其向老秦学习，作为传承人培养，建构起整个传承系统，使老秦最终心有所系，包文化又自费为老秦买来唢呐，他开始在家中暗习已经遗忘的各套乐曲。柳音一面进入申遗保护，一面将乐团推荐给4A景区狮子岩，在底薪两千元的基础上每场演出另外提成。景区演出大获成功，观众留恋难舍。系列动作到位后，老秦发誓用满堂红召回妻儿老小，他重新被激活了。

老秦是与老谢相反的另一种典型。他并不是被对象绑架、沉沦、心死，最后陷入贫困，恰恰是深受对象的伤害而与对象疏离、心死、玩世不恭，乃至对贫困无感。无论是沉溺还是疏离，走向贫困是共同结局。但老坝和包文化等人对症下药，在他们愚蒙的心性中植入走向成功的希望，扶植灵魂自身抗拒重压的韧性，本质是救活了他们走出贫困的"志"。因此，愚蒙可教，贫困可以拯救。

三、在成就他者中自新

马克思辩证法有一个著名的宏大命题：人类在改造客观世界的同时也

改造着主观世界，从而促进自身的不断完善。将此命题引入微观领域照样成立。韩永明文本就呈现了众多扶贫干部在扶贫中自身成长的故事。

扶贫干部在最初面对冥顽不灵的特困户时，往往无计可施，心里焦躁，乃至颓然欲悔。但扶贫却是不可推卸的责任，他们只好勉力为之，其间也有扶贫失败的事，但更多是扶贫干部与贫困户一同成长的故事。

嗜酒如命的老坝要去扶贫具有同样嗜好的老谢。他们其实面对同一个难题：戒酒。嗜酒使老坝从领导司机降格为一般工作人员，受人歧视；也使老谢从村里富户滑向贫困户。老坝要使老谢走出贫困，最大的问题是帮他戒酒，但同时这也是自身的问题。老坝与老谢相约一同戒酒。但老坝在工作中不可避免地遭遇各类酒局，要么是领导的慰问，要么是同事的吃请，要么有求于人而必须以酒答谢，老坝心中悲苦，往往在戒酒半月、初有感觉后又突遭酒局，结果前功尽弃，酒瘾在反复弹压中居然有增长之势，老坝甚至自扇耳光。与此同时，老谢也并无自律，居然用扶贫建房的钢筋换酒喝，二人陷入同一困境。但老坝想到还要督促老谢戒酒，不能不以绝大的意志对抗自己的酒瘾，之后遇到每一次酒局就宣布自己已戒酒，拒绝每一次邀请，又对老谢恩威并施，为老谢找回老婆孩子，自费买来建材为老谢建好猪圈和杂物间。老谢心中有愧，发誓戒酒，终于二人都从酒瘾中走出来，老谢也愿意走向富裕。老坝被评上扶贫标兵，声誉日隆，重拾人的自信。

综上，我们可以看出，扶贫干部老坝是在帮助老谢从酒瘾沉溺中走出自己也不能不强力洁身自好，不然将没有资格扶持老谢，他在改造老谢的过程中获得了改造自我的道义力量与羞耻感，人格提升，共同相扶走出困境，是道义力量使老坝重获新生。

包文化来扶贫老秦时，最初他的目的很单纯，就是扶贫，当小筱宣布将老秦归入非遗保护时，包文化毫无兴趣。当他以非遗保护去说服老秦而遭抗拒时，包文化颓然欲返。但随着事情的进展，包文化愈来愈发现了满堂红的价值，知道曾经活跃于山村的古老曲艺是见证历史的传奇，在小筱和柳音的支持下，更在老秦的态度变化中，包文化居然找到了一条帮助老秦走出贫困的别样道路，一条文化之路。与此同时，包文化的眼界、视野、胸襟不断提升，他既能深切同情老秦不得已放弃满堂红的悲苦，又能欣赏柳音从自己下属上位成自己领导的个人能力。在扶贫过程中，包文化视野得到拓展，胸襟被放大，整个人获得新生，一条扶助老秦走出贫困的道路，也成了包文化用古老曲艺提升自我人格的道路。

此外，韩永明作品中还有另一种类型的人物：协助扶贫的村干部，以《鹧鸪天》中的老赶为例。老赶出场就独断专行，拒绝接受任何人建议，而且试图诱骗"我"来为自己心虚的贫困名额做挡箭牌，动机颇为不纯。结果他拟订的贫困名单遭到望跛子和村民的普遍反对，吊儿郎当、一贫如洗的大狗子因名额无望挥刀自宫，郝婶儿甚至仰药自尽。老赶由于恐惧和焦虑自费送大狗子进了县医院。此间，甄家坟村整体贫困资格被取消。但村民经过系列波折终于理解了老赶，最后接受了老赶拟定的名额并讲明再无异议。而老赶经过几日几夜的思想斗争其实对自己一向独断专行的个人作风也有反思，并部分接受了望跛子"贫困标准说"的理由，老赶与村民情感互相对流，大家一同捐弃前嫌，互相理解，终于心心相系。老赶人格也得到了提升。

如此，韩永明作品塑造了自我革新、文化充实、情感对流而来的三类人物，他们都是在成就他者中成功自新的典型。从哲学上讲，对象（他者）正是自我的镜像，从中发现自我的不足或取足之道，正是镜像的功能价值所在。老坝从老谢的嗜酒中目击其惨淡人生，预料自己的结局而警醒；包文化在助力老秦满堂红的传承中获具某种古老的文化精神；老赶在接纳异端中格局逐步放大，等等，都是在成就他者中人格自新成长的典范。文本塑造种种不同类型的经典人物，隐含了某种价值指谓：扶贫，其实是相扶着共同成长！

面向地域和民族的"情怀"

——韩永强土家族生活系列散文境界论

散文，就其结构而论，历来有一个共识：形散神聚。这个认知现在已无疑议。但若论散文的功能及其所能达到的境界呢？学界和创作界历来人言人殊。人们根据各自的创作经验和散文的分类提出了种种论说：就散文作为呈现联想与想象的表现形式而言，有美文说——表现人类对美的认识与领悟；就散文的记人叙事功能而言，有构建说——构建特殊的人物形象或群像；就其议论功能而言，有智性说——通向文化的思考和人性的领悟；如果面对抒情散文或散文诗，又有诗性说——表现人类突破自我、在语言中重构万物的超越精神，等等，不一而足。但是笔者想，在一切审美文体中，散文创作有一个非常重要的特征：写作主体始终掌控叙事进程，不可能像小说一样，人物性格一旦形成，情节就必须由性格"内生"，作者都必须遵循性格逻辑去构思情节，主体让位于性格逻辑。如此，我们在谈论散文时怎么能撇开主体单论文本呢？既然主体始终主导叙事，则散文必然带有极强的主体性色彩，故散文传达的境界也就必然是主体的境界。笔者认为，以主体为依据，可将散文的境界分出三个层次：情趣、情调、情怀。情趣局限于个人化色彩的生活与审美趣味；情调倾向于表达智性、才调与胸襟格调；而情怀，是在对事相全面占有基础上向家国千秋、文化历史、民族生存情态乃至哲学之思的敞开、显露与发舒，其间往往流露主体对生命苦难的体认与悲悯，是主体意义体认的极致与意义发舒的地平线。

韩永强系列散文就以自己独特的方式实现了某种"类"的情怀。作者通过追忆自己的成长和古老归州的点滴日常，关注屈原精神的民间表现形式，描绘秭归的特色美食，凝视审视三峡纤夫的历史旧影，勾画出峡江地区土(家族)汉杂居的人们在对资源贫困与生命苦难的共同承担中达到的互助互爱、灵肉互渗之民族融合共生的生态图景，流露出对底层人困苦的深度体认、同情与悲悯，对他们点滴幸福的感同身受，表达了对于民族现实生活的深度关注，以及对其未来的展望与哲思，突破了个人情趣与情调的经营，走向了一种包含知识分子之特有担当意识的"情怀"。

一、时间，植根于人的成长

韩永强散文有一种鲜明的时间意识，而不仅仅是着眼于眼前风物的感怀，作为叙事主体，作者甚至有意无意越过眼前的风物，瞥见风物背后的时间之痕，体验、追寻人与物走过的时间轨迹。换言之，韩永强的时间都是"前置"的，是置于此时此刻之前的经验与过程，是对于"过往"的凝注。因此种前置性凝注，人与物关联、纠缠、分离、聚合、成长，人、物的内在意义一时敞亮起来，不仅具有"一路走来、阅尽人世荣枯"的鲜明意味，更有了人性意义，即便真是描写眼前之物，也因被前置而领有了被"追怀"的意味，时间因而成为具有人文意味的"历史"。历史就是具有文化与人性意味的时间。人，就成为与物相伴、一路摔摔打打、曲折成长的人，成为体验时间之万千滋味的人。要而言之，时间，植根于人的成长之中。

打磨脚盆的时光，也是峡江人打磨生活的节日。江水涨涨落落，峡江的历史和往事也隐隐现现。人们谈话没有固定的模式，听起来仿佛很散漫，但一个夏季的打磨结束时，一年的生活情节都梳理得清清楚楚。

上油过程中的打磨，是一项令人叫绝的活儿。选一块质地坚硬细腻的石，轻轻地在脚盆里里外外悠悠地若即若离地荡来荡去，犹如乐女拨动筝或琴的弦，让人产生无尽的美。

从峡江生活中走出的人，看到我客厅中的脚盆，先会惊讶地问一声：你还用这物件儿？然后又会平白地叹一口气：现在难得见到油磨得如此好的脚盆了。叹息声中，少不了对往昔岁月的追忆和怀想。也许伴着这声叹息，朋友会不由自主地走进一段岁月，生发出许多的话题。(《光鉴流年》)

这段文字描写土家族人对一个日常生活之物——脚盆打磨的追忆。脚盆似乎不是在被制作、打磨，而是一种"出生"——在人的精心制作、细石磨砺、江水荡涤、岁月历练中出生，更在无数个体的关注、打量、谈论、欣赏中出生，正因为是出生，因而带着个人的体验痕迹。如此，脚盆与人就是密合的一体，而不是某种异化的存在，摆脱了人的对立面身份而领有人性意味。"他"既能金声玉应，有丝竹之妙语；又能光可鉴人，可随愿之寓目；更能嵌入流年，引人感发过往之思。"他"是被植入时间的"文物"，伴随着人的成长。随着生命的延伸，"当时只道是平常"的脚盆积累了太多岁月的痕迹，故观看脚盆就是看着生命成长、看着岁月本身。

在韩永强笔下，时间不仅能被植入人的成长之中，还能被灌注于一个地域、一个类群的生活之中，从而在人的追怀之中被赋予生命之思。

每当夜深人静，每当世事纷扰，每当心灵需要慰藉的时候，我们让心灵泊岸归州。虽然没有了可以推开的门，虽然没有了可以叩击的青石板老街，虽然没有了可以拾级而上的台阶，我们却可以在记忆里登上南门城墙上高高的信号台，看峡江拐过一个大湾，从九龙奔江的巨石阵里跳跃而来，扑向归州古城；可以在记忆里看到夜色浓厚的南门外的胡家茶馆门口，那盏彻夜不灭的豆油马灯晕黄的光，借着那盏豆油灯闪烁摇曳而迷朦的光晕，找到回家的路；可以在记忆里穿过北门的城门洞子右转弯去那口久远的官井，喝一肚子甘甜清凉的井水，然后一直向上路过秭归一中、秭归师范，登上将军堡，俯瞰归州那个精致的葫芦状小城面对峡江，如横空出世，而峡江在阳光照射下如一条银线，"钓"起了这个历史悠久的宝葫芦；可以在全世界都没有的"顶心(鼎新)门"前思考，那些老归州人是如何让横行官场的官吏们对归州人惧怕到如此程度，这座仅有 0.66 平方公里，本来就有了东西南北四座城门的小城，还要另外专门开凿一个城门，而且险恶地以"顶心"名之，试图让归州人从此臣服？可以在记忆里的唐家巷喝一碗豆花，可以在吊脚楼上的剃头铺里拉动吊在房梁上的几十把蒲扇，把峡江里的凉风拉到楼上来，可以在西门外的桃花鱼塘里舀一瓶桃花鱼舀回一江春色，可以出北门去恋爱桥，坐在廊桥的木凳子上听风听雨听情话……(《泊岸归州》)

可以看出，韩永强对其故乡归州有着万千纷乱的记忆。这些记忆无不伴随着一个底层人苦涩而幸福的日常体验：官井、廊桥、信号台、巨石阵、顶心门、吊脚楼、桃花鱼、胡家茶馆、豆油马灯、剃头铺子……总之，归州古城的每一处风物、每一个小小的景点都关联着一段独特的生活，空间是时间化的空间。作为卑微的个体，正是通过对时间的体验，进入群体的精神之流中，获得一种"类"的认同。这使归州不仅仅是一个土汉杂居共处的"类"的聚居地，更是一个群体的精神符号。

有意味的是，上述诸多地域景点虽同属归州，但却关联着不同的生活时段。这意味着，归州的时间是碎片化的，韩永强正是通过时间的拆分与联缀，从碎片化的时间中透视地域、民族的精神底蕴，叙述一个类群绵延的历史。因此，时间不仅被植于个体成长中，还被注入民族的生命体认之中。

二、峡江美食：流淌于舌尖的滋味

靠山吃山靠水吃水，峡江地区人们虽然生产力低下，难以充分发挥资源的价值，但他们也能就物取用，尤其在美食方面，人们能将有限的食材制成形形色色的美食，展现底层社会丰富世俗生活的聪明才智。《喜气洋洋抬格子》《舌尖诡魅三峡鱼》《三峡腊肉香溢远》《五味杂陈醉广椒》《秭归

95

粑粑滋味长》《民间端阳》等将峡江地区独特的美食呈送于人们眼前，让读者隔着文字也能够体认到流淌于舌尖的滋味。

三峡鱼："自古至今，三峡人吃鱼的方式可谓五花八门，甚至用匪夷所思来表述也不为过。"人们用舀鱼的方式从江水中捞上各种电鱼子，用盐腌制，经阳光暴晒或风干后可以生吃。或在船上预先支上炖钵子，在滚水里放入油盐、花椒、辣椒，渔夫直接下网从江中捞上电鱼子倒进炖钵里，即熟即食，吃完再捞，是滋味横生的下酒菜。把鲜活的鲢鱼倒吊，用瓦盆接住鲢鱼涎，倒入放有少许盐、漂着油腥和葱花的滚汤，涎汤有着贴心贴肺的滋润。此外，麻花鱼鲜香金黄，长江肥鱼入口而化，醡鱼、糟鱼老坛陈香。正如作者所说："什么干煎鱼、红烧鱼、清蒸鱼糕、清汤鱼丸子、椒麻口水鱼、水煮鱼片、糖醋鱼、红烧鱼、糍粑鱼、酸菜鱼、清蒸鱼、花椒鱼片、糖醋脆皮鱼、剁椒鱼头、蚂蚁上树、松鼠桂鱼、啤酒鱼、鸳鸯鱼枣等。据说那些经过严格训练的大厨，可以用十六种方法煎煮烹炸出几十上百种不同鱼类风格的菜品……它们没有上过豪华酒店的菜谱，没有进过庙堂，却在历史的岁月里，滋养了祖祖辈辈的峡江人，点亮了峡江两岸村庄人家的渔火。"(《舌尖诡魅三峡鱼》)

三峡腊肉：山里人用苕叶子、土豆叶、红薯、包谷糊糊把土猪养得肥壮(山里人没有"饲料喂猪"一说)，在冬腊月邀来杀猪匠杀猪，四邻八乡一起帮忙，主家留够当天下酒待客的新鲜猪肉，其余猪头、猪蹄、猪肉、猪大肠便腌制起来。在瓦缸里把猪肉用盐巴、花椒、茴香、柑橘皮反复揉搓，腌制十余天，然后用老树疙瘩和柏木叶的浓烟反复熏制三五天，之后转为细烟熏制，油红鲜亮、醇香厚味的山区熏肉就成了人们过年、待客、婚丧嫁娶的头菜。

醡广椒：山里人生活贫困，他们只好想办法让食材发挥最大价值，醡广椒就是山里人出色的创造：把剁碎的广椒、包谷面或粗糙的米粉、土豆的边角废料洗净沥干，用盐巴、花椒搅拌均匀，装入土罐子，用盐菜或梅干菜封堵罐口，倒伏在装有水的瓦钵子里，定时换去倒伏水，几个月后，就成了咸酸醇香的醡广椒。根据使用原料和制作方法，人们创作了形形色色的醡广椒种类：芋头、红薯、南瓜，乃至动物"下水"均可入"醡"，橘子皮、柚子皮均可用作配料，虽然它们统称醡广椒，但色香味却能随着原料、配料和主妇制作工艺而各臻妙诣。待客之时，如果餐桌上有一盘醡广椒配伍的扣肉，主妇就能收到别家的艳羡和赞美，面上有光了。如今据作者所述，醡广椒居然走出了国门："屈原故里的屈姑食品有限公司，从民间收集来制作醡广椒等地方特色的食品配方，创建了'屈姑二十八坊'，专门研究开发生产屈原故里的土特产食品，其中就有一座'醡坊'，生产五味杂陈的醡广椒。这些醡广椒先是被送到开放的广州人的餐桌上，得到了广州人的接受和喜爱。因为味道和食材有几分'神秘'，加上善吃、会吃的广州人的推波助澜，那些山里的醡广椒后来居然走出国门，到欧美等国家去显摆并逐渐受到关注，吸引了一批喜欢尝新的'醡客'。"(《五味杂陈醡广椒》)

秭归粑粑：这是屈原故里的特色食品，"粑粑"是秭归人对所有馒头、麦粉制品的统称。村里小麦丰收之后，村干部就组织一场村民们自编自演的文娱活动，同时也是主妇们展示厨艺的大舞台。在锣鼓喧天的沙滩上，主妇们把在各自家里精心制作的各色粑粑让孩子和自家男人呈现出来。这些粑粑形形色色。"户条"：老面发酵，揉搓有力，白白胖胖，火候恰到好处，带着麦子的本色之香。"面衣子"：把搅拌均匀的面糊糊倒入放有芝麻油的锅里，摊成直径一尺左右，看准火候不断翻动，就成两面金黄泛着油光薄如蝉翼的圆饼。"油芯饼"：这是典型的功夫粑粑。把用老面发过酵的麦面反复揉搓到任意拉扯而相连的状态之后，揪成一个个"面剂子"，放在一边"醒"着。铁锅烧热，香油煎到滚烫，倒入盆里另备的面中，同样做成面剂子，此谓"起酥"，把老面面剂子擀成薄饼，撒上细盐、葱花、辣椒面、花椒粉，然后与起酥面剂子薄饼重叠压紧，用力卷成筒状，竖起，用擀面杖从上往下压成直径四五寸、共有五六层厚薄适中的饼子，这才是油芯饼的初步。之后锅里小火煎油，放入饼子反复翻动，直至熟透，就是飘着葱香和花椒香、令人馋涎欲滴的油芯饼了。"发面粑粑"：用老面发酵的面团，里面包上或一种或多种的腊肉、土豆丝、豆腐干、椿树盐菜、韭菜盐菜等"内芯"，香油煎熟，是峡江人解馋的主角。"桐叶粑粑"：把发酵好、带着麸皮的老面包上盐菜、土豆丝等馅儿，用新摘洗净的桐叶包好，放进铺有竹叶、芦苇叶的格子蒸熟，就是山里人地道的粗粮和生态食品桐叶粑粑了。此外，还有浆粑粑、苕面粑粑、糯米粑粑、米面子粑粑、荞麦粑粑、土豆粉粑粑、蕨根粉粑粑、柿子皮粑粑，等等，味道各有千秋，不一而足。

作者感慨："秭归粑粑没有登过大雅之堂，也没有进入过美食图谱，很多种类甚至鲜为人知。但是千百年来，这些粑粑们不仅喂养了秭归一代又一代的普通老百姓，还孕育了屈原大夫忠贞不二的操守和光争日月的诗篇；丰腴了昭君娘娘沉鱼落雁的美丽和千古流传的见识！峡江深处的秭归粑粑，香了悠久的历史岁月，那独特的滋味，还将世世代代养育秭归人。"（《秭归粑粑滋味长》）

古云：食色性也。吃食，维持人类肉身存在并繁衍的基本需求。在贫瘠而富饶的峡江，人们祖祖辈辈搏食于陡峭的坡地和险恶的波涛之中，巧妙利用环境提供的食材别出心裁地创造出形形色色的独特地方美食，三峡鱼、腊猪肉、醡广椒、秭归粑粑等，林林总总，令人齿颊留香，这些美食甚至走出国门，名扬世界。他们在单调中绘出色彩，在苦涩中调出滋味，把一种贫寒生活过得活色生香。

三、屈原活在民间

《民间端阳》写屈原故里秭归围绕伟大爱国诗人屈原、以三个端阳（农历五月初五头端阳；五月十五中端阳；五月二十五末端阳）为节点展开的系列文化活动：包粽子、赛龙舟、万人齐唱《招魂曲》、薪火相传建"骚坛"。通过描写火热的文化活动，印证屈原精神在民间永续流传。

在屈原诞生地乐平里，村民们还有在端阳缅怀屈原的独特习俗。

自唐朝始，乡邻就形成了三闾大夫忌日诵诗的习俗，至明代其习俗就有了形制，以"骚坛"名之的民间诗社，一直薪火相传千年。他们把五月初五屈原的忌日当作祭日，无须相约就会相聚于屈原庙，以骚体诗的形式为三闾大夫"招魂"。每年的五月端阳，无论是乡绅，还是民间艺人、农民，在屈原庙里，在三闾大夫塑像前，他们没有了所谓的"社会身份"，他们共同拥有一个名字：骚坛诗人。他们把自己用一年时间精心创作、打磨的骚体诗，以虔诚的心奉献给自己高洁的乡亲三闾大夫。楚声古韵，字字叩击心灵；乡音土语，句句招魂唤魄。没有人邀约，三山五岭的乡亲们都会如约而至，他们聆听着诗人们吟诵的《楚辞》《离骚》《橘颂》，就听到了《山鬼》"余处幽篁兮终不见天，路险难兮独后来；表独立兮山之上，云容容兮而在下"的感叹，就看到三闾大夫"路漫漫其修远兮"地回到了故乡！于是屈原庙里就有回声四起：魂兮归来兮！（《民间端阳》）

屈原之诗，创作于楚地具有浪漫主义和浓厚巫术色彩的文化环境中，其《离骚》《山鬼》《招魂》《天问》等与中原文化孕育的《诗经》大异其趣，来自民间，本来就是一个远古族群精神的诗性表达，其中以《离骚》为最。

《离骚》以忧国伤时为主题，表达诗人忠而被谤的激愤，开创了一种与《诗经》大异其趣的情意与文化传统。自孔子和毛氏阐释《诗经》以来，《诗经》"哀而不怒，怨而不伤"的"怨刺"传统以及"温柔敦厚"之风就引导和规约着中国诗歌的风格主流，而《离骚》绝不温柔敦厚，激越的情感与自由想象引领诗意走向，把作者自身的思想理念与情感毫无保留的袒露，表现与楚地巫风相颉颃的诗性灵感与拒斥儒家柔儒之风的刚健。

屈原故里乐平里展开的端午节活动是对屈原人格精神的追怀，其中每一种活动都有其隐喻意义。粽子："用箬竹叶做粽子包皮，寓长青不衰；雪白的糯米，指屈原廉洁清贫的一生纯洁如玉；粽子的三角形状，象征屈原刚正不阿、有棱有角的品格；包一颗红枣，喻屈子一片丹心、忠贞爱国"。赛龙舟，其本意原是乡民驾船到江中搜寻屈原遗体，万人齐唱《招魂曲》，又是巴楚民间巫术对屈原英魂的呼唤，试图将屈原魂魄召回故乡使之安息。而农民自发组建"骚坛"诗社，万众参与，以古韵乡音吟诵自创之诗，更是对屈原诗性精神的传承，同时也表明诗人"精骛八极，心游万仞"的诗性精神有着丰富的民间滋养。

四、桡夫子，永不灭失的剪影

在韩永强的系列散文中，有一个沉甸甸的核心意象——桡夫子——被反复提及。围绕桡夫子，韩永强创作了系列散文，如《桡夫子》《梦回峡江》《舌尖诡魅三峡鱼》等，即使没有直接写桡夫子，也可神奇地使读者感受到桡夫子的精神意象，如《峡江行排》《泊岸归州》等。韩永强要以沉重的笔致，对其心中那个久久萦怀而沉默厚笃的心像致以崇高的敬意！如此创作了种种厚重的"桡夫子"作品。

桡夫子就是纤夫，这一群体中绝大多数人属于巴人后裔。三峡行船，每多激流险滩，尤其是洩滩、清滩、崆岭滩等西陵峡中的几处险滩，回流水强劲，沉重的柏木船傍岸而行，在回流水冲激和暗礁碰撞之下时时都有覆船之险，于是桡夫子应运而生。这些赤贫的巴人后裔个个赤身裸体，在领纤人的带领下把沉重的缆绳勒进肩膀，匍匐于尖硬的砟石之间，凭人力拉船渡过波涛汹涌的险滩，以此博取可怜的衣食之需。历史上桡夫子究竟起于何时已不可考，但20世纪90年代三峡一带仍有桡夫子这个行业的从业者。作家亲身经历过桡夫子生活，对他们的生活与命运有着深刻的体验。

扯滩的桡夫子在扯滩时，比孙子还孙子！峡江水的反复涨落，把峡江两岸的植物变得粗糙而坚韧，让江岸的岩石峥嵘而尖利。桡夫子们为了寻找支撑点，会把赤脚毫不犹豫地踏进石缝里去，任刀子一样的岩石锋刃把脚划开一道道口子。他们脚上那些粗粝的口子已经没有血流出来了，只是在已经累累的伤痕上再添新伤痕；为了不让自己摔下悬崖，他们会用手死命地拽住那些刺一样坚硬的植物，殷红的血潆渗地流了出来，他们不仅无暇顾及，还要死死拽住那些尖利的针刺，因为那些尖利的荆棘可以成为他们生命的抓手。抗争中唯一可以表达生命追求的，只有"哼唷，哼唷！"的呐喊。那悲怆的号子如闷雷一样从他们的胸中挤压而出，宣泄出他们生命深处迸发出来的顽强抵抗。

在所有的"扯滩"中，唯有在青滩"扯滩"别有风景。青滩的滩长而水流特别湍急，但是扯滩的桡夫子们，却不用把身体悬挂在悬崖上拼命。他们却必须把赤裸的身体，匍匐到漫长的乱石丛中。水与人似乎都憋了一肚子气僵持着，那种僵持是一种让人不寒而栗的僵持，扯滩的桡夫子匍匐在乱石上，可能几十分钟甚至一个时辰也不能前进一尺半步。激流似乎憋足了劲儿，绝不妥协，喧嚣着扼住了柏木船的咽喉，任其挣扎却不肯让柏木船过滩。桡夫子们没有选择，只能以命抗争！夏天的烈日让桡夫子们口干舌燥，喊不出一句号子来；春天的冷雨没有半点怜悯之心，孜孜不倦地在他们身上往来反复；冬天如果有雪，雪花甚至会在桡夫子们的背脊上形成薄薄的堆积……无论哪种情况，与险滩僵持着的桡夫子不能有半点儿松懈或者动摇。他们相信，没有僵持，就没有他们的最后胜利……（《桡夫子》）

作者以如椽之笔描写了桡夫子的本色生活，但真实、纯粹到残酷的桡夫子形象早已走出其本色形态，向人性、伦理、审美、民族、生命本质等形而上的意义领域辉映。

苦难。《桡夫子》叙述的是巴人土著。他们的生活环境贫困而凋敝，既资源贫弱又缺乏治生工具，环境逼使他们到江上谋食，这已预决了他们的苦难命运，身体是他们谋食的唯一工具。为了达成仅仅是维持肉身继续活着这一低微愿望，他们把沉重的缆绳勒进肩膀，把脚板挤进坚硬的岩隙，任由荆棘割破指掌，向土地无限靠近，与风浪持久僵持。我们从这一恒久的"剪影"中甚至感受到神意（如果有神的话）的吝啬与残忍，即便如此，桡夫子们的家庭也无法摆脱与生俱来的贫寒。我们似乎领悟到，不是衣食，而是苦难，才是桡夫子们生命的唯一滋养！

意志。桡夫子虽然一贫如洗，但他们仍然是主体的"人"，具有人的意志。而且正因为他们没有任何生活资源，才能在极度的贫困中为了生存将主体意志发挥到极致。换言之，桡夫子的意志是在对艰难困苦的抗争中得到了最大的发挥：苦难成就人，苦难彰显意志！重要的是，他们关心的不仅仅是个体的自己，而是整个家庭的衣食之需，此中包含着对"他者"的担待。

高贵。桡夫子生来卑微，一无所有，遍身萧然，处于社会最底层，但他们谨守社会礼法和人伦秩序，凭自己痛苦而诚实的劳动担起养育家庭的责任。不特如此，他们还能对弱者抱有同情，对别人帮助心怀感恩，作者对此显然投射了深度凝注。

> 僵持中，最美的风景出现了。名扬四海的"新滩的姐儿"，如仙女下凡而来。她们三五成群，走到扯滩汉子们的身后，把软乎乎的手放到汉子们光溜溜的屁股上，然后齐声发力"幺二连三嘛，起哟起哟，起哟！"桡夫子们打一个激灵，跟着"新滩姐儿"们的号子，亢奋地大叫着"起哟，起哟，起哟！"号子声中，柏木船似乎被感动了，嗖嗖地逆流而上，很快就跨越了险滩。在桡夫子们心里，"新滩的姐儿"是他们的神，桡夫子们亲切地称这些神为"滩姐儿"。特殊的地理环境，特殊的劳作方式，让"滩姐儿"的劳作成了峡江最特殊的风景。"滩姐儿"们的劳动被桡夫子们形象地称为"添滩"。这个"添"是添一把力的"添"，也是为桡夫子增添希望的"添"。"滩姐儿"们的丈夫绝大多数也是桡夫子，她们知道自己漂泊在外的丈夫，危急关头同样需要有人帮衬。因此她们淳朴地推己及人，不以盈利为目的，而是在最关键的时候挺身而出来"添滩"，让桡夫子们渡过难关……她们那些饱满的乳房，随着她们的劳作而颤抖着，很撩人的眼，但是却没有任何桡夫子轻薄这些"滩姐儿"，"滩姐儿"们，自己也从来没有半点儿轻贱自己的暧昧……船过青滩之后，所有的船老大，都会满怀敬意地为"滩姐儿"们奉上自己的心意，或者大米油盐，或者丝光袜子纱巾，或者口红抹得儿（脂

粉)小圆镜子。无论送的是什么东西,"滩姐儿"们都会开心,因为她们心底有个意念,我为这些桡夫子们出力了,也等于为自己的丈夫出力了,她们的心里会觉得安逸。(《桡夫子》)

我们可以看出,桡夫子的人性并没有因困苦而沦丧。在他们看来,苦难并不是恣睢的理由,他们将"滩姐儿"看做神,从对女性的审美中获得精神滋养,这已经突破了文化语境"视女性为微贱"的传统,是只有高贵人性才具有的审美意识。他们的身体虽然匍匐于大地,但却抬起了人性高贵的头。

伦理。长幼有序、互敬互爱是桡夫子群体自觉的信念和贯彻始终的行为准则。桡夫子们虽然搏命于艰困之中,随时有衣食性命之虞,但他们并不因生活无望而沦落自毁或仇视社会,始终以强大的意志传承并坚守着祖先的伦理教条,这是只有高贵的"人"才有的精神高度。

作者写桡夫子以苦难为滋养,以意志克服万难,在感恩和对本能欲望的克制中凸显人性的高贵,在生命与生活的岌岌可危中坚守人伦底线,目的都是为了解释巴人民族的生成理路:巴人正是以这些精神底蕴互相感召,在对妻儿老小和他者责任的担待中聚众成群,聚群成类,聚类成族,形成巴人民族。而桡夫子就是这个民族的核心意志,成了这个民族历史绵延的精神基础和符号表征。

结　　语

韩永强土家族系列散文有一个目的:力图勾画出土汉两个民族融合共生的精神图谱。而要描绘、勾画出民族、地域的内在精神结构与文化面相,散文是最便利的方式。

韩永强从四个方面入手进行共生民族精神图谱的勾画:从个人成长和古老归州生活的追忆描绘人与群体的历史轨迹,这是为一个群体的历史绵延赋予时间维度。表明个人的成长离不开民间文化的滋养,个人生活经历成为民族历史的隐喻，历史因此具有了人性和"人味"；从形形色色的地域美食入手勾画屈原故里活色生香的世俗生活，解释互助民族的凝聚力、向心力何以形成的世俗因由；从叙述屈原故里的系列纪念活动入手打量底层的精神高度，开掘民间的诗性精神，并以此说明巴楚民族正是在对屈原精神的追怀与传承中才使自己成为一个世世代代绵延不绝的整体，保持了民族共生态的独特个性；从对桄夫子生活的细致描摹中观察巴人在困境中拼搏奋斗的生存伟力，阐明土家族的意志伦理、意志，才是使土家族聚类成族的持久的核心力量。

时间、美食、诗性、意志都是韩永强用以勾画社会生态的工具，但由于这些特殊工具本身具有的价值指谓功能，使之描绘的社会的精神面貌也得以呈现，并使这个群体的心灵结构与精神成长的历史凸显。

韩永强语言透辟圆妙，收放自如，既能描摹物的精微之处和人性的细致本真，又能展开宏阔的视野游冶于时空之中，更能潜入心灵深处体认精神的底蕴。故韩永强作品十分接地气，从不模式化，有一种沛然难御的生命元气涌动于文本之中，这使之能够对共生民族的精神底蕴获得深度体认，对底层社会的苦难、挣扎与奋斗流露出深沉厚朴的同情、悲悯与认同，此之谓"情怀"。

卸去生命的锁链

——读红青短篇小说《放生》

有一种心性，傻愣，憨直，纯真，天真烂漫，没心没肺，任性胡为而不通世故，无所顾忌而人畜无害，既不可能主动伤害他人也不可能被伤。这种心性似乎很难滋生和被滋养于中国文化语境中。

我们的文化太过于成熟，甚至早熟。这种文化精深、精熟、精致、精打细算，心性打满文化干预的指纹，带着被文化捏弄的痕迹。以这种文化的眼光打量那种没心没肺，非唯不可爱，亦复可憎了。

故此，此种心性只能被放置于智障中。

红青短篇小说《放生》就是关于心性的寓言。

憨子生下来就是智障，医生怎么拍打也不能嚎哭，十岁才开始学步，三十岁说出第一个字"鱼"！母亲张彩霞只好辞去教师公职全职护理憨子，终不免气急而亡，护理的重担全部压在父亲吴尘身上，吴尘七十余岁时又查出肝癌晚期，如果他又撒手而去，憨子谁来照顾？

智障憨子一辈子都在困扰着吴尘与张彩霞，张彩霞为憨子买来花花绿绿的画片、玩具、摇椅，为每一个画片和玩具准备了精彩的故事，为每一个憨子的特异动作而惊喜，以为是他将要突变的表现，但最后无不是以绝望告终。在无数次绝望中，她无数次冲动着想要掐死憨子，但母爱最终阻止了这种冲动，她最后只能在痛苦的绝望中气急而亡。憨子成为张彩霞一生的"坎"，如果说生活的坎是憨子造成的，那么精神的坎则是张彩霞自己造成的，她无法接受憨子的智障，无法理解别人的非议，无法容忍别人善意或恶意的眼光，她甚至担心丈夫因为厌倦憨子而嫌弃自己。总之，她无

105

法跨越这道精神之坎，本质是无法理解和接受憨子那种没心没肺的纯真、傻愣与憨直，最后只好一死了之——张彩霞协助憨子顺利杀死了自己。

憨子无意间的致死效能似乎对吴尘同样起作用，乃至激起了吴尘的反弹。当吴尘带着憨子到泉水冲水库放生，听到憨子第一次开口说话后，心中五味杂陈，小说写道："这时，一个念头突然冒出来：何必要拽住他呢？这念头也像一条鱼泼刺一声跃出水面，又落进水里。鱼已消失不见了，水面还久久不得平静。吴尘打了一个寒颤，急忙扯起憨子的手逃回家。"可见三十年的折磨，吴尘也疲累、厌倦了，他想放任憨子死去，但父爱究竟遏制了杀心。此种内心的挣扎直至很久都还存在着。小说写父子俩放生很久后吴尘还在挣扎之中："水桶就摆在憨子面前。憨子身子前倾，向水再前倾，才能将手伸进桶里抓小黑鱼。憨子的身子一直晃晃荡荡。此时，只需要轻轻一推或者轻轻一拉，放生便完成了。一只手已经轻轻搭在憨子的后背上，但这只手犹豫片刻又悄悄挪开了。还是交给天意吧！吴尘想，把水桶也递给憨子，自己则爬上护坡，坐到堤坝上。不许插手！吴尘对自己说。"

此种心理活动描写简直惊心动魄！将绝境中的人性与兽性赤裸裸地袒露出来。吴尘最后将憨子的生死交给天意，这一笔颇有意味：如果憨子死了，吴尘也可以天意的名义为自己的厌倦脱责；如果憨子没死，吴尘也不拒绝继续履行父亲的责任。当然，吴尘最终还是接受了憨子没死的"天意"，接受了没心没肺、继续活着的憨子，这种"接受"意味无穷。

吴尘的接受是有心理基础的，他的心中活跃着某种审美的自由。小说有意无意透露某种关键信息："那天天还没黑，月亮已爬上山顶。水面从眼前铺展开去，盈盈的，碧碧的，静静的。山影映在水里，月影也映在水里。一片静美。天上有圆圆的月亮照着，吴尘就想多坐一会儿，并不急着回家。"这表明，吴尘心中的审美情思与天地之间的自然美之间有一种高度的契合，而此种自然美是那样的无思无虑、自由恣纵、纯真无瑕、没心没肺，与憨子的本性何其相似！这大约正是吴尘通过接受自然而接受憨子的精神基础。

　　吴尘不仅通过审美的自由接纳了憨子的存在，他甚至高度契合于憨子的行为与心性，体验着憨子的体验，感觉着憨子的感觉。小说写道："放生的时候，吴尘也不再坐到堤坝上。太远，看不清鱼游进水里的样子。这些鱼似乎有灵性，从憨子手里挣脱，跃进水里也不惊慌，并不急于逃走，总是要在憨子面前游一圈，打一个漩儿，好像依依不舍。看到这样的场景，吴尘心里就汪成一潭水。吴尘喜欢看这样的场景。有时吴尘也抢着放生。让憨子提桶，他从桶里捞起一条鱼，手伸进水里再慢慢松开。鱼悬停在他手掌里，过一会儿才打一个漩儿游走，一种痒酥酥的感觉霎时掠过心尖。吴尘也喜欢这样的感觉。"

　　可以看出，吴尘一旦真正接受了天意，他也就在完全放松的心中领悟着一种无拘无束、没心没肺的纯真，玩昧着充实自在的傻愣与憨直，甚至是徜徉于无可言喻的自由与大美！从一定意义上讲，表面看来是吴尘领着憨儿子放生，实质却是憨儿子带领自己走进了不生不死的审美与自由之门，领略那种不受文化干预、不受人情羁勒、不受规则束缚的纯真、率性与天然。此种率性是无羁的，它甚至可逃脱时间、疾病的拖累，指向随性与健康。因此，憨子带着吴尘放生一年，吴尘早先的晚期肝癌居然不期而然的痊愈了。

　　憨子与生俱来的致死能力却也同时是致生能力，究竟是致生还是致死，端看你的心态与觉悟：张彩霞一辈子走不出文化的判断，走不出人情的眼光，走不出对世俗的臣服，因而她只能为这种臣服殉葬；吴尘坦然接受天意，契合于憨子的自由无羁与没心没肺，居然为自己的生命迎来新境界，他在儿子的启示下卸去了生命的枷锁，换来了生命的新生。这就是小说的哲学价值所在。

　　当然，小说也有缺点：张彩霞是怎么死的？她死之前经历了怎样的周遭世俗对儿子呆傻的议论及相应的心理折磨？她的死不瞑目一定有其原委。遗憾的是小说此处语焉不详，没有给读者提供一个观察文化与心性的样本，使读者觉得究竟有所不足。

　　但是，小说的哲学价值依然令人深长思之。

局部何以唯美？

——虹珊长篇小说《局部之美》创作理路解析

大凡小说创作，若就叙述者和被叙述者的关系而论，其实不出"观待"二字。此观待的视角又分全知(能)视角和限知视角，全知视角中又有内观与外观之别；限知视角则唯有内观——即便表达为外观也必是以内观的实质呈现。文本的品位与质量全赖"观待"二字。因有观待，主体相对于被叙述者就是自由的，主体可将自身的内心资源以自己想要的方式用之于被叙述者之中，以培育对象的发育与成长，主体自己也体验到创造的快感与审美的自由。但也有部分作家作品，由于过于贴近叙述对象，完全模糊了叙述者和被叙述者，丧失了叙述主体的自由、审视与批判立场，作家作品便因失去观待、因被对象"异化"而沦丧。

宜昌作家虹珊新近出版的长篇小说《局部之美》(北京：现代出版社2017年版)就是一部"观待"的典型个案。由于领有相对于被叙述者的自由，这使作家能够采用自己"想要的"种种方式——距离、细审、体认、互衬、远引等自由灵活地塑造形象，从而将人性认知与审美体验注入对象之中，创造了批判现实主义与新写实主义嫁接交融的作品。

一、距　离

小说用全知视角追踪、观察、叙述女主角农村姑娘余锦欢在城里的个人命运与精神成长。为呼应全知视角，作者首先采用了适宜于观察和追踪叙述人物的心理距离。在作者看来，唯有距离，才最有利于透视人物，有利于从内外把握人物的生长环境和心理轨迹，故"距离"成为作者的自觉选择。读完全部小说，读者会觉得作者对人物性格成长与心理轨迹具有通盘的设计与预拟。故富于"距离感"的文字处处与发展着的心理性格关合。

> 瞧，他讲得多带劲儿啊，神采飞扬，像老家屋旁那条夏天涨水的小河。余锦欢在厨房里帮着大婶收拾杯盘碗碟，心情却随着李林培的声音欢快地流淌着。

这是全能者富于距离感的透视，描写单纯的余锦欢因初恋的纯真尚未识透骗子李林培时，为他的高谈阔论而欢呼雀跃，也为后文余锦欢遭受背叛和欺骗时的心理反应埋下伏笔。

作者将"距离"用得极为多元而富于变化。

> 婆婆终于出现了：宽大的黑色朱丽纹长袖上衣，肥硕的荷叶边从小V形领口一直到了整个胸部，同样宽大的黑色长裤，裤脚像打开的扫帚，拖在地上，那张阔大的、白惨惨的脸像腊一样，垛在整个黑色的上面。当这个被黑色包裹的躯体一起一伏地向余锦欢慢条斯理地挪过来时，余锦欢感到阴暗的空气好像正在被黑色的蚯蚓搅动着。说不清是不是恐惧，余锦欢忍不住心跳加速，她本能地从冷硬的木头沙发上弹跳起来，嘴巴张了好几次，才挤出三个字："阿姨好！"

以单纯的距离视角，叙述余锦欢打量未来婆母时的恐惧与怪异感受。此种心理距离是余锦欢心中的"梗"，不仅主导着余锦欢与婆母一家的关系，而且影响了余锦欢的精神与命运，是小说预埋的重大伏笔，此后的诸多情节反复回应着此一伏笔，因此这个"梗"不仅是形式结构因素，更具有意义"符号"的意味。

> 每次笑完了，余锦欢就跟自己生气，为什么就非要与这么个优雅

人儿坐一起呢，为什么就自觉不自觉的当上了东施？

可以看出，作者站在全能者视角，借助余锦欢的心理反应写出余、梅二人的高下，表明余、梅二人的精神差异从初成闺蜜时即已开始，为后文余、梅二人的命运分野提供合理的铺垫。

你看，这些被水携带的流浪的东西多么幸运！衰颓也好，凋落也好，它们终归是要腐烂的，而在腐烂之前，依然能够流浪，能够抵达一个新鲜而陌生的前方，把关于死亡的哀伤从生养自己的地方带走，不是更可以减少一些不必要的痛苦吗？

这是作者借余锦欢的闺蜜——梅西娅之口发表的有关江上枯叶的一通感慨。这是一种隐喻性距离：既隐喻梅西娅的精神高度与浪漫心性；又隐喻余、梅二人的心理差异；还隐喻作者站在全能者的距离视角对二人的观察与评判。一石三鸟，机杼独出。

综上可知，作者对距离的灵活运用达到了多元效果，而"距离"又在被多方运用中显现"层次"意味，成为一种具有建构功能的能动意义符号。

二、细　　审

叙述者和被叙述者、主体与对象的距离在自由观待中可以拉近，达到的效果就是"细审"——主体对对象的精细审视，被叙述者、对象在细审中其局部特征、个别细节一时鲜明起来，以此获得对对象浓墨重彩的书写。《局部之美》中，由于叙述者具有对被叙述者的充分自由，这使得作者可以多角度运用细审，达到对对象的精细描摹。

整整一星期，余锦欢的脑袋像是装满了糨糊，并且，这团像糨糊一样的东西扭结一团，像液体又像固体，强大而单一。每当李林培的鼾声响起，它就像一团黑云，不断聚集，从天花板上向自己睁着的眼睛压下来，有时又像水里的波纹，不断扩散，越来越大，似乎要崩裂眼眶。

此处叙述余锦欢作为农村姑娘在遭遇企业破产重组、丈夫下岗时的心理压力。唯此细审，才能将一种前路茫茫、四方无助、六神无主的心理凸显出来，是对"局部"的细观。文本不仅处处可见此种局部细观，更有对不同心理的精细辨认。

于是，梅西娅就处处受着余锦欢的照顾。也正是有了这种照顾，余锦欢才感到平衡。不是吗，在日常生活中，我余锦欢还是要强于梅西娅的，你瞧，她处处受着我的照顾哩。余锦欢就这么隐秘地满足着。

这段文字将笔触深入人物隐秘的内心，如庖丁之刀游走于肩甲胫骨，既细致审视了余锦欢意识到她与梅西娅精神距离后的心理落差，又将余锦欢通过各种细节差异寻找内心平衡的隐秘心理表露无遗。

细审的目的是什么？当然是达到领悟与认知，是为了性格的刻画更具立体感，而不仅仅是为了细节的真实。此种领悟与认知就其源头而言当然是作者的，但就其表现而言却是显现为人物的。

梳妆凳淡粉色的喷漆有的已经脱落了，瞧，它们多像自己的爱情，斑斑驳驳，千疮百孔，完全经不起日子的磕磕碰碰。

余锦欢在心里冷笑了，敢情还是跟我余锦欢做了夫妻才得了病？不过，表情终究只是在心里生动着，脸上还是冷静的。

这两段文字看似处于文本中不同的位置和语境，但其实有联系。前段叙述余锦欢对自己爱情破灭的领悟；后段叙述她对婆母一家无理取闹、歹毒浇薄的认知。两段文字共同建构了余锦欢的命运遭际体验，在文本中对诸多情节起着至关重要的"点化"作用。

唯有细审，局部才被凸显出来。但是，笔者认为，局部之被凸显，达到的究竟只是细节真实，是为了性格的细部逼真。但性格的价值与意义呢？作者当然不会止步于细部描摹，由于观待的自由，这使作者得以直接进入对对象的体认之中。

三、体　认

在人物的塑造中，作者时或因细审而进一步进入对对象性格、心理、价值观的体认，体认一方面是细审的强化，另一方面又是主体性的渗透与参与。

> 李林培身高一米七六，身材偏瘦，椭圆形的脸，鼻子端正，嘴巴略小，最令余锦欢着迷的是一对单眼皮的大眼睛，它在看人时，常常露出几分痴迷的样子，这让被看的对象总是有些不好意思但又窃喜不已。

文字叙述陷入初恋的余锦欢并无识人之智，被李林培的外表所迷。"不好意思"而又"窃喜不已"并不仅仅是余锦欢的个人经验，作者显然将大多数女性在被男性凝视时的心理反应带进了余锦欢的经验之中，那么此种欲拒还羞的心理体验就带有异质性了，由于同类而异质，余锦欢的心理因此丰富起来。

体认的功能就是通过对对象的叙述不露声色地嵌入主体性认知，使被叙述者因异质经验的参与而表现出理性价值的迷离。

> 离婚吗？在结婚前，看了书本上和现实中那么多的婚姻家庭故事，余锦欢就确定了自己的原则，夫妻之间是要绝对忠诚的，不管是

哪一方，一旦出现婚外情，那就只有一个选择——离婚。那时想归想，却是在甜蜜的憧憬里轻描淡写式的一种漫想，就像站在南方的三月天里而想象北方的漫天大雪一样……发生在别人身上看起来那么简单的事情，一旦搁在自己身上，却是多么复杂、多么难以选择啊。

可以看出，面对李林培的背叛，离婚与否是余锦欢对眼下婚姻理性的两难选择：显然离婚理由是充分的，因为李林培背叛了忠诚；但离婚也是难堪的，因为这既使自己关于家的想象破灭，又要面对世人侧目。作者以"南方三月揣度北方风雪"之不可思议性比拟余锦欢的两难心理，描写其抉择之艰难，将主体经验含而不露地注入对象之中，使价值冲突的内在张力被充分激活，人物更显饱满。

然而，因价值张力而使性格饱满不是体认的终极目的。作者的目的是为了达到异质同构。

> 出门的时候，大婶拽了一下余锦欢的袖子，说："小欢啊，作为一个女孩子，结婚前，可一定得把持住啊。"说罢，久久地看了她一眼。这一眼让余锦欢很不舒服，与其说是提醒，倒不如说是有所怀疑和期待。以至于余锦欢把大伯因为不得不有所表示而提出的忠告完全忘掉了，脑袋中就只剩下了大婶那意味深长的一眼。

很显然，余锦欢心中不快完全因大婶意味深长的"忠告"而来，此忠告既带着传统价值观的压力，以不容怀疑的形式碾压余锦欢心理，与余锦欢的"家教"悠然契合，但却带着某种警告和不信任，这种警告和不信任似乎正在怀疑余锦欢的家教，故使其深感不快。毫无疑问，这种"警告和不信任"正是一种携带着历史能量的"异质"，固执地植入余锦欢内心，作为一种"他者"成为余锦欢的心理构件，以至于余锦欢的"脑袋中就只剩下了大婶那意味深长的一眼"。

四、互　衬

体认不仅是对主要人物的凝视，而且是对所有重要出场人物的深度关注。主角与所有重要人物在凝视中被并置在一起，达到的效果就是互衬。由于互衬，人物之间就有比较，并因比较而差异互彰，人物性格因此鲜明起来。

余锦欢作为山村姑娘观察到山里年年下雪，山上青松并不会因为积雪而弯曲，于是对陈毅的诗"大雪压青松，青松挺且直，要知松高洁，待到雪化时"生起疑虑：青松会因积雪而弯曲吗？她后来观察到幼松的确有被大雪压弯之时，文本分几次点染，将余锦欢对松雪之思引向对人性的感悟，她亲耳听到沈丹芬从自己的惨痛遭遇中走出来变得平静豁达，不禁豁然大悟。

是啊，看看她(沈丹芬)现在的生活状态，虽然带着满身的伤，但并没有倒下，她让自己不怨，不怒，不恨，终于还是成功地绕过了那些诱发冲突的栅栏。这么说，关键在于自己，在于自己的控制能力。余锦欢脑海中浮现出负着大雪的松树，心想，看来许许多多的人其实活得都像一棵松树。

此中有两种映衬：沈丹芬以无怒无怨的豁达之心走过一切艰难险曲，余锦欢认真执着地面对任何困窘导致命运每况愈下；青松遇雪而弯不过是权宜之计，为了之后的更加挺拔，余锦欢百折不弯只能招来更多非难。如此，人与人、人与物的互衬交织在文本中，意味无穷。

当然，文本更多的是余锦欢与梅西娅的互衬，这是小说的主线：余锦欢成长于正常家庭与梅西娅生为弃婴被人领养；余锦欢的现实与梅西娅的浪漫；余锦欢临事每见慌乱与梅西娅冷静洞达；余锦欢从尘埃中复生与梅西娅在孽恋中毁灭，等等。差异与互衬二者互相成就、互为表里，这在余

锦欢的一段内心独白中表现出来:

> 疯吧,这个世界真的疯了!梅西娅你真是个十足的疯子,怎么活都不为过,就算爱上的是自己的养父,那又怎样?为什么偏偏要去寻死?梅西娅啊梅西娅,你这个臭蛋傻蛋笨蛋,不是别人杀死了你,是你自己把自己给杀死了!

这段内心独白将余锦欢与梅西娅的差异性互衬恰到好处地描绘出来:现实主义的活着为大与浪漫主义的率性生死。正因为差异,故构成互补:现实主义的中规中矩在"活着"的最高原则下也能容忍不合人伦的孽恋,这正是余锦欢与梅西娅因互补而成为闺蜜的原因。小说因致力于寻找二人之间的差异性互衬互补而显现独特的价值。

五、远　引

在通过距离、细审、体认、互衬等方式完成了人物形象塑造之后,作者似乎并不满足,她还要为人物、为生活事相赋予某种形而上旨趣,以使人物和生活具备深度意义,获得某种哲学指谓。正如人从深渊中急速飘升,在飘升中洞见种种景象,往往获得不可思议的审美灵感,此谓"远引"。

作者极其睿智,洞察时世,才调机敏而人情练达,这使之能够走出纯粹的"形象",时或引发形而上思考。

> 原本浑然迟钝的神经,现在变得异常敏感,余锦欢像一个长期生病的人,对每一个眼神、每一句话、每一个动作都不仅看在眼里,还要搁在心里细细地琢磨。家庭越是风雨飘摇,就越是让她警惕飘摇的风雨。当然,这种被警惕的风雨与家庭内部的风风雨雨有着本质的不同,它们来自外部,来自那些暗藏的讥讽与露骨的轻视。余锦欢现在

明白了，为什么拐枣树坡的老家人喜欢用"家丑不可外扬"来劝慰一个矛盾交加的家庭，这是真正角色置换时的肺腑之言，是将心比心最体己的一句话啊。

很显然，作者将自己认知到的世故人情作为资源用之于余锦欢的人情领悟之中，以培育其心智的成长。作为农村姑娘要融入城市，余锦欢固然备受碾压，坎坷多艰，但每一个"坎"都是余锦欢成长的机缘，每一次挫折都使其获得人格心智上的领悟。而她的领悟往往是过去的家教在新的时代语境中的全新诠释。显然，作者将自己的洞明世事不失时机地用在了人物心性设计之中。

余锦欢的成长主要是心智、心性与人格的成长，她的成长几乎全是从负面遭遇中来。命运曾将其打入尘埃，然而，她却从尘埃中抬起头来，以修除内在瑕疵的方式迎着风雨茁壮成长，当她在闺蜜失踪、丈夫病逝、婆母抢房，几乎一无所有之后，反倒平静坦然了：

> 曾经的余锦欢，虽然有时也觉得事情复杂不知从何说起，但跟现在的感受是完全不同的，那时，是因为笨拙，心底有诉说的欲望，只是找不到开启语言的方法，而现在，却是连欲望也没有了，是真正平静的一潭秋水……她不问，他也不说，他不问，她也不说。语言有时就是一种累赘，一种矫情，余锦欢想起他总是省略了称呼的几句短而又短的话，无端就觉得温馨而实在。

能够从别人的沉默中获得一种不言之悟，究竟悟个什么呢？大约她经历了太多的背叛、欺骗、侮辱、信誓旦旦的失信、凭空无据的失去，她喊过、哭过、叫骂过、挣扎过，最终抓住的只有空无！她见证了真实的假象、繁华的凋落、庄严的面具，此刻，她大约觉得只有沉默才实在，因为，沉默，是最本质的真实！这是作者从余锦欢性格"深渊"中飘摇远引时对其性格全貌的本质洞见。

余锦欢在生活的反复打磨中将感恩与宽容予以整合而达到了人格完善。感恩——即使人群里飘来一丝些许温暖的眼神她也要铭刻于心；宽容——即使对拐卖自己儿子的人贩子也提出"从轻发落"。从山乡父母继承的善良与坚韧引导其从尘埃中重新生长，战胜一切磨难成就自己的内在人格。但她显然还缺乏见识与胸襟，在经历众多挫折之后伤心欲绝，认为城市不会接纳自己，随时准备回到山村拐枣树坡。"远引"的目光也瞥见了此种心智的瑕疵，于是借助张智同之口"提点"余锦欢：

> 在许多人的心目中，当然也包括我在内，老家就是自己心尖上的那点蜜，那我们何不让那点蜜在我们心里永恒甜美着呢？所以我要提醒你，既然是那么的美好，我们就要和老家保持适当的距离，一来是为了尽量客观地认识我们的老家，二来是为了守护那种美好的感觉，为我们自己留条后路，至少可以防止我们的内心世界突然坍塌……不用抬眼，余锦欢就已经感觉到了他热切期盼的目光，便不由自主地点了点头。

"张智同"的提点入情入理，余锦欢眼界大开，见识得到质的提升。作者的洞明世事与练达人情成为塑造人物的有力资源，使余锦欢的灵魂不仅是善良、感恩与宽容，还具备了通透的智识，这就是芸芸众生中灵性闪耀的"局部之美"。

结　　语

《局部之美》大体属于新写实主义作品，小说关注小人物的生活与命运，笔触在柴米油盐、甜酸苦辣之间游走，袒露普通人生活的最大真实，尽可能保持价值中立，这都是新写实主义小说的基本特征。但小说也含而不露地批判企业破产重组中的官僚主义作风，揭露丑陋的利己主义，袒露可怕的人性真实，因而"批判"是文本不期而然的倾向，故文本又带有批判现实主义立场。以此而言，可将文本视作新写实主义与批判现实主义的结合。余锦欢、梅西娅、李林培、沈丹芬、婆母等都不过是芸芸众生中带着不同色彩的微粒，他们的悲欢忧乐在人类精神生活中不过是可有可无的一刹，但就个体感受而言却是生命的全部！文本撇开宏大叙事对凡夫俗子进行深度凝视，关注一个弱女子在生活跌落至尘埃时其精神的脱胎换骨。余锦欢的善良、感恩、宽容与智识中隐含着对人性残缺与丑陋的矜哀与悲悯，是历经教化之后的理解与同情，因而带有文化意味。故小说展示的局部之美正是含有文化与教化意味的灵魂之美。

成人世界的童话隐喻

——读胡洪短篇小说《大声尖叫》

20世纪六七十年代，某山区小镇的大批青少年有一个特别的娱乐活动：大家在夜晚齐聚于小镇某处集体尖叫，每个人按要求可模仿鸡叫、鸭叫、狗叫、驴叫，谁叫得最大最像样便可获奖一枚领袖像章。这与小镇的秩序、宁静和夜晚巡逻的民兵发生了冲突。故事讲述了一个童话，并不是玄幻穿越的童话，而是现实童话，虽曰短篇，但意义深蕴。

20世纪六七十年代的极"左"社会有两种价值取向：个人崇拜与极端自由。个人崇拜导向意义的规整统一，极端自由导向意义的自主建构。二者虽互相冲突但并行不悖，极"左"社会环境是驱动小说展开叙事的内蕴能量和两种意义发生的共同语境。意义就在此语境中演绎着自身的行进轨迹和最后被确立的终极形态。

一群小屁孩集体学动物尖叫，这在成人看来毫无价值，毫无意义，除了扰乱小镇的秩序与宁静，只能显示自身的无知无畏。然而，此种无知无畏的尖叫之举却是孩童们显示自己生命存在、对抗规整统一、追求自身意义的自由革命，是第二意义试图推翻第一意义的"妄动僭越"、孩童世界向成人世界发起的冲锋。但这群孩童并不知道他们在"刷存在感"而建构自己的意义王国后也将被同样性质的力量所取代，并随着时代的绵延而反复发生。因此，不妨把此种妄动僭越视作成人世界其所自来的童话隐喻。

意义的确立曲折艰险。此中有无奈的归服与背叛：大虫作为孩童领袖被父亲抓住，绑在电线杆上一顿猛抽，开始以巴掌继之以鞋底板猛揍，父亲并自豪地唱歌向大众炫耀，而大虫以尖叫嚎哭相对抗，表明自己对选择

119

的坚守。父亲力竭，劝大虫唱个京剧或至少嚎得好听一点，大虫终于在父亲的暴力和劝说下归服了父亲代表的成人社会，接着居然同民兵一道巡夜，抓捕他原先领导的少年团队，这就是背叛了。这意味着：领袖固然是主流意识的代表，甚或直接为团队确立主体价值和意义，但领袖也有漂移主体价值、违背初衷的可能。此中隐伏着一种意义向另一种意义投诚、皈依的潜在趋势。

大虫既然背叛，一个没有完全解散的团队在(社会)语境的呼唤和催迫中，有自行孳生新领袖的可能——虫白适时冒头接着领导团队，他首先解放了久困家中的"我"(母亲对"我"的教导与恐吓正表明成人社会对孩童社会的规训)，接着将四分五裂的团队重新整合，再接着取消了最难叫的驴叫，确立一种新的模仿：鸟叫。当虫白死于高压电之后，"我"继之崛起——新领袖层出不穷。这意味着在同样的语境中，新领袖有接续前任、重整意义并将意义发扬光大推向新境界的能力。

有诠释与播撒。"我"亲眼看见虫白被高压电电死，但"我"对虫白被电死的整个过程居然给予全新的诠释，赋予新的意义："我"看到"一个银色的火球在那喊叫声中闪烁跳跃"，燃烧的虫白是鸟在鸣叫中的光华闪烁；虫白的手被高压线打到痛苦乱跳是文艺的手指为奏出鸟鸣声而在琴键琴弦上的自由敲击；火红的尸块从高压线上飘落就是众鸟的翱翔了；虫白临死前的痛苦、恐惧尖叫是"我"为团队确立鸟鸣语言的最高圣旨；最后，"我"还指着天空中正在翱翔的云雀，将它诠释为虫白向团队的及时现身。"我"就这样诠释了虫白的死亡，死去的虫白在"我"的全新诠释中居然成为"往圣"，确立了往圣的权威就是确立了"我"的权威，"我"将全新诠释的意义向整个团队播撒，让他们领悟并最终接受。

有话语权的确立。当整个少年团队接受了我的领导并以虫白为榜样确立了鸟鸣语言后，立即表现出高度的自信和对自身价值立场的坚守，他们只说鸟语并对小镇上的成人语言表现出极大的蔑视，即使使用成人语言也只是表达阴险与恶毒，让他们意识到自身的卑贱与低劣，招致路人侧目。少年的团队语言终于达到了与成人语言的对抗与平衡，两种价值和意义至此不仅可平等对话，甚至按少年团队的内蕴爆发能量有取代成人社会的可能——他们将取得最终话语权。

小说将两种价值意义的对抗置于一种特殊的、极"左"的社会文化语境中，设置了一种"对抗"的实验性文本，成为成人社会其所自来的一个寓言、一种隐喻，但读者却可用获得的意义和获得意义的方式越过特殊语境巡检整个文化历史，让读者领悟历史推进的整个流程，这就是文本的价值所在。

当然，小说也并不尽如人意：(1)父亲对大虫施暴的过程不必过于注重细节，这固然增强了小说的文学性，但也遮蔽了主流价值之显发的可能性，短篇小说的细节一定是能够凸显本质的细节，不可能像长篇一样还可容忍冗言；(2)小说末尾写团队确立鸟语后，向成人社会显示的效果却又写得并不充分，如果充分描写，仍可维持文本作为"短篇"的规模。

读者接受理论认为，文本都潜伏着"隐含读者"，不同层次的读者会从文本中读出不同的意义；诠释学理论认为，人们阅读文本所获得的意义都是前见、语境、文本互动的结果，阅读主体通过自身固有的前见、依文化历史语境和当前的语境从文本中发现"意义"，意义是前见通过语境结合文本所得。无论是读者接受理论还是诠释学理论都有一个共同的判断：文本一旦出世，解读意义就是读者的事，作者在文本中灌注的"原意"并不被看重，故有"一千个读者就有一千个哈姆雷特"之说，今笔者按自己浅陋之"前见"解读《大声尖叫》，愿就教于作者和大方之家。

疯癫与清醒

——蒋杏短篇小说《二叔》的形象与价值

刘文馨*

蒋杏短篇小说《二叔》全文两万余字，借"我"的视角讲述了大瑶乡羊村二叔疯癫的一生的故事，小说以二叔的成长历程为纵向结构，以二叔"疯"为核心横向贯穿全文，读者可据二叔疯癫的人物形象透视其背后有关人性、世俗、乡村发展、启蒙与理性等多重复杂意蕴。对于现行秩序和隐含规则，二叔是疯癫的破坏者，对于生命价值的追寻和自我灵魂的坚守，二叔是清醒的维护者。因此，本文从二叔的疯癫与清醒出发，寻找二叔疯癫形象背后所指示的含义与价值。

一、疯 癫 概 述

从现代医学角度而言，疯癫代表着一种精神疾病，通常伴随着精神紊乱、语言失和、自我认知障碍、举止乖张等一系列失常行为。普通民众对疯癫患者往往存在着复杂的情绪，有排斥，有讥笑，还伴随同情。然而，随着社会文明的进步以及对人性的深入探索，人们越来越意识到"疯癫"一词并不单指一种病理现象，在其背后有着深刻的文化隐喻，它逐渐成为一种文化现象，成为知识分子感知社会所认同的文化符号。

* 刘文馨，女，湖北恩施人，三峡大学文学与传媒学院 2020 级研究生，文艺学专业。

"疯癫者"们在中西文学史上都有着浓墨重彩的一笔,是中西方文学史上不可缺少的重要拼图。作为人类文化系统一环的"疯癫"一词,从现象到符号,其思想与价值一直与时俱进,不断变迁,就其来源来说,"疯癫"在中西方各有不同。在西方,"疯癫"可追溯到古希腊时期,彼时疯癫是人、神、兽的混合体。酒神狄俄尼索斯是宙斯与凡人女子塞墨勒的儿子,他虽是半人半神,但在他的身上却显示出疯狂的力量,由此而带来非理性的冲动。在祭祀酒神的节日上,人们纵情肆意,放下一切束缚,尽情狂欢、狂饮。在这种状态下,人的欲望与理性共同融合,最终汇集成难以排解的痛苦与悲剧精神。西方学者对"疯癫"的普遍研究转折于福柯,福柯在《疯癫与文明》一书中,运用考古学的方法对西方疯癫话语史进行了梳理,他认为"疯癫不是一种自然现象,而是一种文明产物。没有把这种现象说成疯癫加以迫害的各种文化,就不会有疯癫的历史"①。在近代,疯癫话语结构走向了两条不同的方向,其一是以弗洛伊德为代表的精神病学医学对疯癫者进行病理学上的考察、研究与分析,其二是以康德、尼采、叔本华等为代表的哲学家从理性层面对疯癫者进行分析与阐释,试图解放自我,重获自我独立。随着近代两大类研究的逐渐深入,大众对疯癫者有了较为清晰的定位,笼罩在疯癫者身上的迷雾也逐渐散去。但疯癫本身以及疯癫者们所暗合的文化现象与社会现实时至今日仍被广大学者所使用与发掘。在中国文化史上,疯癫源远流长,最早可追溯到《论语》中楚狂接舆出言讥讽孔子:"凤兮凤兮!何德之衰?往者不可谏,来者犹可追。已而,已而,今之从政者殆而!"至此,"佯疯"模式成为中国文学中的一种经典模式。"佯疯"不是真正的疯癫,是其主体面对现实与理想之间硕大鸿沟所作出的避世之举,一方面主体能顺从内心、清醒独立,另一方面也能借"疯癫"肆意讥讽、反抗现实而免受处罚,是文人士大夫们在反抗与接受之间的折中做法,亦是袒露内心的真实抒发。从古代文学、五四时期文学、新时期文学

① 米歇尔·福柯:《疯癫与文明》,刘北城、杨远婴译,北京:三联书店1999年版,第5页。

（1979—2000）直到新世纪文学，"佯疯"模式一直是中国文学书写中不可或缺的一环，具有启蒙与理性的重要作用。无论是不满黑暗统治的竹林七贤、李白、白居易、李贽等诗人的诗作，还是《世说新语》、吴敬梓《儒林外史》等经典小说，抑或是近现代鲁迅笔下的狂人、蹇先艾《乡间的悲剧》中的祁大娘、台静农《新坟》中的四太太、贾平凹《秦腔》中的引生等疯癫群体的描摹，都是文学创作者们借疯癫陈其现实，以疯癫之态暗讽现实，用疯癫之名保全自身的智慧之举。

总之，无论是中方还是西方，疯癫作为人特殊的一种精神状态并不限于医学意义，更是同时代文化、社会、政治的缩影，从疯癫者和"佯疯"者身上得以窥见深刻的社会世相以及人生百相，它渗透着启蒙与理性、民族文化与民族审美意识形态的流变等多种复杂的文化内涵。疯癫作为一种文学创作者所塑造的文学模式与思想范式，是现实对理想的让步，同时也是开启民智、启发民心的重要武器。

二、疯癫形象的外部表现

疯癫作为精神疾病的一种，常有不同的症状，如口齿不清、意识紊乱、妄想症、痴呆等，但《二叔》中的二叔与寻常的精神障碍患者不同。小说以"我"的视角展开，以他者的眼光讲述了二叔作为"疯子"的故事。主人公二叔名唤高八斗，生长在大瑶乡的羊村，准确来说，没人知道二叔到底得的是何种疯病，但羊村的每一个人都笃定二叔就是疯子。

在闭塞的乡村里二叔与普罗大众不同，他的思想、行为等种种表现与现实规则、既定程序不符。在羊村，他是异类，也是不被理解的疯子，这主要体现在三个层面。

就同龄人而言，二叔与爱调皮捣蛋的"我们"是截然不同的。"我"与二叔不过相差半岁，当"我"和同伴踢毽子、放风筝、嬉笑打闹时，二叔从不参与。相反，他常是安静地坐着静静思考抑或是发呆，他酷爱读书，对书的渴望已经达到了痴迷的地步。同龄人之间常会有口角争执甚至是打架，二叔也拥有着超乎寻常的沉稳，从不做出格的事。就算有人刻意捉弄二叔，他顶多气急败坏地高喊几句"是谁干的?"读书时的二叔对万物有着极其敏锐的感知与思考，就算学校老师从不理解他，他仍用自己柔软的心去触碰万物，他固执地认为雨、云、电等自然现象拥有着生命力，始终以一颗浪漫之心拥抱世界。但在羊村，在同龄人、老师、村民甚至家长眼中，他是疯子，这是其一。二叔考上高中之后并无多大变化，直到高考落榜。村民心里都在犯嘀咕，疯子是考不上大学的，疯子是二叔身上的标签。这时村里广播站缺人，高中毕业的二叔应韩书记邀请成为广播站的临时员工为村里写公文材料，这对二叔来说是十分简单的事情，但二叔的疯病在枯燥、乏味的写材料生活中又犯了。二叔自作主张写了一篇讽刺现实的文章给村里以及村干部造成了不良影响，本来道歉可以解决的事情，二叔坚持自己没有过错，惹得赵委员十分不满。二叔对文学，尤其是写诗十分有兴趣，与广播站宛晴相恋之后，他决心用写诗来闯出自己的一番天地，多次向《百花园》投稿，也有作品刊登过。县文化馆举办诗歌创作学习班邀请了二叔，二叔欢天喜地去向领导请假，由于不通人情世故，领导不批准，二叔便直截了当地离开广播站去了诗歌创作学习班。二叔的命运也是极好的，虽说丢掉了广播站的工作，但在诗歌创作学习班认识了罗馆长，罗馆长欣赏二叔的才华，于是为二叔谋了一份《百花园》编辑的工作。二叔醉心诗书，简单纯粹地徜徉在自己诗歌的理想王国中，不懂人情世故，不通晓世俗道理，次次拒绝对文化馆有利之人的诗歌，最终再次被辞回家。生活在人构成的社会系统中，每个零件都是彼此勾连的，合作共赢是人际齿轮转动的推动力，每一个个体都应该遵循其中的既定规则，利益关联、人情练达既是原则，亦是自己安身立命之道。但二叔却不屑于此，他打破常规，以孩童的稚气与天真赤诚于世，坚守自我，最终被复杂的社会淘汰，回归家园。这是其二。离开了公职岗位，二叔便是一个农民了，但他从没有干过农活，在姨婆、姨爷的妥协与帮助下，二叔得以自在地读书、写诗，尽情做自己。转眼二叔已到婚配年龄，二叔高中毕业，文化水平尚可，家境也还不错，但村里无一人愿意嫁给他，因为二叔是个疯子。二叔不以为意，除写诗外，他疯狂迷上了收集逐渐失传的民歌五句子，也借五句子之缘结识了后来的妻子兰花。本以为二叔的日子会一直平静如水地过下去，但姨婆、姨爷的接连去世使高家失去了脊梁骨，开始倒塌。二叔虽感到深深地恐惧，但他仍没有以一个正常男人的模样扛起家庭负担的重任。他不愿去集市卖东西、不愿操持家务，为了维持生计，兰花决定出门打工补贴家用，留下二叔在家继续文学创作。二叔日夜耕耘，耗费心血写成长诗《唱着歌儿上天堂》，长诗写的是天堂寨歌王的故事，其中涉及人性、伦理等多重现实问题。在"我"看来，二叔写的东西不堪入目，但他坚持找"我"借了一套西服独自去北京发表长诗，这一去便再也没回来。本是农民出身，二叔自命不凡与书为伍，以诗为命，不做农活不理家事，以一副不食人间烟火之态忘我地活在文学的世界里，在羊村人心里，二叔是个彻彻底底的疯子，这是其三。

二叔的疯癫并不是常规意义的发疯，相反，他的表现是一种精神上的忘我、固执，投射到行为上便成为一种非理性的处世方式。表面上说二叔疯，实则是二叔以超人的勇气与强大的心灵建造起一个抵御外部侵扰的自我保护机制。在机制的运行之下，他撕碎现实规则，以浪漫、独立的人格达到与道家的"天人合一""物我神游"相合的忘我境界，这种主客相忘、浑然一体的独特精神力量支撑着二叔保持自我灵魂的澄静与豁达，最终走向常人所难以抵达的精神彼岸——自我、真我、忘我。

三、疯癫形象的意义表征

五四时期，中国文学涌现了一大批疯癫形象，鲁迅《狂人日记》中的狂人、郁达夫《沉沦》中的"他"、柔石《疯人》中的"他"等一系列人物都带有疯癫特质。这些疯癫形象身上烙印着时代与社会的隐痛，个人对自由的追求、对蓬勃生命的渴望以及对祖国强盛的期望与苦闷现实形成强烈的对比，在巨大冲击之下，疯癫者们压抑自我将现实苦痛内化为精神困境，在疯癫、痴傻中走向逃避现实的不归路。改革开放以来，社会环境发生巨变，政治话语转变，物质精神成为主流，道德价值滑坡，人们一度走向精神虚无，新时期疯癫文学的书写正是人们此时精神的映照，如余华《四月三号事件》中的"他"、莫言《檀香刑》中的赵小甲、苏童《妻妾成群》的颂莲等。蒋杏老先生的短篇小说《二叔》虽属于新世纪文学创作，离五四时期和新时期疯癫文学书写高潮相去甚远，但其内核是对前两个时期的回响与延续。

在《二叔》故事发展中，作者并未交代其故事发生的时空背景，而是有意将其模糊处理。但从兰花进城打工可以推断，故事应该是发生在1982年之后，1982年中共中央正式发布文件允许农民进城打工，就《二叔》创作年代来说，属于新世纪文学。在城市化、现代化进程加剧的新世纪，蒋杏老先生将视点聚焦在一个土生土长的乡村人身上，在无意识中塑造了传统乡村与现代的两相对立，至此二叔的疯癫形象也有了依傍。1994年社会主义市场经济体制改革，商业化、城市化、现代化成为主流，处于边缘地带的乡村在时代浪潮的冲击下逐渐被忽略。由经济化、物质化带来的商业化、娱乐化蚕食了人的价值理念，人们开始出现精神荒漠。这时，一批作家将视点重新转移到记忆中乡村的静谧与美好中，乡村的再度发掘促使作家们在传统与现代、乡村与城市二元化进程中得到矛盾的体悟，这一点在《二叔》中也有所体现。乡村社会的发展不是简单的物理时间变化，它受社会政治、经济、文化等因素的影响，但由于传统性与小农经济的超稳固性，乡村社会发展存在滞后性。《二叔》有乡村发展的一面，乡里有供孩子学习的学校、有传播新闻的广播站，农民有供孩子学习的意识、有以物换钱的经济头脑、有出门打工的胆识等，这些方面都是乡村社会进步的体现。然而乡村村民在追求物质化的同时，却出现了精神滞后的割裂局面，这是乡村发展不平衡所致。

在今天看来，二叔不过是一个醉心文学的普通人罢了，不懂得圆滑处事，以一颗赤子之心认真地对待世界和自己。但在羊村村民眼中，他爱发呆、整天写写画画、不做农活、弄丢了好工作，他是个疯子。虽都说二叔是个疯子，但他实际上并无疯狂之举，既不给他人造成困扰，也并未给村里人造成恐惧之感，他始终与书为伴，以诗为友，自由地驰骋在自己浪漫的理想王国中。在羊村村民与二叔之中，很难得出谁到底是真正的疯子的结论。加害者出于愚昧、无知对无辜的被害者施加精神打压，被害者被迫接受设定，幸而二叔从未被影响。如果非说二叔是疯子，那么不谙世事、孤独则是他的病症所在。鲁迅曾引用易卜生的话说："世界上那最强有力的人，就是那孤立的人。"①二叔从学生时代到公职人员时代再到农民时代，一直是以孤独者姿态自居的，身边从未有人真正理解过他，他孤单地行走在嘲笑与冷眼之中，弱小却坚定地谱写着属于自己的那一曲乐歌。事实上，二叔选择专注自我、孤独行事的姿态并非是恃才傲物，相反，他有着清醒地认知。他与村里甚至社会上的大多数人在某种程度上是对立的，现行秩序和世俗定义逼迫他做出决定，若想继续与自然共生，同万物共感，做己之事，立己之人，便要舍弃流于表面的东西来坚守住内心。所处环境对他的恶意使他不得不如鸵鸟一般将头深深地埋进自己的身体里，现实与理想的失衡内化为精神上的逃避。这种逃避在某种意义来说也是一种"佯疯"的智慧，通过"佯疯"他反而得到了大众的理解与宽容，最终以疯子之名成为了在黑夜里踽踽独行的勇士，企图用浪漫的、理想的诗找到一条能够照亮永恒的夜的道路。简而言之，二叔不仅是一个疯子，更是一个有着人生大智慧的清醒诗人。

羊村村民是广大乡村的一个缩影，由此可见，乡村人的无知、自私等精神愚昧仍未彻底根除，传统思想流毒仍顽固地流淌在乡村人的血液之中。乡村发展过程中物质与精神的不平衡是必然，二叔疯癫形象是乡村强加给他的，也是乡村走向城市化、现代化的必经之路，在这过程中，二叔成为了牺牲者，就算不是高八斗，也会有另一个高八斗被误解、排斥，这是历史前进、乡村发展必然要经历的阵痛。

---

① 鲁迅：《鲁迅全集》第 1 卷，北京：人民文学出版社 2005 年版，第 333 页。

结　语

与其说二叔是疯癫的，倒不如说二叔是清醒的。二叔成为乡村走向现代的社会现象和文化隐喻，人性、规则、世俗、乡村文化者的出路等犀利问题如暗流涌动在其中，时代废墟上总有人付出牺牲，致敬二叔的勇敢，也理解二叔的疯。疯癫与清醒只一线之隔，孰是孰非谁又能说得清呢？

在进退无据之间

——李晓梅长篇小说《绿萝的天空》对
第二代农民工的表现

路遥《平凡的世界》表现了国家改革开放初期中国第一代农民工的命运，由于国家刚刚开始大规模城市化、工业化，城市建设需要农民，农民进城随处可发现发家致富的机遇。而与此同时，家庭联产承包责任制又激发了农民的致富热情，使他们可以在乡村大展身手。他们生活的出路与希望得到了社会的认同，进，可以被城市接纳；退，有土地可以经营。眼前是城市的灯红酒绿，身后是乡村的诗和远方，还有令人梦牵魂萦的乡愁，故第一代农民工大体是幸福的。

但随着城市的发展，农民工的命运越来越艰辛，他们虽然建设了辉煌的城市，灯火辉煌的城市却已无农民的容身之地，而经历了城市繁华的农民工又不愿重回乡村的一亩三分地中。这就是第二代农民工的命运境遇：进退无据！面对此种困境，他们唯一的出路就是屈辱地蜗居于城市一隅，拼尽全力为个人、为家庭博得可怜的衣食之需，试图通过自己的劳作和拼搏置换自己的农民身份。作家李晓梅长篇小说《绿萝的天空》就是深度刻画第二代农民工命运境遇的样本。为了写活这个人物群像，作家曾以同样身份入住农民公寓，与他们一起生活，因此其中的生活素材完全保留了其本具的原汁原味和丰富多彩，值得读者反复捧读。

一、底层架构

大凡成功的小说，都有一个密实而精妙的故事结构，这个故事结构就构成了小说情节、人物性格、价值取向的底层架构，读者正是在阅读故事情节的过程中完成了性格认知与价值领悟。作为表现第二代农民工的成功样本，《绿萝的天空》有一个颇有意味的底层架构，所谓"颇有意味"，意即故事结构具有可圈可点的独特之处。

第一，蛛网式密结的人物关系。小说写租住于绿萝路农民工公寓的农民工群像，他们全部来自乡村社会，即使在乡村也是处于衣食难以为继的社会最底层，或久在城市流浪而生活无着，或自小被人抛弃而生存岌岌可危，或四望无寄而独自打拼，或心行邪曲而最终沦堕，等等。要而言之，"底层""贫困""衣食无靠"是他们的共同标签。大体而言，《绿萝的天空》关涉如是十余类家庭或个人：（1）范小禾、范小葵、范小妞、郝雪芳、范奶奶；（2）苏乡、顾阿钵、花花、芝芝、丁丁；（3）安大荣、潘桃、安婆婆、弟娃、妹娃；（4）游达、马莲；（5）付玉、陆石头、老陆；（6）王利、杜倩；（7）美容院员工余珍珍、小郭、小汪；（8）KTV 老板毛明、儿子毛豆；（9）公寓工作人员张主任、郑师傅；（10）烟酒店任老板、车行覃老板；（11）赵荆。

重要的是，十余类家庭和个人全部处于蛛网式密结的关系网中，没有一个语焉不详的废人，人物命运就在此种密实的网中层层展现，"关系"的联结成了人物性格生成的土壤，故事因此具备了性格生成和价值展开的源头发生功能。

第二，可触发性。人物关系既然如蛛网密结，这就为作者展开故事叙述提供了巨大方便，由于每一人物都是处于与其他人物的关系网中，一人故事的延展必然触发其余人物故事的发生与展开，所述人物故事愈深入，所触关系人物也随之愈广泛，每一人物都具有可随时触动其余人物的灵敏性，举一人而可摇荡全体事件与人物，如随着范小禾故事的绵延，分别触及了苏乡、安大荣、付玉、游达、王利等家庭和个人，文本形式具备所谓"纲举目张"的结构效应，此所谓"可触发性"。

第三，可生长性。此由"可触发性"而来：由于每一人物故事都处于蛛网式密结的关系网中，触动每一人物就是触动了整个关系网，关系网具备了可使每一人物故事茁壮生长的内在蕴生功能，人物并不是天然完备、天然性格完具，而是在关系的延展中逐步渐具自身性格，是网罗了周边关系的差异性才凝聚起自身有别于他者的内在丰富性，是故关系网因着其"可触发性"而同时具备了"可生长性"。

第四，逻辑合力。处于关系网中的每一人物，因着关系网的被驱动而发生动态生长功能，而凝聚起相关的事件或细节，导致并造就人物自身的性格与命运，这意味着整个关系网具备强大而内在的逻辑合力。

综上，蛛网式层叠的人物关系故事构成了小说的底层架构，此底层架构具有密实性、可触发性、可生长性，以此为基础，小说的形式结构最后具备了导向人物性格与命运的逻辑合力。故其底层架构是某种具有生命力的形式结构。

二、性 格 驱 动

在底层架构之上塑造人物性格，是小说的核心使命。虽然不同作家在塑造性格时各有妙招，但最后都会归于一个总的进程：性格驱动。即在表现人物的初始阶段，作家只是因故事的前期铺垫给出了人物性格的大致轮廓，但随着故事的深入，人物性格有了某种内在聚合力和驱动力：聚合所有细节向性格生成并驱动故事向前延伸，此时故事一转而为情节。事实上，小说故事与情节是有差异的，故事只是时间序列中的事件描述，而情节却是指向事件的情意、价值、因果，必然关联性格，简而言之，故事是时间事件，情节是性格事件。但故事又不仅为人物搭建起活动的时空经纬，而且铺设情节行进的路径，故情节离不开故事。由于情节指向人物性格，因此作者的能事就是在因果律的指引下连缀起相应的情意、价值事件以塑造性格，情节成为性格成长的事件，为性格服务。与此同时，性格具有了某种能动性，驱动情节进一步走向性格肌理。换言之，人物性格一旦形成，作家已不能随意添设情节，情节都是性格内生的，作家必须由性格的内在逻辑出发设置情节——阿Q的走向死路以及安娜·卡列尼娜的卧轨自杀都是性格驱动的必然，表明鲁迅和列夫·托尔斯泰充分尊重了性格演绎的逻辑。至此可知，作为小说底层架构的故事底本，本质就是性格生成的苑囿。

《绿萝的天空》始终遵循"性格驱动"的性格演绎之路，小说虽是表现人物群像，但其中每一人物都有内蕴丰富、活力四射的性格，更重要的是，性格是驱动情节延伸的内在动力。今略叙范小禾开端事相以证。

作为双胞胎(范小禾、范小葵)姐姐的范小禾外出栖霞城某美发厅打工，恋上了在同城务工的小伙张豹并订婚，不久，张豹回家参军，成为西北边防的军人，范小禾从单位请假去看望张豹，返程时在旅店被人迷倒贩卖到陕西某山村成为牛老头之妻，与牛老头并无夫妻之实的范小禾认识了牛老头的逃妻之女牛妞儿。(故事。铺垫范小禾被拐卖的经历，此中并无人物性格，只是叙述事件发生的时间经纬。)

范小禾清醒后设计逃出牛家，但对牛家的贫困和牛妞儿的孤苦无依留下了深刻印象。半年后，范小禾闻知张豹牺牲的消息，悲痛之余又无法忘掉牛妞儿，决定重返牛家，而牛老头及其老妈都已死去，范小禾从山村带出孤女牛妞儿回到栖霞城。(故事向情节转化，开始有性格迹象，但此时的情节—性格尚由作者设计，范小禾的善良、对牛妞儿的孤苦感同身受的同情心、忘记被拐卖的仇恨和羞耻而善待他者的心性成为她的基础性格，其余性格因素均由此发生。)

范小禾命牛妞儿叫自己姐姐，她带着牛妞儿回到弟弟范小葵打工租住的"绿萝农民公寓"，弟弟在 KTV 上班尚未回来，范小禾在公寓碰到了弟弟的好兄弟赵荆，她一面为牛妞儿洗澡三次终于把她洗白，一面恍乎觉得赵荆怎么与张豹那么神似？赵荆为她们买来方便面并用调料冲成鲜汤，暂时满足了饥肠辘辘的牛妞儿。(情节，而且开始性格驱动。范小禾要牛妞儿叫自己姐姐，因为身份和年龄所限，而且自己尚未结婚，为避免别人误会的羞耻心阻止牛妞儿叫自己为"妈"；恍乎觉得赵荆就是张豹，一面为揭开赵荆是张豹兄长埋下伏笔，一面又意味着范小禾对张豹用情之深。羞耻心与深情是驱动范小禾所作所为的性格因素。)

范小禾为弟弟收拾房间，在抽屉里发现 20 元钱，于是带着牛妞儿来到菜市场，牛妞儿尽捡别人不要的菜帮子、茄子辣椒装进菜篮子。范小禾在菜市场碰到了正与人修鞋打鞋油的苏乡，苏乡捡了个无家可归的盲女正在菜市场卖唱，小姑娘歌声嘹亮，引得路人纷纷解囊。范小葵回来看到姐姐带着一个陌生小孩，他担心姐姐无法养活仇人的女儿，还要向奶奶尽孝，而且恐她将来婚姻不顺而与她大吵一架。范小禾担心遣散牛妞儿她将无活路，坚持带上牛妞儿。牛妞儿卑微地叫范小葵为"舅"，表明自己可以谋生，被范小葵喝止。（性格驱动的情节与故事触发一体兼备。牛妞儿捡菜帮子、卑微的表白是底层人的性格使然；范小葵为姐姐的担忧是底层人的生存压力所致；范小禾坚持收养仇人之女以及苏乡收养盲女都是底层人对自身身世的同情表达，性格驱动情节的事相俨然。而范小禾发现并展开熟人苏乡的家庭故事是文本底层架构的触发机制正在起作用。故事繁密，人物关系交织，有力地培育着文本底层架构的生长性。）

范小禾姐弟俩父母双亡，唯有奶奶在世，初二时，因奶奶无力供给孙儿孙女上学，范小禾出门打工供弟弟读书，天资聪颖、心性高傲的弟弟范小葵如愿拿到高考录取通知，适逢姐姐失踪，范小葵只好撕毁录取通知书，来到姐姐打工的城市，一面进 KTV 打工供养奶奶，一面寻找姐姐。范小禾回来后心中有愧，决定继续打工，让弟弟专心复习，准备高考，姐弟俩一番争执，范小葵终于拗不过姐姐接受了她的建议而备考。范小禾带着牛妞儿又来到她原先工作过的名媛美容院求职，曾在此地当过店长的她此时只求一个糊口的岗位，被美容院老板重新接纳但被新店长冷落。（故事与情节交织。一面铺设故事经纬，一面性格驱动：范小葵因自己的失踪致使弟弟抛弃高考录取通知，心中的愧疚驱使她一力说服弟弟重圆大学梦；范小葵潜意识还是遗憾与大学梦擦肩而过，这是他最终接受姐姐建议的心理基础。范小禾为了牛妞儿和弟弟生活学习，来到曾任店长的美容院，卑微和惶恐心理使之甚至能够接受一个糊口岗位，性格驱动情节的痕迹一目了然。）

之后，小说仍以范小禾为主线描写她与赵荆互相欣赏终成眷属，而赵荆就是张豹的兄长；范小葵在姐姐多方关照下终于考上大学而务工不辍；美容院新店长余珍珍虐待牛妞儿被范小禾上诉至法院而获胜；美容院老板远赴新加坡而范小禾买下了美容院最终接纳了余珍珍；范奶奶为范小禾与赵荆、游达与马莲两对夫妇主婚之后撒手人寰；苏乡为付玉修鞋发现了付玉丢失在鞋里的万元人民币，保存年余终于交还付玉，弥合了付玉一家的争吵；范小禾好姐妹郝雪芳暗恋范小禾弟弟范小葵，范小葵摆脱恋人杜倩之后终于表白郝雪芳；范小禾前男友王利和范小葵前女友杜倩所行非义、狼狈为奸，王利抢劫杀人终受严惩，等等系列事件。绿萝农民公寓整体命运向上，底层农民工通过自身奋斗改变了自己在城市的生存困境，走向喜剧结局。系列事件一面铺设了文本的底层故事架构，一面显示性格驱动，所叙事件无不关联性格，是性格驱动的结果，是与性格相关的因果事件。正因为性格的一路驱遣，故读者在阅读中感受到元气满满，神与物游，有御风而行之妙。

三、价 值 取 向

小说的核心使命虽是塑造性格，但其终极所诣却在于文化与价值。《绿萝的天空》塑造了差异互生、性格各异的人物群像，其客观效果最终指向了文化与价值的思考。一群底层农民工最基本的愿望不过是在陌生的城市谋得可怜的衣食之需，但作家通过对这群人的描写，使他们最终成为某种文化符号，致力于彰显文化传载的价值精神。

善。底层人有底层人的通常本性，他们太善良！虽自己走投无路，但见不得别人饥寒交迫。范小禾被拐卖到牛老头家，见牛妞儿食不果腹，设计逃出来后心中放不下牛妞儿，又回到牛家，却见到牛妞儿被疤婆拐卖，乃将牛妞儿接出来与自己生活，负责往后牛妞儿的读书、生活、成长，按说牛妞儿是仇人之女，但范小禾的善良本性压倒了心中的仇恨，愿意为牛妞儿一力付出；苏乡本是城里最底层的修鞋女工，但见到被拐卖之后走投无路的盲女花花，因为同情，把盲女捡到后又送她进聋哑学校；游达初到农民公寓，赵荆将自己的三份兼职出让两份给游达，纾解其生存困境。善良成为作品表现人物最普遍的价值取向。

亲情。范小禾范小葵姐弟俩任何一方的遭遇都引致对方的牵挂，这是伦理亲情的体现。由于父母双亡，奶奶无力供姐弟俩读书，范小禾只好到城里打工让弟弟有机会上大学；范小禾失踪，弟弟到她打工的城市发疯地寻找；姐姐因自己失踪导致弟弟失学而心有愧疚；姐姐带回仇人的女儿，范小葵担忧姐姐将来婚姻恐有障碍而争吵；弟弟女友纠缠不休，范小禾心中纠结；最后，在姐姐的严命和督促下，范小葵终于考上大学；以及其他家庭之间的相亲相爱；甚至彼此陌生的人最后互相担待，等等，文本对血缘亲情细致入微的描写构成了底层农民工团结奋斗、共同对抗生存困境的伦理基础。

真爱。赵荆对范小禾一见钟情，但始终不敢表白，范小禾对张豹的爱并没有因为他的牺牲而稍减，虽一时也误认赵荆为张豹，但此种误认恰恰阻止了她对赵荆的接受，等到她知道赵荆就是张豹一母同胞的弟弟时，终于接纳了他，两人的相遇最终使范小禾无法释怀的痛苦涣然冰释，幸福开始展现；郝雪芳爱着范小葵，但当她知道范小葵已有女友，郝雪芳心中痛苦万分，总是试图逃避范小葵，范小葵心中有数，在摆脱缠人的女友后，终于向郝雪芳表白，二人得偿所愿，真爱总是含蓄的并带着痛感，也唯有在真爱中才能体验真正的幸福。

诚信底线。农民工虽是弱势群体，但他们并没有放弃做人的诚信底线。苏乡为付玉修鞋，在鞋里发现了付玉遗落的万元现金，她虽是修鞋工，但并没有试图贪得这一万元的念头，保存年余，终于交还付玉，弥合了付玉一家的纠纷。这意味着，金钱并没有成为农民工活着的唯一尺度，在艰困的生存压力下，他们仍然保留着高贵的人伦原则。

互助与感恩。农民工居于城市最底层，他们知道每个人活着的不易，对别人困苦感同身受，当他人处于困境而无力独自应对时，他们都愿意伸以援手，这就形成了彼此之间的互助之风。游达刚到城市时，赵荆将自己兼任的三份工中的两份都让给了游达，使之得以在城市立足谋生；由于赵荆为人诚实厚道为车行覃老板所闻，覃老板将其升职为某地区销售总经理，彻底改变了赵荆沉重而低效的谋生之路；游达凭自己武功救出陷入下水道的弟娃，付玉将自己儿子送与游达拜师学艺；游达为清洁工马莲打抱不平，最终两人走向婚姻；赵荆为报歌厅老板的知遇之恩，奋力救出了其被绑架的儿子毛明，等等，一系列互助与感恩形成了农民工走出困境的精神合力。

抗争。为了改变生存环境，绿萝农民工捡起了城市最底层的生计。他们或送报、送奶、卖煤，才获得几毛钱的利润，或做保安、清洁工、歌厅看守、美发厅技师，月薪千余元，仅够糊口，但他们决不放弃，从最底层做起，逐步走向销售经理、美发厅餐饮店老板，命运境遇改变的历史就是他们生存抗争的历史。小说通过描写各色人等的痛苦挣扎把"抗争"价值表现到极致。

如上数种价值取向构成了小说特有的文化理念，一种以儒家的仁学为核心而展开的文化价值取向。按孔子的解释，仁：爱人，基本意涵是人与人之间的相亲相爱。既爱自己又推己及人地爱他人，忖度自己的好恶而旁推他者心性，故有"己所不欲勿施于人"之说。仁的心理从个体的不忍之心开始，表现为"恻隐"，孟子认为每个人都有此种不忍，所谓"恻隐之心，人皆有之"①，此即"仁心"，范小禾、苏乡之收养孤儿即是；仁表现为对父母长辈之孝，为"仁孝"，绿萝农民工一旦在城市立足就把父母接到城里与自己共同生活，分享幸福；上对下具有爱的慈悲之心，为"仁慈"，范奶奶以百病之身主持了范小禾等人的婚礼后撒手人寰，仁慈之心表露无遗；对朋友处境具有爱的担待之心，为"仁义"，范小禾姐弟、赵荆、游达、郝雪芳、歌厅毛老板等人互相担待，都是仁义之心驱动的结果；以厚道之心与人相处，为"仁厚"，赵荆、游达等人最是突出。要而言之，因仁而来的价值取向正是小说通过人物性格表现所要达到的文化旨归。

---

① 《孟子·告子上》。

四、迷　思

前文已述，第二代农民工的整体命运已不如前代，他们总体上有一种进退无据之感，当代学术界的诸多社会学调查也在证实着此种感觉，他们的主观感受正被调查数据所证实：中国有六亿人(其中绝大部分是农民)的平均月收入仅有千元左右！那么，所谓"幸福感"如何可能在他们心中发生？作为观察者，人们大多只注意观察农民工中的成功者；作为聆听者，人们倾向于聆听成功者起于贫寒而终成一代伟业的故事；作为阅读者，人们沉浸于农民工崛起于阡陌之中而衣锦还乡报效故里的喜剧。然而，无数第二代农民工外出谋生却最终落魄以归而默然无声却是无可辩驳的事实。由于沉默，他们的故事无人讲述；由于失败，他们的故事无人聆听，由于落魄，他们的故事毫无惊艳之处，失败者的沉默导致他们最终湮没无闻。

然而，这个沉默而失败的群体就应该被埋没吗？他们的失败有没有性格、体制和机遇的原因？他们"进退无据"的主体感受究竟是如何发生和表现的？家中的一亩三分地为什么对农民工失去了召唤力？他们在失据的同时为什么又失去了乡愁？这一代农民工中固然也有成功者，小说固然无法拒绝表现这一类人，但更多失败者的故事更有理由进入文学之中。小说被视为一个民族的心史，一个时代的镜像，与大时代的主流真实相呼应，正是小说的历史真实与艺术真实必须高度统一的使命之一。而《绿萝的天空》缺乏表现农民工进退无据的困境篇章，其中王利犯罪只是一个农民工的特例，其所作所为完全是性格原因，不是努力奋斗终至一事无成的类型，并不具有代表性。因此，若干年后，当读者再次捧读《绿萝的天空》，能否从中看出时代的镜像呢？

诗意地行走
——品刘德权诗集《在崎岖的人间云朵般奔走》

赵琬茹*

引　言

一部诗集作为多篇诗作的集合，既能体现诗人在创作上的理念，又能展示诗人在书写上的风格和创作技巧上的特色。因而，本文便从整本诗集的理念立意出发，从诗人的抒情风格切入，从其所使用艺术技巧入手，来解读欣赏刘德权之诗集《在崎岖的人间云朵般奔走》。

一、理念：以诗意为身骨

1951 年，海德格尔发表题为《……人诗意地栖居……》的文章，表达了对诗意之栖居的向往与呼吁。他指出："今日之栖居……由劳作所宰制，因追名逐利而动荡，为贪娱求乐所蛊惑。即使今日之栖居中仍有剩余空间留给诗意与闲暇时光，人们也无意于此。"海德格尔清楚地看到了科技发展之下工业文明对人性的摧残与异化，于是通过对诗歌的哲学阐释，希望让人们注意自身生存的麻木状态，并试图唤醒人们对诗意生活的憧憬与

* 赵琬茹，女，安徽宿州人，三峡大学文学与传媒学院 2020 级研究生，文艺学专业。

愿望。

海德格尔所谓"诗意地栖居"，绝非物质上单纯的"占有居所"，而是人在摒除对物质的狂热之后，保持己身自在的人性，冷静审寻内心的自然灵性，并唤起心灵中对至善至美的向往，从而最终达到诗意地栖居。刘德权将诗集命名为"在崎岖的人间云朵般奔走"，与海德格尔所论"诗意地栖居"有异曲同工之意，其实可解为"在崎岖的人间诗意地行走"。

人间何以"崎岖"？因繁重束缚对人压制，因利益物质使人异化，因种种诱惑令人迷失。就像刘德权在《陀螺人生》中写的那样：

> 转转转。"在燃烧着的生命里转"/事实上，这火焰已是明明灭灭/锈迹斑斑的身体，像河边吱吱嘎嘎的老水车/而千疮百孔的理想，长满青苔，纷纷脱落……转转转。"在欲望里转，在挣扎里转"/被你鞭打，也被自己鞭打。有多么无情，转动/就有多么疯狂。……多想停下来，可我早已身不由己/疲惫不是我的敌人，我的敌人在遥远的星辰/总有一天，我会停止转动，会像父亲一样/停在荒草蔓蔓的坟茔/可是现在不能。我只想把眼睛打开，看你如何/把鞭子挥起，又落下……

是什么一刻不停地在抽打着"我"？是生活的鞭子。这鞭子一声声落下，让"我"生命的火光不再光亮以至生锈，让"我"的理想逐渐黯淡直至凋零。慢慢地，"我"的心灵几近麻木，眼看欲望逐渐爬进"我"的心间，即使"我"不愿放弃挣扎，但"我"却不得不承认，"我"的转动已不仅仅受驱于生活之鞭，还有"我"自己那逐渐被外界所侵蚀的内心。所以"我"开始变得身不由己，甚至不知疲累。为何"遥远的星辰"也成为"我"的"敌人"？因为"我"认为它们在远方散发出的光亮还引诱着"我"去追逐。"我"清楚地知道"我"的生命终将迎来尽头，可是，"我"现在却无法停下。"我"只能眼睁睁地看着，生活的鞭子如何继续地抽打、剥削"我"剩余不多的生命。《陀螺人生》这首诗传递出一个受现实压迫之人的绝望心境，不仅表现了人被物质生活严重异化后的痛苦与无奈，更充满着对这"崎岖人间"的声声斥责与控诉。

虽然诗人清醒地意识到人间布满重重荆棘，但他并未放弃对自在生活的愿望。他反而认为，面对着人间的无尽烦恼，人更须学着将自己的心灵从万千尘埃中托出清洗。于是，诗人便说，要"云朵般奔走"。

"云朵般奔走"，这是一种极致轻盈的状态，是人之心灵获得解脱的状态，亦是人将"诗意"抱作己之身骨行走的状态。这时，人抛却了世间无形的枷锁，直面自身深处的真正本质，然后唤起内在根底处对美的渴望，并用诗意灌注身心感官，最终获得心性上的轻松与超脱。所以，"云朵般奔走"，毋宁说是借诗意之身行走，抑或说，诗意地行走。

"在崎岖的人间云朵般奔走"不仅是刘德权诗集的名字，也是其中一首诗的标题，而这首诗也更深入地阐释了诗人对"诗意行走"的祈愿。全诗如下：

> 起风了。叶子成群结队的跳下/云朵般奔走崎岖的人间/他们在一棵树上住得太久/他们的一生经历了太多诱惑/比如风。比如鸟。比如/那些树下衣着光鲜的笑谈/自由是他们的向往/有些，走着走着又回到原地/有些，走着走着就没有了方向/有些像鸟飞在空中/因为飞翔，他们高于人类/还有些，走着走着/就走进了漂亮女人的相册/只有三三两两，汇入向海的河流/被蚂蚁当着了小船/四季无信。变化无常/轻柔的风，只轻柔地吹好看的脸/雪大把大把地洒/落叶安静地落/落到地上便白了头

此诗表面上是写叶子们的过往与前路，其实在写各种人的人生。叶子们在树上时，象征人的青年时期；它们乘风而下时，便意味着青年们初入社会。初涉社会的青年们充满朝气，暂未染上世间的乌烟尘墨，还都是一张张白纸，也正因为此，他们才有可能"云朵般奔走"。而后，这些青年们，有的兜兜转转仍然回到了家乡，有的则逐渐迷失了自我，有的实现了

自己的理想，志满高飞，超越了大多数平庸的"人"，还有的则远走他乡，从此了无音讯。诗尾最后写到落叶飘到地面，象征人短暂的一生到了终结；又写到"轻柔的风"，写到"雪"，意味着一个人的前尘无论如何繁华或肮脏，终将归于沉寂、洁净如洗，就像《红楼梦》说的，"落了片白茫茫大地真干净"。

在这首诗里，诗人表达了对人们能以诗意行走世间的祝愿，亦是对迷途凡尘人们的警醒和忠告。最开始叶子挣脱树干时，它们还像云朵般轻盈，自由也还是它们共同的向往，而后，它们则各奔殊途、不知所往。但是，这一切也只在它们的生命还未消亡之时发生；当生命迅速走向衰退时，死亡乃是所有叶子的归途。因而，诗人想提醒读者的是：既然生命如此短暂，既然终将向死而生，那么为何要让人生负重过载，为何要抛弃初心走向迷途？放下对物质的热切，拥抱诗意，获得更有质量的生命，最终以心灵平静圆满的状态结束一生，这样的人生历程难道不更好吗？

诚然，"诗意"，是一种以感性、激情、想象为主导的美感体验，给人以感官上的享受与净化，但它更是主体生命力获得愉悦自由的境界体现，亦能为人生带来有益的哲思与启示。刘德权诗集以"在崎岖的人间云朵般奔走"为题，便是倡导以诗意为身骨在充满坎坷的人间行走，而这种倡导说到底，就是追求上述"诗意"的这两种理念。

二、风格：以情感为驱动

情感是诗歌的灵魂和生命，反过来说，缺乏情感的文字即使堆砌成语言，组成的也不可能是诗。"诗缘情"说古已有之，诗人臧克家也曾在《诗探索》的"诗论录"栏目中说："血脉怎样支持了人的生命，情感就怎样支持了诗。古今中外的诗篇，就连哲理诗算在内，也不能放逐了情感。"

情感不仅对诗歌具有根源般的重要性，还能影响主导诗歌的风格。格律、意象、有意味的语词等形式上的语言单元，虽然是对诗歌起具体组织作用的重要质素，但它们仍然只是诗歌形成的后要条件；情感、思想、想象等这些与创作主体相关的要素，才是诗歌形成的先要条件。因为这些要素促成了创作灵感的发生，并催生出诗歌语言，并且，它们还能主导一部分诗歌的风格底色。譬如，以情感主导的诗歌常被称为抒情诗，以思想为统摄的诗歌常被称为哲理诗，而以想象为主的诗歌则充满奇幻色彩。

刘德权的许多诗歌是以纯挚的情感为驱动的，因而，其诗有浓浓的纯挚质朴之风。这里使用"纯挚"一词概括其诗风，所指向的意义并非"纯洁真挚"，而是"纯以诚挚"，亦即：非是指形容诗人表达的情感一尘不染，而是要说诗人对情感的抒发坦诚直白、通畅热烈。刘德权的抒情方式非常真诚畅直，不隐晦乖涩，不曲折包藏，愿意向读者敞开内心的各种情感，如诗《只想抱你一下》：

> 只想抱你一下。这个想法一出来/黄昏，就加深了二分/左手边的小树，莫名晃了晃/我就听见，一片树叶，沉沉落地/我是不是有点厚颜无耻？/但，你不必慌乱。我只是想/抱你一下。只一下/或者，把手搭在你后肩/拍拍。这样可好/你怀里的兔子，是不是会安静一些/这个季节，适合抒情/小兽们闹腾了一个春夏/现在好了，他们该准备冬眠了/风把你的发香递来/我假装看不见。我只想/抱你一下。只一下/路边的萤火一闪一闪/一只等不耐烦的，麻雀/骑在电线上，打了一个哈欠/月色轻轻托起，不安和躁动/我的体内，仿佛住着沸腾的山河/你莞尔。不说一句话/只是看着树下，那只笨笨的蜗牛/一步一步，往上爬……/靠过来吧，我只想抱你一下/只一下。其实，闭上眼/我已抱你，百遍千回

这首诗十分坦诚地表达了和心上人相处时的忐忑心情和爱恋之情，非常直白地表示想拥抱对方。而诗中每一段直抒心绪的"想抱你一下"的诗句之间，还夹杂着有趣且能够照应"我"之心境的意象，譬如："加深了二分"的"黄昏"是其实意指"我"想隐藏起愿望的心理，"莫名晃了晃"的"小树"代表"我"担心自己"想拥抱一下"之念头的唐突；停下"闹腾"的"小兽们"，

表明环境越来越安静起来了，可是"我"内心声音却被反衬地越来越大了；"骑在电线上的麻雀"仿佛一个观察了"我"心思许久的旁观者，见"我"始终没有将心愿付诸行动，所以终于"等不耐烦"；而"树下那只笨笨的蜗牛"，其实便是心上人视角下有些笨拙的"我"。可见，刘德权选择展示的意象，也以情感为驱动。如此的好处在于，当意象背后积蓄的情感足够饱满，那么这些意象与诗人所意图指向的意义也能更加服帖起来。

除了爱情，诗人对亲情、家国情、人文情的抒发同样纯以诚挚，既将各种情感表现得痛快淋漓，亦不惧外人的眼光指摘。在这种情感的驱动下，他创作了大量相关的诗篇，如《母亲》（二首）、《父亲的麦田》《祖国，请把我装上你的枪膛》《新疆辽阔》《姐姐》《架子工兄弟》等。以《母亲》（第一首）为例：

> 母亲爱骂人也爱打人/她是宜都人，没有上过学/原因是穷，是贫下中农/她前世的苦难可以垒成小山包/宜都人骂人讲究，像择菜/什么毒，拣什么骂。嘴里的毒/可以毒死小心走过村庄的清江河/姐弟四个，大的犯了法/小的也要陪着跪膝盖/她信奉棍棒底下出孝子/而父亲从没动过我一指头/那个唤着母亲的人，几乎打骂了我/小半生。我却爱了她一辈子/她90岁生日那天/我说，打骂我两句吧，/老太太冲我笑笑：不打了，打不动了……

从这首诗中，不难感受到诗人对母亲情感的浓烈和率直，即使"我"曾有过埋怨，也有过不满，但最终还是归于理解与爱。母亲打骂孩子，站在旁观者的角度，通常会认为这是不好的行为，而诗人偏偏对年迈的母亲说"打骂我两句吧"。诗人这样的表现似乎违背常理，但我们相信，大多数读者此刻还是能够与诗人深深共情。为何？因为尽管母亲的行为之于我们的影响未必都是好的，可我们也绝不会事事站在理性的角度进行评判；并且，很多人都体会过以下这种情况，即母亲与孩子之间的那种爱，在许多情况下是可以超越理性判断和客观道理的。

可见，以情感为驱动的诗歌创作，除了能够让情意的抒发更加通畅，还可以涤除由理性评判而可能带来的刻板生硬。但凡理性评判，就意味着推理，而推理的结果有时并不等于事实本身，即使它们看上去符合逻辑，但实际往往存在与错误相连的可能性。这里所谓的"错误"，即指在一些情况下，理性评判明明无法为感性选择作出的结果给予合理解释，却还是强行运用理性方法对这种结果进行解析，以至于陷入"强制阐释"，最后得出一个刻板生硬的结论，从而偏离了真实本身。就像刘德权《母亲》的这首诗，我们难道能用理性逻辑和常理去分析诗中"我"的行为吗？显然，如果我们真的这样做了，就会完全曲解诗人的本意。

在诗的世界里，没有人可以否认情感所散发的魅力。情感作为人类的一种天性，它的发生总是自然而直接，并不需要经由刻意的理性分析才产生，所以情感才总能给予人们内心最真实的反馈。因而，以情感为驱动的诗歌，往往流动闪耀着令人着迷的光芒，给人以洗涤心灵的力量。而刘德权诗歌因以纯挚的情感为驱动，更具几分透射读者心境的感染力。

三、手法：以陌生化为路径

俄国文学批评流派形式主义的代表什克洛夫斯基在《作为手法的艺术》中提出，艺术的目的是给人们提供一种对事物的全新感觉，而非对事物的认识，因而，艺术创作需要制造关于事物的"反常化程序"，以增加人们感觉事物的难度、拉开艺术作品欣赏者与现实的距离、延长欣赏者的审美感觉过程等。这种运用"反常化程序"的艺术手段，后来被称为"陌生化"。

"陌生化"作为一类给读者带来新鲜之阅读体验的艺术手法的总称，其具体的操作方式有且不限于比喻、比拟、通感、夸张、变形等这些常见的修辞手法，但"陌生化"之所以能在运用这些手法的基础上另有一个称谓，是因为它利用的不止这些修辞手法的形式，还在于它所选用的修饰词语、修辞材料相比于普通的修辞措辞要具有更多新奇感。因而，善于使用"陌生化"手法的诗歌，不仅能给读者带来更惊艳的阅读体验，还具有更高的语言艺术价值。

刘德权诗集《在崎岖的人间云朵般奔走》中的多数诗都运用了"陌生化"这一艺术手法,他常以意想不到的角度,给读者带来对某件事物的全新印象,或者,令读者抛开对某种环境的惯有感受,从而沉浸到一种新的氛围中去。下面以三首诗为例,展现刘德权诗歌在使用"陌生化"手法上所具有的艺术特色。

先看《一阕蛙声可以抵达的地方》(节选):

> 一阕蛙声可以抵达的地方/月色一样的清凉/如果你来/我等你在蛙鸣深处/并为你点亮盏盏闪烁的萤火

"阕"原本是诗、词或歌的单位量词,这里用来称量"蛙声",其实是将"蛙声"作"歌声"来描述,这是比拟中拟物的用法,即以物拟物,将甲物当作乙物来写。蛙声像歌声,这本不算什么稀奇的比喻,但诗人手法的巧妙之处就在于,他并未用明喻的办法明确提到歌声,而是用与歌相关的量词来直接称谓蛙声,暗示蛙声与歌声的相联性,引发读者在观思上的停顿,令其要回味一番才能品出这层寓意,这就相当于延长了读者品诗的感受时间,于是,陌生化的感觉便应运而生。此诗后面一句"点亮盏盏闪烁的萤火"也是同样的道理,用计量"灯火"的量词"盏"来直接称量"萤火",暗示萤火像灯火一样的特质。

但这首诗中最妙的一句还是"月色一样的清凉",此句为全诗所描绘的夏夜画景带来一种绝佳的氛围感,是为点睛之笔。这句诗运用通感的修辞手法,将"月色"清淡的视觉之感,移为"清凉"的触觉之感,即刻为这幅蛙鸣夏夜的画境增添了惬意之感。因为原本在这首诗所描绘的画面中,仅有蛙声、月色、萤火等听觉、视觉元素,而诗人将月光之冷色贯通为凉爽之触觉后,不仅与夏夜之气温正相宜,还相当于在无形之中为此画面增加了感觉元素。于是,在此诗描画的意境中,声音有了,颜色有了,温度也有了,这幅夏夜之景岂不变得更加生动起来?

再看《月亮在今夜死去》(节选):

> 离去，你宛如一眼流云/而杨柳风，还滞留沮河对岸/仿佛还漾在春里/转眼，已沦陷冰谷/蚯蚓在钩尖上挣命/你幽居我的伤口/和你一起的日子/月亮很暖/可是，今夜的月亮无端死去

在这首诗中，最令读者难忘的一句，应是"蚯蚓在钩尖上挣命/你幽居我的伤口"。这句诗是用互文的修辞手法达成"陌生"之效果的，其中的上下两句，看似在说两件事，实则是在互相呼应。蚯蚓被钩子勾住是为了唤来鱼儿，但它的代价是断命般的疼痛；而"我"因不愿放下"你"离去的这件伤心事，还盼望"你"能回来，于是导致"你"成了一根无形的钩子，贯穿到"我"心口上这道伤中，令"我"长久地作痛。这两件事的共通点是都在讲"痛"的这种感觉，而不同在于上句的痛感是具象的，而下句中的痛感则是抽象的。而这句之所以最为惊艳，一则在于这种具象朝向抽象的渗透与照应，让读者能更深刻地体会到"我"之痛苦到了何种程度；二则在于这两句诗虽本质都在于描述"痛"感，但实际生活中很少有人将这二者联系到一起，因而它们的组合便能碰撞出一种惊异的效果，并立刻引起读者的注意，从而给读者带来全新的阅读体验。

还有《听见春天》这首诗，对"陌生化"手法的运用更显纯熟：

> 冬雷滚过之后/一场突如其来的雪/屏蔽了黑夜的扩张/一些事物纷纷洗白自己/这不是北方/这是久旱的江南/那片麦田那片油菜地/渴慕已久/在伤痕遍地又生机勃勃的原野/猜想哪片雪花是你/雪地里的心情归于宁静/雪覆盖下的人间，那么美好/风反复抚摸。一丛丛麦苗/探出头来，熊熊燃烧

首先，从细节处着手，来看诗人因选词的巧妙所造就的阅读惊喜："屏蔽""洗白"，这两个词是现下常用的网络词语，然而移给夜雪降落的景

象使用，居然毫无违和感，反给意象增添了几分灵动与奇趣。其次，从整体的修辞落眼，来品由意象之生动所营造出的情境感染力：整首诗所使用的修辞都很统一，即比拟；而正因这修辞上的统一，令诗中出现的所有意象皆具生气，造就了此诗在情境氛围上的统一——"冬雷"像轮子一样"滚过"，"雪"像手机系统设置一样"屏蔽"黑暗，万物不是被雪染白而是借雪主动"洗白"自身，干旱的麦田菜地像思念恋人般"渴慕"着雪花，风如一张大手"抚摸"麦苗，而成熟的麦苗亦"探头"回应春风，并火焰似地"熊熊燃烧"。虽然比拟手法本身并不复杂，但在这首诗中，诗人运用的比拟却赋予了诗中每种意象以主动性与交互性，令读者不仅能感觉到所有的意象都是鲜活的、生动的，还仿佛置身于诗人所创造的情景之中。于是，在这样的情境感染下，读者以往对于春天的感觉和印象便被刷新了。

总而言之，在阅读诗集《在崎岖的人间云朵般奔走》中的多篇作品后，便不难看出，在诗歌的艺术创作手法上，刘德权是以陌生化为路径的。除了上面所举的三首诗，还有《孤独之诗》《苇叶青苇花白》《以水的姿势流向你》《嫁给火烧坪（组诗）》《守候》等作品，也能体现诗人在创作技巧上的这种特色，并且，他不仅惯于使用"陌生化"这种手法，更擅长发挥出这种手法的妙处。其实，"陌生化"是很多诗人都会使用的一种艺术手法，但刘德权与其他诗人的不同在于，他在运用此手法技巧的同时，总是以诗意的理念贯彻填充其诗之质地，以纯挚的情感驱动组合其诗之形貌，于是，当他再辅以"陌生化"的手段为其诗铺路时，他的作品便会充盈起灵动的生命力，能随着阅读与吟唱舞动起来。

结　　语

虽然海德格尔在《……人诗意地栖居……》中通篇都在讨论"如何诗意地栖居"的问题，但他始终无法以精准简洁的语言为"诗意"下定义。实际上，任何人都无法做到这一点。因为"诗意"具有灵性，须予以留白，故只可意会不可言传。所以包括现代的学者，也只能将其涵义圈定在一个大致的模糊范围，始终无法精确详述之。但，不论其定义如何，"诗意"本身一定是存在的。不然，人们为何以"蒹葭苍苍，白露为霜"为美，而不以"芦苇长成一片，露水结成霜了"为有意境？其实，读诗的目的，本不在于弄清"诗意"的定义，而在于去体味"诗意"的内蕴，我们体味到了，生命的质量便自然地会得到升华，心灵的深处也自会获得一种悠然之意。

读刘德权诗集《在崎岖的人间云朵般奔走》所收获的感悟亦是如此。从理念上，它引人深入思考"诗意"的启示与禅意；从内容上，它使人感味世间情感的真挚与畅快；从形式上，它令人欣赏到语言艺术的美感与魅力。刘德权的诗集给读者带来这三重体验，不仅造就一场难忘的阅读之旅，更在读者心间留下清泉般的人生态度——不论人间如何崎岖，我等只以诗意之身漫步其间。

以报告文学的笔法书写隐喻文本[*]

——评刘抗美中篇小说《山高树大》

刘抗美中篇小说《山高树大》是一个极为奇特的实验心理学样本，小说具有多重隐喻意味，隐喻人性、文化、哲学、宗教等繁多意义。按照作家本人的说法，她是在写完了长篇报告文学《中国有条黄柏河》(此文曾获第六届屈原文学创作奖)之后利用采访黄柏河的素材、尽可能忠实原人原事叙述而成。亦即，作家的叙述仍然留有报告文学的印记，不是纯文学的虚构而是生活的原真。

避开文学的虚构而表现生活、历史的原真，并使之发生隐喻意味，必须有两个先决条件：1. 文字之外的事件本身具有寓意；2. 事件发生于某种特殊的文化语境中。欧洲中世纪著名经院神学家托马斯·阿奎那认为，文学语言和神学语言本身都具有象征性："《圣经》的作者是上帝，在他的力量之内，他能以文字(如常人一样)，更可以事物本身，表达他的意义。所以，其他的学问都得依赖文字以表达意义；但在这种学问里，用文字表达的事物，其本身还有表达意义的功能。所以，用文字表达事物意义的方式，是史迹性或字义性的。而被文字表达的事物，其本身另有表达意义的功能，这种表达方式是精神性的，精神的意义基于文字的意义，却存在于文字的意义之先。"阿奎那的"《圣经》多义说"后来更被诗人但丁具化为字面义、譬喻义、道德义、寓言义，他并以《旧约·出埃及记》具体解释了四义。

* 本文获湖北省人文社科重点研究基地"当代文艺创作研究中心"资助，项目题目"宜昌地区当代作家研究(17DDWY)"。

《圣经》是神圣的语言文本，具此四义表明神圣文本所能抵达的形而上真理。作为世俗文本能否具此多义性呢？刘抗美中篇小说《山高树大》为读者提供了一个样本。

一、失　窃

小说叙述 20 世纪 70 年代前中期，为了引水灌溉百万亩农田，政府决定在黄柏河上修建水坝，无数农民响应号召奔赴建设前线，其中常枝县 19 岁的青年农民九九也应招前往，雄心勃勃地准备在前线创造一番壮举，成为英雄。他被编入建设大队的五连，与"常枝县女子队"相邻，九九不久认识了女子队的小月并陷入热恋之中。离坝基不远处有一条黄柏河的支流，九九经常与小月在支流的河滩上见面。

不久，九九获得了连长的信任接过事务长的职位管理财务，将几百上千元人民币装在军挎包里每天清点唯恐有失。不幸的是，一天清早他昨晚数过的一千二百五十元居然少了五十元，只剩一千二百元了。他将棚里十九个铺位全部翻遍，一切怀疑对象全部审视，夜晚起夜出去方便的路来回找遍，仍旧一无所获，就将五十元丢失之事报告连长，连长又报告营部。五十元人民币在 20 世纪 70 年代中期可不是小数目，何况是公款！于是九九失窃之事一时传遍整个工地。他们并不知道，原来是两位流浪汉兄弟利用九九起夜方便的空档偷走了五十元，这两个流浪汉兄弟为生活所迫，流浪到工地应招筑坝，因饥饿难耐盯上了九九。"弟弟行窃时自然会产生一点儿动静，但民工们白天干活儿累得很，倒下床就入梦，工棚内鼾声四起，电闪雷鸣难以叫醒他们，弟弟很顺利地钩出了黄军包。弟弟先是从包里抓起厚厚的一叠钱，太多了，多得他的手直颤抖，他从来也没有见过这么多的钱啊，多得他害怕胆怯，在心里对自己说，我们只要个路费就够了，他就把抓在手里的钱全部退回包里去，再次从军包里掏钱，第二次是用两根手指头拈出了几张钱。"

有意味的是，兄弟俩并非本性惯于偷盗，实为饥寒（工地已快进入冬天)所迫。按哥哥的意思,这是"借",等到结清工钱,他们也愿意还回来,并说明事情原委:"我们是流浪汉,找你借了五十块钱,现在0(因识字不多,用0代替"凑")够了四十六块钱,先还给你。"

巧合的是,九九出门上工地前其母也在他内衣中用针线密密缝上了五十元钱,作为他日常用度花销,九九打算用这钱为小月买点礼品。不幸因为巧合,这成为其往后不白之冤发生的一个因由。

这是一次没有偷盗意识的"失窃",虽然兄弟俩的"偷窃"之举给九九带来灭顶之灾,但人们也无法深究人在困境中的无奈之举。

二、蒙 污

失窃事发,全营知晓。连长与大队长经多方调查而不得其然,虽然他们并不怀疑九九,但九九在谨小慎微中举动失当:他居然趴墙偷听营部的谈话,想了解事情的进展和领导对自己的态度,不幸被连部秦大碑当场逮住,狼狈不堪。这一"卑劣可笑"的"小人"之举终于激活所有的怀疑向九九覆盖:为什么查遍所有人找不到盗窃者?谁能证明你不是监守自盗?你没有监守自盗为什么心虚胆怯地趴墙偷听?是不是随时了解事情进展而预做准备?谁能证明你自家的五十元钱不是公款转移所得?所有怀疑导向一个结论:最能解释此事的就是九九监守自盗,只有监守自盗,所有疑问才能迎刃而解,获得最恰当的解释。

这是一个严密的推理逻辑,所有人都遵循这种逻辑,将怀疑之念指向九九,于是九九嫌疑人身份被坐实。秦大碑又开始要九九洗臭袜子;连长放任人们鄙视九九;所有工友在鄙视九九中怡然自得:"平日里大家都是这么做的,谁从家里带来了腌菜,都是拿出来大伙分享。可是,他挨个儿把菜罐子送到几个人跟前,谁也不把筷子递进罐子里去,好像他的菜是一堆狗屎屁尿,谁粘了就会惹一身狐骚臭。"不仅如此,恋人小月也自感蒙羞,逃避与九九见面,最后一次见面,小月塞给九九一张纸条:"你是怎么搞的?"至此,九九陷入全面孤立,百口莫辩。虽然他自觉清白,但严密的逻辑推理使九九欲辩无言，在毫无瑕疵、无懈可击的语言逻辑中，他甚至自己都模糊了盗与非盗的界限。九九面临着全面失去：失去亲人、朋友、信任、真爱，在巨大的失落中九九感受到空落落的恐惧，感受到莫可名状的"失重"，他必须采取行动重返某种"充实"与"自在"中。

三、自　证

九九无意中走出连部，向河边一座高山攀登。早先有两名民工上山打柴失踪，尸骨无存，故人们名之曰"鬼山"。九九的无意出走意味深长：他并没有向连长请假，仅仅出于本能就走向河边的鬼山。在其潜意识中，大约觉得连部充满怀疑与蔑视，失去同伴的信任与生存的自由，使之艰于呼吸，而鬼山虽然可怕，却有信任与自由，故潜意识推动自己向鬼山行进。

登上鬼山，九九究竟保留了最后的清醒自认：他是清白的！但这种"清白"无法向众人剖白而又必须自证，并试图通过这种自证获得他者的认同。他选择了一种在旁人看来极为怪异的自证方式：劳动！他自感因为劳动而把自己与连队关联在一起，并为自己规定了劳动量：每天打柴的数量必须比前一天多一捆，两个月后的日工作量居然达到每天六十余捆！即便如此，仍然无法消除自我疑虑："我呆在这荒无人烟的深山里，是要以一种特殊的劳动方式刷清自己，但这样的方式是不是冲动，感情用事的继续？或者说是一种逃避行为呢？他开始自省，我想要的东西是：谁能相信——一个英雄模范人物会是贪污犯呢？"

带着这种无法破解的自疑，九九几天之后面临着一个极为现实的问题：饥饿。鬼山一如人世一般贫困，九九只好用节节根、蒲公英、猪不食暂时充饥，又被迫下到山下农田里拔起农家的土豆，但这不正是"偷"吗？为了避免嫌疑，九九拿出自己的十元钱放进破布袋里，压在田埂上，心中认定这是"买"，算是自做清白之举。

离开连队已久，即使暂时解决了饥饿，但有一种东西终于无法抗拒：孤独！何况九九终究自感自证无望，在巨大的绝望与孤独中九九选择了死亡，他将编好的草绳挂上树枝，蹬开脚下的柴禾准备上吊自杀，不料似乎在幻觉中脚下的柴禾永远蹬踢不尽，双脚无法悬空，并听到了小月"胆小鬼……畏罪自杀"的斥责，九九终究没有死成，他又活了下来，但活在更大的自责与自罚之中。

寒冬降临，鬼山四面冰封。九九在山洞中点燃柴禾，温暖的火苗使之暂时获得一种"充实"。某天早晨阳光普照，九九推开洞口眺望山脚，看到了明亮的黄柏河和河滩上忙碌的劳动大军，这时一个惊人的景观映入眼帘："他叉开长长双腿的时候，突然发现，这两条腿会在阳光下画出一个大写意的'人'字……九九再次朝山顶的坝坝儿爬去，他爬到一块打岩石上，索性脱掉了衣裳，全身上下一丝不挂，赤条条、大摆摆地叉开双腿，他就看见了一个利利索索、干干净净、大大方方的'人'。九九被这个'人'惊呆了！"至此，九九似乎已不用努力去求证什么了，他获得了某种神圣启示。

然而在饥寒交迫中，九九感觉到生命正从肉体中抽离。此时，流浪汉兄弟留在九九铺位上的纸条被人发现，连队迅速组织大军寻找九九，购买农家土豆之事也被反映到连队，人们终于确信九九的清白，当小月找到山洞抓住九九枯瘦的双手时，九九微笑着离开人世。

四、指　谓

五十元失去一条人命！笔者为了细观文本，不得不按自己的理解将故事重讲一遍。当我们回望文本时，发现此不仅仅是一个简单的蒙冤故事，而有深意隐喻其中，是具有多重指谓意味的文本。

五十元公款无故失窃，连长、同事、恋人起初都没有怀疑九九，因为既无证据，九九又无可疑之举。然而根据文本叙述，人们最初对九九其实已隐有疑惑，这表明人心习惯将别人往恶的方面猜想，人性有趋恶的倾向，当九九趴墙偷听被当场逮住，又获知九九身上藏有与失窃之数正好相符、据说是其自己的私房钱之后，由推理逻辑构建而成的一条严密证据链终于形成，在人性本性趋恶的惯性主导下构成对九九的"有罪推定"。此时仍然有两个突围的可能，恋人小月和九九自己，根据与九九的长期交往，小月当然相信九九的清白；根据事实，九九自然认定自己清白。但他们事实上在潜意识里也有依据本性之恶将人揣想为恶的本能，于是接受了人们的本能猜想，又无法打破推理逻辑，只好接受推理"事实"，即接受有罪推定。小说对此叙述极为隐秘，但恰恰构成了对人性的隐喻。

有意味的是，小说将此故事置于一种极"左"政治文化语境中，让人性之恶与极"左"政治关联起来，使人物的悲剧命运最终形成必然。九九出于自觉的"自责"，接受了无法辩驳的蒙污悲剧。以此而言，小说又具有文化隐喻意味。

九九登上鬼山，通过高强度的劳动对待自己。这种劳动有三种功能：惩罚罪孽，磨砺身心，自证清白。但九九终究因为撑不过孤独与绝望而想自我了断，活下来后看到了自己被阳光映射的"人"的投影，终获身心解放，放下一切牵挂，体验到身心的快适与自由。这个大写的"人"为九九带来了某种形而上启示：人本来是大写的、饱满的，他是自我充实的，他既不须自证，也不须旁证，本来自具自足，何"证"之有？由于人的自具自足，因而无欠无余，故不会因流言而受损，也不会因旁赞而增益，大写的人独立、自由、不受旁污，那么我这么劳心劳力，致力于自证，岂不是有损于人的本质，作茧自缚？九九内心获得了形而上提升，小说行文至此，具备了哲学隐喻意味。

不能仅仅将九九对人的意义认知与联想视作哲学的形而上领悟。小说叙述，当九九认证大写的人之后，身心泰然，自得而充实。这表明，某种无可言喻的强大正在成为不容怀疑的支撑。换言之，人的本质精神正在成为九九的信仰——他在哲学认知之上更获得了某种宗教领悟！这使笔者不能不发生联想：犹太人为什么信仰上帝？根据《旧约》叙述，犹太人祖居地其实是一片戈壁滩，环境贫困凋敝，更受周边部落的侵扰，多方奔窜，犹太人生存艰难困窘，既物质贫困，又内心惊惧，亚伯拉罕在艰于呼吸中急需一个强大的力量抚慰自己的民族，上帝适时来临。故上帝之临其实是犹太人物质精神双重危惧的结果。而九九的遭遇与犹太人命运具有高度的趋同性，他在物质贫困与内心行将崩溃的精神危机中抓住了人的启示，因而人的内在圆满性就成了九九内心唯一的信赖与依靠，成了九九的宗教信仰！由于信仰的支撑，九九甚至无惧于死亡。故小说行至最后，具备了宗教隐喻意味。

结　　语

《山高树大》保留了报告文学的基本笔法：忠实于生活的原真，在忠实的基础上根据人性与生活的基本理路进行合情合理的文学想象，构设具有多重隐喻意味的文本。这在中国当代小说创作中并不多见，大多报告文学集中于对群体、团队、社群或某著名人物真实事件的书写，很少关注一个微末凡夫在特殊时代的个人命运和精神领悟，无意于隐喻。而《山高树大》却致力于书写小人物在艰困境遇中的精神净化，表现小人物身上某种由凡俗到"神圣"的嬗变与发生，从而让隐喻之笔一路穿透并逐步上达人性、文化、哲学、宗教之境。为达此隐喻功能，作者甚至放弃了当代小说创作中随处可见的、以细腻与柔性之笔描写人物心理性格的创作理路，采用古希腊以来《俄狄浦斯王》之类的笨拙书写，以富于硬度的语言，突出情节与结构，用结构表意，驱遣情节向意义的深部进发，终于使读者恍然觉得文本题目也向隐喻场域摇曳："山高"意味着人物内心由时代培植起来的某种崇高而坚定的信念——这是走向净化的先在准备；"树大"则暗示此种信念本来具备了繁茂的生长环境——意味着净化的必备条件。由此准备与条件，因而净化成为必然。

毫无疑问，古希腊以来的书写传统，至今仍然具有教益与启示意味。

言说日常的神奇

——吕志青小说隐喻特征论

吕志青，湖北宜昌市人，国家一级作家。迄今已发表小说、散文、评论等不同类型的作品近两百万字。在动辄著作等身的中国作家群中，两百万字委实不算高产，而吕志青却以此晋升中国一级作家，此中三昧何在？

吕志青特立独行，以奇异的作品趟出了一条独特的创作与思想之路。读他的小说有一种怪异的感受，用时下流行的话："痛并快乐着。"他总是用非同常态的叙事干扰你早已形成的阅读习惯，故痛；然又在不经意间带给你全新的体验，故乐。此种五味杂陈的"痛—快"全系乎其独特的叙事方式——隐喻，以及由此达到的效果——引领你领悟日常生活的神奇。

隐喻作为一种叙事方式被吕志青用得炉火纯青，作为文学手段，他其实是想以此实现某种哲学的思考（他确乎做到了），故此吕志青创造的是一个个哲学隐喻文本。大致说来，吕志青的小说致力于如下几种关系的隐喻建构。

人与时空、与历史的关系。《消逝》《南京在哪里》为是。《消逝》讲述某国有陶器长的老职工老冯受命编写厂史，他一反常规，采用回溯法从现在写起，逆时间之流而上，逐步向陶瓷厂的过去漫溯。在时间的逆行中，老冯越来越年轻，皮肤日渐细腻，头发转青，几乎返老还童了，然而与此同时，因为受着历史与时间的重压，他的心却越来越苍老，随着回忆向过去延伸，老冯最后从现实中消逝，他的生命已与陶瓷厂的历史合为一体，他化作陶瓷厂历史本身。换言之，他成了陶瓷厂历史的生命见证。小说道出了一种颇具存在主义意味的历史观，即真正的历史其实应该是饱含着人的生命体验的历史,只有用生命书写历史,才能恢复历史的本真情态。一切在某种观念干预之下编织起来的线性因果事件(即所谓"历史"),不过是抽空或悬置了人的存在体验的文本幻象。本真的历史拒斥虚拟、拒斥前见,它只在活生生的体验中现身,而书写历史就是将人的生命重新活过,既"复归于婴儿"而又与时偕老。同时,任何历史都是内在于人的,并且是内在于个人的,是个体经验的时间形式,即便被要求以"类"(陶瓷厂、国家、民族等)的方式书写,这"类化"的历史也不过是植根于个体经验的表现。《南京在哪里》讲述了一个事件:仅具符号资格的地理老师侯老师向初二(五)班的学生挂出了一幅没有文字标示(后现代笔法,隐喻对空间概念的抹平)的地图并提出了一个问题:"南京在哪里?"这个问题先是搅动了班上的所有学生,之后渐次波及老师、学校、家长、社会,为解决和回答这个看似仅仅对于一个历史名城的空间确认的问题,师生们梳理了有关金陵、秦淮河的历史文献,甚至有女生离校到某酒店做了坐台小姐,亲身体验秦淮名妓的生活。所有人都陷入迷狂,偏离了生活的正轨,严肃的教学大纲和正常的生活秩序被打乱。人们被有关南京的词语、历史和知识所激动,作者借侯老师之口所言:"一个词就是一个活的神秘的发酵体。只要死死逮住不放,它就会一而二、二而三地生发、裂变,生发和裂变出一些令人意想不到的东西来……每一个词乃至每一个知识群落自身都是一个系统,此系统与彼系统相联系,一个连着另一个,另一个又连着另另一个以致无穷无尽。"精神在词语的能指链上滑行,展开了无尽的裂变与延宕,意义变得不确定,一切试图对南京进行准确时空定位的努力终归徒劳,人们以往所确知的实实在在的时空和客观的生活秩序此刻无情的显现其幻影本质,感受到了秩序与实在的幻化。细究作者之意,他显然是以"南京"隐喻着人的生活世界,"南京在哪里?"隐喻着人对本质和实在无尽追问的冲动,但小说演绎的结果是本质的悬疑和实在的虚妄。当然这并不意味着问题不能解决,小说的结尾写侯老师用合并和简化的方法解决了问题,使学校的教学秩序重回常态,表明在这种纷繁诡异的幻影真实中,某种绝高的智慧确乎能做到卷舒自如,因此人的终极自由仍是可期望的——这使小说充满了玄辨的智性色彩。

人与体制、权力、知识的关系。《失去楚国的人》《爱智者的晚年》等为是。体制、权力、知识、历史等构成了人的存在境遇，故此这一批作品是描写人的存在境遇、表现人自身所创造的一切反而导致人的异化的作品。《失去楚国的人》讲述一个被体制奴役和异化的主人公康小宁（作者将他比拟为历史上的楚王）一生都在失去：他因被人操纵去反腐，结果被领导以改革的名义驱逐出编辑部，失去了工作；他练头足倒立，受人追捧，但很快被人模仿而失去倒立团队的领袖地位；他被动的与小尤上床，被这个女人玩弄于股掌，失去了家庭和自我。等等。他一生都在尽力适应这个社会，但却每每被社会和群体无情的拒斥，成为边缘人、多余人，失去了生活和精神的双重归宿。他一生都在退缩，先是从体制内退缩到民间，接着从民间退缩到边缘。他只好头足倒立，"头足倒立"是一个根本隐喻，暗示人的存在的无根无序，无论是体制内还是民间，都从根本上抠掉了人的生存根基，人处于海德格尔式的"被抛"状态，悬空和漂浮成了人刻骨铭心的体验。康小宁虽然昏昏噩噩，但也老老实实，对这个被人所创造并允诺了给人以幸福和归宿的社会是信任的，但正是他所信任的一切导致了他的存在困境，人的存在悖论由此被凸显并因此为小说带来了某种形而上品格。《爱智者的晚年》讲述一个海德格尔研究专家何为一生都处于生存的困境之中，他博学而深刻，知识丰富，看起来充满智慧，对海德格尔的学说和体系有深入的了解，向往"诗意的栖居"。但实际上他的那些"知识"和"智慧"并没有转化为生活的睿智，反而构成了他的精神困境，使之一生都处于生存选择的困惑和焦虑之中——崇拜海德格尔而困惑于海氏的早婚；坚持独身而渴望爱情；鄙视肉欲但最后还是靠肉欲的放纵解除身体的紧张。最后这些困境直接表现为肉体上的病症：失眠。他的失眠用通常的方法几乎无法疗治，饮食、物理、药物疗法均告失败，最后居然是与他所鄙视的风尘女子（他的邻居）的媾合彻底治愈。如此，"失眠"又具备了一种隐喻功能：知识分子的肉身困境其实是导源于精神困境，而精神困境的根由乃在于他们所趣尚的知识、玄思不仅没有引导精神的成长，反倒导致自我的分裂和与他者的疏离，只有重回"大地"（不妨把何为与其邻居女子的交合视作向"大地"的重返），基于灵肉之浑整统一的幸福与安适感才能重新归来。

人与自我的关系。这以最近发表的《黑暗中的帽子》为代表。就小说的基本命意而言，这部小说仍然继续了《爱智者的晚年》等作品关注人的精神困境的理路，笔者之所以将此独归一类，乃因这部作品虽复言说人的精神困境，但困境的发生非因知识、权力导致的异化，而是源于人的病态自我意识。小说以黑暗中的"帽子"隐喻人们以自我为中心画出种种疆界而构成了某种绝对自我，绝对自我在被执持（类似于佛家的"我执"）之中引发了主体种种不同的病态人格：心理医生臧医生虽宣称"价值中立"，但其实他最先戴起这顶帽子，在以医生的身份随意进入病人心里之时严防别人踏进自己的精神领地，绝对自我被演绎成十足的市侩主义。中学校长彬彬执持绝对自我，受校长职位的权力暗示，言谈行事总以为真理在握，自我膨胀，但在与臧医生的网络交锋中这种自信被彻底摧毁，绝对自我漂移于主体之根，转化为一种诡异的异己力量——外星人，不断对彬彬进行身心摧残，使之生不如死，她虽然深谙臧医生戴帽子的秘密并将这顶帽子改装成了自己的内裤，然而病已成势，问题无法解决。学生马小博的母亲沈洁则因这种绝对自我的执持而患上了社交恐惧症，足不出户，孤独、自闭、羞怯而美丽，后在臧医生的帮助下克服了病态我执，摆脱了社交恐惧症，并与她最初恐惧交往的小龚结婚，原先阻碍她与社会交往的绝对自我在被弱化之时也使之成了丧失了羞怯之美的流俗之辈。

作者通过彬彬的感受对这顶黑暗中的帽子作了超现实主义的描写："一到夜里，眼睛一闭，她就看见了那顶帽子。黑暗中，它离开立式挂衣架顶端，凭空飘了起来。先是在书房里飘着兜一圈，接着飘进了客厅，飘进了厨房，飘进了卫生间，甚至，飘进了卧室！有时，她觉得它还不光是一顶帽子，还是一个戴着帽子的隐身人。这个隐身人四处走动。走走停停。耳朵竖起来了，像是在倾听着什么动静。眼睛又贼亮贼亮的，骨碌碌地转着，朝哪里打量。如果她碰巧睡着了，它就悄悄靠近她，俯在她的上面，凑近了朝她脸上看。"这种描写暗示绝对自我具备脱离主体自由行动的能力，并以一种对象化的方式行动着，因此它能诱引主体产生种种病态人格，臧医生的市侩，彬彬的自我膨胀和沈洁的孤闭都是绝对自我蓄意导演的结果。绝对自我是主体在与体制、权力、社会的种种规则总之一切"他者"的互动、双向洄流中形成的意志能力与意识功能。其间总是含纳了隐在的他者，没有他者到场，绝对自我也无以显其能，因此作者就将人物置于与他者的关系之中静观绝对自我的表演，悉心刻画被"我执"折磨得心伤累累的众生相。小说写沈洁弱化我执，重建与他者的正常关系却又丧失了羞怯之美，这一笔颇具深意，表明这个社会并没有为人们提供弱化或摆脱绝对自我的足够智慧，而是早已设计好了一条权巧狡诈的流俗之道，按照这条道路行进，人在似乎顺利的重建与他者的正常关系、被他者所接受和认同之时，却又蹈向了常人的沉沦。人，永远处于精神困境之中，处于"帽子"的"黑暗"笼罩之下，"黑暗"既意味着人心对绝对自我缺乏反思，又意味着人受绝对自我的操控而不自知。小说的形上品格是不言而喻的。

　　吕志青的所有小说就其表意倾向和艺术特征而论，当然非笔者上述描述所能一网打尽，笔者作此概括难免挂一漏万。如《守株待兔》就以警察破案为表层叙事，对侦探故事进行戏仿与解构，探讨人的生存境况，既与上述主题相联系，又别开生面，是一个极具创意的后现代文本，表明吕志青的艺术表现方式的多样化形态。

　　吕志青于 1984 年开始发表作品，艺术风格经历了几次转折，1992 年前后开始小说创作的隐喻化之路。他的小说总能给读者提供一个可读性极强的故事，叙事从容不迫，节奏张弛有度，语言具有诗的透明与质感。人物及其生活是我们熟悉到几乎无法意识到其存在的日常的人与事，教师、学生、医生、农民、公司员工、下岗工人等是其小说经常关注的表现对象，柴米油盐、衣食住行、苦乐得失是故事行进的路径，太平常了，他的叙事也尽可能复原人们对于生活的常态观察，几乎就要再次诱导你的"熟视无睹"了，然而，就在不经意间，你突然凌空蹈虚，陷入奇异的感知与体验之中，熟悉的日常生活突然陌生起来，作者富于玄思的精神气质灌注了日常生活，使一切都罩上一层灵异的光晕，你来到了事物的背后，看到了不可思议的场景与面相，一切都充满玄思，迸射出一种神奇的意义，你在陌生而神奇的精神历险中同时对自己也陌生起来。

在沉沦与拯救之间

——吕志青长篇小说《黑屋子》隐喻意义解读

2016 年 5 月，吕志青的长篇小说《黑屋子》在《钟山》发表，标志着表现性作品(非表现主义，但又具有表现主义的许多特征)的又一力作问世。表现性小说注重整体虚拟基础上的细节真实，即小说的根底是虚拟的、虚构的，但在细节上处处显示理性运演的逻辑轨迹，高度逼近生活真实。在当代中国，表现性小说并不多见，而吕志青作品居然尽在这一部落，这不能不说是一个异类。

吕志青以往小说的表现性探索成就多体现在中篇小说上，《失去楚国的人》写虚拟主人公康小宁因诸多个人特长不断获得团队领袖地位，但种种特长因不断被别人模仿而超越，康小宁失去团队领袖地位，他就这样不断退守而失去，最后成为社会的"边缘人"。小说对人的生存境遇的沉思荒诞而真实。《南京在哪里》写地理老师对一个地理名词"南京"的追问("南京在哪里?")搅动了学生、老师、校领导、公安局、市领导，总之广泛波及社会各个层面，每个人都处于与他者的关涉之中，类似于物理学的"量子纠缠"。小说以虚拟的形式关注存在意义的无限与有限，同样搅动了读者。《黑暗中的帽子》写一顶虚拟的帽子居然能够自我漂移，将中学校长范彬彬折磨到如痴如狂，小说表现了对人类"我执"的深刻洞察，具备了某种哲学品格。其余类似小说不胜枚举。

总之，吕志青尽力通过虚拟的形式获得某种哲学的隐喻，达到形而上的思考与领悟，而这一切在细节上又是如此逼真、如此真实，使读者最终会忘掉其根底的虚拟而进入细节的体认中，构成了其小说特有的魅力。长篇小说《黑屋子》正是沿着既有的理路而来。

———

小说起笔平平，写先文后商的知名企业家厉大凯出面邀请齐有生等老同学为从国外回来的昔日大学同学许建平接风，其间齐有生发现了一个惊人的秘密：许建平的老婆居然就是齐有生杂志社出纳柳洁茹！柳洁茹原是歌舞团演员，三十岁后调入杂志社做出纳，其间婚内出轨与一个文学青年玩婚外情，齐有生亲眼所见，五年后柳洁茹直飞美国与丈夫许建平团聚，但在与丈夫分居期间，柳洁茹的花月故事尽人皆知，而在许建平自豪的言谈中，他的老婆无疑是标准的贤妻良母。这使齐有生极度震惊并疑虑丛生：如此说来，自己那以贤妻良母形象出现的似乎忠贞不二的老婆臧小林是否也瞒着自己玩着婚外情？

这种疑情一旦生成就带着顽强的意志在齐有生心中扎根并具体表现为一种直觉：臧小林必定有婚外情，不容怀疑！这种直觉甚至使齐有生有一点兴奋，带着残酷的快意，他开始追问臧小林，起初当然是不如意的，但这无法浇灭齐有生的探究热情，臧小林开始承认有且仅有一次，之后居然是八次了，齐有生内心备受重创！他无法容忍从小青梅竹马还是姑表兄妹的臧小林居然背叛自己八次，而且时间跨越二十三年！

接下来怎么办？齐有生的惩戒计划起初并不明确，只是凭本能觉得需要将这种被伤害的痕迹查看得更真实、更明细，他需要将臧小林每一次出轨的时间、地点、过程乃至于心理活动都搞清楚。齐有生认为，既然背叛已经发生，臧小林就应该向他袒露真实，"人因真实而高贵，真实是对真实的一种奖赏"。因此，追问真实就成了齐有生最执着的要求，也是最初和最终的要求。他要臧小林在袒露真实中受到惩罚，让她清醒的"回看"自己的无耻与下贱，使自己残缺而滴血的心灵得到补偿。

于是齐有生首先与臧小林办理离婚，两个人都因离婚似乎减轻了一点折磨：齐有生因离婚似乎暂时摆脱了一种龃龉；臧小林因离婚似乎摆脱了一种负罪感。但这只是一种最初的感觉，齐有生的目的当然不止于此，他携带臧小林从最早的那次（1989年）背叛开始回访，如考古一般搞清当初的时间、地点、细节。在这一过程中，齐有生还仔细阅读二十年间他与臧小林往来的情书，细细敲打臧小林每一次招供，只为了搂住每一个可能遗漏的"真实"。奇怪的是，虽已离婚，但并不妨碍两人充满激情的性生活，怀着嫉妒和报复，齐有生的性生活比从前更具有激情。而臧小林不仅在性方面迎合齐有生，更愿意满足他追求真实的欲望，她不仅向齐有生仔细招供每一次背叛的心理感受（尽管齐有生并不相信臧小林只是应景，而更愿意相信臧小林的对孙的初恋是出于真心），而且一次比一次显示更卑微的姿态协助齐有生折磨自己。

严格来说，自始至终，臧小林都是真心实意的出于负罪的恐惧想向齐有生赎罪，以至于当齐有生提出走进基督教教堂试图获得灵魂的救赎时，并无宗教信仰的臧小林立马同意了，为了儿子，她也想洗清灵魂后与齐有生复婚，因此自始至终忍受齐的辱骂、追问、暴力，当齐有生提出刺杀（起初计划是杀死，后来改为刺一刀）臧小林知青时代的慕名者"孙"时（两人后来断断续续保持多年性关系），臧小林在经过最初的挣扎也付诸实施，即使考虑到进监狱的后果也义无反顾，她在病床前拿刀扎向孙，以为这是灵魂救赎的最后完成，但事实是此举并没有减轻齐有生心中的不忿，在"追求真实"的执迷中，齐有生并没有饶恕臧小林的出轨。

二

那么，齐有生干净吗？其实也不。齐有生婚前瞒着臧小林与人上床，离婚后又与某大学性学教授汤的研究生弟子沈慧上床，但对齐有生来说，"这都不是个事儿"，他居然就这么轻易宽恕了自己，却对臧小林的过失不依不饶。离婚后，他一面与臧小林过着激情性生活，一面对臧小林打骂、侮辱、折磨，并将这种家暴上升到"灵魂净化"的精神高度，全然不顾二十余年相濡以沫的夫妻情分。并无宗教信仰的齐有生裹挟着臧小林走进教堂，号称"救赎"，却并无实质性的灵魂净化与收获。按照基督教教义，齐有生与臧小林犯了同一种邪淫罪，不过是婚内婚外之分，但齐有生找出《圣经》教义，指证臧小林的罪才"不可饶恕"，其实是为自己的罪开脱。

我们可以看出，作者在文本中详细铺设了一条罪的形成之路。罪的起因、过程与最终形成，作者都为我们耐心展示，但这一切都是附着在一个精妙的故事与一系列鲜明的性格之上。作为旁观者的明眼人，心中自有判断：抛开知识与逻辑理性，齐有生与臧小林二人的人格境界其实高下有别、判若云泥。臧小林即便对齐有生没有爱情(其实是有爱情的)，然而二十余年的婚姻、共同育有一子，何况还是姑表兄妹，使她自觉与齐有生之间有一种割舍不断的亲情，看在共同的儿子和亲情的份上，她诚心诚意忏罪，深觉确实对不起齐有生，刺杀多年的性伙伴孙，对一切能够洗清灵魂污点的举措都愿意尝试，甚至想复婚，可见臧小林健康而正常。而当齐有生出于直觉的怀疑追问出臧小林的八次背叛后，内心狂怒而煎熬，他首先想到的不是自己的不忠、臧小林依模学样而出轨，因此应该首先深自悔责，而是依《圣经》的言教让臧小林背上宗教负罪的恐惧，其后又病态而恐惧的迷执于所谓"真实"，要将臧小林出轨的时间、地点、细节、心理活动抽丝剥茧地全部审视，一方面使臧小林带着某种宗教道德的视角羞耻地反顾自己的过去，一方面使自己沉入痛苦的狂欢。

小说名为《黑屋子》，"黑屋子"何意？其实这篇小说传承了吕志青以往小说一如既往的隐喻性：黑屋子就是"罪"的隐喻，隐喻人性中会自然生发、只要培育就会疯狂生长的罪性，此中有深刻的猜忌、阴鸷的注视、隐秘的算计，正像黑屋子一样没有丝毫光明的形影。

为什么说此种罪性会"自然生发"呢？我们看文本的叙述，除了像CT技术一样切片分析齐有生臧小林的故事外，小说还颇有意味的描述了与齐有生同质的罪性群落，老费、老柴、老汤、小潘、小孔、沈慧等，他们或者反复结婚离婚、或者婚内出轨而乐此不疲、或者囤积情人、或者以性放纵研究为沉迷终生的学术志业。片言传情、色授魂与、随时交媾等事在他们身上发生得如此自然，不假思索，一切天成，发乎本然，我们只能说这种罪性是自然发生的。因此，在齐有生、老费、老汤等所有人心中都各有一个"黑屋子"，黑屋子成了人类灵魂中以性执迷为表现形式的根本隐喻。小说借齐有生之口对这种罪之形成的恣肆状态有过精彩的描述："齐有生对她（沈慧）说，自从臧小林的事情暴露之后，或者，这场前所未有的人生危机骤然降临，他发现他身上的某道暗门，一个翻盖，突然打开了，从前隐藏着的各种令人匪夷所思的无意识力量，各种驱动力，各种由心而生、无法被普遍理性所统一所融合所调和的潜在的可能性，痛苦而暴烈的内部斗争，一齐跑了出来，驱使他去做各种在平时绝对意想不到的事情。这纠缠在一起的各种力量互相促进又互相牵制，使他在极度的变态亢奋中产生出一种撕裂之感，从中又迸发出一种魔灵和邪灵的强大力量。而且，仿佛相互投射，这种力量的鳞鳞爪爪，他从其他人身上也看出来了。他们每一个，包括老汤，老柴，都像是他的一个侧面或者一种可能，反过来说多半也是一样。他是一棵树，他们就是他的枝桠。同时，他也是别人的枝桠。枝桠间当然有近有远。其中一些显然离他更近：老冯，老穆，老费，沈慧和小朱。"对人类罪性心理作如此生动的隐喻性描述，使小说达到了哲学的高度。令人称叹的是，作者在展示"黑屋子"的过程中自己并不站出来作任何评判，非常自然的保持中性立场，他相信并允诺了读者见仁见智的解释和判读，这正是小说精妙之处。

三

齐有生心中的黑屋子居然日渐增长，当臧小林提出复婚，正与沈慧保持性关系的齐有生不仅拒绝，而且鄙夷。此时臧小林的姿态更加卑贱，虽然复婚的要求被拒心中绝望而悲凉，但她还是愿做最后努力，她甚至自制软鞭以方便齐有生抽打自己，面对齐有生和自己的"罪"，她卑贱到完全放弃了自我。与此同时，齐有生折磨臧小林的计划又有新的进展，当他唆使臧小林刺杀孙后，感觉自己心中的恨怒并无稍减，而臧小林的"罪性"也并没有削弱，于是异想天开，居然想到要杀死亲生儿子，看看能否把臧小林心中的罪性完全销磨掉，他面见硕士儿子谈了自己的想法，儿子不置可否，并不反对（此处令人称奇，详后文），当他与臧小林交流自己想法后，终于逼使臧小林走上了绝路。

在欢迎许建平归国接风的晚宴上，许建平提到某个偏僻的山乡有一间年久失修的黑屋子，用来关闭犯通奸罪女人的，有关这间黑屋子的鬼故事传说甚多，这引起了当时参加宴会的众多人的兴趣。后来以厉大凯咖啡屋为基地的俱乐部成立，在老汤怂恿下，厉大凯出资组织黑屋子寻访，原先关闭女罪人的黑屋子已拆掉，他们找到了一间拘禁失疯女人的黑屋子，古旧程度和黑暗传说照样引起了他们的兴趣，有人又建议俱乐部每个成员都要体验一次独自关进黑屋子的滋味，此举在网上居然反应热烈，众多网友也要报名参加黑屋子闭关三天的体验，齐有生也在报名体验之列。

齐有生走进黑屋子进行闭关体验，在伸手不见五指的黑暗笼罩之下，齐有生如同其他闭关者一样，唯一能够面对的只有"自我"——自我是最深的"我执"，吾人无时无刻不在以自我为核心进行人我是非的经营，它是如此深细、如此彻始彻终的迷执，乃至吾人深迷其中而不自觉所迷——在黑暗的遮蔽及其所带来的深度宁静中，自我从灵魂深处涌现出来，齐有生首次面对对象化的"我"，看到了自己以"真实"为名义折磨臧小林的机心险胆，看到了臧小林努力自新的艰苦卓绝，看到了二十余年家庭生活中臧小林勤俭持家的柔顺妇道，甚至体验到了只有教堂才能体验到的神圣启示，突然觉得这么追问真实殊为无聊，他心中渐起一丝怜悯，良知复归，齐有生决定取消杀掉儿子的计划，并且终止对臧小林的折磨，妥善安置她。

他将此作为固定的意志走出黑屋子。但不料臧小林得知齐有生杀掉儿子的计划后万念俱灰，她并不知道齐有生心念转变，于是趁齐有生闭关期间，在绝望中仰药自杀。齐有生也从三十三层高楼跳下，粉身碎骨。

至此，小说写了两种黑屋子，一种物理的、现实的、真实生活中的黑屋子，一种具有精神隐喻意味、隐喻人类罪性的黑屋子。有意味的是，这两种黑屋子的功能意味刚好相反，在物理的黑屋子里，齐有生净化、觉醒；在精神的黑屋子里，齐有生沉沦、迷执，因此，"黑屋子"正好具有西方新批评理论家兰瑟姆所概括的复义性，而且是悖论性的复义。这正是小说耐人寻味的地方，也正是小说的价值所在，以此为基点，以此复义性暗示的可能性，读者会作出无穷的解读，每一种解读出来的意义都包含在小说的可能空间中。

沿着黑屋子之净化觉醒的功能性追索，我们发现了一种有意味的现象，即所有关涉着黑屋子的人最后大多遭遇不幸，小朱杀了母亲的情人，关进监狱；老费、齐有生等，甚至以自己的方式选择了死亡。此种情形耐人寻味，启人玄思。读者要问：为什么？这一问题关涉到我们对罪之形成、性质、结果的解释与体认。

四

读者自知，齐有生在追查臧小林出轨之细节真实的过程中其实相当理性，整个思维与行动过程充满逻辑力量，有一种强大的推理能力与摄化力。惟其如此，他才能慑服臧小林唯命是从，同时在向儿子解释杀他的过程中儿子居然无从抗拒、无话可说。其实当我们将视野稍稍放宽巡视厉大凯的部落时，他们的理念与行动又何尝不合逻辑！人人都在以理性的名义干着非理性之事，以冠冕堂皇的理由沉沦，太可怕了！这使笔者不能不触及精神层面的黑屋子之隐喻意义终极意涵的揭示。

我们可回思前述的"性沉迷""我执""自我膨胀"等"黑屋子"各种表现形式的性质是什么？难道不就是在了别人（物）我差异基础上的双重执着与沉迷吗？——一方面执着我之为我（"我执""自我膨胀"），另一方面又沉迷于对象（性沉迷，包括同性恋）。这种了别带来的根本功能就是沉迷与执着。由于了别本身是一种知性，"知"会为自身之知设立严格的分界，这导致知性本身带着极强的逻辑性，不然不会知道物我、人我、神我究竟"别"在哪里了。

对人性的类似领悟在中国道家似乎由来已久，《庄子·应帝王》载：南海之帝儵和北海之帝忽有感于中央之帝"浑沌"的善待，决定帮浑沌凿开七窍，使之能够感知到精妙的世界，七天凿开七窍时，浑沌居然死了。这意味着心灵的浑整性丧失，被了别心分解为各种互不隶属的功能部件，世界在被分化的感知中也变得支离破碎，破碎的主体无法获得浑整的世界。

齐有生及其相关的部落都有各自茁壮的了别心，带着强大的理性，在逻辑精心设计的轨道上欢快地沉沦，悉心经营一己之私，专意沉迷自己喜好的对象（含性对象）。他们的逻辑理性甚至能慑服他者，使他者不经意之间被自己的理性力量所同化，故臧小林对齐有生唯命是从，故汤教授的粉丝对其如醉如痴。他们唯一的特点就是理性过于强大，乃至于能够引领别人与自己一同沉沦，因而，理性与罪性共生！理性走多远，罪性就走多远，这难道不是细思极恐、令人汗毛倒竖？

那么，理性自身能否克服伴生的罪性？小说以齐有生为个案解剖了某种精神拯救的可能。齐有生阴冷的灵魂在物理的黑屋子中渐生一种暖意，怜悯苏醒，良知来复，他决定宽恕臧小林，这表明人有自我拯救的可能。但结果却是臧小林仰药自杀，齐有生在良知的谴责中跳楼。放宽视野，我们看到体验过黑屋子的老费、小朱、小潘等个个遭遇不幸，净化觉醒后的人居然各自受到惩戒，甚至走向死路，岂不令人慨叹！

前文已论及：物理黑屋子是灵魂黑屋子之功能意义的否定。何以如此？我们只要稍加思索即不难理解，这是理性在玩弄着对象化的把戏。换言之，是理性因自身的了别性而对象化的结果，只有对象化，理性才能更真切的看清自己。故物理黑屋子与灵魂黑屋子互为对立面，互相领有对立面所缺少的精神要素，这些精神要素恰恰对对方构成了一种解构之能并以此形成自身的功能性。齐有生走进黑屋子，其内心原有的罪性在物理黑屋子的解构与稀释中焕然冰释。但与此同时，某种潜意识开始上升为主体力量，构成特殊的心境，主宰主体的行为方式，所不同的是，此潜意识并非弗洛伊德所说的性意识，而是一直处于蛰伏状态的良知良能——原先被理性压制着的良知良能早已决定对其罪性实施惩戒，今以此为契机，惩戒上升到行动层面——齐有生跳楼了！故我们一面看到人的重生，一面看到死的来临，人以死亡的方式完成了生命的净化与觉醒，形成海德格尔式的

"向死而生"!

作者相当残酷，他并不为自新之人稍假辞色，只是严格按照人性真实写出其运演的逻辑理路，静观芸芸众生生灭无常，一任生命在理性构设的因果之路上载沉载浮，千幻并作。但，这也正是小说的价值所在。

自控与失控

——试论《黑暗中的帽子》

唐　萌

阅读吕志青的小说并不是一件轻松的事，往往是一笑之后长长的沉思与疑问，又或者像是洞穿了生活的本质就是一场闹剧，使人充满了无力感。它不太轻松，甚至不太激励人心，然而它让我们看到了生活的真实。

《黑暗中的帽子》也正是这样一篇小说，其中的每个人都有着这样那样的问题，他们试图去把控生活，把控真理，把控自我，却在控制与被控制中迷失。

臧医生创造出一顶帽子，没有这顶帽子时，他是一个声称保持中立的受人尊敬的心理咨询师，戴上这顶帽子之后，他要求一个绝对自我的空间，似乎只要戴上这顶帽子，他就能摆脱一切社会角色，他不用再保持中立，他可以对自己的女友视若无睹，他可以对网友大肆打击。正如他咨询室里的那幅画，一个人有两幅截然不同的面目，他想要借助一顶实实在在的帽子，使内心那个激进的愤怒的甚至咄咄逼人的自己合理的存在。他为此解释称"希望打破自尊的壁垒，扔掉所谓的面子，完完全全服膺于理性，彼此毫无顾忌的长驱直入，直接进入彼此的心灵与精神，达到一种交流至境"。在帽子被范彬彬拿走后，他又说"这可能是他思想上的一次迷雾"，是一个"危险的梦想"，然而真的只是如此吗？只是他思想探索的一次失败吗？

臧医生在咨询中坚持价值中立，而与何莉莉进入恋人关系后，又要求

172

自己的女友不要再向自己咨询问题，在治疗沈洁时让她无为而为，这难道不是在避免承担责任吗？其实臧医生真的是一个中立的人吗？通过他带上帽子后的行为以及那篇针对自己女友的《有形和无形的口罩》可以看出，他不但不中立，甚至有些变态的偏激，他提出中立的口号，又制造出一顶帽子，时刻希望能够控制自己的一切，既要井然有序的生活，又要毫无顾忌的表达，但显然他失败了。帽子被带走，女友的指责，沈洁的疑惑，都表明他失败了。

当然，这顶帽子不仅是臧医生一个人的帽子，它无形中变成了何莉莉心中难以拔除的一根刺，变成了何莉莉眼中的黑暗中会自行漂浮的帽子。何莉莉在经历持续的家暴后，怀疑自己得上了恐惧症，还认为自己或许是一个受虐狂，于是找到了声称"价值中立"的臧医生，在臧医生的指导下找到妇联，之后学习跆拳道，并与丈夫小鲁离婚。与丈夫小鲁离婚后，便与臧医生开始了新型同居关系，尽管臧医生说这种关系是完全开放的，没有拘束的，但何莉莉则认为这种关系的结果还是走向传统的婚姻关系，并抱着这样的愿望与臧医生交往，但两人之间突然多了一顶帽子，何莉莉的学生马小博又戴上了口罩来要求获得自己说话的权利。

一顶帽子，花样繁多的口罩，都是为了通过某种形式获得某种自由，独处的自由，表达意见的自由。臧医生的帽子是希望获得避免与何莉莉交流的自由，而马小博的口罩则相反是为了获得与何莉莉讨论的自由。作为女友，何莉莉却不被允许向身为心理咨询师的男友询问相关建议；作为体制内有着应试压力的一名教师，何莉莉又被学生要求抛开规则，给他们畅所欲言的机会。这些横亘在何莉莉的面前，帽子不再是一顶简单的帽子，它会在黑暗中不受控制的漂浮；口罩则引起了轩然大波，将何莉莉置于舆论的风口浪尖。何莉莉也想除掉这顶帽子和千奇百怪的口罩，但她想不通自己错在了哪里。情侣之间难道不应该坦诚的交流吗？学生在应试压力下要求畅所欲言又如何可行呢？她更努力地学习跆拳道，跆拳道使她摆脱了对丈夫的恐惧，也让她有了对抗的勇气，何莉莉决定不道歉，既然是制度的错，为什么要一名教师道歉呢？大不了辞职去做跆拳道教练。得知那篇将自己置于舆论之下的《有形和无形的口罩》竟然是不愿意帮助自己的男友写的，便决心离开他。但何莉莉总有些遗憾，学习跆拳道是为了反抗，但那一脚始终没能踢出去。在文末何莉莉向前夫小鲁踢出的那一脚，代表了何莉莉所有的恐惧、警戒、疑惑与不甘，它落到了实处，也表示了何莉莉的释怀。

范彬彬，何莉莉的同窗好友兼领导，为了帮何莉莉出一口气偷走了臧医生的帽子。作为校长，范彬彬认为自己是有话语权的人，是掌握真理的人，但在与臧医生的交流中，却被臧医生几近偏执的打击质疑。范彬彬逐渐失去控制，并怀疑自己被外星人控制，逐步发展至无法真正生活，只能随着火车不断的流浪，希望能够摆脱外星人。外星人真的存在吗？我们不得而知，但怀疑自己被外星人控制以致完全失控的范彬彬，却的确被什么控制了。这种控制源于她信念被打破，她本以为自己身居校长之位，一切都尽在掌握，有权有名，然而却被一个网友无情打击。这个外星人就是反对范彬彬的人的象征，比如臧医生。范彬彬认为"它尽情的羞辱她，剥夺她的尊严"，实际上就是对臧医生的控诉。于是她为了好友何莉莉，也为了报复臧医生，偷走了那顶帽子，甚至把它做成了一条内裤。范彬彬认为"正因为有这么一顶帽子隔在中间"，何莉莉"才没有被他搞得遍体鳞伤"，但她错了，这顶帽子让臧医生躲在其下释放偏执的自己，击溃了范彬彬，也同时以隔绝的形式伤害了自己最亲密的人。

小说中的另一个人物沈洁，患有社交恐惧症，无法在公共场合露面，与人相处会脸红，所以常年来过着幽居的生活，改变的契机是马小博的口罩。沈洁正是马小博的母亲，因为马小博而结识了何莉莉，并在她的鼓励下找到了臧医生进行治疗。臧医生建议她无为而为，无需认为自己有病，应该大方接受自己社恐的事实，脸红便脸红，社恐便社恐。沈洁慢慢改变，摆脱了社恐，却也丢掉了自己独特的敏感与羞涩，失去了与自己心灵对话的能力。

黑暗中的帽子，马小博的口罩，何莉莉的跆拳道，范彬彬的外星人，沈洁的社交恐惧症，这些正如那篇文章的标题一样：《有形与无形的口罩》，它们在本质上是一样的，都是人们绝对自我的外化，过度强调自身控制能力的结果。随着社会的发展，人们从使用简单的工具，到机械化生产，再到科学、生物科技的介入，人们似乎逐渐成为了这个世界的主人，甚至产生"人定胜天"之感，人类拥有了越来越多的控制权，小到控制自己，大到控制自然。然而我们真的能控制一切吗？环境的恶化，越来越多的人患上心理疾病，这不是在提醒我们实际上并不能掌控一切吗？反观小说中的这些人物，她们最初只是想远离恐惧，悦纳自身，或者获得自由，但从什么时候她们矫枉过正了呢？大概是从她们无法接受那些生命中的失控开始。当她们将这些失控看作是自己的失败，是不可接受的情形时，她们就不再是掌控者，此时，她们被执念控制。在这部小说中，唯有何莉莉最终不被执念所控，尽管她不愿意向马小博道歉，但她并不是因为所谓的面子，也没有执着的要在这场与学生荒谬的战争中争个输赢，她一度受到黑暗中移动的帽子的困扰，对自己与臧医生的关系感到困惑，但也在发现臧医生的秘密后及时结束了这段关系。何莉莉的自控力是积极地，且并不极端，所以不至于反受其害。反观其他人，范彬彬无法接受自己的权威受到质疑挑战，在激烈对抗无果后被"外星人"控制；臧医生戴上帽子后，不再保持中立，将一位对自己无比自信的校长逼到无法自洽；马小博本来是想获得交流的可能，但最终上演了一场滑稽的口罩秀。

　　没有人能够完全把握自己的生活，学会如何与生命中不能控制的一切相处，才是可行之道。

向源头逆势而行

——毛子诗歌对"原物"的回溯与建构①

毛子诗歌有一种固执的追求：回到源头。此源头意指丰富：物之渊府，精神的起点，真相的本然，创造的启动能量，性情的本真，以及终极意义等。为了回到源头，毛子之诗显示了一种站在人、生命、感知、悟性的此岸向真理彼岸逆向而行的趋势，以此营造了毛子诗歌与众不同的独特性。

一、多样化的源头领悟

"源头"在毛子诗歌中以物、性灵、价值等多样化的形式现身，带着诗人对斑驳芜杂现世之个人体认，向读者内心进趋。诗歌文本总能激活读者的创造性想象，在读者的二度创作中成就文本自身的丰厚内蕴。

此中有对本然生机的领悟：

星空

那么多的人，已回到繁星深处/即使在最冷的夜里，我都拥有一部/温暖的天书/一层一层地打开，他们都在那里/——我的父辈，父辈的父辈……/隔着无数光年，我听到他们窃窃私语/多么匀称而守恒啊！/在辽阔的分布之下，我谦卑、幸福/我有幸加入到/川流不息的

① 本文所涉诗歌出于《我的乡愁和你们不同》，毛子著，武汉：长江文艺出版社2017年版。

生机之中……

此岸世界一派繁华，而彼岸世界正在"繁星密布"的深处"窃窃私语"地商议重返现世之中，完成此岸与彼岸、往世与今世递相交替的连续流变，"我"在冰冷的夜空下，在"天书"的温暖启示中领悟、目击到了人世与幻灵、星空与大地之被孕育的巨大"生机"，此种目击、领悟奠定了"我"面对万物的谦卑心态以及被生机包孕的幸福感。诗显示了一种向初始的"生机"、万物生命之原发地的执着皈依，此"生机"作为"源头"具有孕化功能与价值启示的双重意味，是全诗的核心意象。毛子诗歌多有仰望星空、领悟万物终极根源的系列言说，一体具备了源头指谓功能。

有对源头孕生功能的价值启示：

孤独的物种

河边提水的人，把一条大河/饲养在水桶中/某些时刻，月亮也爬进来/他吃惊于这么容易/就养活了一个孤独的物种/他享受这样的独处/像敲击一台老式打字机/他在树林里/停顿或走动/但他有时也去想，那所逃离的城市/那里的人们睡了吗/是否有一个不明飞行物/悄悄飞临了它的上空/这样想着，他睡了/他梦见自己变成深夜大街上/绿色的邮筒/——孤单、落伍，却装满/来自四面八方的道路

提水人、月亮、物种、路是此诗的关键意象。此诗以叙事方式铺设了一条意义的进路：河边的提水人看到月亮映在一桶水中——既然一桶水就可装进一条大河，那么自可领纳源头性的月亮——意识到月亮可成为孤独的自己饲养的孤独物种，逃离城市的自己与此照临万物的源头物种具有同一孤独，因对源头孤独的体认而使自己自得而充实，因而领有了物我替代之感，于是从源头立场领悟自己就像邮筒一样始源性地蕴集着人类所选择的形形色色的"道路"：生活之路、价值之路、哲学之路。提水人领有了源

头资格。此诗站在现世的人生立场回返根源之思，仍然显示了文本向源头逆势而趋的态势。

有对原初性灵之本然纯真的心领神会：

捕獐记

夜里没有事情发生/大早醒来，南边的丛林有了动静/溜烟地跑过去，昨天设下的陷阱里/一只灰獐蜷起受伤的前肢/多么兴奋啊，我抱起它发抖的身子/当四目相视，它眼里的无辜/让我力气全无/只能说，是它眸子了的善救了它/接下来的几天，它养伤/我也在慢慢恢复心里某种柔和的东西/山上的日子是默契的/我变得清心寡欲/一个月亮爬上来的晚上，我打开笼子/它迟疑了片刻，猛地扬起/如风的蹄子/多么单纯的灰獐啊，它甚至没有回头/它善良到还不知道什么叫感激

被捕的灰獐以一种没心没肺、人畜无害的傻愣软化了"我"的杀机，此种傻愣虽本于畜生，却似乎领有神性特征，对人性有一种解构之能，它具备最本原的纯粹、纯净、纯真，是来自于太初的澄湛与透明，带有最根本的源头之善，被攫取和贪婪污染的人性面对此种源头之善不堪一击。诗歌既写出人性与兽性的对比，又表达对源头之神性的领悟，隐喻在虚伪迷离的现实中，有一种寄予于畜生的性灵、属于源头的神性无坚不摧。再次流露了对"源头"价值的"致敬"。

毛子之诗还有对个体价值——某种"例外"的期许：

漂流瓶

有不有比上帝更好的神/有不有比菩提树更小的寺庙/有不有比死亡更迅捷的转载工具/有不有比两性更着迷的关系……/我在忘川河边，扔下的这些瓶子/至今还在漂流/它们若回不到人类的手中/大自

然就永远多出一点点／超自然的东西

一系列"更……"其实是对某种超出常规、常态之物的期待，它们或更好，或更小，或更迅捷，或更令人着迷。总之，它们有着逃出常理的特质，这些特质是如此独特，成就了其作为个体的"这一个"，漂流瓶就装着此种不受常理规范的"独一"，如果漂流瓶"回不到人类手中"，那么这有序规范的常态世界就多出了一个"例外"。诗歌的核心价值是对某种例外、某种独特个体的期许，与前述诸多追寻源头的价值之思反悖而行，但若究其根由，由于源头意味着规范、整一、有序化，意味着其所自来的个体都带有源头之症，则此例外个体正是以源头为起点成就了自身的独特性，换言之，源头是反悖的逻辑起点！如此，文本可被视作源头领悟的独特形式了。

毛子之诗通过形形色色的源头领悟营造了巨大的意义包孕空间，其诗歌一方面引导读者在迷妄的万象森罗中寻找本源，另一方面又适时回到自身，给予自己价值定位，使人作为"此在"自由地关联那个根本的"存在"、终极的源头意义，为漂泊的现实设置可靠之根，从而领有了一个安稳的精神栖地。因此毛子之诗要完成的是一种带有存在主义意味的哲学任务，触目所及之"物"，无不带有主体性色彩，意即，"物"被主体所再造。

二、"物"在感知中"被造"

毛子之诗放弃了中国古典诗词的宁静内省、静美纯粹，转而经营超常之智与特异感知，与现代哲学对人与万物的理性观待相呼应，这在普遍言路上是西方理性哲学推动的结果。在同时悬置作者和读者而特别凸显"文本中心"观的前提下，读者可致力于体认诗歌的特异感知，体认"物"在感知中如何"被造"，从而引发玄思。按《圣经》之意，"物"是上帝表显意义的语言符号，那么前述"回到源头"之理其实是从"造物"开始。换言之，毛子之诗又是通过语言造物以携带感知，催发意义，启动向源头的逆势而趋。如此，感知对"物"的重造凸显感知的功能性；重造之"物"携带感知又

179

引发对终极意义的玄思，二者并行不悖。

毛子的"物"多带有复义：

酒店入住

　　盈嘉酒店的前台，挂满了/一排石英钟/上面走动着巴黎、伦敦、悉尼、纽约、东京/米兰和北京的时间/这天是中秋节，刚好出差外地/我很想知道月亮的时间，月亮下/那个无家可归的/流浪汉的时间/但我看不到，它们在时间的阴影里/我办理好入住手续，按下电梯/感到全世界的钟/卡了一下……

石英钟在诗中是核心意象，它所意指的时间有多重意味：(1)中秋节所代表的中国传统阖家团圆的文化时间；(2)巴黎、伦敦、米兰、北京等地域化的时间；(3)月光无差别性地照临众生的平等时间；(4)流浪汉居无定所、漂泊无踪的破败时间。最后，前述三种时间都因流浪汉的破败时间映照出别样的意义，"全世界的钟卡了一下"，永恒流动出现的短暂停顿意味深长：文化时间的团圆被解构，地域时间的差异被抹平，平等时间的所谓"平等"是如此荒谬！石英钟被"再造"，其"时间"具有如此多的复义都因主体感知与体认的多侧面而来，指向人的存在之思，并带着某种后现代的"荒诞"出场。

毛子之"物"因为汇聚了众多感知、众多复义而向隐喻场域进发：

亲爱的绳子

　　亲爱的绳子，我是加略人犹大/也就是花园里出卖了主，被称为第13的人/我让那个数字也蒙了羞，这不是它的错/你们避讳它，就像你们用唾沫、诅咒/远离我。我卖了无辜人的血，该当如此/可你们不知道，一个病人最需要的是什么/你们也忘了，用石头砸妓女时，主对你们所说的话/亲爱的绳子，只有你不嫌弃、不计隙/为我准备了洗净的水/我多想这个坚硬的世界，能像你一样软下去/而又能把我扶起来/现在，我前往你的路上/这是呼告的路，知耻的路，也是免除的路/绳子，你能接纳我吗？能像主耶稣/对待妓女和麻风病人一样待我吗/请记住，我是加略人犹大/是所有人的犹大/亲爱的绳子，你知道我背负着他们/愿你能垂听、怜悯/如此的呼告，奉罪人犹大之名/也奉所有者之名/阿门！

"绳子"作为核心意象引出了一首沉重的宗教诗！此诗基于一个基督教故事背景：耶稣十二门徒之一的犹大为了30金币向罗马人出卖了耶稣，罗马人抓住耶稣并将他钉死在十字架上，犹大自感罪不可赦吊死在一棵树上，后世信徒把犹大从十二门徒中摒除，他成为门徒之外的第13人。此诗以犹大口气与吊死他的绳子对话，使绳子因凝聚了太多复义而成为宗教隐喻之"物"：(1)诅咒。犹大卖主之罪不可饶恕，必须诅咒，绳子吊死犹大就是对"罪"的极致诅咒。(2)赎罪。犹大自感罪不可赦，死亡是他唯一可选择的赎罪方式。(3)忏悔。反思故往的过恶以求新生。(4)软——接纳与包容。(5)罪的净化——"洗净的水"。(6)在道路行进之中的呼告——求主之恩、知耻——反省自罪、免除——赦免罪债。(7)宽恕与怜悯。犹如耶稣善待妓女和麻风病人。(8)背负。犹大对主的背叛是人性之恶，所有人在面对巨大诱惑或生死考验时都无法避免，人性无法经受考验，犹大在关键时刻背主就是背负了所有人本具的人性共恶。

一言以蔽之，作为宗教隐喻之物的"绳子"承载了诗人对基督教教义的感知与体认，此种负载认知的"物"又指向某种不可思议的玄想。毛子一力靠拢源头，但在真正面对源头(譬如神意)时，其哲学之思、逻辑理性其实无所用其能。毛子以其个人心智困境演绎了人类理性的困境。

毛子还使其所造之物所负载的隐喻功能走向象征的意义世界：

睡前书

亡人节这天，我给鱼缸中的/父亲换水，花钵里的父亲施肥/打扫卫生，一粒细微的父亲/从尘埃里飘起来/它可能落到水泥的、棉布的、玻璃的/木质的、金属的、塑料的父亲身上/这一天，我事无巨细，总有遗漏/晚上入眠，想起/量子理论……

父亲是此诗的核心意象，此"父亲"是鱼缸中的鱼、花钵里的花叶，还是地面上的微尘——他是碎片化的万物！他可关联水泥地上的残渣、棉布上的落尘、玻璃上的划痕，具有木质、金属、塑料的多种性质。总之，碎片化的"父亲"其形态、功能、性质无所不备，他几乎就是"源头"！他以现实形态显露源头性质，领有"微尘含刹海，芥子纳须弥"的功能价值，他无限地通向现代物理学的"量子纠缠理论"，量子纠缠理论认为，物质的极微——粒子不可能独立自成，两个粒子相互作用后，各个粒子都领有了全部粒子的整体性质，若对其中某个粒子施加影响，另一粒子无论相隔多远，都会表现同样的性质和运动，粒子不可能独立自成，一定关涉其余粒子而成就自己的本性，故"万物互联"。如此，"父亲"就成了指向量子理论的象征符号，与佛法"万物缘生缘灭"的"缘起论"同领一理。

毛子诗中之"物"都是被感知再造、重造之"物"，意义绝不单一，它们携带着感知的印记并向某种玄思进发，表达对世界的个性化领悟，这些领悟往往直面万物的个体性，都有某种"突破重围"的自由，语言在此扮演着"结围"与"解围"的悖论性角色，而毛子之诗正是用语言构建特异感知，以此作为自由突围的起点。

三、词语裂变与归并

通读毛子之诗，可知毛子不仅被现实围困，更被语言围困。毛子也清醒地意识到这两种围困本质就是一种围困：符号围困！

　　根据毛子之诗多涉基督教事件，可知毛子对《圣经》深有领悟，其"符号围困"之知有《圣经》的教义基础，《圣经》的一系列"神说"明白无误地表明神用语言创造万物，并造出与"物"关联着的意义，使物成为意义符号，故"物"即语言，即意义，乃至于海德格尔一言以蔽之"语言之外无他物"。既然语言与"物"具有神意的原初关联，都是神用以表证意义的符号，符号、语言、现实（物）、意义具有"全息统一"的语言函括性质。那么深陷符号围困中的毛子要从无数碎片化的意义中理出一条通往源头或遭遇神性的道路，就只能从其"在握"的母语符号入手。

　　他采用词语裂变的方式，试图在意义碎片中窥见那个原初的"统一"：

数显表

　　　确立一种简洁、精准/而包罗万象的语言。/这是我从一个数学家那里获取的。/万物隐藏它的数显表，行进在/十进位制的大军中/——三国、空气质量、战争规模、贫困线/福乐彩、护舒宝的纯棉度、历史进程、经济指数/离婚率、核当量、无限可分的原子……/我想起民间的唱丧人，在守灵夜唱到：/——"天空好比鸡蛋清，大地才是鸡蛋黄。"/那么，我可以从混沌的世界中/描述一个少女的明亮吗/——那宇宙的第二种光速/这个沉沦世界升起来的/阿基米德浮力

　　前述《睡前书》《孤独的物种》等都有词语裂变的迹象，但《数显表》更甚。科学史表明，数学一直以来有一种内在冲动，力图用简洁的数学符号描述万象森罗的内在联系，以此获得一种杂多的统一、碎片的整全、纷乱中的秩序。诗的核心意象"十进制"就是为了抚平纷乱的碎片而人为制定的秩序规则，是人干预世界的符号手段。故十进制可裂变为无限：空气质量、战争规模、历史进程、经济指数等，十进制抽离了无数具像的杂多性质，归向某种毫无感性的人的"在握"与"统一"，其实走过了一个由裂变到归并的过程，在无数杂多之中寻找"统一"表明诗人试图逆趋源头的努力，

以此显示人突破"物"（现实）之围困、走向源头的自由，此即诗人通过词语裂变获得的符号自由。

毛子词语不仅裂变，而且归并，上述《睡前书》就有归并之症。归并所抵达的最高境界不全是为了获得意义的统一，而是生命的最终安放：

夜行记

群峰起伏，仿佛语种之间/伟大的翻译/就这样穿行于峡谷中/我们谈起了人世的爱和变故/——谈起简体和繁体曾是一个字/弘一法师和李叔同，是一个人/昨天和明天，使用的是同一天/当谈到这些，天地朗廓，万籁寂静/惟有星河呼啸而来/像归宿，像起源/像终将到来的/临终关怀……

临终关怀！每一场生命的结束既是终点，又是起点，故生死过程就是归宿和起源、起点和终点的统一。站在意义的立场，起点和终点具有同一指称，这种意义的同一指称在无数事件中反复发生：它是群峰起伏之同一意义的不同语种转换；是爱在遭遇变故时的始终如一；是简体字和繁体字意指的同一个字；是差异姓名对同一人的所指；是昨天和明天的同一时间意味；是星河呼啸而来的固定终点。生命以其固有形式历经了太多同一，故"临终关怀"既是将众多同一意义归并在生命的固有形式之内，又是指引生命开始下一场对于杂多的统领，以此表现梳理与引导并再次确定起点与终点的功能价值。诗，至此流露出慈悯众生的情怀。

结　　语

毛子之诗意指繁多，拙文"逆趋源头论"只是讨论了诗歌的一种倾向，必然会挂一漏万。譬如其诗在意指上的"域外文化启示论""革命价值论""终极自由论"及其形式上的微叙事、冷抒情、张力效应等，限于篇幅，拙文只能略而不论。毛子之诗大体从哲学视角观察人世万象，指斥现实荒乱，寻绎终极意义，寄托宗教之思，内蕴深度激情，袒露底层情怀。故其诗意非一言可尽。

应该说明的是，面对杂多的意义碎片，毛子也有迷惘，纷繁的、或深或浅的领悟如何表达？毛子似乎相当困惑。换言之，毛子正遭遇感知和语言的瓶颈！如《发现一本书借了未还》等诗，仅仅用微叙事关涉感觉的微小波动，并不能贡献新思，而且诗中直陈的人物并无超越性的寓意。这表明，毛子也面临悟性爬升的艰难和词语选择的困顿。"瓶颈"，正是毛子目前的困境！

但哲学的悟性究竟是毛子的长处，瓶颈是任何诗人都会遭遇的问题，毛子终将以其无数次显示的哲学悟力、现实敏感、深度激情突破瓶颈，迎来创作的新境界。

味蕾滋养尘世的烟火

——梅子美食散文集《味道与记忆》之文化学批评

这是一种相当颠倒因果的表述。从来只有"一方水土养一方人"，一个地域的凡间烟火培育此一地域人们的口味，调养此地的味蕾，何以反倒是味蕾滋养了尘世的烟火呢？但是，阅读梅子美食散文集《味道与记忆》①，你会获得一种感受，苦难和艰困迫使底层人们扩展食物的寻觅范围，致使所涉动、植、飞、潜皆可入味，乃至一个地域的民族、时空、历史、人文都因舌尖的滋养而鲜活起来。

以文字、视像的手法描绘美食，历来多有。陆文夫《美食家》用美食关联一个时代的兴衰，央视《舌尖上的中国》用视像方式呈现全国各地的美食品牌，李子柒首次用自媒体展示"吃"的唯美主义，等等。但从味蕾出发，激活并观察一个地域美食关联的特定历史人文，可算是为美食描写提供了又一个新的角度。

一、独特的"这一个"

梅子写美食，所涉范围大体圈定在峡江地区的湖北秭归一带，此地自古土汉杂居，土地贫瘠，山险水急。但也正是独特的地理形貌、动植百物和当地生活方式形成了致密的关联，乡民对富庶的稻麦五谷所求不多，反倒是众多名不见经传的野生百物被乡民的味蕾青睐，于是种种为当地特有

① 梅子：《味道与记忆》，成都：四川民族出版社 2020 年版。

的食材被加工成不可多得的美食端上餐桌，每一种美食都是独特的"这一个"，为此地仅有而他处绝无，并同时关联着乡民的生活方式和生命的成长。

> 黑脑壳(方音 kuo)叶，质朴的叫法，可能很少有人知道它的学名叫续断，是一味中药。印象中，饥荒年月，老家人最不济，吃蒿子饭、漆枯饭，只有家境坏到一定程度，才会蒸黑脑壳叶饭。黑脑壳叶是草本植物，长于高山林间空地，特别是落叶厚实的地方，叶片肥大，绿中透黑，叶脉紫中带红，长得像小号的青菜，看上去很好吃的样子。将一种植物冠以黑脑壳名号，想必有说法，可我眼中的黑脑壳并不黑。蒸饭只采叶片，切碎，用水反复淘洗去除苦味，掺包谷面上甑蒸熟即可食用……表姐的黑脑壳叶饭加工过，用柴草小火在大铁锅里慢慢烷枯，有时还会加上打过油的漆枯，看上去黑黑的吃起来苦苦的，嚼起来却很有韧劲，越嚼越香，丝毫不觉其苦。(《味道与记忆·黑脑壳叶》)

一种学名叫续断的中药——野生植物黑脑壳叶居然成为美食，并且不是"家境坏到一定程度"的人家不会食用，是贫寒促使味蕾与黑脑壳叶紧密关联。文本不仅描写了黑脑壳叶的生长环境和生长情势，更详细描绘了"表姐"加工黑脑壳叶使其成为美食的过程，它"看上去黑黑的吃起来苦苦的"，而"我""嚼起来却很有韧劲，越嚼越香，丝毫不觉其苦"，从苦涩中吃出滋味，于是黑脑壳叶成为"美食"。这无疑是一种隐喻，意味着人在艰危的困境中化苦为乐的生命意志，强大的味蕾显示了生存的韧性。

用一道美食折射乡民化苦为乐的强大生存韧性，是梅子文本的常态。

> 到秭归来吃石头吧，秭归的石头可以做成菜给你吃……这道用石头做的菜，叫嗦丢儿，看菜名儿就明白了，不用啃不用嚼，用嗦的，而且嗦过就丢掉。嗦丢儿是秭归新滩船工的发明……这些勇敢的男人

很能在苦日子里找乐子，没有下酒菜，炒鹅卵石当菜。江边沙滩上有的是石头，找蚕豆大小的石子儿，洗净晾干，热油下锅，一把盐，一把花椒，一把辣子，几头蒜瓣儿几块姜，随着锅铲的翻动，竟也香气四溢……明月照峡江，一颗嗦丢儿，一口包谷老酒，反复咂摸中，酸痛和疲惫消失了，峡江男人的豪气顺着嗦丢儿的滋味老酒的劲道回到体内，吼几声三峡船工号子，又蓄得一身与险滩恶浪搏斗的胆气……桡夫子们吃嗦丢儿，吃的是一份对家的念想，对好日子的期盼，吃的是峡江船工的苦。今天我们吃嗦丢儿，吃的是纪念，是文化，是历史。不了解三峡历史，吃不出嗦丢儿的滋味来。（《味道与记忆·嗦丢儿》）

石头居然成为美食！作者详细叙述"嗦丢儿"的炒制过程与桡夫子们豪情勃发的味觉舒张，更追述了"嗦丢儿"的悠久历史及其关联着的乡愁。"嗦丢儿"满蕴着峡江地区的历史与文化，表证了此地乡民不屈于困境、化苦为乐的强大生存意志。

梅子的美食文本不仅写出主体味蕾化苦为乐，并且使美食关联人的成长。

地茸皮，学名叫地衣，如果地茸皮是大地的衣服，这衣服也太破烂了。春夏两季，雨过天晴，它们一小坨一小坨地蜷缩在草丛路边，随处可见，不认真看，难以发现它们的存在。地茸皮喜欢跟牛粪、羊粪长在一起，尤其羊粪蛋蛋周边，长得堆起来，绿茵茵的，像溏鸡屎。有的地方干脆叫它雷公屎，因为打雷过后，地茸皮长得特别多……祖母说，到吃地茸皮的季节了，我们去捡点吧。跟在她身后，我说，反正我不吃，我怕有股羊屎味儿……谁知道被我瞧不起的地茸皮，有一天会登堂入室，成为餐馆饭桌上的宠儿呢……想想小时候，真是暴殄天物，无知让我白白耽误了几十年吃地茸皮的好时光……祖母大字不识，她的饮食智慧来自她的祖母，我却把她教的东西都给丢

了。(《味道与记忆·地萤皮》)

一种单细胞真菌，学名地衣俗名地萤皮的食材，最后成为名菜、走上美食宝座。由于地萤皮生长环境恶劣，作者颇不以之为名食，即便有祖母的传承，但传承在认知的阻断中并不顺利，直到作者从生物学上认识到了地衣的价值并亲见酒店的推广后，才最后认同了祖辈的智慧。这又是一种隐喻：一方面，地衣是在普遍寒微的地理环境中随意生成的下贱之物，而祖辈却能接受其为天赐的时令美食，显示了人与自然同在的生存智慧；另一方面，此种生存智慧的传承虽迭经波折却最终生长于现代科学的语境中，显示了乡民的感知经验向前有效延伸的文化历史之路。

可以看出，梅子写美食，绝不仅仅只是写出具体的美食本身，而是写出地域、乡民独有而他处绝无的食料。重要的是，文本有一种叙述追求：每一种所谓"美食"都是来自于贫寒与危困，关联着乡民在困境中奋斗的成长历史，与其说是美食滋养了地域乡民，毋宁说是乡民的强大味蕾激活了贫寒地区处处可见的微贱风物，从而写活了乡民在贫寒之中化苦为乐的生存、生命、生态景观。因此，每一种美食都是蕴含着地域、乡民、生命意义的独特的"这一个"。

二、美食的历史文化渊源

在梅子的美食谱系中，大量的美食虽是秭归、峡江地区独有，但它们并非凭空而来，由于它们根本上属于楚地风物，为古人熟知，史籍有载，故每一种美食自有其历史文化渊源。梅子致力于书写每种美食的典籍根据，为峡江地区的美食寻摸到了其固有的文化之根。

花椒本是平常木，落叶小乔木，芸香科，调味料之一……它在楚辞里枝动叶摇，播撒芳香："杂申椒与菌桂兮，岂维纫夫蕙茞。""苏粪壤以充帏兮，谓申椒其不芳。""览椒兰其若兹兮，又况揭车与江离？"

"荪壁兮紫坛，播芳椒兮成堂。""蕙肴蒸兮兰藉，奠桂酒兮椒浆。"创作楚辞的屈原对一切芳香的植物情有独钟，花椒因为浓香扑鼻，被屈原列为香木之一，代表高贵的君子。因为结实累累，极易繁衍，用以比喻子孙满堂。"播芳椒兮成堂"，就是湘君对他和湘夫人未来生活的幸福想像……上溯到《诗经》，花椒亦嘉木。花椒在《诗经》里被比喻为多子多福的美人，《椒聊》一诗云："椒聊之实，蕃衍盈升。彼其之子，硕大无朋。椒聊且，远条且。"椒、硕人、多实、多子。椒是美人，能生能养，主吉祥。从《诗经》到楚辞，花椒一路又美且香。到了汉代，人们称皇后为"椒房"，皇后住的地方叫椒房殿。千挑万选出来的一国之母，必须是美人，且一直被国民寄寓着繁衍生养、高贵吉祥的美好希望。(《味道与记忆·花椒》)

花椒虽只是秭归的美食调料，但在《诗经》与楚辞中早有记载！并负载着不同的隐喻功能，《诗经》视花椒为嘉木，因其蓬勃繁衍被隐喻多子多福的美人。楚辞则视其为芳草，代表德泽后世、子孙繁盛的君子，并以此进入湘君与湘夫人的神话体系中。因其正面意义一路流播，汉代甚至将花椒比拟为仪范天下的国母。无论是芳草嘉木，还是君子美人乃至国母，花椒都有其诗性根据，小小的美食佐料居然负载着厚重的历史。

梅子不仅给出美食的诗性根据，并能在广泛的地域考索和史籍溯源中找到每一种美食的文化之根。

"盐须"就是香菜。盐是没有须的，盐须是香菜的秭归方言读音。盐须算小名，香菜算大名，她还有一个学名，叫芫荽。一说，西汉张骞出使西域，带回了芫荽种子，故又名胡荽。一说芫荽原产于波斯及埃及一带，唐朝时由阿拉伯人传入中国。所以我猜想"芫荽"之名，可能来自音译。芫荽变"盐须"，属语音的历史演变，盐须之名比叫香菜更有道理……《说文解字》说：荽，可以香口。《本草纲目》说：胡荽辛温香窜，内通心脾，外达四肢。什么意思？意思就是芫荽放在菜疏饮

食中，是用来提味的，不仅提味，还提神！那臭臭的香味在心脾四肢左冲右突的，人不就精神了吗？（《味道与记忆·芫荽》）

文本叙述了芫荽经张骞之手从西域辗转传入中国、在楚地落地生根的过程，表明芫荽有其历史的动态生成，暗示古典中国兼收并蓄的开放胸襟。更表明自国人接受芫荽后，发现了其药用价值，"内通心脾，外达四肢"，不仅提味还提神，芫荽在国人手中获得了更大的价值实现。一种美食有如此深微的蕴含，关联人性与生命，文化意义自不待言。

梅子描绘地域美食，有一种执着的致思理路，即搜寻与发现当地美食的典籍根据，为美食设置牢不可破的历史文化之根。至其极致，梅子甚至从古典中国的典籍中整理出古人的餐饮排面。这种思路从其整理楚辞的食单中可见一斑：

《招魂》食单

主食：蒸杂米饭。大米、小米、麦米、黄米，掺在一起煮熟蒸软。

热菜：

1. 炖肥牛腱。煮到烂熟，配以杜若等香料，祛腥气。

2. 炖甲鱼。煨炖熟烂，带着汁水食用。

3. 泥烤羔羊。羊羔一只裹上泥巴烤熟，吃时佐以鲜甜的甘蔗浆。

4. 醋溜天鹅肉。

5. 红烧野鸭。

6. 油膏煎大雁。

7. 油膏煎鸧鸟。

8. 清蒸风干鸡。

羹汤：

1. 吴羹。酸中带苦的汤。具体食材不详。可根据现代食材试做。

2. 龟肉浓汤。

甜点：油煎米饼、蒸蜜糖米糕、麦芽糖。

酒水：蜜酒。冰酒。(《味道与记忆·中国古代第一食单》)

此外，作者还整理了《大招》食单十余种，与《招魂》食单并行。从这两份食单中我们可知：(1)古人饮食非常丰富，主副甜咸，荤素羹酒，猪牛鳖鸡，无所不备，其精细与奢华超越现代人想象，所谓"食不厌精，脍不厌细"并非虚言。(2)所有美食均为招魂而设，即为招徕祖先、英雄的英魂而设，此中充满祭奠往祖、教启后辈的巫术色彩与教化理念，人神共处，同享盛宴，巫术色彩浓厚。(3)此种巫术意识也影响了后世。梅子叙述在祖辈的传承中，每一种美食其生长环境、外观生机都关联着特有的味觉功能其实是某种巫术意识的不经意显露。(4)来自屈原所列的丰盛美食最后实实在在地落地生根于峡江秭归一带，美食其实是秭归屈原文化的一个重要分支，秭归不仅完整继承了屈原美食，而且推陈出新、发扬光大。人的味蕾具备了历史底蕴。

如此，在梅子的叙事中，地域美食其实有其深厚的历史文化渊源。

三、个人与族群经验

梅子美食叙事有一个核心理念，即紧紧抓住每一种美食的味觉经验，既写出美食对味蕾的刺激，又由味蕾关联起乡愁甚至一个族群的味觉经验史，乃至味觉对乡民的召唤与团结，从而将美食置于个人与民族的时间维度中。

> 木姜子嫩嫩的，集姜的辣、花椒的麻和薄荷的香于一体，小小的一粒，便能释放出强大的能量，瞬间征服脆弱的小味蕾……木姜子绝对需要慢慢品味，将它复杂的滋味在舌尖上层层分解，让味蕾与它内在的精华充分融合，慢慢释放蕴藏的魔力……小时候我并不喜欢吃木姜子，孩子的味觉过于敏感，受不住木姜子厚重的味道……及年长，

游荡在外，木姜子有了乡愁的味道，不会被刻意想起，永远也不会忘记。（《味道与记忆·木姜子》）

这是纯粹的个体味觉经验。作者从舌尖感知的角度写出了木姜子的丰富味道，此种味道的厚重是被弱龄的自己所排斥的，但在迭经世事后，木姜子味道的多样化却能牵动无尽的乡愁。味觉体验伴随着个体的成长——味觉关联着乡愁。换言之，所谓"乡愁"就是深蕴于个人成长而历久弥深的味觉经验并时时被记忆唤醒的乡园之思。

那么，这种纯粹的个人经验能否被他者认同呢？在梅子的叙事中，有众多不同的人发生了对同一美食的心领神会。

秭归的春天是一棵棵树，生长在半高山地区。不是春天变成了树，春天本来就是一棵棵大树。是的，你猜到了，此春天，就是香椿。可秭归人从来不叫香椿，他们就喜欢叫春天。吃春天，多浪漫。记得读大学时，食堂有凉拌香椿，我对师傅说：给我打一个春天。身边的同学问我，你说打一个春天吗？我说，嗯，打一个春天。两人都笑了。打一个春天，让我们成了朋友。她说，打一个春天，吃一碗春天，这哪是吃饭，明明在吃诗情画意，吃得满肚子百花盛开了。她帮我发现了自己故乡语言的秘境，因为春天……更没想到的是，玉琳在山上种春天，弄成了一个香椿产业，这是个跟我一样热爱春天的女子。我用文字为春天立传，她用行动将家乡的春天送到了五湖四海的餐桌上。（《味道与记忆·春天》）

"春天"的美味，通向每一个特定地域的人，只要是吃过春天，大家都有一种不约而同的默会，即使离家在外，也能因故乡对此美食特定的命名而瞬间心灵相通，"她帮我发现了自己故乡语言的秘境"，语言——命名此刻成为连系陌生游子的精神纽带，同一种味蕾经验使两个离家在外的陌生人瞬间拉近了距离。不仅如此，有人甚至将春天做成产业，他们相信，此种味蕾经验将通向无数的他者。

由于味蕾经验人人同感，于是围绕"吃"而展开的活动就成为建构邻里、乡民、土著、土汉杂居民族的核心内容，乡情、伦理、文化、民族团结因此发生。

> 到了冬月，就进入了农人的休闲月，可以从容地准备过年了。忙年，从杀年猪熏腊肉开始……杀猪佬，九佬十八匠之一，在农村，杀猪佬是一个兼职，平常日子，他们与普通人无异，到冬腊月，就成了抢手的香饽饽，穿着油光泛亮的皮裤子，背着同样油光泛亮的竹制的刀笼子，像方丈一样手持吹气用的铁挺杖，走村串户，结果年猪的性命，开启为期两月余的腊肉熏制工程，所以，也可以说忙年是从杀猪佬的刀尖上开始的……杀猪是一件大事。当山里陆陆续续响起猪的嚎叫时，年味开始在群山之间发酵，越来越浓。杀猪是一家一户的事，也是一个集体活动。到杀猪这一天，请来吃年猪肉的亲朋好友，坐满了火垄屋，站满了稻场。帮忙的人揪猪尾巴，抓猪耳朵，把长得肥滚滚的大年猪捉到受命的案板上去……（《味道与记忆·忙年》）

"忙年"是梅子美食散文的重要篇章，刻画遍布于山区的九佬十八匠之杀猪佬的活动场景，杀猪是忙年的第一场也是最重要的盛会，是五谷丰登、六畜兴旺、生活充实有靠、幸福喜悦的表证，也是经过一年劳作之后享受收获满满的集体放松。山民因杀猪而召唤亲戚邻里互相帮扶，共享盛宴，因此也是敦睦邻里、讲叙伦常的一次文化盛会。此外，忙年又有买年货、熏猪肉、制零食、走亲访友、互通有无等活动。一场围绕"吃"而展开的民间味蕾经验就在邻里亲情、伦理敦睦、民族融合的集体活动中代代传承。

因此，美食不仅仅激活了个人经验，更是凝聚一个地域乡民生存繁衍的内在根因。

四、文本的三重境界

散文，就其结构而论，历来有一个共识：形散神聚。这个认知现在已无疑议。但若论散文的功能及其所能达到的境界呢？学界和创作界历来人言人殊。人们根据各自的创作经验和散文的分类提出了种种论说：就散文作为呈现联想与想象的表现形式而言，有美文说——表现人类对美的认识与领悟；就散文的记人叙事功能而言，有构建说——构建特殊的人物形象或群像；就其议论功能而言，有智性说——通向文化的思考和人性的领悟；如果面对抒情散文或散文诗，又有诗性说——表现人类突破自我、在语言中重构万物的超越精神，等等，不一而足。但是笔者想，在一切审美文体中，散文创作有一个非常重要的特征：写作主体始终掌控叙事进程，不可能像小说一样，人物性格一旦形成，情节就必须由性格"内生"，作者都必须遵循性格逻辑去构思情节，主体让位于性格逻辑。如此，我们在谈论散文时怎么能撇开主体单论文本呢？既然主体始终主导叙事，则散文必然带有极强的主体性色彩，故散文传达的境界也就必然是主体的境界。笔者认为，以主体为依据，可将散文的境界分出三个层次：情趣、情调、情怀。情趣局限于个人化色彩的生活与审美趣味；情调倾向于表达智性、才调与胸襟格调；而情怀，是在对事相全面占有基础上向家国千秋、文化历史、地域乡民生存情态乃至哲学之思的敞开、显露与发舒，其间往往流露主体对生命苦难的体认与悲悯，是主体意义体认的极致与意义发舒的地平线。如此说来，"三情"可用以判断散文境界的标尺。

一般而言，由于散文的规模限制，文本在情趣、情调、情怀的显露中往往是单一的，文本只能要言不烦无暇他顾而往往直抵某一种境界，或情趣，或情调，或情怀。

但梅子的长篇美食散文集《味道与记忆》，由于没有规模的限制，这为作者放手书写提供了极大的自由，在此自由书写中，梅子既能描画此地独有他处绝无的峡江地区独特美食，流连于此种美食的特异制作过程和独有的味觉经验及其牵连着的无尽乡愁，显示满满的情趣；又能为每一种美食寻找典籍根据，钩沉辑隐，指出其自古以来的诗性支撑，显露基于美食的深度认知与才识，这是情调；复能深度描写美食在个人与他者的之间的味蕾相通并深及味蕾在伦常敦睦、民族融合方面的文化凝聚力，显示了对美食文化更高的感知与领悟。

直抵贫困的灵魂硬伤

——读邱安凤短篇小说《硬伤》

每一种心性都关联某种命运，故古希腊哲学家赫拉克利特说：性格决定命运！

作家邱安凤以扶贫为主题的短篇小说《硬伤》就是一个性格与命运的寓言，一个灵魂贫困导致物质贫困的寓言，一个精神的硬伤寓言。

一

六十余岁的迟大侠被村镇干部安排，住进了国家精准扶贫规划中的安置房，迟大侠八十余岁的老娘迟小妹仍然住在山窝里残破危脆的土坯房中，并非亲生而是被收养的迟大侠并不关心老娘的去留，村支书老马因县里对扶贫负面问题的一票否决，在扶贫镇干部"我"面前视迟小妹危房为必须消除的硬伤，"消灭硬伤，不需要理由！"作为下派扶贫的乡镇干部，"我"在对迟大侠一家定点走访扶持中，居然渐渐对老马的专制与武断抱以深切的同情，因为，"我"目击了两个灵魂的"硬伤"。

迟大侠号称大侠，但他的心性、言语、行为直接是对"大侠"二字的侮辱。不但毫无大侠风范，甚至不如微末凡夫。

迟大侠危房前面六亩水田荒废五年，长满芦苇，田里满是酒瓶、垃圾和杂树，村书记老马把田亩流转到种田大户名下，迟大侠只需每年领取流转费，但迟大侠坚决不干，要把田用来种藕养鱼。事实上这六亩地五年没动，荒废至今，书记为其规划不劳而获，但迟大侠突然升起雄心壮志。即

197

使种藕养鱼,前期投入的经费哪来呢?迟大侠说:我往政府(大约指银行)大门口一站,自然会有人来找我办事。近在咫尺的田地五年不种,这是"懒";生活毫无规划还反对别人规划,这是莫名其妙的"荒";自以为银行会为一贫如洗的人贷款,这是"愚";这种"愚"中还有一种自以为是、自视甚高的"妄"。

老马安排邻居老余与迟大侠一起承包鱼塘养鱼,老余全权负责,迟大侠只需年终分红,迟大侠认为老马没有与自己协商,剥夺了自己的民主权利,要把老马告到央视焦点访谈,找"我"借路费上北京,老余认为迟借到钱后会忍不住买酒喝,他说出一个事实:迟大侠长年浸泡在酒中。告状自己的恩人,这是"凉薄";贸然找素昧平生的人借钱,这是"无知";长年与酒为伴,这是"沉沦"。此外,迟大侠每次发酒疯就打老娘迟小妹,毫无感恩之心,这是"狠悻"与"不孝"。

小说写道:"跟我说话的时候,他时而地咪一口酒,时而叭一口烟,还抽空看一下电视,心满意足的样子。"一个流氓无产者享受着政府无偿提供的安置房,为了口腹之欲"小富即安"的模样跃然而出。

综上,迟大侠身心之中凝聚着懒惰、愚妄、荒疏、凉薄、无知、沉沦、狠悻、不孝、小富即安,他的心性之中没有一点善良与感恩,缺乏最基本的厚道,看不出一般人应有的智力,其心性承载了太多负面的因素,从性格到生活都极其失败,物质的贫困并没有激发迟大侠发奋图强,反倒为他提供了放任沉沦的理由。小说从不同层面刻画了一个山村底层农民的形象,引导读者思考某种特定人群何以致贫的因由。迟大侠的生活与性格之中具有同一贫困,根据政府扶贫政策之丰厚而迟大侠毫不珍惜、任意妄为的表现,我们可以认为迟大侠的心志贫困才是导致其生活贫困的根本原因!

二

小说用迟小妹形象为读者提供了底层人致贫的另一个样本。

迟小妹不愿同老儿子住进安置房有两个原因：与收养的儿子六十余年的共同生活并没有培养多少亲情，换来的是无能潦倒的儿子的经常打骂；更主要的是迟小妹不愿走出老房子，她对老房子有太多的留恋，而儿子的无能无情加重了她对危房的情感。八十余岁的老人生活在危房里，就是生活在过往的回忆中。

小说写道：

> 她并不觉得自己孤单。大白狗跟她生活了五六年，她走到哪儿，它就跟到哪儿，从来都不说累。不管白天黑夜，门前有个风吹草动，它都要报个信，不管哪个做伴都比不上它。栏里的两头猪，见风长，一天一个样，油光水滑的，把它们看一看，什么烦心事都忘掉了。还有四五只鸡，成天"疙瘩""疙瘩"地喊，在她面前疯起一阵烟来。它们一边玩，还一边下蛋给她吃。就算有时看它们看腻了，还有政府送的电视机，里头的人个个干净漂亮，啥子都不缺，看着就舒服。

这个房子是她与丈夫一砖一瓦亲手垒起来的，摇摇欲坠的土坯房记载了她与丈夫几十年的过往生活，她在房里曾经生下一个殇子和三个姑娘，虽然对收养的儿子失于溺爱、疏于教育致使今日亲情惨淡，但目前危房里鸡、猪、狗的喧闹也足以排遣孤寂，八十余岁行将就木，老死于此的想法牢牢抓住了迟小妹。

干部们苦口婆心，说尽搬家的好处和各种优惠，但无论扶贫政策多么优越，迟小妹都不为所动，"过往"已成为迟小妹的一个心结，成为她活下去的全部能量来源，她走不出过去的时光，本质就是走不出自己。

小说塑造的迟小妹是山区底层贫困保守的农妇典型。她们有底层女性的坚韧、善良、勤勉、感恩，她们也能够将心比心，心性纯良，但她们有一个致命的弱点：无止境地生活在过去的时光，无法面对现在正在变化的新局面，更恐惧未来。而她们的善良心性正加持着对过往时光的固恋，心态早已停止了流动。换言之，她们早已死在过去的时间之中！

这是扶贫干部们碰到的又一个灵魂硬伤！

如此，小说为读者呈现了两种导致生活贫困、命运惨淡的灵魂硬伤：一种迟大侠之类人品下劣心性败坏的硬伤，一种迟小妹固守旧年留恋过去的硬伤。以迟大侠之类的人而言，他们虽欲走出贫困，但破落的心性会把他们从社会关系中隔绝开来，没有任何人为他们提供走向富裕的帮助，心性成为他们获取财富的最大阻力；以迟小妹之类的人而言，她们固守旧有的时光，早已对贫富差距无感，无意于改变贫困，贫困甚至成为她们生活和命运的属性。面对此种精神痼疾，扶贫干部们固然可以暂时改变他们物质上的困境，却对此种心志贫困、灵魂硬伤无能为力！

三

小说《硬伤》以文学的方式呼应社会关切的重大问题，表达了对国家"精准扶贫"之时代主题的个人理解，是典型的、个性化的主旋律文学。小说对迟大侠、迟小妹们贫困处境的描写和思考引出了一个意义指谓：扶贫要扶志！扶起导致贫困的心志，使个人要改变心性、为自己规划一种走出贫困、走向富裕命运的理想成为他们的自觉，这才是作品的最高价值！

为呼应此最高价值，小说在艺术表现方法上采取了系列有效手段。

一是在行动中、在过程中塑造性格。小说把写人、凸显性格始终置于行动过程之中，让读者在过程中感知人物的精神状态，体认人的性格心理。小说写道：

我想跟他说说老屋的事情，他站起来，进了卧室。等了好半天，也不见他出来。老余推开门一看，就骂起来：狗日的迟大侠，人家领导还在这儿坐，你就挺壳了啊？

过一天再说。里面传来他瓮声瓮气的声音。

作者在过程中展示性格：迟大侠怠慢扶贫干部、不通人情世故、心性

200

荒疏迟慢的性格俨然。另有一处：

> 地上坑坑洼洼，坐的椅子摇摇晃晃。说话的时候，椅子时不时地突然歪一下，就像有根无形的棍子，把我们的话打成一截一截的……我很不好意思，连忙挪椅子。可是挪来挪去，就是找不到一处安稳的地方。试着塞烟盒子，火钳，小树枝，总也不见效。老太太急得团团转……她不死心，东瞅瞅，西瞄瞄，终于在稻场边的那棵牡丹树下找到一块碎瓦，帮我垫在椅子脚下。她恨不得跪在我面前表示歉意。

迟小妹固然自己安于贫困，但对扶贫干部蹚入自己的贫困处境中却充满歉意：她太善良，并保有女性特有的敏感，对他者不适感同身受，也许正是这种敏感使她时刻牵挂着过去的时光？作品把迟小妹性格分毫毕现地呈现在过程中。

二是文本通篇使用白描笔法。短篇小说由于受规模的限制不太容易对人物使用精细描摹和大规模的细节刻画，白描正是最恰当的方式。白描，是绘画技法的借用。用极简的语言勾勒对象、事件的大致轮廓，同时在关键细节处用笔，以凸显本质，引导读者向更高领域发想，达到文本的形而上之思。鲁迅是白描高手，他往往用三言两语勾画对象形神，达到传神效果，成就其为现代小说中不可逾越的高峰。《硬伤》也使用白描：

> 那房子坐落在一个山坳里。因为地基下沉，向左边歪着。门前的水田里，长满了芦苇。枯萎的白花，轰轰烈烈地铺排到很远的地方。房子是连三间，边上搭一个厨房。大门旁边的白墙，斜着脱落了一长条，露出黄色的底子，就像是被谁砍了一刀。隔远了看，就像一个人吃了败仗，很颓丧的样子。

此处白描不仅写出了危脆破败的土坯房之形与神，更隐喻了房主的精神状态，确乎传神之笔。为了将人物性格写出层次感，作者白描之笔也能

201

深入肌理：

> 我们往她的老屋赶。远远地看见，屋前有个人影在晃动。走近了看时，正是迟小妹。她半跪在稻场边，一锄头一锄头地挖那棵牡丹。因为风雨的滋润，叶子越发绿了，花苞又长大了一些。也许再过个三五天，就开了。她想栽到安置房前。

看起来迟小妹似乎很快适应并喜欢上了安置房，要给新房子添上一点春色，但这只是表层，内里仍然是固有性格的延续：她要在新的环境中借助故物继续过去的回忆。经此表里的层叠反差，迟小妹的立体性格赫然寓目。

总之，围绕小说的扶贫主题，作者使用的表现方法可谓精致而精巧，主题的凸显获得了方法的有效加持。

手术刀启动微叙事

——医生诗人邱红根诗集《萤火虫研究》之研究

微叙事，现代诗歌的主要表现形式，创作界和学界虽然都在关注微叙事，但至今并无一个确定的界说。以笔者粗浅理解，微叙事既然是"微"，当然不可能达到纯粹叙事体文学叙述人、事、性格、思想的规模效果，它只是关注事相碎片和感知片段；既然是叙事，当然只是主体经验的表述，多用陈述句，偶用其他句式，也是为了服务陈述。微叙事舍弃了古典诗歌讲究平仄、对仗、押韵等语言精工形式，从叙事体文学拿来平实的叙述语言，指涉事相片段和感知片段，凝聚起特异意象，构建诗歌意境，走向对本质的领悟。

医生诗人邱红根诗集《萤火虫研究》的主要表达方式就为微叙事。作为操持手术刀的外科医生，他面对的是患者的肉体、生命、灵魂，手术刀要割去肉体的腐患，维持或激活生机；手术刀带着拯救生命的使命并表现对生命的敬畏；而当手术刀面对灵魂时，就只有仰望、赞叹和迷思了，在整个职业生涯中，肉体、生命、灵魂的无数经验碎片凝聚成意象片段，并能旁及万物，成了诗歌微叙事之引人沉迷的深邃之思。要而言之，医生职业经验与诗人的诗歌写作具有致密的关联，手术刀启动了微叙事。

一、发　现

医生的职业敏感引导他去发现病患身体滋生的多余之物或腐患之处，如是之类为健康所不容，相对于健康机体而言，它们都是"多余"的：

　　一个患有胆结石/一个患有胃溃疡/同一病室的两个人/明天将被摘除器官/他们会因为多余变得不完整/正常机体不允许这些多余之物/外科主任查房时解释——/结石可引起胆囊炎甚至穿孔/长期溃疡必定导致胃癌变/身体发肤受之于父母/两个老式文人带有旧时代印记/在子夜彻底修正了他们的世界观/两个笃信身体完整之人/现在相互调侃:/"一生一世,/我们有几个能保持身体的完整"①

　　诗人用微叙事如实陈述结石和胃溃疡之害,"两个老式文人"接受了医生的医学精神,重新调整了"身体发肤受之于父母"的观念,如是"多余"之物其实为父母给予之身所不容。故发现不仅是发现冗余之物,还促使观念的改变。"在子夜彻底修正了他们的世界观"意味着观念的改变并非易事,或将久经时日,或是内心世界的彻底翻新,微叙事借此指向精神变革。

　　"发现"不仅仅是发现身体上的痈余与病患,还是发现身体、万物背后的形而上:

后半夜

　　老家的后半夜/被欢欢连串激动的叫声惊醒/披衣、起床、推窗/月光如练,乡村寂静/目力所及/柳树飘摇,树影婆娑/道路上空无一物/妈妈常说/狗有灵敏的耳朵和透视的眼睛/如此热烈的叫唤/欢欢一定是听到了什么/或者是透过漏风的门缝/看到了什么/老家常有灵异事件发生/这乡村大道/白天走人、走牛、走马/晚上走鬼、走神/很难说是不是祖先省亲/或者是死去的妈妈回来看我/多么美慕欢欢啊多么希望自己有一双透视的眼睛/能看到平常人看不见的事物②

---

①　邱红根:《萤火虫研究》,南京:凤凰文艺出版社 2020 年版,第 30 页。
②　邱红根:《萤火虫研究》,南京:凤凰文艺出版社 2020 年版,第 135~136 页。

此中有玄想：试图有一双狗的眼睛，白天看人看物，晚上看神看鬼；有玄思：狗吠或是预示祖先回家省亲；于玄思玄想中隐含一种不息的冲动：发现并破译万物的秘密。这是为了完成手术刀功能价值必须具备的品质。

二、领　悟

医生视域虽然是《萤火虫研究》不期而然的隐在视域，但"悟性"却能不受此视域的羁勒，有一种悟性可逃逸于医生视域的笼罩而发生物我关联的联想：

右手的月亮

飞机外一片漆黑/在右手后方/孤零零悬挂着一轮满月/那柔和冰冷的清晖/并不能把天空照亮/没有云阵的遮盖/在飞机上看她/比站在地上看到的/更清晰，更真实/晚上八点/除了航班的轰鸣/宇宙万籁俱寂/这黑暗/这盛大的虚无/仿佛命运无从把握/电话处于关机状态/而这短暂的失联/多么美好，此时大地万物/用不着我来关心/再看那月亮，固执/恒定在我右手后方/偶尔也因为飞机航向改变/会出现一小段位移/作别深圳，想想/诗和远方。我心生感激/就让黑暗过滤我身体杂质/今晚真好，右手的月亮/仿佛是代替着你照我还乡①

"我"在云乡移行的飞机上看到舷窗外右手的月亮，柔和冰冷的月之清辉并不能照亮天地间的厚重黑暗，与人间短暂的失联反而经验到"黑暗过滤我身体杂质"，此种"黑暗"是如此纯净无染，能够代替月光"照我还乡"——复归某种了无牵挂的宁静。在万物各是其所是的自然情态中，某

---

① 邱红根：《萤火虫研究》，南京：凤凰文艺出版社 2020 年版，第 172 页。

种不受尘累的超越性凸显出来。"领悟""悟性"是此诗首当突出的核心。

还有一种基于身体认知的纯粹审美领悟：

瀑布

——诡秘，怪诞/如此残忍的撕裂/是内心的潜流/绝望时寻找到的突破口/这样的解脱，几近完美/身体里光荣与梦想/——高处坠落/在深渊里开出最灿烂的伤口/其实，它也有不为人知的历史/所有的掩藏——/生死大爱，人间忧伤/在不断完善的否定中/复接受着删除或者修改①

瀑布身体之所以美轮美奂，诡秘怪诞，是因为它在发生演现期间从没有停止过撕裂、飞坠、自我否定，在绝望中寻找突破口，而无惧于反复的"删除或修改"，永不放弃对自由的渴望，是瀑布存在、变异、幻化的唯一理由，这是纯粹的审美领悟，是基于手术刀功能的身体之知，意象碎片连缀起了此种关于身体的发散联想。

由万物具名而发生审美联想，进而走向物我同一的领悟，是对形而上发现的提升。

百里荒一夜

这里海拔1200米。在宜昌/这里是离天堂最近的地方/这里夜凉如水，寂静无声/适合冥想、站桩与吐纳/适合将身体的污浊慢慢抽空/多想借此地了此残生。听凭/星空、辽远的微光与尘世一一对应②

---

① 邱红根：《萤火虫研究》，南京：凤凰文艺出版社2020年版，第16页。
② 邱红根：《萤火虫研究》，南京：凤凰文艺出版社2020年版，第168页。

此诗把一种精神置于夜凉如水、万籁俱寂的境界中，并于其中吐纳与冥想，以将"身体的污浊慢慢抽空"，达到"星空、微光与尘世的一一对应"，据此营建精神的安栖之地，这是对于生命的最终安放，是对物我同一的最高领悟。

三、爱　　执

领悟了万物具名背后的真相，必然发生疏离、静观或执取之情，后者即爱执，此种情感是试图突破物我、人我界限的亲缘认同，正是因为爱执，人类才与万物处于和谐统一之中。换言之，是爱执之情构建了物我一如的精神图式。

荞麦花开

荞麦花开，民歌唱红田野的热爱/斗笠下的女人/从爱情的田野走来/平原的阳光/在荞麦的上空纷纷扬扬/女人水一样在麦行上流动/露水沾在她们全身/沾在荞麦的深部/在麦地的边缘歌唱爱情/我看见我的情歌/在白色的荞麦花中洗得鲜亮/女人们没有声音/她们变换姿势走过荞麦杆/霎时，宽大的幸福/照亮了劳动的田野及我的人生/五月的荞麦地/女人在流金的田野走过/就一寸寸变得金黄/我站在农业的麦地边/云和民歌飘在我头上/女人的声息大片大片地弥漫过来/这一天，我感到自己/被一粒爱情的种子/深情地击伤①

诗人用荞麦花、民歌、斗笠下的女人、阳光、露水等一系列意象碎片建构起五月的麦地一派繁忙的劳动场景，洋溢着村社收获满满的幸福和喜悦，荞麦花开就是幸福感满溢。这是只有挚爱至深才有的情态，是对物

---

① 邱红根：《萤火虫研究》，南京：凤凰文艺出版社 2020 年版，第 96 页。

我、人我深入交融的爱执体验。

爱执的性质是什么情感？《感激》透露了此中玄机。

> 玉米，活动在我的故乡/那养人的水土上的玉米/常像一种细腻的音乐，来到/我钢铁水泥的楼房/让我想起高大的父亲和玉米地的阳光/那时，我和四个姐姐还小/乡村贫困/唯有玉米让我们亲近/父亲精心培养的玉米长在/大地与天空之间/异常强壮。无论怎样/玉米朴实形同固态的阳光/让我们面色红润/让我们有力气在昏暗的油灯下/翻动沉重的汉字。/一次又一次穿过汉语的光芒/那些年，玉米丰收/父亲把结实的玉米棒/串在屋檐下等来年播种/玉米，红缨的玉米/整个身子像一柄短剑/植物的剑，深入我心/在我肌肤中埋下很深的疼痛/成为我高尚的一个部分/从小生活在玉米间/我身上总散发着玉米的清香/长大住在城市/在高楼窄窄的空隙间/看到乡下人朴实的玉米棒/总想到玉米和我们的关系/在城里多年，很多东西都在变/唯有乡音和玉米的品质不改/而今高龄的父亲，住在乡村玉米的中间/玉米的呼吸让他身体健壮/住在异地，想起家乡/便感到一颗巨大的玉米击打我的头①

诗歌将玉米与父亲两种意象叠映幻化，演绎出一条"我"的求知、成长的精神进趋之路，解释了爱执发生的机理及其作为一种伦理情感的性质，而玉米与父亲一体存在的故乡就是此种情感发生的渊源。故乡深蕴着文化、历史以及个人成长经验，玉米与父亲作为故乡的意蕴甚至"成为我高尚的一个部分"。可以看出，爱执的发生至此似乎已挣脱手术刀的功能价值演绎进程，而走向对物、对伦理亲情的认取。

---

① 邱红根：《萤火虫研究》，南京：凤凰文艺出版社2020年版，第112页。

四、疗　　治

作为医生，其职业必然是对疾病的疗治，但病人形形色色，个性各异，他们面对自己疾病的心态与医生并不一致，一时的治愈只是暂平生理之疾，无论医生有多少关于尘世、生命的发现与感悟，乃至于对病人深爱切责，但这并不能干预病人心理性格，使之与医生一起谨慎面对疾病，或许这是医生面对的最大难题。

记一个朋友

他向我谈起了三地下床/一个三十岁的年轻男人，先天性胆道囊肿/因为勉强做腹腔镜/手术后胆漏、出血/都四次手术了，生死未卜/可人家依旧是每天/打牌、喝酒，坐主席台上开会/他说：唉！一条命呐，要是我一定茶饭不思夜不能寐真佩服他，坚硬强大的内心/他说起不平事/依旧是年轻时候的样子——/或拍案而起，或撸起袖子像要打人/都三十年了，他依旧心地善良/单纯得像个愤青①

一个三十岁的男人被多次手术，生死未卜，但他对生死了不挂心，照样混迹流俗，任性恣纵，"和光同尘"，这既是一种对生命的态度，也是对疾病的放任心态，或者更是在绝望之下的随波逐流，医生的手术刀固然可达于其病患之处，却永远也无法干预其心理走向，手术刀的疗治效果是有限的。

因此，当医生诗人遭遇了太多患者后，过多的疗治经验还是迫使其回到"万物各是其所是"的领悟之中，手术刀的疗治只能对疾病作适当矫正。

---

① 邱红根：《萤火虫研究》，南京：凤凰文艺出版社2020年版，第245页。

陀螺

喜欢单腿站立/你必须借助自身的旋转，才能/保持身体平衡/转起来吧/万物自有其无尽的法门/我尊重你，选择这种向下的姿势/完成对大地的千百次拷问/偶有绊脚石，给你提醒/在这薄情的世界/别指望一双手，哪怕一阵风/抚慰你疲倦的腰肢/既然这是你的宿命/就带着自身的业力转吧/哪怕头晕目眩/倾斜的日子/只能用一根鞭子修正①

生命因健康而自在，正如陀螺因自旋而平衡，"在这薄情的世界/别指望一双手，哪怕一阵风/抚慰你疲倦的腰肢"。没有一种疗治手段能够干预生命的固有进程，手术刀只能对疾患作必要的矫正："倾斜的日子/只能用一根鞭子修正"。

五、迷　思

医生的手术刀面对的是病人实实在在的病患，这使医生的精神进趋之路必然是走向唯物主义认知。然而生命的黑箱并没有完全向现代医学打开，此中诸多不可思议的生命事件仍然不可避免地引动他(们)的迷思：

某种物质

进入五月/我变得越来越敏感、多疑——/妻子开车时突然熄火/11 床病人莫名其妙出现胆漏/在手术中，我突犯心悸/这是不是一些暗示？/晚上，弟弟来电话：/"妈妈病危，已送镇卫生院。"/作为一向的唯物主义者/我的怀疑在扩大——/我和妈妈之间/一定存在着亲情之

---

① 邱红根：《萤火虫研究》，南京：凤凰文艺出版社 2020 年版，第 251 页。

外的某种联系／某种我们尚不知道的物质①

从来母子连心，故有心动神会，作为唯物主义者的医生也无法突破此种困阵，并亲自感受到作为儿子对母亲病困不可思议的感应，这是手术刀无法破解的。"某种物质"给医生造成了巨大的谜题，引动了唯物主义者的迷思，由此引发的更多问题需要求问更高的神佛。

灵隐寺

阴间在哪里／鬼会不会长大、变老／鬼死了是不是就会回到人间／人生前做什么／死后还是不是做什么／生前的病／死后会不会带过去／谁掌管着银行货币发行／清明节烧大量纸钱／会不会让阴间通货膨胀／西方的阴间／和中国的有什么不同／在阴间谁做主／怎么做才能成为神仙／……／我叩拜各式各样的菩萨／我有太多的疑惑／今天都要一一问清②

六、信　仰

生命有太多未解之谜，尤其是死亡以及对死后归宿的疑思，民间的处理方式就是将此类问题交给宗教信仰，由信仰一体解决，并不追问这种疑思或回答是否合理——信仰无需论证！只是人类的反复实践似乎又在验证着某种信仰的可信度，但唯物主义者具有试图以自己心智洞察并解释一切疑云的冲动：

---

① 邱红根：《萤火虫研究》，南京：凤凰文艺出版社2020年版，第56页。
② 邱红根：《萤火虫研究》，南京：凤凰文艺出版社2020年版，第66页。

送别爸爸的朋友

我到达灵堂时，/新亡人躺在鲜花丛里，/一群居士在替他念经超度。/朋友一家都满脸悲戚，/但在居士们的引导之下/都尽量没有哭出声来。/已经48小时了，/他还额头温热、身体和手脚相当柔软。/见我到来，朋友向我求证：/"人死后多长时间就会僵硬？"/这的确难以理解——/他面色红润、神情安详，/就像前几天在病房里睡着了一样。/灵堂香火弥漫、梵音缭绕/想到生命脆弱如此，/有一刻，我感到莫名的虚妄……/从殡仪馆出来，/想起觉者谈轮回：两次出生并不比一次更加难以理解。/太苦了。从今天起，/我决计不再参加这样的葬礼；/我决计不再谈论转世与轮回①。

"我决计不再谈论转世与轮回"，由于信仰是一种纯粹的精神趋归，无法走理性证实证伪的道路，故此将生命迷思交给信仰。

挂在脖子上的菩萨

在灵隐寺、普陀山和三亚……/我见到过很大的观世音菩萨/站着的、坐着的，拿法器的。形态各异/接受众人叩拜/而小小的观世音菩萨/来自蓝田，黑曜石材质/眯着双眼，双手合十，坐在莲花台上/她只接受我的叩拜/小小的观世音菩萨/就挂在我的脖子上。我平静时他安静/我慌张时他烦躁/我发怒时他奔跑/有一刻，他差点从领口跳出来/今天早上对着他念《心经》/我觉察到了一点异样/小小的黑菩萨，眯眼的观世音菩萨/好像对我笑了一下②

---

① 邱红根：《萤火虫研究》，南京：凤凰文艺出版社2020年版，第74页。
② 邱红根：《萤火虫研究》，南京：凤凰文艺出版社2020年版，第252页。

可以看出，医生诗人在信仰的可信可疑之两可态度中似乎更倾向于认取信仰的可靠，当他对着观世音菩萨念诵《心经》，"眯眼的观世音菩萨/好像对我笑了一下"，这就是信仰的亲证了。大约他见惯了太多不可思议的事件，认为信仰不失为一种有效的应对方式，至少是稳妥安放了生命本身，解决了生命的诸多谜题。

七、怜　悯

走过并亲证了信仰之旅，回头反观芸芸众生，医生诗人心中不觉生起巨大的悲悯，诗人理解一切凡夫并不能顺利达成的小小的生活愿望，同情他们在努力活着的生命旅程中遭遇的种种困顿，怜悯他们为生命的最终安放而流露的忧虑与煎熬，此种怜悯最初从伦理亲情发生。

妈妈的心思

作为一名医生/我治好过许多人/但我治不了妈妈的病/她今年84岁/也曾经像鲜花一样绽放过/现在即将枯萎/时间在她身上留下过痛苦、恐惧、美好/但是现在慢慢沉淀为日渐加重气喘和/没完没了的咳嗽/医生和算命先生都说/她很难熬过今年/一个行将就木的人/我要说：我佩服她的睿智和勇气/"七十三、八十四，阎王不接自己去。"/——她在孩子们面前从不忌谈生死/现在她住在涂邱——/我贫穷、落后的老家/靠我带的药延续生命/她拒绝上医院，也不愿来宜昌/我知道妈妈的心思——/她担心死在异地/魂找不到路，归不了家①

"妈妈"最大的心思就是"她担心死在异地/魂找不到路，归不了家"，这是一切凡夫历经生命的繁华与落寞后必然生起的有关生命的终极关怀。

---

① 邱红根：《萤火虫研究》，南京：凤凰文艺出版社2020年版，第54页。

诗人出于伦理亲情同情此种情感，本质就是从信仰尽头归来理解"妈妈"的怜悯之心。

伦理是亲情、怜悯发生的源头，从此源头出发，伦理的怜悯可以扩展为对一切众生的悲悯之心，此即普遍的人类之爱。

在公墓

好久没有来公墓了，/中元节去拜祭死去的亡灵。/公墓里又添了一些新坟，/仿佛要铺张到天边。/照此发展，不多久/公墓里将安不下新死之人。/让我们看看这些墓碑吧！/每个墓碑都对应一个鲜活的生命。/而今他们曲折的一生，/浓缩在简短的汉字里。/晚风一遍一遍吹过墓园。/那整齐的坟墓多像列队的士兵！/它们仿佛是夹道欢迎我/回到他们中间①

公墓里的每一座新坟都"对应一个鲜活的生命"，其曲折困顿的一生都浓缩在简短的汉字墓碑里，阅读这些文字，可领略每一凡夫众生一生平凡而挣扎的不易，他们"向死而生"的勇毅不能不引动医生诗人的悲悯、敬仰与赞叹。"它们仿佛是夹道欢迎我/回到他们中间"，预示了医生诗人通过同情与怜悯放弃小我走向大我的最后归宿。

结　语

《萤火虫研究》意象繁密，指涉丰富，感悟良深，远不是"手术刀"一种意涵可以涵盖的。如《致梵·高》深究指引梵·高绘画艺术生长的麦子与农妇，《奢侈的事情》领悟平淡的日常就是奢侈，《初春的田野》体认神秘而多彩的乡村，等等，都在"手术刀"的意指之外。不过笔者深阅全诗，仍然感

---

① 邱红根：《萤火虫研究》，南京：凤凰文艺出版社 2020 年版，第 70 页。

觉到诗人的职业操劳构成了其生活、生涯的主体体验：从发现病患的症结到物之具名的根本因由；从领悟生理病患的心理原因到万物背后的形而上；从对患者的爱执之深到推究其背后的伦理情感；从手术刀疗治生理之疾到干预性格之难终而发生生命迷思，走向对生命的敬畏与不可知的信仰，又从信仰尽头归来而生起对凡夫所知所愿的悲悯，等等，如是之类都因诗人医生的职业操劳与人性体验而来。

《萤火虫研究》虽意象繁密，但其实并不以意象取胜，所有环节构成了医生的职业敏感与生命之思，是用细密的意象碎片铺就了一个完整的微观叙事进程，进而展开对万物的领悟，手术刀启动了微叙事。

诗集无意间为笔者灌注了一种前见，而任何诠释都离不开前见，诠释本质就是前见的文本验证，伽达默尔有云："理解的经常任务就是作出正确的符合于事物的筹划，这种筹划作为筹划就是预期，而预期应当是'由事情本身'才得到证明。这里除了肯定某种前见解被作了出来之外，不存在任何其他的'客观性'。"①笔者自认，"手术刀"视角也许并没有体现诗集的"客观"，不同读者阅读诗集，都将会有差异甚大的感悟与发现。

---

① ［德］汉斯—格奥尔格·伽达默尔著：《真理与方法》，洪汉鼎译，上海：上海译文出版社 2004 年版，第 345 页。

微末凡夫的日常传奇

——邱红根微小说集《窗外的玉兰花》创作技艺透视

邱红根微小说集《窗外的玉兰花》共收录公开发表的微小说 61 篇，读者可据此透视作者有关微小说创作的思路、特色与成就。

微小说又名小小说，因其"微"，故对文本规模的要求已达到一个极致，一般要求 2000 字左右。但在世界范围内，人们对微小说的理解并不统一，欧·亨利《麦琪的礼物》3600 余字；《最后一片叶子》4200 余字，但还是被人们视作小小说。西方大抵将 5000 字左右的小说视作微小说，但据笔者观察，国内作家似乎在"微"与"小"之间有更严格的区分：2000 字左右为微小说，5000 字左右就是小小说了。《窗外的玉兰花》中有篇目最大规模也不过 2400 余字，显然只能是微小说了。

微小说虽名曰"微"，但并没有放弃小说"塑造性格、指向价值"的核心使命，如何在 2000 字左右的篇幅内让人物"活"起来，这是考量一切微小说作者创作技艺的有力而有效的标杆，《窗外的玉兰花》正可用作透视作者创作技艺的一个样本。

一、微末凡夫的日常传奇

《窗外的玉兰花》大体通过描写微末凡夫的日常琐事来表现人物性格，指向题旨。这些"琐事"涵盖生活的方方面面，柴米油盐、锱铢得失、小小的梦想成真或隐秘的内心失落，都会成为作者拿来观察人物性格的饶有趣味的事件，由于事件覆盖了形而上与形而下，同时指向生活体认与价值之思，这既拓宽了性格的表现领域，又强化了性格呈现的立体感。

若从作品所涉主题方向分类，可分出爱情、伦理、生死、亲情、疾病治疗、底层困境、官场沉浮、通灵、报恩、孝道、励志等十余种主题。小说关涉某种主题，必有相关的主要事件，但由于受规模的限制，事件叙述不能过多，那么如何在有限的叙述中凸显人物心理性格，走向价值领悟，就足见作者匠心了。据笔者观察，作家邱红根往往取道一条奇特的路径：在微末凡夫的日常琐事中发现人人熟视无睹的传奇，从价值领域的深部照亮事件、题旨、性格叙事，使之闪耀，引人心目，在抓住读者时也成就了作品的艺术品位。

以《温暖的坟墓》为例，这属于报恩主题。小说叙述多年没有回家为母亲扫墓的铁生近日梦到母亲说衣服单薄，身上寒冷，决定回家为母亲坟墓培土，不料来到墓地时却见母亲坟头早已添培新土，摆满香烛祭品，有一妇女正在祭拜，铁生询之原委，原来是几天前妇女一双儿女在墓地捉迷藏不小心姐姐掉进深坑，弟弟焦虑之下听姐姐建议取用铁生母亲温暖松软的坟土直至用完坟土填平了深坑，终于救出姐姐，妇女为感谢这个陌生的救人坟头，填补加高了新土，摆上香烛祭奠，铁生直击了感人的一幕，他又梦到了母亲满足的笑容。

全文不过2050字，但有三重"恩情"主题隐含其中：铁生因梦回家报母恩，此第一重；母坟在万物冰封的寒冬居然能贡献"温暖松软"的坟土救人，此第二重；妇女为感恩陌生的坟地救人回添新土，此第三重。"恩"的往还照亮了立场各异的三种性格，题旨的多重凸显与性格的多方折射表明作者对事件叙述的匠心独运。

与此相应的是，为了凸显题旨和性格，作者采用"传奇"手法处理事件：母亲坟土的增减直接反映在儿子梦中，此第一处；母亲坟土在万物冰封的寒冬居然还"温暖松软"，适于取用，此第二处。两处传奇本质一致：人界与灵界相通，意料之外的事件在感恩伦理的价值叙事中居然毫无违和感，事件的传奇处理既呈现了题旨，又凸显了性格，作者的匠心构思达到了相当的高度。

人界与灵界相通的传奇叙事在《窗外的玉兰花》中并非孤例。《惊魂一梦》采用了与上文大体一致的叙事手段，此篇在题旨上突出表现亲情、伦理、报恩等。小说叙述名为"超高"的赤脚医生"我"午夜梦到邻村的大军驾着马车来请我为他二奶奶出诊，我虽发现大军二奶奶就是我二妈并知道她早已死亡，却并没有意识到这是梦，凭我的医学知识推断二妈可能是"胆总管结石或者肝内胆管结石"，而当时医生用药不当致使二妈在残酷的病痛中死去，我据对二妈病情的推断为她开出"654-2、维生素 K、青霉素，给她注射"，止住了二妈的病痛。不久，我回家为二妈扫墓，"来到乡村墓园，给死去的亲人们烧纸钱。等来到二妈坟头，见坟堆上放着两个插着输液器的吊瓶。输液瓶上写着药名'654—2，维生素 K，青霉素'，赫然就是我的笔迹。霎时，我后背心冒出了一股冷汗。"（《窗外的玉兰花·惊魂一梦》）

梦中的处方何以果真就出现在二妈的坟头呢？不仅传奇，而且惊悚！读者理解力越过小说允诺的"虚构"表相接受了文本的传奇笔力，直接触及"我"多年对二妈之死的不甘与疑思，体认一种对亲情的梦牵魂萦，性格与价值俱各得到了有力彰显，传奇笔法达到了力透纸背的效果。

微小说文本叙事何以要采用传奇笔法？笔者认为，这一方面是小说的本质特征所致——庄子"饰小说以干县令"最初提出小说概念，认为小说的"微言琐语"无法与"道"相应，但微言琐语何以能惊动人心，获得美誉？此事颇费思量。班固《汉书·艺文志》搜罗诸子之文，首次将小说家列于诸子九家之后，并作了初步界定："小说家者流，盖出于稗官。街谈巷语，道听途说者之所造也……虽小道，必有可观者焉……如或一言可采，此亦刍荛狂夫之议也。"①故笔者认为，一定是此种街谈巷议、道听途说、微言琐语超出了听者的日常体验，"必有可观"，具有"传奇"色彩，使闻者惊心。是故笔者理解，"传奇"是小说最始源、最根本的美学特征，两千余年来一直被创作家所遵循；另一方面，笔者认为是微小说特殊形制倒逼的结果。

---

① 班固：《汉书·艺文志》，颜师古注，北京：中华书局 2005 年版，第 1377 页。

微小说并不允许对所涉事件充分叙述，不然将突破限定的规模走向短篇乃至中篇，作者必须在对事件的有限叙述中急速凸显性格和价值，达到"取精用宏""一滴见海"的效果。这就逼使作者必须在日常琐事中发现传奇，或使用奇异的链接跨越人界灵界，使某种精神价值被灵异照耀而得到有效凸显。《窗外的玉兰花》作者显然对此有深刻领悟，故其笔下的传奇手法娴熟于心。

二、斗折蛇行与鲜花着锦

微小说规模形制的限制不仅不允许作者作充分叙事，而且逼使作者作叙事的急刹车，或进行叙事的翻转，在急刹车或翻转的进程中突出或反向突出叙述的别样意义，《窗外的玉兰花》当然领悟并能熟用此种手法，这导致文本整体叙述总是斗折蛇行，绝不平坦，文本因此惊心耀目而更具可读性。不仅如此，《窗外的玉兰花》更复又进一步，在叙事翻转的基础上进一步强化翻转的意义价值，宛如鲜花着锦，或如在白云边上涂抹一道透明的色带，使整片白云更加耀眼。这大约是作者创作微小说的独得之秘。

鲜花着锦或云边亮色的技巧可视作作者微小说创作的独得之秘。此可以《背着妈妈来洗脚》为例，小说表达的是一个英雄与孝亲主题。

豪爵足道的服务员小琪经常为退役的武警战士蒋哥洗脚，蒋哥不仅不歧视作为服务员的小琪，从不动手动脚，还认她为老乡，小琪心中感动。虽然蒋哥每次都是点最便宜的服务，小琪也欣然乐从。（叙事起笔平缓，方便往后叙事走向的可上可下）

蒋哥浑身疤痕，而每一个疤痕都有一段精彩的故事，一身疤痕记载了蒋哥作为武警战士抗洪抢险、勇斗歹徒而成长为英雄的岁月。"'看看我这块疤！'蒋哥掀起衣角。小肚上卧着一个弯弯的疤痕，像一张没有合拢的嘴。'这是 2003 年一栋居民楼因煤气燃烧爆炸，抢救受伤居民时留下的……'"谦谦君子和英雄形象使小琪心中景仰。（小说叙事至此都是一路

向上，并抵达一个高峰，英雄形象被正式确立，"鲜花"正艳，或"云"游晴空）

> 今天蒋哥来洗脚，却背着80多老太太，这在豪爵历史上还是第一次。

> 等蒋哥把老太太安顿好了，蒋哥说，"小琪，这是我妈。前年得了阿尔次海默病。不认得人，也不记得以前的事，今天我把她从老家接来了。她是第一次到宜昌。我小时候，妈妈经常给我洗脚。但作为儿子，我还从来没有给妈妈洗过脚。今天，我要借你们的地方，你教教我，我要亲自为我妈妈洗一次脚，希望她能记起以前的事……"

> 等小琪手把手教蒋哥洗脚时，她脸上挂满的泪水，怎么都擦不干。（英雄人格更深入孝亲品性，孝亲品性为英雄品格的生成提供了终极价值的奠定）

可以看出，文本在塑造蒋哥英雄人格之后更给出孝亲之举的描写，就是为英雄人格何以为然作出价值设定。在古典中国的文化认知中，自古"忠"生于"孝"，"孝"必生"忠"，孝道之家必生忠臣，忠的极致就是孝道的家国情怀的最终实现，是为"英雄"。换言之，英雄而孝亲是向文化意义更深的深部推进，这在意义的表达上岂不是鲜花着锦！为英雄人格的生成设立价值阐释的语境，岂不正如为云朵涂抹透明靓丽的色边？在微小说极其有限的形制中引导叙事向文本意义的深处更深处延伸，是邱红根微小说创作的独得之秘。

三、微小说的新型态

《窗外的玉兰花》中有一些篇目，致力于讲出一个完整有趣、颇具思想力度的故事，但并没有履行小说固有的"塑造性格，指向价值之思"的核心使命，文本或描述社会现象，或指向官场见闻，重心在阐述事件，是按时间序列连缀的奇巧故事，人物只是一个连缀事件的单薄符号，并无性格肌理。严格说，这类篇目以笔者看来并不能视为"小说"，只能视为"故事"，故事与小说具有重大差异，因为二者处理事件的方式与立场全然不同。在故事中，事件仍是事件，在小说中，事件成为情节。故事只是时间序列中的事件描述，而小说情节却是指向事件的情意、价值、因果，必然关联性格，简言之，故事是时间事件，情节是性格事件。小说必须有一个基本的故事架构，但小说故事不仅为人物搭建起活动的时空经纬，而且铺设情节行进的路径，故小说情节离不开故事。由于情节指向人物性格，因此作者的能事就是在因果律的指引下连缀起相应的情意、价值事件以塑造性格。所谓写作的"自由"只有作者遵循性格因果的自由。

纵观国内微小说界，多为讲一个奇巧的故事以开掘事件的社会、人情本质，指斥社会乱象，形成某种"讽刺"风格。由于此类"微小说"数量众多，目前已成潮流，学界与创作界将其归类于微小说而并无异议，笔者就不能坚持自己一孔之见视之为"非小说"，只能认其为微小说的新型态。此类微小说的新型态在《窗外的玉兰花》中亦有名貌。

待遇

单位是家大单位，因为大，各种关系就复杂。

单位总务科有职工5人。A是科长，B、C、D、E是科员。

这年单位换了新领导，精于用人之道的新领导深知道"后方"稳定的重要性，遂把自己人B提为总务科科长。原总务科科长A尚未到退休年龄，遽然免去其职，怕他闹情绪，故在单位大会上宣布免去A科长之职同时强调"A享受正科级待遇"。B当科长后，因为A是自己的老上级且享受正科级待遇，凡事不好向他吩咐。总务科一应杂事均交C、D、E经办。

两年后，单位又换了新领导。新领导出于种种考虑，把"自己人"C提了科长。模仿前领导做法新领导免去B科长之职同时强调"B享受正科级待遇"。因 A、B 都是自己的老上级且享受正科级待遇，C 当总务科科长后，总务科一应杂事不好向 A、B 吩咐，只好全部交 D、E 经办。

后来，单位再换了新领导，顺理成章 D 提了科长，C 被强调"享受正科级待遇"。D 当了科长后，因为 A、B、C 都是自己的老上级，总务科一切事情只好交 E 经办。

又过了若干年，E 当了总务科科长，D 同样享受正科级待遇。这时 A、B、C、D 都没有达到退休年龄，他们都比自己资格老，总务科大事、小事、一切杂事，科长 E 只好亲自操办。不久，科长便不胜其烦。后来经 E 申请，鉴于总务科工作量太大，领导研究决定：刚毕业分配来的两名大学生被分配到了总务科。（选自《窗外的玉兰花》，原载《杂文月刊》2010 年第 2 期上半月刊）

作品叙述某单位总务科人事变动之事。总务科长的选任并不是凭贤能标准，而是凭人事关系的远近，官场选人任人唯亲，这是官场普遍存在的乱象，作品叙事颇具吴敬梓的讽刺风格。事件叙述绝对清晰，讽刺意味绝对有力！但与此同时，A、B、C、D、E 五任科长都只是人物符号，并无"属人"的性格。显然，作品只是叙述了事件，没有致力于性格塑造。

此类故事由于数量众多，多用以描述某种社会共相，揭示人情社会普遍的时弊，很难诉诸于性格事件，诸多作家一体认可，已成为创作的共识，可视作微小说的新型态。

基层众生相的另类实录

——阮仲谋基层乡村与官场小说
《古老的磨盘河》的独特镜像

官场小说，在中国小说集群中所在多有，林林种种，不一而足。从清末吴趼人《二十年目睹之怪现状》到现代王跃文《国画》，跨越百余年，作家们将笔力集中于官场或基层官场，反映官场世相，所涉人物性格各异。如果不以题材而以"表现"为观察视角，则所涉范围更广，几乎所有小说都不离官场领域，良以世间百物均关涉吏治与升斗小民，故官场成为文学不可须臾或离的表现领域。

文学中的官场，绝大多数作为民众、道义的对立面被叙述，乃至有作家提出"文学以揭露为职事"的口号。这种情况其实只是反映了官场的极端形态，此种非黑即白的二元面相离官场实相甚远。阮仲谋《古老的磨盘河》比较真实地反映了官场的种种情态。

一、乡镇官员的劳作与付出

乡镇官场，是阮仲谋作品关注的核心区域。作为乡镇官员，他们既要时刻关注自己已有的位置能否保住，提防被同僚设计而撸掉，又要努力做出政绩引起上级的注意而能被提升一级半级。在内外夹击中，只好满负荷运转，极尽平生本事劳作与付出，此即乡镇官员生存的真实。

《这活真难干》可视作此类官员劳作与付出的典型个案。火峰乡农民张志华经招考进入火峰乡政府，成为乡里分管计划生育的一名乡干部，是时张干事家还是半边户，他老婆还在家里伺候五亩责任田。张干事只是一名普通的乡镇干部，甚至算不上是一名官员。计划生育在20世纪八九十年代被称为"天下第一难"的工作，张干事主抓乡里超计划怀孕妇女的刮宫引产工作，为此不知得罪了多少村民。他遭遇村民的白眼、咒骂、驱赶、报复，焦头烂额。但张干事始终有"吃国家饭，拿了国家工资"的责任意识，所以总是尽力要把事情做好。

石板沟村按要求把张干事说动的七八个超计划怀孕的孕妇带到乡镇卫生院来引产。"孕妇们见到他都邪眉鼓眼的，说话怨气冲天，恨不得咬他一口。"其中刘传柱老婆气息奄奄，因为刘传柱反对老婆来引产，对老婆不管不顾，刘的老婆引产后营养不良，张干事从身上仅有的12元钱中拿出10元要刘的老婆去买鸡蛋等营养品，自己花了剩余两元中的两毛钱在街上喝了一杯茶水算是解决了午餐。两个助理要张干事请吃午饭，张干事心中悲苦，向她们历叙无奈，两位助理无话可说。

有一产妇引产后大出血，转至县医院抢救，被要求先预付500元手术费，不然终止手术。张干事拿不出，找到县计生委熊主任借钱，熊主任额外借给他30元钱，他在熊主任家解决了饥饿问题，又代产妇丈夫签字输血，终于暂时度过了危机。李副乡长带来救治产妇的手术费，张干事利用短暂的休息时间换下了几天没有换洗的一身脏衣裤。

张干事带着换下的脏衣裤，又买了两斤冰糖和几块巧克力，回家看望母亲、妻子和女儿，家里五亩稻田早已干旱到冒烟，母亲严重哮喘卧床，女儿感冒高烧，妻子无力支撑，常常独自饮泣。张干事将母亲、女儿送进医院，又与妻子找来女儿的两位舅舅帮助抗旱，希望将未死透的稻田救活。

县里要搞各乡镇计生工作检查，而火峰乡石板沟村里一个多次逃过计生工作的顽固刺头李邦银家被乡里定为重点对象，此重任落在张干事身上。张干事只好临时抛下母亲、女儿和家里正在抗旱的责任田来到李邦银家，李的老婆超计划怀孕已有6个多月身孕。适逢李的责任田也遭遇大旱，张干事从村主任家里借来电动机帮助李家抽水抗旱，不巧因村里欠着乡里的电费被断电，张干事连夜骑车赶往乡里说动书记镇长联通了电力，解决了李邦银稻田干旱问题，李邦银被感动，终于同意老婆到卫生院引产。

张干事到乡卫生院看望几位孕妇做引产手术的情况，碰到计生对象家属王大贵被村痞龚大林追讨所谓债务。张干事试图调解，龚大林想到老婆曾被张干事请到卫生院引产，心中怨气未消，根本不听劝阻，并扬言不要钱只要命。在龚大林挥刀扑向王大贵时，张干事挺身而上，为保护王大贵和金助理身中21刀，张干事失血过多而昏迷，哮喘卧床的母亲在张干事从昏迷中醒来的前三天绝望离世，乡党委排除阻力，为张干事解决了中共预备党员的资格，火峰乡也被评为全县计划生育先进单位。

这是小说的大致故事情节。笔者之所以不厌其烦地重述小说情节，是为了思考一个真实到残酷的事实：张干事为什么能如此无怨无悔地工作与付出？笔者认为与张干事特殊的身份有关。张干事的家庭是典型的半边户，自己通过招考进入官场，家里还有责任田由老婆打理。按张干事最朴素的理解，自己既然拿了国家工资，吃国家饭，就应该把政府的事做好。这是张干事从自己身份出发对自己责任的理解，他的全部付出都是为了对得起这份绑定国家工资的责任，"身份意识"是统御张干事全部行动的主流意识。

阮仲谋这篇小说具有特殊的样本意义。小说以张干事为典型展示了众多初入官场的基层官员因"身份意识"而发生相应行为举止的初心自觉，他们在初入官场时因身世的苦寒而最大限度地理解底层民众，因初心中的责任意识而不拒奉献，维持了基层官场的大体纯正，在中国众多官场小说中别具一格。

二、仕途向何处去？

如果说《这活真难干》是对基层官员意识到自己的微贱出身、不忘初心、尽力付出的本真描写，那么《仕途》则向读者呈现了官场异动的最初情状。

花屋乡杨副乡长为官二十余年，两个儿子农转非的事越来越成为他的心病，他找到白河村村长老万准备搞一只野山羊送给县委组织部的毛副部长，希望得到毛副部长的帮助，争取到花屋乡宣传委员的职位。乡宣传委员是乡党委班子成员，解决了这个官位，儿子农转非之事就能顺理成章的解决了。杨副乡长政绩突出，曾经主导白河村种植香菇让该村走出贫困，受到了农民和县委的双重肯定，但因懒于经营与上级领导的关系，两次与职位提拔擦肩而过，老婆怨声载道，怒责杨副乡长多年为官，居然无法解决儿子农转非之事。杨副乡长从此对周边同事和领导不敢掉以轻心，开始事事留意。

乡农委办王副主任也想晋升，至少提升为主任，于是经常拿着各类土特产奔走于领导之家，并在周边同事和上下级中撺掇挑事，让他们互相敌意防范，利用乡农口支部书记的身份多次压下下级的入党申请书或阻止他们进入党积极分子培训班，只为自己的仕途能畅通无阻。

乡农委办公室副主任杨晋海通过招考进入乡政府，总结材料写得出色，他也想往上晋升农办主任，就积极要求入党，但入党申请书多次被王副主任压下，乡里下达的入党积极分子培训名额也被王副主任隐瞒，杨晋海知道后，开始对王副主任有些设防，并对周边人事关系格外敏感。

小张计算机本科毕业被分配到花屋乡办公室打杂，他也曾有过上进之心，但被王副主任浇灭，他极不适应单位复杂的人事关系，刚出校的大学生与杨副乡长和王副主任都有过争吵，尽管他极力弥缝与领导和同事的关系，但事情每不如意，最后只好辞去工作到南方打工。

四人为了仕途上的晋升，各自使尽手段，或暗中传播小道消息，或传递对他人不利的言论，或命家属打听并传播信息，虽烟酒土特产送出去不少，但收效甚微，最后在年终评选中刻意避开与自己龃龉之人，导致每个人的希望均为落空。

在人之本能的干预下，基层官场系统内隐的境遇力量使人不能不关注各自的进退出处，谁都不愿落于人后，此种"关注"无疑显现乡镇官员们已失掉了前述张干事"吃国家饭，拿国家工资"的初心自觉与担当底层民众疾苦的责任意识，只专注于悉心谋划仕途的通达。小说给出了精致利己主义发生的起点，描绘了官员异化的初始形态，形格势禁的"境遇"居然成为异化不可抗拒的力量，小说具有实验室手术解剖的性质，通过对四人境遇的深度凝注，寻绎并解释了异化的体制力量，立意之深刻自不待言。

三、蜗角功名的攻与守

乡镇官场，很多官员还带着其粗朴的出身，与底层农民同气连枝。但既然进入"系统"，则系统本具的运营规则使每个人不能不关注自身官位的功名价值，围绕此蜗角位置、蝇腿功名或攻或守，演绎人性的万千景象，阮仲谋《位置》为读者提供了观察官场人性的极佳视角。

杨河乡党委响应县委号召要派人下乡扶贫，党政办公室每人都有理由不下乡，办公室常务副主任李祖光只好主动要求下派到最穷的天坑岗村。在他看来，这既是一种历练，又完成了下派任务。于是办公室只剩下另一副主任赵副主任、何秘书和张档案共同负责日常工作，赵副主任接过李祖光的官责事务。一月有余，李祖光扶贫回来，不料"办公桌被占了，锁被撬了，签发文件的权力被剥夺了，公章被赵副主任长期把持拒绝归还，随同书记乡长下乡考察的机会被挤占"。原来这一切都与赵副主任不甘屈居李祖光名下有关，赵副主任利用李祖光不在岗的时机挑动人们对李祖光的不满，成功将其边缘化。李祖光心有不甘，在何秘书的提点下，不仅买烟买酒打点书记乡长，而且将自己写成的考察报告署上书记乡长的名字在省委机关报发表，卖力地在麻将桌上输钱给领导，又利用各种机会"卖惨"挑起人们对赵副主任的恶感。下半年民主推荐办公室主任，人们都说推荐了李祖光，但李祖光心中有数，不抱任何指望，不久果然落选。办公室空降一个高主任，赵副主任听说高主任喜好男色，暗中以身侍之，被高主任丈夫当场抓获告到书记处，赵副主任被撤职。年终党委扩大会，李祖光终于晋升办公室主任。

一个乡镇党政办公室争的办公室主任之职，实在是蜗角功名，李祖光

227

开始对此并不在意，他主动要求下派到最贫困的山村天坑岗，其实只是出于简单的责任意识和为了完成办公室任务的心理。不料遭遇赵副主任发起的排挤、诋毁、嫉妒、诽谤，最后被边缘化。李祖光本心并不坏，但架不住赵副主任的攻击，只能用赵副主任的同样手段发起反击，在古灵精怪的何秘书指导下，反击十分有效，一切机会都被利用，一切上位的契机都被积累，相比于赵副主任的心急，李祖光在何秘书指导下的所作所为居然并不显山露水，亦即更有艺术性，最后，赵副主任败于心急之病，李祖光成功晋升。

李祖光其实心性纯良，他家也是半边户，母亲卧病在床，妻子在家伺候责任田，此种出身使李祖光保持了一个农民的厚道本色，大体还算本分。小说其实也利于读者从"境遇"视角切入，观察基层官员的处境与行为方式，但李祖光从厚道的农民变异成高超的官场狙击手，"人性"因素更能引人注目。换言之，人性因素比之境遇因素占有更大的权重。为了蜗角功名，李祖光遭遇了排挤、诋毁、嫉妒、诽谤、欺骗、边缘化，他身上虽然留有农民的纯良，但在遭遇这些暗箭时，李祖光居然毫无顾虑地卸下农民本色，接受何秘书的指导，做低伏小，请客送礼，"卖惨"挑事，夺回了被赵副主任挤压的人情空间，李祖光做出这些来居然毫无痕迹，他并不对别人的承诺和恭维抱有希望，因此也就没有失望，这使他大体保有较为轻松的心态，获得了相较于赵副主任更大的心理优势。

李祖光并不高大上，他只是一个凡夫，在官场境遇、蜗角功名的争夺中其一切心理反应和智力伎俩都只是出于一个凡夫的本能，并无多少党性意识、大局意识、组织意识，却有更多更真实的人性意识的流露，如此，文本给读者提供了一个观察人性充分展露的平台。

四、出处伶仃的可能遭际

阮仲谋的《朝中无人》则凝注并表现了乡镇官员初脱农业户口，争吃一口商品粮而无人提拔，所求无门的艰困命运。

陈小柱高中毕业，高考无门回乡务农，陈小柱家祖宗八辈都是农民，没有一人当官，正所谓"朝中无人"。20世纪80年代的中国农民要走出农村，只要两条路，考学和当兵。陈小柱不甘心一辈子务农，既然高考无门，他想通过当兵走出一条路，不料最后当兵的名额被村治保主任的外甥抢占。陈小柱万念俱灰，准备安心当一辈子农民。秋后一天到乡粮管所结卖粮款回来，在街边垃圾堆拾到一张报纸，无意看到县里招聘乡镇干部的启事，陈小柱立即回家与父母、哥哥商量，身为村小学校长的哥哥陈志华立即开始运作，当晚拿上烟酒鸡蛋与弟弟一起到村主任家了解情况，村主任告知他们确有此事，但并没有在村里公开招聘乡镇干部一事。陈小柱第二天买了名贵烟到乡里找艾干事填报报考信息，居然赶上了最后的机会。在此之前，村支书初中毕业的儿子杨大明早已报名并通过父亲的关系搞到了考试复习资料，陈志华杀鸡请杨大明吃饭，通过激将法从杨手中弄到复习资料。村支书设计要陈小柱到县里参加村会计培训，陈志华料定村支书不会真让陈小柱任会计，陈小柱只能加班加点复习，果如哥哥所料，会计资格最后被村支书侄儿占有，陈小柱嫂子与村支书大吵一架。县里招考活动开始，哥哥弄了一大堆小抄要陈小柱带上以防万一，陈小柱不屑，抛到垃圾桶。正好本次考试特严，还有武警守护，很多考生当场退出考场，或作弊被取消考试资格，或根本无法答题，杨大明考试不济，陈小柱以第四名的资格录取。县里派人到村里调查陈小柱人品，得知陈小柱曾向村里要官（会计）当，陈志华据理陈述事件原委，调查人员心中了然。陈小柱进入最后一关：体检。村支书准备在最后一关狙击陈小柱，但陈小柱嫂子托表兄、县医院主任牢牢把控了体检的每一环节，体检终于有惊无险，不久，陈小柱到乡政府报到，成为一名吃商品粮、拿国家工资的乡镇干部。

《朝中无人》提供了另一视角："出处。"文本即使叙述了一个农民世家侥幸晋升官场的个案，但其实透露的是农民朝中无人的浓重悲凉，透过这个个案读者恰恰可以反观农民"出处决定命运"的现实困境。

在陈小柱摆脱农民出身，通过招考进入官场的过程中其实有若干环节险些让他"死掉",并且这种"死掉"是有先例的:第一,陈小柱想通过当兵脱离农村户口,尽管他具有明显优势,但最终被村支书儿子顶去名额;第二,陈小柱意外看到报纸上的招考信息,此信息其实被村支书压下了,要是他看不到报纸上的信息呢?第三,陈小柱赶到乡里报名考试,赶上了最后一天报名时间,要是报名时间已过呢?第四,村支书能通过关系为儿子弄来复习资料,这是权力运作的结果,陈小柱一家在没有相应权力的情形下如果没有哥哥的谋划呢?第五,本次考试特别严厉,如果考试一如过往纪律松散,人人作弊,村支书通过关系使儿子上位,挤掉陈小柱呢?第六,县里派人考察政审陈小柱,如果他们听信村支书一面之词认定陈小柱向村里要官而放弃对他的考察呢?第七,体检是关键环节,如果村支书搞定了体检医院弄出陈小柱体检不合格的证明呢?第八,陈小柱家里一贫如洗,如果没有哥哥屡次要家里拿出母鸡、鸡蛋、菜油、烟酒并自掏腰包打点上下呢?

如上八个环节,每一个环节只要稍有疏忽,都有可能让陈小柱止步不前,重回一贫如洗的农民处境。一贫如洗的"出处"让陈小柱身负重压,挣扎和抗争万分艰难,他的最后出脱不能不说带有运气的成分。当然,县里的招考维持了基本的公平合理,使陈小柱优势得以发挥,他是怀着感恩之心晋升官场,这可以解释众多基层半边户官员何以维持了基本的良知底线,确保了基层官场的大体纯正。

余　　思

《古老的磨盘河》将目光凝聚于基层乡村与官场,刻意避免一般文学文本所致力于趋向的两个极端(权力贪腐;无私奉献),既不妖化,也不圣化,以素描式绘画求工求真的精神表现官场色彩斑斓的多样化生态,让读者领略了众多初涉官场的凡夫出于本色的人性真实,形成了作品的独特个性。

极为难得的是,作品从多侧面全方位多样化视角解剖官场,使小说具备了社会学层面的实证价值。小说并无单独交代人物前因后果的故事，出场就是情节，因而很快导向性格的形成，故文本极为凝练，虽是中篇，但节奏致密，含蕴深致，具有引导读者二度创作的巨大想象空间。

"鸡栖于埘"的乡园伦理[*]

——谭岩散文、小说艺术特征论

《诗经·王风·君子于役》:"君子于役,不知其期,曷至哉?鸡栖于埘,日之夕矣,羊牛下来。君子于役,如之何勿思!"此诗意蕴饱胀,极有趣味:既写良人为国远征,又写玉人在家守望。你可以看到夕阳暮霭下牛羊款款走向牛栏羊圈,鸡鸭在喧哄声中从豆棚瓜架向鸡窝鸭棚归来。你甚至可以遥闻远方村社的鸭叫、狗吠、蛙鸣,农妇却在对远人的愁思中变得心事重重,所有意趣汇聚成两个字:故乡。

此故乡具有物质与精神的双重意味:以"鸡栖于埘"为依托,支撑起了一个精神的乡园,这个乡园是伦理的、内敛的、含蕴的、自具自足而自我建构的。它具有强大的向心力,正因为如此,千百年来,发端于《诗经》的"鸡栖于埘"就吸引着生活与灵魂浪游之人,成为他们对其久久沉迷的"故乡""乡园"的经典符号表证,并成为往后一切"故园"文学的精神源头。

包括宜昌籍作家谭岩的散文和小说。

一

谭岩有一部代表性的小说集《一河春水》^①和一部代表性的散文集《风吹稻花》^②,小说集遴选了 2013 年之前历年发表在国内各大文学刊物上的

　＊　本文获湖北省人文社科重点研究基地"当代文艺创作研究中心"资助,项目名称"宜昌地区当代作家研究(一般)",编号:17DDWY20。

　①　谭岩:《一河春水》,南京:江苏文艺出版社 2013 年版。
　②　谭岩:《风吹稻花》,武汉:长江文艺出版社 2016 年版。

中短篇小说，汇集了大约十年的创作成果；散文集则是湖北省作协"家乡书"的项目成果，大约是此前更久抒写"家乡"的沉淀所致。无论是散文集还是小说集，就其题旨和艺术趣味而言，可用"乡园伦理①"作出抽象性概括，这么概括虽有挂一漏万之嫌，但可表示一个大致趋势。

写故乡，写活跃于特定时世中、生存于宜昌远安这一特定故土上的人、事、景，是谭岩文本的意趣所在，无论是打鱼的爷爷、操劳的奶奶、瞎眼的算命先生、民歌高手老爷子，还是回乡为农户打工的"汉子"、独守土地和空房的凤枝、情感出轨而复归家庭的发廊老板刘丽香，他们全都有共同的生活旨趣：以家庭为中心，艰辛、忍苦、操劳、担当；遵循父辈的人伦规训、为子女毫无怨言地付出；伺弄鸡鱼猪狗、不违田庄农时；温柔厚朴、敦睦邻里、生养死葬、共相帮扶。他们践行着《周礼》以来以"血亲"为纽带的人伦传统，延续着《诗经》以来的温柔敦厚，传承着《周易》以来的自强不息。他们的行为透露着古风的内敛含蕴，他们的心态一如《诗经》的哀而不伤。他们是伦理的，但也是诗意的；是沉默的，但也是张扬的。在谭岩的文本中，"乡园"既是物质符号，但有更深的精神意蕴；"伦理"既是规约符号，但有更丰富的表现形态。

《一河春水》以春夏秋冬四季时令为序描述乡园的人、事、景，表现在时间流程中一应芸芸众生的低微欲望、辛苦劳作与小小的满足。众多文题就是"乡园"意象的细分与零散化：《风吹院门》《半亩方塘》《秧田》《河流的金曲》《一码稻草》《河流的两岸》《拉草和耕田》《积肥》《春回大地》《民歌的故乡》，等等。作者都是将"家园"意象分解到与人的活动关联着的每一个细部中，细细体认人性化的"自然"，从而深化了活着的、伦理的"人"之丰富意蕴。

　　　祖父的腿像两截干树桩伸进了已变清亮的河水中，立刻像两根吸

---

① 伦理：指伦辈准则，即维护人与人关系的道德责任与义务，有时特指长幼尊卑关系，故伦理又是人伦之理，简称"人伦"，中国古代儒家伦理学说的基本概念之一。

管将那河水的清凉和湿润吸进了心肺，祖父望着满河的春水舒畅地吸进了几口气，像干涸的庄稼突遇甘霖，青葱地舒展了它的卷叶。水下那些石子儿抚摸着祖父的脚掌，踩在那些咯人的石子儿上，祖父感到如踩在开满了花的田土上，清亮亮的河水傍着祖父的腿流过去，如同一阵阵凉风轻轻吹拂着，祖父每走一步，每一次从水中提起脚来，都会提起一串水花。（《风吹稻花·河流的金曲》）

《河流的金曲》叙写祖父在贫瘠的河流中撒网打鱼的劳作场景，意蕴丰富。细读此文，至少品读出如下意蕴：（1）在特殊的时世中，家园正在贫瘠化。随着每一次春汛的来临，河流的鱼情每况愈下，鱼正在变少变小。但恶化的环境并不能弱化人的生存意志，反倒是强化了人的生存愿望与能力。祖父肩上压着一家人的生活责任，只能在愈益艰困的环境中逆流而上："天行健，君子以自强不息！"——与《诗经》同时代的《周易》所开创的生存伦理，千百年来凝聚成父祖一辈的生活意志。而"在困境中努力求生"正是人伦的核心内容。谭岩的作品一以贯之的坚持了此种价值取向。（2）河流不仅向故乡的人提供了生活资源，更提供了强大的精神力量："祖父望着满河的春水舒畅地吸进了几口气，像干涸的庄稼突遇甘霖，青葱地舒展了它的卷叶。"心性的舒展是因为春水提供能量，春水以提供能量的方式进入心性的展开之中，自然以"被观待""被感触"的形式领有了人性，一同走向人伦的建构，自然不仅是人生活的家园，更成为人伦符号。让自然打上人的印记，让家园成为人的家园，总之，"自然的人性取向"正是谭岩文本始终如一的艺术表达方式。

二

谭岩的内心是透明的，像一面镜子，有镜子的明澈和冷静，可以不含丝毫"属人"的情感，正因为如此，在他描写的人物的眼中，可以排除一切文化的、人性的因素，呈现最真实的、原生态的自然：

冬天枯水的季节，一条河简直就只是一泡牛屎——先前，一年四季可是漂着水的啊。鱼越来越小、越来越少，那下的拦网也越来越矮了，网眼也小，只能捉到那些两三寸长的小鱼。一部拦网下到河里，就能把河拦断，从这岸连到了对岸。然而一等半天，走进河里一看，也只能拦一些水中的青苔和沉在河底的树叶。(《风吹稻花·河流的金曲》)

谭岩不拒绝写出残酷的真实，面对日益衰败的家园，作者的明澈和冷静可以确保他静观家园"何以如此"的历史性进程，从而更深地思考乡人在凋敝艰困中的生存状态，更深地触摸由他们生存意志建构的生活伦理，及其伦理的多样化表现形态。

人的伦理情态往往流露于日常生活中，而日常生活必然是关联着对象的生活，关联着人、事、物的生活，故最初的伦理必然体现于人与对象的亲和关系中，谭岩敏锐地意识到了这种伦理生长点，故其文本多写人与对象、与自然的关系：

(撒网的)锡脚自然是用锡做的。(祖父)先是用锡块，后来没有了锡块，就用牙膏皮子。挤完了的牙膏都装在屋檐下的一个破篓子里，到了冬天，一家人围着火笼烤火，祖父就端来一口边沿上缺了口的锅，把那捡在篓子里的牙膏皮放进去，就在火笼上熬，那牙膏皮子便慢慢地软了，融化了，开始还冒一阵烟，那是涂在牙膏皮上的油漆被烧着了，后来烟也没有了，用一根细秸秆赶去面上的尘皮，里面就是微微晃动的水银样的锡。用细沙制成一个模，抽出插在里面的棍子，再插进一根铁丝，把这一锅锡水沿着铁丝倒进去，掰开沙模，抽出铁丝，就成了水管样的锡条，用刀一切，就成了一截截的锡脚。(《风吹稻花·河流的金曲》)

　　这段文字描写祖父为撒网制作锡脚的详细过程，反映人与网的微妙关系：锡脚的制作过程是人的情志渗透对象的过程，又是渔网顺应人的意志而生成的过程。你可以感觉渔网的出现不是一种"被造"，而是一种"出生"，是生存意志借助于某物而展现出来的生活情态，传达的是人与万物之出离"异化"、走向和谐的关系，是致密而亲和的伦理关系。如果我们就此展开联想，进行合理的逻辑推导，凡经人之手创造的家园不就是伦理性的家园？

　　而谭岩的文本正是在人情物理的伦理关联中细致勾画其家园想象。他按春夏秋冬四季轮转的闭合性时间轨迹描绘故乡风物，又对这一闭合性时间圆轨赋予心性、灵智色彩，从而使之成为可被心灵自由吞吐的灵性意象，随着每一次吞吐，这一意象的伦理意味又播撒于万物之中。

　　时间，是谭岩体验家园的主要维度，更是其建构伦理文本的重要灵感。正是对时间的体验，家园伦理才有了生成、行进、展开的轨道：

　　　　大门像摊开的书页，凝望它就如读一部家史……从门上可以读出主人的高低贵贱，富贵荣华。可是不论是富裕还是贫穷，是高贵还是卑微，大门都能让人同样感受到岁月的沧桑……无论何时回过头去，大门总是张着一条缝隙，岁月的往事如一股风挤了进来，举着一片树叶在院子里跳荡，仿佛是谁拉着一张皮影，在向跨进这个大门的人们说古道今……早晨大门打开的时候，会奔跑出一阵拍打着翅膀的鸡鸭，晚上掌灯关锁门户的时候，下门栓的声音是逝去的又一个日子的回声。在这一开一合的瞬间，一个个日子都从这大门里溜走了……虽然它知道未来的日子并不是人们设想的坦途，新的一年也不全是人们美好的理想，但是它一年四季，总是面对空旷的未来充满了等待的执着。(《风吹稻花·风吹院门》)

　　这段文字以时间为主线写出农户的大门关联着的家庭兴衰。此间有贫富贵贱，有岁月沧桑，有晨曦黄昏，有鸡鸭来去，有对未来的无尽期待。

不特如此，谭岩还以诗意的想象描绘故园风物，为伦理的家园赋予某种浪漫色彩。当然，其诗意笔触仍然是基于对现实的切实体认：

> 刚露出山顶的日头万道霞光，仿佛罩上了一块大红布，空中是河水，沟水和花草的湿润的香味，鸟雀子匆忙地翻飞着，人们挎着犁，卷着裤腿，赤着脚，牵着牛，顺着那田堤走来了……田肥，秧就长得好。踩着这厚绵绵的红花苔子，套上犁，高高地扬起鞭子，在空中一抛，绽出一朵看不见的希望，驱赶着牛奋力向前耕去，这大地的新的一年便又开始了。（《风吹稻花·秋田》）
>
> 春雨带来的，是勤劳的脚步，是丰收的希望，是春耕的号角。她鲜活了人们萎顿的心，如滋润了一朵朵禾苗，使人们昂扬而振作，以饱满而虔诚的热情，走出低矮的房檐，踏进烟雨苍茫的江南，开始了年复一年的忙碌。有的雨中拉耙整田。戴着斗笠，披着塑料，斜跨耙上，举着鞭杆，在空中不停地挥动着，赶着牛拉动水耙，奔向前去。犁耙水响，吟唱的是春天反复传唱的诗句。在这赞美诗般的吟唱中，一块块杂乱的田清洁出来，一田的清水，如明镜之台，似在田野中安静地等待，等待一个隆重的仪式到来。（《风吹稻花·栽秧》）

可以看出，这一派繁忙的春耕景象是作者涉笔家园的现实基础，也是作者进行诗意想象的灵感空间。语言虽大体写意，但勾画物的脉络纹理却达到了工笔的效果，有屠格涅夫《猎人日记》的笔意。天空、流云、烟雨、河沟、犁耙、鞭影等，一如屠格涅夫跟寻俄罗斯乡间的自然原始风貌一般，谭岩也将它们作为诗意想象的起飞点，利用这些景点建构了一个诗意的家园，使家园的伦理性不仅仅表现为"规约"的沉重，还有自由、诗意与灵性。

三

谭岩的小说与其散文具有同样的旨趣，致力于伦理性文本的书写，以建构一个伦理性乡园。当然，与其散文相比，《一河春水》中的诸多篇目反映了乡民伦理的多样性，并且，随着每一种伦理类型的显示，其呈现的艺术形式也不同。

《一河春水》(独立的短篇小说，非文集之名)讲述七十余岁的打渔佬明德因病久卧床榻，忽闻窗外春雨如注，充满鱼腥味的水汽让明德旧习来归，顿时复活，抄起撒网下到大水漫灌的沮河去捕鱼。但沮河由于长年过度捕捞，鱼虾枯竭，明德一无所获。渔夫亲身经历了渔业渐趋枯萎的历史进程，在悲凉与不甘中渐渐涉入沮河深处，不料沉水溺亡。小说写渔夫弥留之际的幻觉："一片耀眼的光亮碎片里，似有一尾硕大的鱼，正一冲一冲地蹿游着。"

这是海明威《老人与海》的笔意，要凸显人在困境中努力求生的生存意志。但《一河春水》的打渔佬明德显然比《老人与海》的圣地亚哥走得更远：圣地亚哥只是收获了绝望，明德更付出了生命。无论是绝望的体认还是生命的付出，"意志"都是穿破困境之终极圈层的锐利塔尖，昭示的是人本有的适应环境、不可为任何力量屈服的内在韧性，传达的仍然是《周易》"自强不息"之价值伦理。为了呼应打渔佬内在意志逐步显发的过程，小说在情节的展开与掌控上基本使用了直叙：既写打渔佬身体的每况愈下，又写河流鱼情的日渐凋敝。在两种"衰落"中却有一种品质逆势生长：意志！这就是直叙达到的效果。最后打渔佬弥留之际的幻觉描写使文本的旨趣与表现方法同时达到顶峰：既是意志伦理的托物显化，又是以写意之笔对直叙的翻转。

《风水花儿开》主角凤枝在土地上艰难谋生，男人出外打工，儿子求学在外。独守空房和繁重的农活使凤枝倍感孤独。对于前来帮工的山外人徐大哥，凤枝先是心存芥蒂，但当打工仔帮她收割完菜籽、插完早稻、将屋内屋外收拾到妥妥当当之后，凤枝从打工仔身上不仅看到了自己丈夫的笃实本色，更体验到丈夫没有的坚韧强壮，她似乎并不拒绝接受让打工仔来填补生活的空虚。但打工仔听到凤枝丈夫就是自己熟悉的王姓兄弟，并知道王姓兄弟打工挣来的钱在车站被盗，他向贫寒的凤枝隐瞒了王姓兄弟的惨痛遭遇，并将凤枝开出的工钱悄悄留下一半在凤枝家里，交代凤枝赶紧召回丈夫，还能维持一个家庭的完整，之后解除雇佣关系回家。

打工仔的身心活力激活了凤枝久已蛰伏的春情，但当看到求学回家的儿子，对家庭的责任感又压制了凤枝的春思；打工仔虽并不拒绝与凤枝春风一度，但凤枝家庭的贫寒和王姓兄弟的惨痛遭遇不仅迅速打消了他出轨的想法，并试图对这一家的困境有所纾解。"原欲"只存乎心中，责任、道义、同情与担当终究克制了人欲，一切属于本能的缭乱之思在外巡游一圈后还是回到道德原点。人，还是伦理的人。

二人内心都是隐忍的、克制的、内敛的。为了与这种内心状态相适应，作者用了一种隐秘幽微的曲笔，力图达到"空谷传响"的效果。

> 鸡听见了牛铃，知道夜的将近，从山坡，从田园，从不知道的角落，一步步踱到院场来了，却不进笼，围在一团儿，咯咯咯，互相说着一天的收获和见闻。(《一河春水·风吹花儿开》)

> 只要下了田，饥饿，干渴，所有身体的需要都忘记了，他只知道和农活儿缠在一起，跟庄稼跟土地进行一次又一次的较量，让它们乖顺地躺在自己的脚下。(《一河春水·风吹花儿开》)

写群鸡回笼，喧声一片。这一笔颇为含蓄老到：群鸡吵闹声既是农妇复杂心绪的隐喻，又有一种宣泄效果，她希望借此鸡声将自己堵塞的心事排泄出去，重回内心的平静。后一段写汉子(徐大哥)在知道凤枝心事后，不对凤枝作任何回应，却是在田里下死力干活，只要与农活缠在一起，他就忘了一切。他清醒地意识到只要对凤枝有所回应，必将造成多方伤害，一切所谓兄弟义、朋友情和个人良知都将碎成一地鸡毛，不可收拾。所以，忘我"劳作"就是汉子以伦理意志克制原欲、维持人道的有效调节方式了。

谭岩既然关注乡园、乡村的人伦现实，当然也注意到了人伦碎裂的惨淡事实。一如他在散文中的冷静透明，面对现代语境下人伦滑坡的境况，他的小说也绝不回避，而是直面书写。《宁静的田野》可试一观，这是一个有关乡村丧葬传奇的故事。

老太太以老病之躯熬过了一冬一春，在春耕春播开始时一息不继，撒手人寰，三位正为春播犯愁的孝女立即联系村小组长张罗出殡之事，众多村民也加入热闹的送丧活动中。虽然丧葬在中国，历来是与结婚、生育同等重要的大事，但儒家"事死如事生"的丧葬理念经过几千年传承，早已破败不堪，仅存仪式，此仪式居然成为文化生活贫乏的村民借此狂欢的机会了，小说写道：

> 生活在民风淳厚的乡村里的人们仍循行着一条古训：红事非请不去，白事不请自到。前者关乎为人的尊严，后者却是做人的美德。何况实践这美德有许多不便向人道的好处：至少一日三顿有酒有肉。恰好又可作农忙大战前身体的补充，晚上说不定还有热闹的丧鼓，多日不见的女人端着盘子在桌席间穿梭，趁人不注意时可以摸上一把丰乳肥臀。酒足饭饱离去时，还可得毛巾香皂之类的打发。于是哭声就等于命令，不一会儿，那院场里就聚了无数的脸，胖的瘦的，圆的方的，男的女的，老的少的。虽然衣冠不整像一群散兵，但个个脸上绷满义不容辞的责任，言谈举止全是仗义的气慨。（《一河春水·宁静的田野》）

无疑，人们并不是"事死如事生"，毫无尊老、孝亲的本心，而是借此狂欢，顺便占点便宜，而活着的人借此大操大办都是借死人之名做样子给外人看，以此赢得"孝亲"的美名。

老太太不到十岁的孙子心中却有真正的悲痛。不巧的是，孙子发现棺材中的奶奶经过一夜的聒噪居然复活了，他大叫着要阻止出殡队伍，但母亲、姨妈、村小组长、村民们迅速抬离孙子，迅速钉紧棺材，迅速埋葬了老太太。因为农忙就要开始了，他们不能因为老太太的复活耽误农事。

少年乱蹬着的脚撞到了抱着他的人的膝上，他一下挣脱了那人的膀臂，冲出堂屋。可是刚出门，又被一只强有力的手拉住了他的手臂。这时天刚黎明，而黎明时的光亮就像黄昏。他看不清那人的脸，他在挣扎中听见了那个朦胧的脸说了一句让他从此长大的话："别闹了，人迟早都会死的。"（《一河春水·宁静的田野》）

是的，人迟早会死的！小说提出了一个问题：为什么纯真的少年心怀真正的悲痛而成年人仅有仪式的狂欢呢？小说揭示了一个事实：在几千年的历史进程中，随着丧葬仪式的反复重演，孔子当年"祭如在"的真义已经流失殆尽，而并无真义的仪式使人们日渐疲累，人性趋乐的本能便将仪式作为一次群聚狂欢、放松取乐的机会，仪式反倒污染人心！少年没有经历仪式的污染，保留了本真的情感流露。谭岩小说既能表现自强不息、内敛克制的价值传统，又能描写亲情惨淡的人伦现实，表明其对人伦认知的多元取向。

四

谭岩散文和小说有共同的艺术旨趣：致力于表现和刻画乡园伦理，通过深入观察人伦在故乡、在底层社会的存在样态与变异轨迹，创造了种种惊才绝艳的作品。

读谭岩小说，你能感到多种旋律的交响，听到多声部的和声。谭岩作品有沈从文的荒疏、有汪曾祺的温情、有屠格涅夫的旷远、有张炜的沉重与诗意。谭岩作品是复杂的，厚重的，沉甸甸的，但也是温情的，诗意的，充满想象的。作者似乎永远平静，永远闲适，永远空灵睿智，乃至其笔调总是从容不迫，他能不慌不忙写出物的精微之处，和人性的细致本真，故其作品虽无武侠、玄幻小说的精妙情节，但有感发兴会的情致，能够吸引读者兴味盎然地读下去。《宁静的田野》作者以一种特异的笔调开笔：

一前一后的两只麻雀，在油菜田的上空，弹上弹下地飞。

油菜成熟了。沉甸的绿色波涛淹没了田垅，铺满了田野，涌向蓝天低垂的远方。

这是只有在沈从文作品中才有的笔意。而且就其语意语势而言，似乎是导向散文的笔致，将要叙述一件充满诗意和想象的田园故事，谁能想到小说会讲述一个乡村丧葬传奇呢？叙述一个人伦惨剧呢？读完小说，回头再看这个描写，你会发现这个宁静诗意的田野，居然成为丧葬故事的讽刺性背景了。这就是小说中的散文笔法。

以散文笔法入小说，是谭岩小说的一大特色。这种创作方法，历来多有人实践，现代有沈从文、汪曾祺、艾芜、孙犁，当代有莫言、贾平凹、张炜等。但相关犹疑又始终存在：小说以用情节塑造性格为核心使命，用性格引发文化思考，折射价值之思。而情节与性格有其行进理路：当性格形成之前，还可由作家设计情节，指向某种预想的性格，但人物性格一旦形成就有其内在逻辑，性格决定情节走向，情节都是性格"内生"的，鲁迅就在有关《阿Q正传》的创作谈中谈到了自己的"不得已"——不得不将阿Q写向死路。

但散文的主体意识相当强，写作主体始终控制着叙事进程。作者能否放弃主体意识，遵循性格的内在理路呢？谭岩作品就有此种嫌疑。

《美丽的天空》叙述算命先生王瞎子因儿子而感觉幸福满满，他的感恩、勤勉、睿智之心性（性格）全因儿子而来，而他的痛苦、沉默、孤寂、落寞也因儿子的死去而生，总之，儿子的生与死是王瞎子性格发生、形成的缘由。但在小说中，儿子的出现突兀，离去骇然：出现突兀，没有伏笔；去时骇然，没有征兆。如此，儿子的出现与遭难相对于王瞎子心理性格都是某种外在因素，情节与性格是一种"组装"关系，尤其是儿子离去并不是性格"内生"的。

这样说确有吹毛求疵之嫌，但这并不能抹杀谭岩作品的成功。

无边洇染的色彩

——田芳妮散文集《洄游》之心理体验方式分析

洇，墨汁落在纸上后慢慢渗透扩展的情状。古人作书用宣纸，用浓墨淡墨挥毫，墨汁落在宣纸上，或多或少总有墨汁在宣纸上洇开的情形，构成中国书法不可替代的神韵。田芳妮散文集《洄游》也有墨色洇染的情状。文集共分五辑，基本包含了散文的各种体式——叙事体（记人、叙事、游记等），诗性体（抒情、细节体认、场景描绘等），论议体（哲理辨析、一事一议）等，非止一种。重要的是，田芳妮散文给人独特的印象，不仅心触万物生知，更复语带万物而行，感知与语言互相洇染，互为氤氲，与佛语"心生种种法生，法生种种心生"颇有妙合之处，构成了田芳妮散文的独特叙事。

一、寻找心灵的故乡

文集名为《洄游》，所谓"洄游"就是不断向源头回返、不断溯源的过程。事实上，文集所安排的五个部分——"草木之馨""被风吹过的山坡""他乡故乡""旅途羁痕""在那遥远的小山村"——正显示了向某个终极目标进发的过程，即最终进抵其精神家园的进程。这个家园是伦理的、亲情的、温暖的，因此读者可视为灵魂的家园，心灵的故乡。

洄游的每一段旅程都有其特殊的符号语码。"草木之馨"流露的是作者对花鸟鱼虫的打量及其所以触发的隐秘内心波动。

桂儿听了幺姑娘的话，与阿炳一起年年种上满山满坡的菜籽，直把春天开得金光四射，香气熏天。直把一村子的人艳美得满眼流油。直把阿炳熏得眯缝眼笑。阿炳看着漫山遍野的女人花，在他眼里女人花和桂儿一样，开出来是阳光一样好看的颜色，结成的籽儿是阳光一样温暖的颜色。女人花和女人一样，是这世上的好颜色①。（《女人花》）

文本叙述外婆生养了十个儿女，在灾荒之年无法养活，就准备把四姑娘送给人家，四姑娘饱受皮肉之苦而不肯离家，弱龄的五姑娘桂儿不忍姐姐竹条下的痛苦而愿意代替姐姐被送人，但终究想家想爹娘，每次偷跑回家换来的是一顿毒打，桂儿最终狠下心学习独活，长大后与丈夫阿炳相依为命，她终于学会了在苦难中谋生，与丈夫一起在房前屋后、漫山遍野种满了油菜花。在阿炳的眼中，这漫山遍野的油菜花正如自己的妻子，生命力极其顽强，不择环境好坏而能肆意奔放的开放。是故，所谓"女人花"就隐喻了某种苦难而坚忍、漂泊而灿烂的生命力。物的符号向某种精神转进，代表了"草木之馨"的独特意涵。

如果说"草木之馨"以"女人花"为代表显示了心智由花鸟鱼虫向精神的转进，那么"被风吹过的山坡"继续沿着此种心智进程，把目光投向具有特殊意味的生存环境。

特别是冬天，还没有落雪的那五十九天，腊风岭的风一个劲儿的吹刮着。尤其熄灯铃声响起，腊风岭的冷风就加入一股夜风。夜风是一股有着锯齿的灰色楔子。它在熄灯铃声响起的一瞬楔入冷风中，只把冷风撞得窜出好几个趔趄，差点撞碎在走廊转角。好在转角一溜子胡乱堆放的洗脸盆洗脚桶慌慌张张扶了它一把，冷风转了个凛冽的弯，从楼梯间爬升上去了。熄灯铃声的尾巴也被这股楔入夜风的冷风

① 田芳妮：《洄游》，武汉：长江文艺出版社 2015 年版，第 23 页。

夹住，一溜烟刮得没影儿了①。(《被风吹过的山坡》)

文本叙述作者大学毕业后被分配到某山村小学——腊风岭小学任教所亲历的艰困教学环境，此地冬风长时吹拂，师生在危困的时日中抱团取暖，一起成长。作者直面腊风岭的冰寒与恐怕的夜风，象征性地描绘了初涉人世的脆弱、艰险与韧性，把一种危困中忍苦求生的意志借助于"被风吹过的山坡"图像式地凸显出来，于是，"被风吹过的山坡"就成了作者求生之难的独特精神语码，隐喻某种脱离了故乡母体但却倍感摇曳无踪、无所托付、似乎欲有所寄的荒疏之心。

接着，文本又在"他乡故乡""旅途羁痕"两辑中精心塑造了具有代表性的"黑土地"和"巴厘岛"符号，表明自己远嫁他乡、随爱人浪迹天涯的时空印痕与心灵足迹，此二辑将一种内心倾向明明白白地植入其中——寻找。寻找什么呢，第五辑"在那遥远的小山村"以含蓄蕴积的方式给出了答案：

> 一炷香的时辰，三个圆实的柴捆躺在父亲背架子上，从一条土路那头移到了自家稻场，父亲把柴捆立在土墙四周，这是他从林间打回的炊烟的种子。母亲把柴火点燃，炊烟从屋瓦缝隙里长出来，我们围坐在炊烟的福音里，吃着喷香的饭菜，享用着风光不尽的山村童年②。(《观山炊烟》)

应该说，文本所标识的五辑("草木之馨""被风吹过的山坡""他乡故乡""旅途羁痕""在那遥远的小山村")——五个阶段都隐含了一种寻找意味，寻找是怀着某种精神目标，而让外物与内心达到某种致密的契合，因而寻找的目光总是意味深长的打量，是精神符号的寻绎与契入，于是乃有

---

① 田芳妮：《洄游》，武汉：长江文艺出版社2015年版，第45页。
② 田芳妮：《洄游》，武汉：长江文艺出版社2015年版，第170~171页。

女人花向内心精神的转进，有了冰寒夜风吹拂的山坡对孤独内心的喧示，黑土地对漂泊灵魂之心理距离的隐喻性提示，以及在巴厘岛这个遥远异地上对家园的"恍佛"回归，等等。寻找的痕迹俨然。最后，当文本聚焦于"在那遥远的小山村"时，读者终于明白作者一力寻找的终极目标：双亲、田埂、稻场、炊烟、一家喷香的聚食与无忧的童年。总之，"在那遥远的小山村"中，"故乡"被凸显出来，指示了作者寻找的最终目标。隔着遥远的时空距离，"故乡"是如此令人梦牵魂萦，它洗去了一切令人不快的记忆，唯剩令人心动神摇的亲情与温暖，因而这是纯精神性的、心灵的"故乡"。

二、在过程中打开

田芳妮散文叙事颇具特色，无论是人事叙述、诗性书写还是理论思辨，其笔致往往摆脱了静止的图像描绘、凝定的诗意感知与固化的理论阐释，其叙事都有一种"在行走中留下痕迹"的意味。简言之，田芳妮散文追求一种"在过程中打开"的叙事效果。

"在过程中打开"体现在叙事体、诗性体和论议体散文中又各有非同寻常的显示。其中，面对叙事体，文本致力于追求在某个时空进程中逐步动态展示具有特殊意味的图式、场景或画面。

男人摇橹荡棹送女人去芦苇深处。一上午功夫，女人拾了满满一竹篮光滑溜滑的鸭蛋。女人唤了男人，男人应答之声从芦苇深处传来。芦花葳蕤如浮云，女人侧耳倾听，鹧鸪声里有苇杆咔嘶断裂的脆音。那是女人听了千遍不厌倦的脚步声。男人踩断芦苇的脚步声近了，毛衣上披挂着一身碎叶钻出密林，他手上也提一篮光溜滑溜的野鸭蛋。男人将两篮蓝莹莹的野鸭蛋搁上小木船，他轻手轻脚，像抱一个浅浅睡意的孩子放在床头一样，男人放两篮野鸭蛋在船头。女人看一眼自己精挑细选的男人，盈盈的笑意里含着她对他每一样活路的满意。男人放下鸭蛋，紧了紧缆绳，回身给女人摘下发辫上的芦叶①。
(《本草沙湖初相见》)

可以看出，文本并不静止地描写沙湖波光浩渺、莲叶遮天、芦苇丛
聚、野鸭飞鸣的湖光静态画面，作者设计了一对恩爱夫妻早已相沿成习的
生活动作——深入芦苇荡捡野鸭蛋，逐步展开了一片野趣横生的湖荡水
域，极有层次。湖荡的画面层次随着夫妻二人的动作过程逐步打开，画面
的展示不仅呈现动感，而且具有人味。这意味着，作者是站在"流变"视角
观物观人。细节的精彩与动人之处只有在过程中才活跃起来。

与叙事体文笔一致，田芳妮散文在表达诗性感知时也摆脱了静态描
绘，多采用空间层叠压缩法以展示世界的层次与多彩以及感知的诗化
特征：

秋是从月桂蕊中长出来的。桂子含着点点滴滴的秋，藏在墨绿的
袍子里、枝桠间。只等八月里那轮满月爬上西山，瑞香就在和缓的月
色下吐露出蛛丝马迹。月桂吐蕊，秋风从绵密的花瓣儿里，丝丝缕
缕，飘出来了。月中女子轻舞衣带，香风四起。河岸上行走的人，走
在月色里，猛然就嗅到了第一缕秋风的气息……秋是从荷塘的涟漪里
浮上来的。秋雨落在荷叶上，响亮的阳光收敛起金色光芒，一朵白云
沉在池塘深处。粉粉的荷花还在莲蓬边小憩，第一滴秋雨落下来，池
塘里那朵白云在涟漪里游进了荷塘。荷叶散开旋转的衣裙，把秋天晶
莹的雨滴举在碧玉盘里。月桂色的秋风轻抚一阵儿，柔抚一阵儿，大
珠小珠在玉盘里倾一颗出去，又落两颗进来。荷塘里的红鲤鱼，张着
嘴儿，吞下一颗珠子，又吐出一个泡泡。秋，就从荷塘波纹里氤氲升
起……秋是从田野的草丛里传来的……秋是从林间泼洒而来的……秋

---

① 田芳妮：《洄游》，武汉：长江文艺出版社 2015 年版，第 8 页。

从雪白的世界诞生……秋天歇在劳动者的身旁，它是大地授予万物的勋章①！(《秋日物语》)

诗性文本，作为散文的一种类型，读者并不陌生。何为诗性？按照罗马17世纪语言学家维科的说法，诗性即创造性，即起于联想的创造性。故诗性一方面离不开联想，另一方面离不开对旧有心智模式的突破，如是乃有"创造"。因联想，心智必然是动态展开的，是发散的。田芳妮《秋日物语》为了捕捉万物之秋意，通过联想提供了月桂、荷塘、田野、林间、劳动者等几个空间画面，将这几个空间画面叠压于一体，用空间表证时间，用静物串接过程，用画面转换隐喻心智的"行履"，从而让诗意从文本中结晶出来。何为诗意？诗意与诗性又有不同，根据朱光潜先生之论：

> 每首诗都自成一种境界。无论作者或是读者，在心领神会一首好诗时，都必有一幅画或是一幕戏景，很新鲜生动地突现与眼前，使他神魂为之钩摄，若惊若喜，霎时无暇旁顾，仿佛这小天地中有独立自足之乐，此外偌大乾坤宇宙，以及个人生活中一切憎爱悲喜，都像在这霎时间烟消云散去了。纯粹的诗的心境是凝神注视，纯粹的诗的心所观境是孤立绝缘。心与其所观境如鱼戏水，契合无间。②

换言之，所谓诗意就是对象因被主体注释而意义充满的状态，是"一滴见大海，芥子纳须弥"的状态，主体在对象中发现并体认属于自我的完整意义并因被对象勾摄而对对象持久的"凝神注视"。《秋日物语》用画面的层叠其实构成了对秋意的凝神体认，是在发散思维中的物我合一感，是过程中的统一。

---

① 田芳妮：《洄游》，武汉：长江文艺出版社2015年版，第31~32页。
② 朱光潜：《诗论》，桂林：广西师范大学出版社2004年版，第34页。

三、起点即终点

田芳妮散文始终显示了一个溯源的过程，一个回到起点的过程，按作者的理解，此溯源即所谓"洄游"，而洄游所抵达的终点正是生命所以出发的起点。

那么，这个终点即起点究竟是什么呢？全书第五辑《在那遥远的小山村》似乎向读者给出了答案。

《在那遥远的小山村》细写了自己出身的那个最初的物理与精神的家园，此中有祖辈的心酸，父辈的隐忍和子女的感恩，有炊烟、鸡犬、野花、田埂和亲人的每一次归来。原来，这是一个亲情与伦理的家园，这个家园如此令人梦牵魂萦，心动神摇，所谓"寻找心灵的家园"，所谓"在过程中打开"，都不过是为了指向这个终极的起点和终点。它是如此意蕴丰富，言之无尽。祖辈、父辈、同辈以及生活的点点滴滴，还有摇曳多姿的野花野草，构成了涵咏无穷的灵魂游冶之地。

此地有"大路上婆婆"的心酸往事。

> 大路上的婆婆据说是个忠厚人。忠厚人在大路上这个地方，是人们对老实成了老实陀的老实人的善意称谓。要不行端言淑勤劳善良还生了个大小子的婆婆怎么就被"下堂"了，弃在了"大路上"呢。所以大路上的婆婆是个忠厚人……罗家男人和大路上的婆婆过在了一起，罗家爷爷成了我的另一个爷爷……大路上的婆婆手扶柚子树，往长安市湾里望去。果然是她的炳阿仔的哭声。她的炳阿仔被困在赤木树下，挨着打噻了一个早工。罗家爷爷说，这孩子这么三天两头的打下去，迟早得打死啊。英吥，我们虽穷，跟着我们最多也就饿饿肚子，但不至于饿死。把炳阿仔接到大路上来，我们来养……父亲从一张布票冤案里刑满释放，那时他正是个只会吃饭的孩子。罗家爷爷穷，但他接受这个还只能吃饭不会干活儿的炳阿仔①。（《大路上的婆婆》）

---

① 田芳妮：《洄游》，武汉：长江文艺出版社 2015 年版，第 199～200 页。

这是小山村里祖辈的故事，"我"的亲生婆婆被祖父离婚抛弃在大路上，之后与罗家男人结婚，亲生儿子在后母的歧视下饱受冤枉和折磨，罗家祖父与婆婆一起只好把并非亲生的儿子接过来生活。文本对祖辈故事的叙述满含着人性与苦难、猥琐与伟岸的意蕴，因婆婆的忠厚本分，祖父在另一美色的诱惑下狠心抛弃了她；隔生婆婆利用自己美色诱惑祖父作为第三者强行插入，破坏原生家庭；祖父经不住美色的诱惑抛弃结发妻子；并在新妻的歧视和撺掇中折磨自己亲生儿子；罗姓祖父因不忍父亲备受折磨而接纳他，虽生活拮据但也坦然。

祖辈的生活是艰苦而贫乏的，但在贫乏中，人性照样喜新厌旧。祖父不顾原生家庭的完整性，被美色所诱欣然接纳第三者，此种猥琐的品行在罗家祖父伟岸人格的反衬之中更加鲜明了。

文本叙述极为蕴藉，用短短的叙事铺陈一代人四个人的故事，祖母的心酸往事奠定了"小山村"的人性与人格底蕴。

能够牵动人心而促使我向故乡洄游的还有父辈的隐忍。

文本叙述在一无所有的年代，父亲为了养家糊口摘下本家的桃子上街贩卖之事（文长不引）。为了贩卖出去，他又请了同母异父的弟弟帮忙照看。两人在街上蹲守半日，无人问津，父亲只好自己背上桃子沿街叫卖，其间听说自家娃儿生病，心急如焚，又走十余里山路挨门挨户问过去，先是一分钱一斤接着一分钱两斤，两天后桃子全烂成水，终于再也卖不动，"父亲抹黑儿走回桃山，可怜见的幺爹在深夜的街边上搂着那袋桃子睡着了。父亲叫醒他睡梦中的弟弟，把卖得的一角一分钱塞在他手里，让他回去"①。最后，父亲将烂坏的桃子和麻袋一起抛进了夷水河。"夜半三更时，父亲回到了家里。一分钱也没挣到，一个桃子也没有带回来。母亲问父亲钱呢？父亲说没卖出去。那桃子呢？烂了。母亲没工夫多问，因为儿子发着高烧，父母连夜把哥哥背到桃山，是脑膜炎。又转院资丘。"②

① 田芳妮：《洄游》，武汉：长江文艺出版社2015年版，第201页。
② 田芳妮：《洄游》，武汉：长江文艺出版社2015年版，第201页。

贫乏、疾病、所求无门、孤苦无靠等无可言喻的苦难是父母辈生活的本色与常态，他们的隐忍就是默默无言地忍受此种生活的磨难。但即便如此，父亲也没有忘记将卖来的一角一分钱给弟弟——他仍然维持了兄友弟恭的伦常之义。与此同时，正是在一无所有的贫困之中，父母对患病儿子转院治疗的血亲担待才显得分外沉痛与惊心。如此，文本叙述父辈对苦难的隐忍又透露出"在那遥远的小山村"所具有的血亲与伦常之义。

不特如此，牵动"我"向起点"洄游"的还有子女对父母感恩的甜蜜之义。

把行李放到母亲租住的小屋里，又转身步行到街上去取生日蛋糕……母亲从前希望我这件"小棉袄"能做她的知心人。可是小棉袄一直在她面前用大大咧咧掩饰羞于表达的尴尬。她那陪伴了她人生中大部分光阴的老伴儿只是个木讷的人，只有干活儿的力气，没有说话的技巧。她的子女不是蠢头蠢脑就是大大咧咧，全不是她那般热情得沸腾又多愁善感又善解人意……但今天我不声不响地出现在她眼前，她的眼里闪出惊喜的光亮，整个下午，笑容都在她脸上的皱纹里荡漾……侄儿上晚自习去了，父亲回荒上老家照看饿了半天肚子的猪儿、狗儿、猫儿。我和母亲在侄儿就读的学校操场上散步、吹即将中秋的晚风……操场边的香樟树下有一辆被遗弃的粉色四轮车，我拿童车推着母亲在晚风中飞跑，我们在月色下偷偷地打着响亮的哈哈。我喜欢这样欢乐祥和的母亲，像孩子一样快乐的母亲①。（《生日礼物》）

这是一段验证何为"孝道"的文字。按儒家《孝经》之说："用天之道，分地之利，谨身节用，以养父母。此庶人之孝也。"②"孝"由于儒家原典的阐释，成为规定基本家庭人伦关系的"礼"制，其原始意义即为子女以顺从

① 田芳妮：《洄游》，武汉：长江文艺出版社2015年版，第207~209页。
② 《孝经》，乌鲁木齐：新疆青少年出版社1996年版，第25页。

之心建立父母与子女之间的和乐关系，建构家庭中以血亲体认为枢纽的亲情。文字叙述自己采用突然袭击的方式为一向节俭的母亲过生日，以表达自己对父母养育之恩的报答，在俏皮、快乐的氛围中叙述母女亲情，此种亲情是以血亲体认和感恩为基本情感向度的，故弥漫着人伦的愉悦，正与儒家的孝道之义相契合。一定意义上讲，这种父母与子女之间的亲情正是全部文本所要抵达的终点，是"洄游"的终极目的地。

至此，文本叙事隐含的情感显示了一个类似于飞去来器之回旋镖的线路：从起点出发，又回到起点，但此时的起点也同时具有终点的价值。文本从故乡的一草一木作为叙事的始发地，用花草寄托乡思；历叙自己嫁为人妇，在他乡回望故乡的心情；复叙自己远走异国，在巴厘岛看到故乡的背影；最后集中回忆乡愁满满的"小山村"，凝定于人伦与亲情。经过如此转圜，起点终于具备了与终点的同一价值，所谓"洄游"就是在乡愁的牵引下回到以血亲体认为枢纽的人伦与亲情。于是，"洄游"从生命叙事进抵价值叙事。

余思：散文的第三重境界

一般而言，由于散文的规模限制，文本在情趣、情调、情怀的显露中往往是单一的，文本只能要言不烦无暇他顾而往往直抵某一种境界，或情趣，或情调，或情怀。此种对散文最高境界的追求在田芳妮散文中也得到了验证。散文虽然在最初故乡花草的品味中流露了情趣，在对异国他乡物产的点评中显现了相应的情调，但从最初开始就有洄游到起点——乡愁以及人伦亲情的预设，意即抵达情怀是散文开始就设定的终极目标。因此，散文总体上还是显示了某种情怀境界。

何以称为"某种"呢？原来情怀所抵达的意义是包含家国千秋、民族存亡的终极关怀以及道义真理等宏大叙事。乡愁、伦理亲情只是情怀的起点和基础，家国千秋之类的价值意涵是此起点所要达到的目标。古有"修身齐家治国平天下"之说，表达了家国同构的道义理想，修身齐家是治国平天下的基础功夫，田芳妮散文似乎无意于家国千秋、道义真理的价值阐释，只是从个人体验出发，写出"在那遥远的小山村"草木的动人之处、一身萧然他乡求职的孤独、远嫁异乡对小山村的回望以及去国远游而瞥见故乡的背影。其文本越过了情趣与情调而直抵情怀。总之，因"洄游"而抵达乡愁与亲情的情节至始至终贯穿整个文本，如宣纸上的墨色，在文本所涉物象中渐渐洇染开来，以情观物，物皆有情。"情怀"始终凝定于伦理的最底层，为散文的第三重境界提供了别样的范本。

钢筋水泥的人文底蕴

——读王新民长篇水电工程小说《你看长江往南流》①

2018年2月，长江文艺出版社正式出版了宜昌作家王新民的长篇水电工程小说《你看长江往南流》。作为亲身参与了三峡、鄂西地区诸多水利工程的老一辈产业工人，王新民在与笔者谈到小说的创作时，流露出了在作品中同样存在的特点：生活素材、生活积累喷薄而出，虽然有不加选择和条理化的嫌疑，却使这部国内少见的水电工程作品具有沉重的分量。

在长江三峡、鄂西地区修建系列水利工程是20世纪六七十年代国家的重大决策与号召，为响应这一号召，大批农民、城镇居民、知识青年和复原军人身份迅速转为水电工人，他们告别故乡，带着"拿国家工资、成为公家人、顿顿吃白米饭、一人养活全家"的梦想，跋山涉水向工地汇集，投入热火朝天的工程建设中。小说以老邓为主角刻画了一幅产业工人的群像，描写他们的身份、生活、精神和命运，展示了人与工程相同而又不同的命运走向，通过如椽之笔，为生长着的钢筋水泥赋予厚重的人文底蕴。

一

在庞大的产业工人队伍中，大字不识一个的老邓原初身份是农民，因

---

① 《你看长江往南流》，作者王新民。此书属于湖北省作协第二届长篇小说重点扶持项目。

响应国家号召，在村支书的鼓动和操作下成为水电工人，老婆吕茴香是继续在家种地、依附丈夫存在的半边户。因为是文盲，所以对水电工程一无所知。小说以老邓的视角，描写工程建设的火热、新鲜、激动，看着一座座庞大壮观的工程在自己眼中成长：

> 砂石料输送时的金石撞击声，气阀气泵巨大的气流声，拌和滚筒运转的轰隆声，二十四小时不间断冲击耳膜。新工人没有三五周的适应期，别想睡觉……周边县调来民兵团支援工程建设，笔架山下大打人海战。红旗、标语，将冷落了千百年的山沟沟装点得红光满面。悬挂在彩门、电线杆、山崖上的红布标语比好几副对联接起来还要长……整个工地就像一盆熊熊燃烧的板炭火，人人都显得急匆匆大步流星，到处热气腾腾如火如荼。目力所及，绝看不到有人无所事事地闲溜达。

水电工人分不同的工种：浇筑工、电工、电焊工、拌和工、内燃机工、钻灌工、管道工、锅炉工，他们绝大部分并不是专职水电工人，面对筑坝这种具有很强专业性的工作，他们一面贪婪地学习新知，一面因时因地因势因材料创制浇筑形式，将人的创造性发挥到极致。不仅如此，这批土专家还大胆吸收外来技术，针对性地解决问题：工地从法国进口了一套混凝土生产设备拌和楼，但不能满足大浇筑需要，于是他们便土法上马。

> 十几个工人、靠电焊、氧焊、八磅大锤、手动葫芦、"青年吊"、丹江口运来的一堆废旧配件，三个星期时间，一座简易拌和楼就这样出现了，比生产队盖保管室还要快。

正如用土法盖拌和楼、浇筑工程，工人们也将自己的感受、认知熔铸到劳动对象中。

闵修彣指着拌和楼说：你们看，从下往上看！拌和楼，一共三层。拌和楼，三个滚筒，就是它的肚子。衡量层，是它的胃，吃多吃少都从这里过。往上看，骨料仓、水泥罐，就是它的嘴。从细沙到大石、水泥、水，都从嘴里吃到胃里，再到肚子，滚呀、搅呀、拌呀，变成了混凝土。然后，卸进储料斗，运去浇筑大坝。大坝，就是从它身子里一点点钻出来的……哈哈，像不像！你们说，拌和楼是不是大坝的母亲！

如果说这还是来自人之本能的类比联想，被理工男的理性思维限制在可控的范围内，那么还有一种是基于产业工人各自身份之原初体验的诗意想象被灌注到工程之中，使无知无情的"被造物"具有了精神特质：

也可以这样说：一风姿绰约女子，乘风乘雨，漂洋过海，从遥远的阿尔卑斯山下来到华夏鄂西之地，见一拓荒汉子，挥汗如雨不以为苦，衣衫褴褛不以为穷。她钦佩他吃苦耐劳精神，他欣赏她聪慧灵秀模样。他用健壮的体魄祀奉她，她以柔美的躯体回报他，她的乳房渐渐丰满，腹部日益隆起。储料斗是她的子宫，弧形口是她的产门。十月怀胎，产下一子。她以源源不断的乳汁喂养它，稚子很快长大，算不上经天纬地，却也英武伟岸，活力四射。俯瞰山川河流，将光明洒向大地！

这种想象为一个工程赋予文学性的诗意情节，让无情之物与活跃的产业工人达到了某种深度关联。表明产业工人不仅建造着工程的肉身，更营建了大坝的精神内容，"筑坝"成为产业工人实现自身价值的依托。那么这种关联就引导读者向人与物的"命运"方向发生联想："看"物就是"读"人，领悟人的情感意志并借以进入大坝的精神内核之中，大坝成为见证人之主体性意志的丰碑。

二

大坝不仅从产业工人手中诞生，而且成为他们认知发生和活动的舞台，因此人与物更形成一种深度依存关系，小说以吕茴香历经千辛万苦找到了在工地防洪的爱人完成此种构思。

> 月亮钻出了云彩，银色洒满大地。老邓和大姑娘(老邓对媳妇的爱称)远远地坐在草包垒成的堤岸上，仿佛两个过客来到故夷陵城墙，看已安静下来的江水捧起月光，揉碎，抛洒。
>
> 老邓：你看长江往南流。
>
> 吕茴香：你咋知道它往南?
>
> 老邓：看月亮。月亮从这边升起，向那边落下。
>
> 吕茴香：是的，上边北，下边南。
>
> ……
>
> 吕茴香：你咋一声不吭，就跑大工地来了?
>
> 老邓：接到命令就上来，哪来得及吭声!
>
> 吕茴香：啥是命令?
>
> 老邓：你看这些沙袋墙，我们三天三夜没合眼垒起来的，这就是命令。
>
> 吕茴香：那我也命令你。
>
> 老邓：行，你命令吧。
>
> 吕茴香：亲我一下。

细细体味，这段文字至少有如下意味：(1)启蒙。老邓到工地已有一年有余，一个农民对长江的观察体认在心里久经蕴蓄，因大姑娘的到来终于找到了表达的突破口。因此，"你看长江往南流"具有双重启蒙的意味：长江对老邓的启蒙和老邓对大姑娘的启蒙，心智因为启蒙而敞亮。(2)发现。一个由农民变身而来的产业工人发现了一个千古不移而令人惊奇的事实：长江居然是往南流的，在江流的终端是令人不安的期待与猜想。(3)使命。接受命令就垒砌沙袋以防洪是老邓一辈水电工人不容推辞与怀疑的职责，他们的命运就是与大坝共存亡，这是不需解释的责任与使命。(4)情意。在云月掩映的大堤上，大姑娘命令老邓"亲我一下"——"爱"消弭了夫妻二人的身份之差，情意融融，风花雪月，"浪漫"并不因身份与距离而改变。启蒙、发现、使命、情意等意义在人与人、人与物的纽合与关联中得到了最大的发舒与领悟。

然而，长江、工地上不仅仅具有风花雪月的爱情故事，还有令人窒息的死亡与伤痛。

> 一团黄褐色物体，怪异地变幻着形态，骤然出现在眼前。仿佛一头狂怒的狮子，没头没脑沿着狭窄的河沟疾奔，浑浊瞬间吞噬所有，捎带淹没了广场，暴虐无忌。洪水所到处，摧毁、撕裂面临的一切，裹挟着树木、房屋、家具、用品，还有人，巨石没了分量，顺从地随水滚动……虞一纯站在没膝的广场边，捶胸顿足，一筹莫展。他忽然看见，有个人，胡乱挥动双手，无谓的挣扎仅是本能，随水流来。是个女工。虞一纯跳下台阶，手指抠进台沿石雕，声嘶力竭叫喊：伸手，抓——住——我！女工的手与指挥长的手轻触一下，便即分开。虞一纯身子奋力前倾，抓住了女工被水鼓荡成气球状的工作服。

洪峰与大坝是水利工程的一对生死矛盾，这对矛盾不仅给大坝带来毁灭式冲击，还带给人灾难性命运，因而抗洪向来就是人对命运的抗争，突出表明了人与大坝同心同力共御时艰的精神凝聚，小说写暴雨、洪峰、救援、伤逝，凸显了产业工人抱团抗争、舍生取义的群体意识、团队精神，也就是以一种特殊形式质证了人与大坝的共命意义。

不仅如此，围绕大坝建设之人才与物质资源的需求与供应，工程党委和行政部门联合地方政府相继建立起技工学校、医院、广场、球场、菜市场、电影院、备料厂、自来水厂、轮渡人渡码头等民、坝两用设施，成千上万的工人、市民围绕工程生活、作息，一种带有"社区"意味的生活被创造出来，大坝工程深入人们的日常与内心之中，更紧密地关联起"人类"的命运。故小说描写大坝在生长过程中伴随着产业工人的风月故事、社区生活、伤痛死亡，构建人与大坝的共同命运。

三

大批产业工人的原初身份是农民、城镇居民、复原军人和知识青年，他们在建设工程大坝时，也以一个普通凡夫之心经营着自己的家庭生活。由于那个时代人心的单纯，他们初到工地时，想到的是迅速摆脱饥寒交迫的农民、居民等身份困境，拿国家工资，顿顿吃白米饭。这些家庭很少双职工，大多是半边户，"他们越来越不满足于驿站式短暂逗留，自愿与工人老大哥长相厮守，死心塌地投靠，条件再差也无怨言"。但随之而来的另一半以及随后的一家三口、四口、五口(20世纪70年代初计划生育尚未实行)的生活负担毕竟还是残酷的摆在这批产业工人面前。如此，水电工人们除了筑坝的使命外，还面临着半边户的家庭困境。

工程党委和行政部门似乎并没有深度关注这些家庭的房子、口粮、子女入学、生活日用等问题，但产业工人的青春必须为大坝而燃烧。而他们每月三四十元的月薪又不足以支撑日益壮大的家庭，是故半边户们动辄陷入贫困之中，他们的生活水平并不比一贫如洗的农民好多少，农民还可以自己的勤勉在口粮地上谋食。

作为半边户的妻子们如何解决生活困境呢？小说以老邓媳妇吕茴香为个案写出了半边户们的生存状态。吕茴香最初因攀上工人老大哥而兴奋异常，但两地分居使她无意种地，跋山涉水见到丈夫，却也只能因陋就简住集体宿舍，无论是工地盖上的石棉瓦房还是之后的水泥房，吕茴香一家都没有分配资格，只能住在会议室。其间国家分配指标涨工资，老邓也因级别低下被排除在指标之外，老邓四十元的月薪支撑全家二十年。房屋前后少量空地可种蔬菜，但"割资本主义尾巴"又打断了吕茴香的妄想，吕茴香只好多方设法。

吕茴香带着大儿子捡破烂，废铜烂铁、轴承电线、铁丝铁钉、水泥纸袋等，目力所及，都能激起吕茴香生活的热望，垃圾堆就是她的财富宝地。姿容美丽动人的农家女吕茴香因长期摸爬滚打于垃圾堆而满面尘垢、破衣烂衫，所幸每月卖垃圾所得居然高于老邓的月薪了！一家子度过了一段幸福时光。不久工地要求收回所有作为垃圾遗落的工程零部件，吕茴香的垃圾生活被迫中止。另一半边户姐们秦香莲建议吕茴香去厂部扛一分钱一袋的水泥包，不久，因怀上第二胎，不堪忍受水泥的灰尘与重压而作罢；工地食堂要帮工，吕茴香欣然前去提水择菜、洗碗扫地、擦洗锅台，又因二儿子降临被迫中止；一年后食堂改制裁员，无法被食堂接纳的吕茴香只好带着两个儿子重新开始捡破烂；走投无路之时突发奇想上街帮人擦皮鞋；养老保险消息传来，吕茴香万般无奈之下卖掉农村房子和责任田，交齐五万元保险，解决了小孩高额异地教育费，自己领到了每月四百元的养老金。而此时，吕茴香老家的农民朋友因开发商征地补偿个个成了腰缠万贯的土豪——她再次与致富梦擦肩而过。

半边户的工人丈夫们也是压力山大。他们的使命就是建坝，建好一座坝后就转移阵地，而将大坝的管理与经营交由另一批人。二十余年来先后在鄂西、三峡地区建好了黄龙滩、二江三江、葛洲坝、高坝洲、隔河岩、水布垭等水电站，但大坝筑成之日就是他们与大坝分离之时。与此同时他们命运遭际各异：或因抢险救人丧生失命，或因言论怪异久受打压，或因女儿被拐卖投水轻生，或因苦恋不成分道扬镳，或走街串巷炸爆米花。由于身份低微，级别低下，每一次涨薪的机会都与自己擦身而过，四十余元的月薪使自己支撑的家庭日益陷入艰困之中。

困顿、流浪、心酸、无奈、衣食无靠是半边户们普遍的生活境况，最初"拿国家工资、顿顿吃白米饭"的梦想无情破灭。被大坝招聚而来战天斗地的产业工人们其热情理想在二十余年的苦熬中终成空花泡影。但即便如此，他们也并没有意识到自己辛勤浇筑的大坝将要远离自己，对自己做漂移运动，仍然觉得筑坝是自己和家庭的衣食之源，以微弱而饱受质疑的热情维系着自己与工程的脆弱关系。如此，水电大坝再次被注入了某种别样的人文意蕴，一种以生命的苦涩为核心体验的沉重底蕴。

四

国企改制了，大批产业工人下岗分流，股份制改革时他们又因对股票无知卖掉了最初的原始股份，财富梦想生生从手头滑走。他们被迫自谋生路，走上了与半边户老婆同样辛苦觅食一途。在贫困的逼迫中，他们操起无所不能的行当，干着来者不拒的零活，甚至不拒为农民打工，温馨的工农联盟变异成陌生的形态。

在比三线建设时间更长的几年打工生涯里，什么记车数，路面上铲石头，受雇于私人老板干杂活，开空压机，完全打破了工种界限。包工头发现他懂技术，让他给农民工讲解混凝土的和易性究竟是什么意思，还有机械基础、电工原理、钣金常识等。期间，也当过小工提灰桶，甚至打罐——农民工嫌不挣钱不屑干的零碎事，老邓都干过。

但也有习惯了二十余年单纯的劳动—吃饭、无法改弦更张自谋生路的部分水电工人陷入巨大的恐惧之中。

某外营点职工高某长期食欲不振，消瘦，后发展到腹胀，乏力。患病下岗已有先例，高某害怕下岗刻意隐瞒病情。是晚，狂喷鲜血死在床上。同寝室工友也姓高，见状竟被活活吓死。经法医鉴定，不敢去看病的高某是肝癌晚期，被吓死的高某患高血压性心脏病，受惊吓导致心力衰竭死亡。

由于国企改制带来的下岗恐惧，产业工人相对于大坝的劳动再也不具备诗意想象，丧失了主体实现的愿望，抽离了劳动的热情灌注，劳动不再是将劳动对象视如己出的"心物同一"之关联运动。

结　　语

总之，小说以描写水电工人的筑坝故事，为水电工程赋予了诗意想象、人定胜天等富含主体意志的内容，以及对生命与劳动的思考，使水电工程、钢筋水泥具有了厚重的人文底蕴。

当然，小说叙事的形式结构并不尽如人意。主要体现在两个方面：第一，小说缺乏精妙的故事线索，故事不具有太大的可读性，不能吸引读者"欲罢不能"。小说的核心使命固然是刻画人物性格，但精妙而具有吸引力的故事是吸引读者一口气读下去的动因，也是引导读者参与二度创作的重要诱因。第二，过多使用"预叙"（将情节发展的中间或末端的重要环节提前叙述，之后叙述"何以如此"的过程），影响了情节线索的清晰度，并影响故事的可读性。预叙如同伏笔是需要照应的，但有的预叙居然没有照应，这使故事或情节出现断裂。此两种缺陷，最终影响了小说的艺术品位。

但是，阅读文本，读者可感受到作者的生活素材、生活积累丰厚到令人惊异的地步，大约正是因为生活积累过于丰富，乃至于"喷薄欲出"，人物和事件信手拈来，娓娓道出，感觉作者似乎不加选择地急于言说，带着叙述者的沉重和沧桑，因而出现上述两种不足。在叙述中，作家放弃了书面语而使用土到掉渣的方言表达，强化了人物的个性色彩，是极有特色的文学语言。参与工程建设的产业工人能够创作小说者并不多见，因而小说以其独特性在国内同类题材的艺术文本中应该占有一席之地。

抛物线走过的良知与理性

——评温新阶教育题材小说集《白太阳》

温新阶教育题材小说集《白太阳》，全部小说都以宜昌地区某县乡镇中小学的教师学生及教学活动为表现对象，表现教师在物质贫困、生活清贫下的道义坚守；教育系统的人事关系；学生的心理应对；走进死胡同的教育体制对人的伤害等，虽反映的是山乡教育，但读者一叶知秋，根据其中的种种情形可反思整个中国的教育现状，故小说具有高度的典型性。

温新阶曾做过多年中学教师，故对乡镇中小学的教学、教改、考试、评估、校长调整、教师升迁等教学活动与人事运作了如指掌，对学生、家长、教师、校长、教育局乃至县委和省市宣传部门如何联动洞若观火。作者通过小说表现了对体制、人世、人心的深刻而清醒的思考。而思考本身折射的却是作者良知的温度与理性的深度，作品的精神价值也就在此良知与理性中凸显出来。

一、抛物线模式略说

通读《白太阳》，笔者发现其中每一篇单独拿出来读，篇篇精彩，整体读则隐约现出一个模式：抛物线模式。一个作家在多年的创作实践中，往往会形成自己的模式。这种模式于作家而言，最易于设计情节，最易于创造性格，最易于合理安排材料，最易于表达意义，是在多年的实践中自己对人性、生活的体验与意义调适的结果。模式本质是一种意义结构：不仅是一种意义的发生结构，更是一种意义的动态形成结构。当然，模式化是一股双刃剑，也有缺点，它最终会作为一种既定的套路束缚作者，使作品的创新成为不可能；又会使读者在对"同一"的反复体验中变得麻木而放弃作品。因此作家其实也是最害怕模式化的——创新是作家永远的追求！如不能在创作中实现，就让它成为梦想！

《白太阳》共集十部中篇，大部分小说的故事情节、人物命运遵循一种抛物线路径：主人公从普通教师（抛物线起点）起步，因个人的教学优势或特殊专长在教学中获得正能量效果，被教育局、厅或政府宣传部门发现、重视，要树为典型，他们调动各种资源包装这一典型，尽量放大典型的示范效应，主人公的命运被裹挟着飘摇上升（抛物线上升曲线），但这些外来包装资源超过了人物的承受能力，或与实情脱离，完全成为两张皮，人物在经历高峰体验之后，最后还是因不堪高峰体验的"醉氧"状态或因体制的惩戒机制而陡然跌落（抛物线下行曲线），构成重回普通人甚或比普通人更惨的悲剧（抛物线终点）。这是描述大致模式，具体到每一部小说，相对这种模式而言都有或多或少的出入。又有曲线向下延展的抛物线（《左耳湖》，后文有述），曲线向上的抛物线文本多构成悲剧，向下的则构成喜剧。而在整个抛物线的构建中，完成了小说的核心使命：人物性格的塑造和价值意义的思考。

二、富于意志的体制

《白太阳》有几篇写得绝对出彩：《校长王鬼子的生活片段》《戴安娜的琴声》《白太阳》《左耳湖》。其中我们可将中篇《白太阳》（非小说集，独立的中篇小说）视作前述抛物线的经典模式。小说叙述刚刚民办转公办的俞发菊老师坚持在一个县教委多次准备撤销、只有23名学生的偏远山乡小学喻家坡小学任教，既当校长，又当老师，还是炊事员与保姆，负责全校学生的伙食，因饭菜可口入味，管理细心慈爱，深受学生爱戴，在一次与体育委员用板车拉送患急性阑尾炎的学生到乡卫生院的途中，巧遇下乡调研的市委李书记一行，李书记深受感动，决定将俞发菊树立为全市教师典型，乃动用媒体大加宣传，俞发菊一时成为全市全省教师模范。教育局又决定将俞调到县实验小学鼓坪小学任副校长，此前俞与乡人武部的"他"热恋并怀孕，而"他"在车祸中身亡，俞不得已与村支书儿子朱成海结婚，并生下儿子朱一刚，一家和乐的俞发菊本不欲调动，她觉得待在喻家坡小学种地、养猪、教学，并间或用映山红凭吊前男友已足够满足，但禁不住教育局施副局长"党员要服从大局"的劝说到鼓坪小学管理留守儿童和花坛整治，并负责一个班的语文教学，是时媒体继续一波接一波地美化俞发菊，使之成为全国典型，她也一次又一次被邀请到全国各地巡回演讲。

与此同时，俞发菊感觉与鼓坪小学校长老师愈益隔膜。省管专家指标下来，县里想方设法评定毫无学术成果、因教学的知识错误而被家长们非议的俞发菊，激起一批学术、教学俱优的老师（以何鸿儒为代表）的反感，她开的"俞妈妈小饭桌"因各种传言也无人光顾了，何老师拿俞发菊儿子朱一刚说事，被俞发菊在施副局长前反告一状而调离——作为凡人的俞发菊也有报复与泄愤之心。木匠丈夫朱成海因俞发菊关系调到县电力局，施工失误受罚，与儿子朱一刚到酒店酗酒解烦，并合计一起重新调回老家。朱成海父亲临终时，俞发菊在福建演讲无法回家奔丧，回家后到路边采花遭遇车祸住进医院，在病床上从朱成海的手机里看到朱与玉琼的恩爱短信，并有儿子朱一刚支持父亲、决裂母亲的信息，俞发菊至此感到失去了单位、同事、朋友、家庭、亲人，只有一身空洞的名誉符号，万念俱灰中从病房楼上一跃而下。

平心而论，俞发菊本质善良、勤勉、贤惠、慈悲，在喻家坡小学任校长、老师、炊事员、保育员、勤杂工，负责学生的学习与生活，不仅毫无怨言反倒满心欢喜，深受学生爱戴，班上成绩和纪律不输于其他任何学校，以一人之力抗衡其余学校群体，笔者甚至认为这种充满生活与爱的教育才真正是教育的正途！国家多年耳提面命的素质教育在俞发菊的教学中不期而然地体现出来，我们看班上学生与干部各负其责、兢兢业业、互相奉献、互相成就他人，这难道不是"素质"？！当俞发菊调至鼓坪小学，她被剥离了自己的生存环境，在荣誉的累积中作为凡人的缺点与失误多多少少流露出来，随着地位的上升，精神愈益枯萎，人格也随之而变异，最后被缺点与失误累积而成的强力所击毁，悲剧就此造成！

三、心性的同一表现

《戴安娜的琴声》也是一部出色的悲剧。小说叙述具有惊人美丽而又有艺术修养的音乐老师戴小娜将被分配到长山二中，却被教育局牛局长发配到边远山乡火石岭中学，并送给她自己的名片，他认为这个美丽的姑娘如不能忍受火石岭的艰苦必定会打电话求到自己名下，那时就可占有她。且不说一个教育局局长本应为让这种优势资源发挥最大价值创造条件，至少应该尊重原有计划让戴小娜分到长山二中，但他出于淫邪的私心改变原有计划流放戴小娜，成为戴小娜悲剧的起点。在牛局长看来，"美"只是可被占有的实用性资源，故牛局长是恶之源，其之心性可谓颇具代表性，代表了一部分官僚欲望压倒良知、为欲所使的可恶面目，权力就在这种欲望的驱遣乱用中扭曲变形，权力成为灾难，而承受这种权力灾难的只能是百姓。

戴小娜的内心过于纯净，她并不理会牛局长对自己有意味的流放，而是安心沉醉于音乐之中，她的音乐甚至得到了学校周边农民的回应，她并没有料到后面的悲剧。学校每次放大周(每两周放四天)时，戴小娜都是孤身一人，学校食堂关门，戴小娜落下胃病并被人强奸，她甚至没有看清戴着面具的强奸者是谁，只能大略猜测可能是周边的农民，戴小娜因害怕而住进校边田大妈家里，又被田大妈设计与自己儿子发生性关系，戴只好与其结婚并生下女儿姗姗。我们不能从"底层人笃厚"的单一概念出发料定每个底层个体个个善良，就心性险恶的程度而言，底层与上流社会的人心之险并无二致，甚至他们在用到这种机心险胆时更富于谋略，使人防不胜防。他们就是如此接续着牛局长有意味的陷害之接力棒将戴小娜推向更深的陷阱之中，如此纯净美丽的"谪仙"落于尘埃，她的现实与未来悲剧已基本锁定。

长山二中招考老师，戴以高分考入，得以使用学校脚踏风琴并吸引了学校保安赵斌和小有名气的语文老师郑威，郑威改其名戴安娜，从此在学校传开。她与保安赵斌合作的校本课程"南曲"教学获得巨大成功，又协助郑威语文公开课的"音乐写作"，同样获得成功——戴小娜的命运"抛物线"历经曲折，至此达到顶点。

对戴小娜一向怀有成见的钱书记与牛局长来听她的课，就戴的南曲课程提出严厉批评，钱书记上升到和平演变的高度——要否定一个人，最好从政治角度钉死她(他)——钱书记深谙此道。当偏见与概念控制一个人时，他已无法看到真实，无数事实都向某一特有的概念汇集，以印证偏见的"真理性"；牛局长别有用心地质疑：对戴小娜的流放与历练为什么还不到位？既否定她的课程，又为自己当年的阴暗巧妙遮掩——人心之险一至如斯！原来阴暗还有如此的多样性！

女儿姗姗突然病倒，医院检出患有先天性冠状动脉狭窄，需马上做手术，费用达六七万元，若在省会医院则需十万元，鲁校长发动社会捐款——鲁校长爱才心切，他发现了戴小娜的价值，戴小娜也招收学生做家教，赵斌卖掉房子为她筹款——他是唯一真心爱着戴小娜的人。

郑威的长篇通讯《流淌在人间的真情》获得热烈的社会反响，捐款和采访随之涌来。为感谢媒体，戴小娜出席酒宴，晚上因不能回校只好开房，郑威乘机勾引戴小娜欲发生性关系，不料钱书记带着警察破门而入，"惧内"的郑威写招供材料时反诬戴小娜勾引自己并虚构二人的性活动——才华横溢的语文老师其人格原来如此不堪。中学里有一批老师颇具才情，但他们以才情自骄，心性凉薄，道德低下，人格猥琐。在面对客观事实与污人自保的选择时，低下的道德良知使之毫不犹豫地选择后者，而将他者推向凶险的深渊。正如鲁校长斥骂郑威：人格给狗吃了！戴小娜绝望之中带着女儿自杀，赵斌带着卖房的六万元寻找戴小娜，被人劫杀，小说至此落幕，文本抛物线再次迟滞于悲剧的尾端。

可以看出，自戴小娜分到长山县，她的每一次悲惨遭遇都是来自人心险恶，并不是命该如此。其鬼蜮伎俩既有来自官员的，还有来自同事的，更有来自底层的。上层、底层、同一层，处处是陷阱，戴小娜动辄蹈险，时有身份之疑、尊严之毁与性命之忧，平静的校园却是处处险涛恶浪。她的内心从不设防，故使种种伤害有可乘之机，直至遍体鳞伤、走向死路。弱女子承担了人性的全部罪恶——小说悉心经营的核心理念使小说具有相当的深刻性，体现作品一种理性的洞察。

四、无法抗拒逆淘汰

《校长王鬼子的生活片段》是一面镜子，照出学校教育之乱，以此折射关系社会之乱象，表明实力派教育者无法抗拒乱局，只能被乱局淘汰，只是，这是一种"逆淘汰"。

语文老师王奎曾任枝阳中学副校长，今到红柱中学任教，每年中考升学率与县实验中学不相上下的红柱中学今年升学率大大下滑，镇长书记准备换校长，王奎临危受命接替原校长。他面临三个问题：如何阻止升学率下滑的趋势？如何提高教师积极性？如何解决经费困境？三个问题其实是一个问题：钱！为此王奎当着镇长书记的面要乡财管所长保证从学校统收的学杂费用到教育，不能挪作他用，镇牛书记观其精明，呼其名"王鬼子"。

钱永远是难题。王鬼子巧妙绕开县里"不准办补习班"的禁令，以山乡中学毕业生大部分要回家种地为由免费办起茶叶加工和蔬菜种植，并顺带有收费的文化补习班，学生愿否随意，既得到家长的称赞，又提高了教师积极性，引起县里重视。为提高升学率，王鬼子通过某校的表哥副校长联系到了市里数学命题人洪老师，自己花钱送土特产、送山货、送保姆，保姆费也由学校出，又将市里命题组一行接到学校玩乐，保姆感激洪老师的厚待与之发生性关系而怀孕，王鬼子花钱为其做人流，然后带回家，并多付一月的保姆工资——他深知"功夫在诗外"。不久洪老师一封用暗语写成的信被王鬼子心领神会，他从书店找到原书原题要全校学生必买必做，中考大获全胜，居然首次超过县实验中学。记者同学万红一篇报道使王鬼子声名鹊起，一时盛名无两——他达到了自已抛物线的顶峰。

名声在外，外地家长都要将子女转到红柱中学，王鬼子协商镇政府向转进学生收借读费。学校食堂因危房砸伤了学生，王鬼子乘机向土管所要土地扩建食堂，因土地冻结只好向旁边农民廉价征用土地。与此同时，在同校教书的老婆多次评优、评职称之事被王鬼子压制，老婆愤怒转校。之前就王鬼子动辄在外喝酒之事与其发生争执，王鬼子诉苦道："你以为我愿意？学校办事四处求人，八面赔笑脸，你不喝怎么办？你喝醉了，别人才愿意给一点施舍，有时我也觉得跟马戏团的猴子差不多，凭着你出色的表演，别人赏你几个铜板，有什么办法呢……"王鬼子道出的不仅仅是个人的困境，而是中国特殊的制度与文化环境中基层官员的普遍困境，他们的境遇并不比普通教师要好，更有比一般教师要多得多的人事与道义上的困难。看透了制度与官场的王鬼子虽有良心、讲道义，八面玲珑，长袖善舞，也不能不随风起舞，体验到人世的严酷与惨淡。

清理退费小组来了，查出红柱中学违规收费30多万元，责令退还，王鬼子用自家房子做抵押，从农行贷款筹齐经费带领老师到学生家退费，斯文扫地，尊严碎成一地鸡毛；纠风办来了，查出王鬼子与书店老板变相卖书之事，王鬼子被迫写检讨；县监察局来了，查出王鬼子违规征用土地一事，又作了严肃处理。要知道，当初王鬼子利用种种关系操作这几类事件时，清理退费小组、纠风办、监察局可没有任何表示，甚至得到了镇政府的认可与鼓励，同样是政府部门，只因利益诉求各异，盘根错节的关系网最终将王鬼子绞杀！现今王鬼子不仅家庭破碎，还背了一屁股债，心灵创痛更是深巨。小说写道："王鬼子一下老了许多，他不知道还有谁会来对他颐指气使，还有谁会来拍桌打椅，他不是一个怕挫折的人，他怕失去尊严，一个人活得没有尊严，他的心就已经僵死了。"

这就是小说的核心理念，要写出一个完整的灵魂是如何破碎的。王鬼子其实相当灵活，他对文化、制度、社会人情了然于心，操作起来也运用自如，讲道义，讲情分。他知道中学的管理不在管理本身，"功夫在诗外"——在于理顺上上下下的人事关系，所以环境一旦允许他也混得如鱼得水，把学校治理到井井有条，自己也风生水起，达到单位与个人的"双赢"。无奈教育太乱——制度乱；人事乱；教学活动乱，其实是微缩了关系社会人世之乱，只有"唯升学率是论"的考试指挥棒永远不乱。王鬼子的所作所为其实是适应关系社会而不失良知与道义原则的灵活运作，而且相当成功，但大局之乱终于把他淘汰出局——这又是一个"逆淘汰"！小说就是一个实验性、演示性文本，以王鬼子的命运向读者演示关系社会必然具备的逆淘汰功能。

五、叛逆的希望

当一个少年的心智与人格正在成长时，我们的教育却对这种成长施以酷刑，以成人的模式强行塑造他。龚自珍《病梅馆记》对此有精彩的隐喻性描述，人对梅花的畸形培育正如失败的教育，至今仍在延续，这种非人教育终于引发青春的叛逆。小说《左耳湖》提供了一个样本。

小说叙述中学生戴彤堃迷上了中医，听爷爷讲老家的深山里有一片深大的左耳湖，湖边满是药草，还有美味可口的天蒜，于是一心想到左耳湖一游，但汽车配件商父亲和医生母亲欧阳淑芬对自己寄予太多希望，沉重的家庭作业挤占了全部双休日，他决定自己设计一次"被绑架"。正好蒋猇虎母亲冠状动脉阻塞要做心脏搭桥手术，手术费10万元，一穷二白的蒋猇虎铤而走险，与外甥谢文武一起绑架戴彤堃，戴彤堃正中下怀，诱骗他们把自己绑到左耳湖，终于见到了美轮美奂的左耳湖，见到大量的药草，吃到美味的天蒜。爷爷、父母、老师、劫匪欢聚于湖边，载歌载舞，家庭、学校、劫匪、学生各自走向美善。这是一个喜剧，呈现反向抛物线结构：起点从戴彤堃失踪开始，一路走低，最后以上升曲线结束。

小说与其说是写实，不如说是虚构。小说立足于现实的种种教育困境而作想象性描写，预演教育可能的走向，喜剧其实意味着希望。当萌动的青春与激情不堪忍受加诸其上的教育酷刑时，人性以叛逆的形式要求自然成长，并行诸实践，一个完整的"人"顺利长成。这当然是一种理想，但表达的却是人所共有的愿望。

综上，《白太阳》通过作品观察到富于意志的体制；体认心性在不同层面的共恶；认识关系社会必然具备的逆淘汰功能；并抽绎出叛逆可能带来的生机，体现了深刻而冷静的理性洞察力。不仅如此，与理性相伴而行的更有良知，良知为理性铺设一种底色，提供一种能量，使理性在显示洞察力时更加勇毅，针砭体制之恶，指斥人性之险，嘲讽社会之乱。小说的叙述总是充满一种温度与暖意，即使行至冰凉处，也有微笑隐含其中，表明作者对人、对人世并没有失去最后的希望，仍然对未来充满期待，而这正是良知的体现，以此良知为基础，理性才有纵横捭阖之姿，从而也为作品带来相当的深度。这正是作品的精神价值所在。

《白太阳》共收十部中篇，笔者只就其抛物线模式中的四部中篇所代表的意义作此阐论，其余作品大体可归入四部中篇所代表的意义方向。笔者认为其抛物线模式尚未达到充分饱和，尚有很大发挥空间，或者能以长篇形式出现。当然，饱和也是可怕的，因为这意味着模式的最终凝固和创造性想象的最终枯竭，而这是作家最不愿意的。

何去何从？选择在作者脚下。

原乡图腾的生成与幻灭[①]

——温新阶散文集《一抹春色》之人类学批评

原乡，作家出生和成长的最初地界。就地理环境而言，原乡大体应属乡村，具有乡村地理特有的封闭、保守、闲适与宁静；就精神意义而言，原乡具备提供作家生命成长与文化体验的精神资源；就隐喻意义而言，原乡具有召唤功能，它的地理、器物、传统、人事、烟火都会对浪游在外的游子形成强大的吸摄，使其持久的回望，是作家心智或梦境构成的最基本精神要素。在此意义上，原乡就是作家最始源的精神故乡，是其文学想象的起飞点。

图腾，本为文化人类学概念，源自印第安语 totem，意为"他的亲属"，表示原始初民在最初涉入自然的过程中所认定的与某一个人或民族具有亲缘关系的动物或植物，这些动植物由于其不可战胜的强大力量，因而被认定为与个人或民族具有神秘关联的亲属，成为他们信仰的力量符号，龙、蛇、鹰、虎、竹、树、山、河，乃至于土地都曾作为图腾符号载入个人或民族的记忆。

原乡图腾本质就是一种土地图腾。温新阶散文集《一抹春色》就记载了此种土地图腾在作家心中生成与幻灭的历史记忆。

① 本文获湖北省人文社科重点研究基地"当代文艺创作研究中心"资助，项目名称"宜昌地区当代作家研究(一般)"，编号：17DDWY20。

一、原乡地理：图腾的空间表象

《一抹春色》关于土地图腾之空间表象的描摹显得无意而有意。就其无意而言，作者似乎并没有意识到原乡地理早已成为其心中的图腾，只是凭无法灭失的记忆叙述其出生、成长的故园的山岚、河流、田畴、树影、屋舍等地理因素，无意间流露亲缘认同：

> 响潭园是村庄的中心，这里曾经放着大队部，是一栋两层楼的房子，那种土墙木结构的房子。大队部前面是响潭园小学……学校往西走，有一片高高低低的房子，榨坊、药铺、商店就在这些房子里……从榨坊药铺商店往西的小山坳上有一口堰塘，死水，并不清澈……堰塘也不用来灌溉，唯一的功用就是供几头水牛夏天在堰塘边滚泥。因为有这堰塘，这个山坳就被称作堰坳，有一间瓦厂，满足周边盖房子的人的需求……响潭园的东边，是上河，一直往东走，上了荒崖，就是资丘的地界了……响潭园往北，是杨家冲，村里几十户人家，沿着一条小河而居白墙黑瓦的房子，一栋栋伏在庄稼地里。（《一抹春色·一个村庄的地理》）

作者凭记忆勾勒出故乡的地理形胜，但着墨偏重于房舍的功能布局，每一栋房子关联的传统手艺以及与自我的亲缘关系。这表明，作者之所以对原乡地理的空间表象有着如此清晰的记忆，乃因各方位都关联着作者青少年的成长，此中既有生命体验，又有人生经验的充实，记忆源于无法变更的心理认同。

此种心理认同甚至走向带有宗教色彩的神秘体验。文中写道：

> 杨家冲往西，是回龙观……回龙观姓肖的多，最出名的还是肖光照……他是个草药医生，尤擅儿科。他瞧病，用草药，用推拿，用艾

灸，也使一点法术，驱鬼招魂，祛灾消难，乡里人都说灵验……肖家五老去世以后，他的坟前经常有人来挂红放鞭，据说小孩子的小病小灾，只需在他坟前放一挂鞭就可以不治自愈。（《一抹春色·一个村庄的地理》）

可以看出，原乡人是在某种神秘的生命体验中认知和使用中医，土方郎中甚至能够使用祝由科的方法，拉近了人神距离，人们就在观察中医中理解着神，带有巫术色彩的中医甚至能够泽被后人，人们就在中医的神效中建立起人神关系和人类关系，而原乡地理为两种关系的建立提供了神秘的舞台。

亲缘关系的认同是图腾得以成为图腾的经验基础。按作者叙述，作者的远祖并非本土姓氏，但乡人因其淳朴并不排斥外来姓氏，而是热情接纳，这使作者能够毫无障碍地融入土著文化、乡民乡情的体认中。作者能亲见肖校长教育学生、和乐乡民；在榨坊里亲睹吴师傅对榨油机的操作；在药铺里感受土方郎中对中药抽屉的闭目熟认与神秘操作；把偷来家里的叶子烟换给供销社；亲历瓦匠施行巫术烧出瓦蓝的盖瓦；亲闻磨坊旁边阴阳先生指点风水的神奇，等等。所有这些对乡风乡民乡情的体认都使原乡图腾在其心中最终发生、成长、定型，并凝练为原乡召唤功能的精神核心。

由于作者对原乡地理的清晰勾画本非有意，因而不能视作土地图腾意识出于其原初的自觉；又因其原乡意识是基于如此深厚的亲缘体认，导致作者对原乡的敬畏与皈依带有某种宗教情怀而最终走向图腾生成，因而我们只能说是某种属于集体无意识的图腾观在今人个体潜意识的自发生长，而个体意识显然促成了原乡图腾的最终发生。

二、乔木：原乡图腾的间架筋骨

《一抹春色》对原乡乔木的关注与描绘令人印象深刻。作为图腾形制构成的重要部分，作者并不是把乔木当作图腾空间表象的一般要素来处理，而是通过深度刻画使之成了原乡图腾的骨架。作者在描写泡桐、漆树、香椿、柿树、枇杷时，往往同时叙述它们关联着的人伦传统，释放这些乔木的生活、历史、人文意涵，使之具有作为图腾构件的精神旨蕴。

> 上街卖香椿芽是女人的事，或者挑着担子，或者背着背篓，一捆一捆昨天的生命被运进了城里的菜市场或者是小镇上的卖菜摊点……香椿芽的的确确是一门好菜，城里人都知道的香椿炒鸡蛋……其实，香椿远不止这种吃法，香椿拌豆腐、香椿炒竹笋，还可以用香椿炖鳝鱼、炖泥鳅，也是极好的美味，为了吃的时间长，村妇们还把嫩嫩的香椿芽拌上盐、花椒、辣椒面、大蒜、香油，然后放在坛子里盖好，隔几天取一盘出来，嚼在嘴里特脆，要是觉得吃着腌制的不过瘾，依然可以用来炒鸡蛋，炒出的鸡蛋于芳香之外又多了一份醇厚。（《一抹春色·乔木小记》）

文本从味觉写香椿，用香椿制成香椿炒鸡蛋、香椿拌豆腐、香椿炒竹笋、香椿炖鳝鱼、香椿炖泥鳅，把一种乔木与人的肉身滋养关联起来，那么原乡人就是从一种独特的感官渠道来理解乔木，理解乔木的图腾意义。而腌制香椿芽的醇厚不仅丰富了原乡人苦涩的日子，还支撑着他们对图腾原生物的悠久回味。

> 泡桐是速生树种，生长速度是其他树种的几倍……泡桐的共振性非常好，所以是制作乐器的极好材料……在鄂西，倒是有用来做家具的……主要是用来做箱子，因为泡桐轻便且隔潮效果好，最适合做衣箱。泡桐木做的衣箱，刷上漆，木纹清晰可见，一波一波粗犷的木纹从左向右或者从右向左散开，生动极了……由于泡桐长大后都会出现中空，鄂西人会就势挖成木桶，再做上盖子，用来盛诸如茶叶之类需要隔潮的东西……把茶叶装进泡桐木桶里，密封好，放在阴冷的地方，到了春节，打开木桶，一股清香溢出，未饮先醉，待开水冲泡到

茶碗里，碧绿的汤汁，鲜活的叶片，浓浓的春色就在一只青花碗的茶碗里弥漫开来。（《一抹春色·乔木小记》）

此中对于泡桐的描写，侧重于对其参与人间生活的价值开掘。泡桐可用于制作乐器、衣箱、盛放茶叶的木桶，表明一种乔木早已越出了一种物化本位，在人的使用中具有了以人的生活为依归的人文价值，这是"物"作为图腾构建物的意义基础，隐喻图腾意义的空间维度。

在鄂西，过去多用香椿做房梁，而且这房梁一般不是自己准备的，房子做好了，立屋的那天，由至亲送来，在乡下，称为送梁树……送梁树的场面壮观极了，十来个小伙子抬着小脸盆般粗细笔直的一棵香椿，树上缠着几丈长的红绸子，敲锣打鼓，放鞭放炮，直奔我们的新房而来，梁树抬到新房的稻场里，父亲母亲在稻场跪迎。木匠师傅在梁树的中段砍出一个平面，在平面上画了太极图以及彩色的绶带，两边还写了八个大字，左边是"荣华富贵"，右边是"长发其祥"。（《一抹春色·乔木小记》）

这是乔木的另一种价值功能：指向深久的文化理念和历史传承，并承载人们持久的生活理想。建房，历来是生活的大事，因而房梁的质直结实就意味着生活的安稳幸福，至亲送来房梁隐喻血亲之间的共同帮扶，太极图的标示意味阴阳之气的汇聚与平衡，"荣华富贵""长发其祥"昭示未来生活的希望。如此等等。则香椿就不仅仅是乔木，而是意蕴饱胀的文化符号了，是隐喻图腾意义的时间维度，是空间之物向时间的转化，因时空兼具的性质而成为图腾构成的骨架。

三、器物：原乡图腾的精神语码

图腾一旦被认定，它的原生物或偶像所具有的精神特征也就被乡民所接受。龙、蛇、鹰、虎之高贵、灵动、锐利、勇猛就在乡民心中因被反复揣摩而与图腾意志达成感通，这是乡民也是作者接受图腾的一般心理过程。如果图腾本身并无生命，那么乡民会用取于图腾之身的物件制成适以自用的器物，灌注他们对图腾内在旨蕴的感悟，凝定为图腾的精神语码。换言之，人们将器物当作传载图腾之局部精神的物化符号。《一抹春色》对此有详细的叙述。文本对石碓、五尺、罗柜等器物制作之精详的描写流露了原乡人对他们手中之物近乎图腾般的虔敬。

> 往日的农家，每家每户都有石碓，有的装在柴房里，有的装在山墙边，我们家火塘宽敞，石碓就装在火塘里……石碓是加工大米的唯一工具，把谷子倒进碓臼里，碓嘴上装有牙齿——嵌在碓桩子上的小铁片，运用杠杆原理，人在碓尾巴上一踩一放，碓嘴和碓臼里的稻谷摩擦，稻谷的外壳褪去并成为糠粉，用风斗扬去糠粉，米筛筛出碎米，大米就加工完成了……舂米的节奏单调，碓脑壳一上一下，均匀而规律，其实，这种完全没有变化的无限反复，会呈现出一种整齐美，观察碓脑壳的匀速运动，谛听沉闷的声音，只要你凝神静气，就会体味到一种内在的韵律和节奏。（《一抹春色·器物志》）

石碓是过去乡民把稻谷脱粒成米的常见之物，它从产生时候起一直是农业社会的重要农具。在鄂西山区，因其取之于自然、成之于手工的性质，成为乡民把人与图腾关联，从而理解图腾的重要精神符号。

山区农家建新房时请来的木匠远华师傅手中拿着一根五尺长、上有刻度、四边棱角、量房梁而同时辟邪的细长棍子，徒弟道坤说是起屋用的五尺，是代表木匠手艺、身份、名声、地位和精确度的重要工具。远华对五尺宝爱之至，用擦拭刨子的油抹布把五尺擦得铮亮，小心翼翼放在门背后。不想徒弟道坤量主梁时走神，差了尺寸，主梁废了，被师傅用五尺打得浑身是血，买下主梁。道坤从此兢兢业业，把新买的主梁"打磨得像婴儿脸蛋一样光滑圆润"，画好太极图，写好"荣华富贵""长发其祥"，终于立屋成功。

> 我们家的房子立了屋，道坤就要出师了，出师仪式就在我们新屋里举行，仪式的最后一项是师傅给徒弟亲授五尺，这大概类似于和尚传授衣钵。当远华大叔把那杆五尺传递给道坤时，我看见远华大叔的泪水湿了脸庞，"师傅用这五尺打了你，是因为只有沾了徒弟血的五尺才会灵验，才会镇得住邪，师傅不得不下手狠一些，徒儿不要记恨师傅"。道坤扑通一声跪下来，双手接过五尺。之后道坤送给师傅一个主梁的小样，师傅用废掉的主梁作了个洗脸架送给道坤，"你每天洗脸时都要照照镜子，检视自己有没有对不起木匠这门手艺"。（《一抹春色·器物志》）

鄂西民间手艺有"九佬十八匠"之说，将匠艺传给徒弟是至为严肃之事。从文中对相关事相的描写中我们至少可解读如下意义：1. 手艺传承即道业传承。任何民间手艺都是积淀了无数匠人的生活体验与行业经验的知识累积，其中有道术、有智慧，有对万物之道的理解与领悟，故以虔敬之心承接手艺本质是对道业、传统的献祭。2. 对器物的敬畏是原始拜物教思想的遗留，拜物教正是发源于早期图腾崇拜，在原乡人中，拜物意识仍被保留于对器物的敬畏中。虽然器物经由人手创造，但人们并不深究这个对象、"他者"其实发端于人，反映人类理性意识发生前夜、不顾及事相矛盾的"原逻辑"之思。3. 匠艺以器物为载体，而承接匠艺需以徒弟之血为代价，只有匠艺融入血中，道业才得到真正传承。这是一种巫术思想，是以图腾为核心而展开的原始巫术的遗留，而此巫术就以血融的方式代代留存于道业传承中，作为记忆铭刻成累代相续的传统，成为人们理解原乡图腾的精神语码。

四、版筑与木工：原乡图腾的精神血脉

鄂西的民间手艺覆盖各行各业，被后人概括为"九佬十八匠"。九佬十

八匠创造的各种器物成为人们体认原乡文化意义的精神要素。而就道业传承之各色各艺的"术"而言，其实有着更深更高的价值，它们是体现原乡图腾的极其深微的精神血脉。土匠、瓢匠、篾匠等均具有此种价值功能，这在"土匠"手艺中集中体现出来。

土匠，即夯土的版筑师，商代就有了，传说奴隶傅说混迹于建筑队伍中讨生活，被商王武丁拜为相，此事《史记》有叙，这是有关土匠的最早记载，大约是土匠职业和道术传承的源头，版筑之法至汉代已趋于成熟。

> 汉代以版筑夯土为墙与木框架的混合结构的建筑方法一直沿袭下来，特别是在山区，沿用了几千年，旧时鄂西的房子绝大多数都得如此修建，几丈长几丈宽几丈高的房子，那土墙都是土匠师傅一杵头一杵头打出来的。石头墙脚下牢靠了，土匠师傅提着一副墙板进了门，墙板搁在墙角上，讨个平水，放个垂线，一担一担的土挑过来倒进墙板里——挑土的是打下手的，工钱只得三成，拎杵头的是师傅，一杵一杵把土夯紧，再倒上一层新土，又一杵一杵打过来，一个墙圈子得几天才能转圆，这还要不下雨，下了雨，一道的杉树皮盖在墙上，似如古时城墙，有几分古朴和神秘。
>
> 土匠师傅不仅要有一副好身体，还要通些法术，有些懂妖术的人会"驾墙"，他们念出咒语，让你打的墙总是倒，总是招不了山子，对土匠来说，这是最令人丢人现眼的事，倘是没有招数破解，日后定然端不成这个饭碗了。（《一抹春色·故乡三匠》）

这段文字意义深微：土匠自傅说始，在封闭的山区沿袭几千年，包括作者故乡鄂西。由于山区的封闭，原乡人在四面望断的空间环境中只能将视野投注于脚下的土地，土地图腾就在与人的神魂关涉中生发，土匠成为图腾精神的人格载体。土匠是直接从土地取物而转向人类遮风挡雨之居所的关键一环，是将土地之奉献用之于人造物、使土地之"物"的表象具有"属人"的意义的灵魂人物，是使土地意义延伸于人的根本牵引力。由于版筑屋在人的生活中是如此重要，那么人们对土地的图腾崇拜就被移植于对"被造物"的崇拜，而土匠正是连系这两种崇拜的枢纽。不仅如此，土匠还因巫术的施行强化了版筑手艺的神秘色彩，版筑屋本身成为图腾的一部分，而土匠就成为传承图腾意义的精神血脉，人们可通过理解土匠去理解图腾本身。九佬十八匠各以其精湛的道业引导原乡人进入对图腾意义的体认中，并因此受到了人们的尊崇。

一如土匠一样，作为木工分支的瓢匠也正有此种精神价值：

> 往日的乡下，家家户户都离不开木瓢，灶屋里得有大大小小的几把水瓢，收粮食要用撮瓢，连茅厕里舀粪也要一把长把子粪瓢……因为木瓢关涉千家万户，瓢匠生意就好……

> 窦瓢匠固定好坯木开始挖瓢，挖刀舞动，木屑飞舞，新鲜木头的芳香在阳光下蒸腾，点染了本来枯燥的日子……窦瓢匠家里有几面"瓢墙"，上面挂满了各式各样的木瓢，常常吃完饭，窦瓢匠端一杯茶，看着"瓢墙"出神。有一天，他突发奇想，去买了几色油漆，在瓢背面画上一幅画，两茎荷花，一条鲤鱼，又或者两只喜鹊，一只花猫……后来还画了杜十娘、穆桂英、贾宝玉、林黛玉，都画得栩栩如生。（《一抹春色·逝水》）

这么说，窦瓢匠精湛的木工手艺不仅关联着千家万户的日常生活，他在自制的木瓢上绘出活色生香的花鸟人物就不仅仅是纯粹的手工匠艺，而是把一种手工活晋升到艺术层面了。这寓意着鄂西的九佬十八匠都不是在纯粹手工层面传承道业，而是对道业有一种超越性的精神领悟。惟其如此，原乡图腾的精神血脉才得以代代延伸。

五、歌吟：原乡图腾的灵性表达

《一抹春色》有一个重要的关注对象：清江。"清江，古称夷水，因'水色清明十丈，人见其清澄'，故名清江。清江发源于利川市汪营后坝龙洞沟，流经利川、恩施、宣恩、建始、巴东、长阳、宜都等七个县市，在宜都陆城汇入长江。（《一抹春色·清江，一条流淌歌舞的河流》）" 河流，是土地图腾的重要组成部分。在意义领域，它代表流动、灵性、艺术，是图腾意义向艺术领域的显现。《诗经》中的《关雎》《蒹葭》《溱洧》等与河流有关的篇目都是原始宗教意涵的诗性表达，今清江歌舞同此一理。

按作者所叙，清江歌吟有山歌、哭嫁歌、跳丧歌和南曲几大类，歌体形式多以五句子歌为主，功能价值各异。人们劳作之余，在山间歇息的间隙有山歌；女儿出嫁有十姊妹陪哭的哭嫁歌；为亡者送丧有狂歌劲舞的跳丧歌；水滨月下有闲适雅致、宫廷谪仙的南曲。

一个河流流域孕育出个性独特、类型各异的歌舞，本身就是值得深入探讨的人类学事件。在土地图腾崇拜的视域中，我们可将此四大类歌舞理解为图腾意义的灵性表达，歌舞承载着指向图腾意义的价值功能。

> 在这里，山歌随处都可以听得到，特别是在夏季锄草时，太阳西斜了，炎热渐渐退去，时不时还会有一阵微风从包谷林穿过，吹动着包谷叶子哗哗作响，锄草的人们正趁着阳光降落的光阴抓紧劳作。这时必定是有山歌的，山歌可以统一劳作的节奏，又能焕发劳作的热情和活力。
>
> 清江岸边的长阳到处是山歌的海洋，乐园又是闻名的山歌之乡，当年一个一万多人的小公社，歌手就有数千，除了田间劳作，婚丧嫁娶，村上开会，只要有人聚会，必定就要唱歌。（《一抹春色·清江，一条流淌歌舞的河流》）

如此说来，山歌就有舒缓劳动紧张、群聚、交流的功能。根据作者所述，山歌盛行于鄂西的土家族和苗族之间，那么山歌对唱就不仅有聚众成群、聚群成族的民族"塑型"价值，还有民族文化交流与融合的功能了。这是走向图腾理解与互认的渠道。

哭嫁歌则为亲情伦理的表达。

　　清江流域的女孩子出嫁，是要唱哭嫁歌的……突然要离开父母和兄弟姐妹，远嫁他乡，或者要踏上一条柏木船，顺江而下抑或逆水而上，又或者要坐渡船过江，然后踏着那蜿蜒的山路一直走到大山深处，开始新的人生……"十姊妹"是专门哭嫁的歌，清江两岸的女孩子都记得好多歌词，虽然有些字句不尽相同，却也大同小异：姊妹亲，姊妹亲/拣个石榴平半分/打开石榴十二格/隔三隔四不隔心。（《一抹春色·清江，一条流淌歌舞的河流》）

　　清江流域有历史悠久且内容丰富的哭嫁歌。女孩子到了出嫁年龄，要离别父母、兄嫂、平日情同手足的姊妹，出嫁的喜悦让位于离别的悲伤，于是十姊妹团坐起来，一起以歌吟表达这种难分难舍、悲喜交集的复杂情绪。十姊妹哭嫁是以悲歌的形式表达对于人伦的依恋与认同，这是原乡图腾之人伦理念的情绪表达。哭嫁歌以悲剧形式处理喜剧事件，也是道家"福兮祸所倚"之悲喜一体辩证观的流露，这表明土家人的生命体验深受道家、道教的影响，并将此种理解移植到图腾表意之中。

　　此外，跳丧歌舞以狂欢形式礼送亡者，事死如事生，是道家生死如一之生命观的表达。南曲颇为另类，表明土家人以粗犷为特征的歌舞艺术并不拒绝雅致，粗犷狂放的土家歌舞对南曲的接受，丰富和提升了图腾观念的灵性表达形式。

六、幻灭：原乡图腾的历史解构

　　建立于土地表象之直觉认知以及器物、道艺、歌舞之上的原乡图腾既然是由历史涌生而出，以时间为根本皈依，也将随着时间流逝而化灭。马克思说："凡是现存的，都一定要灭亡。"[①]鄂西山区的封闭终究无法抵挡现

---

　　① 《马克思恩格斯文集》第四卷，北京：人民出版社 2009 年版，第 269 页。

代意识的侵袭，在新时期四十余年经济改革和现代意识的濡染中，鄂西山区土人们构思、崇奉了数千年的原乡图腾与现代观念是如此格格不入，终于无可挽回地走向幻灭。

原乡图腾在历史的解构力量摧毁之下趋于幻灭并不是图腾的土地表象与乔木骨节的散失，而是图腾关联着的器物手艺失传，是道业传承的终止，是人伦传统的失范，是九佬十八匠的最终湮灭。致使图腾虽留表象，但其本质、神韵已被抽空，其精神已逆时间之流向历史的深部渐行渐远。

《一抹春色》提供了太多九佬十八匠消失的案例。窦瓢匠的瓢匠手艺就是消失的一例：

> 窦瓢匠活到九十二岁才辞世，他是人们知道的最后一个瓢匠，自从十几年前老伴去世以后就不挖瓢了。现在人们用的都是金属和塑料做的瓢，只是偶尔在非常仔细的老年人家里还可以见到木瓢，他们拿起木瓢舀水时往往会牵出一大串窦瓢匠的故事。（《一抹春色·逝水》）

可见，在工业社会和现代科技的逼仄之中，窦瓢匠的手工技艺是因为需求的丧失而失传，他只能把器物手艺带进泥土，留下的是人们关于瓢匠的传说。现代技艺一方面向人们传达着对物质的精准理解，另一方面又引导人们更深地沉迷于"物"而异化，而由手工技艺散发出的人与器物之"物我同一"体验就此灭失。九佬十八匠的消失无不在反复重演着同一主题。

如果说窦瓢匠把挖瓢手艺带进泥土尚属无意之举，另有匠艺师毁掉匠艺工具就是在时势逼迫下的自觉选择了：

> 前些年，乡村开始有了钢筋水泥的小平房，没几年功夫，小洋房鳞次栉比的生长起来，再也没有人找覃青山打墙了，连他的儿子也修了小洋房，还给他单独安排了一个房间，他却一直坚持住在土墙房子里，每天看着门口杨树上的鸦鹊子窝出神。覃青山满80岁时，来了几桌客，他亲自把那副杉木墙板锯了劈了烧了饭菜，那只磨得锃亮的杵

头被他沉到了东流河的董家潭里。响潭园几千年的建筑历史就这样永远沉入了水底。(《一抹春色·故乡三匠》)

可以看出，土匠覃青山的版筑手艺在钢筋水泥小洋房的挤压中已无立足之地，数千年传承至今的土匠工艺被土匠本人付之于流水，沉没于深潭，与匠艺一同沉没的还有传承数千年的道业以及师徒伦理和与乡土的亲和、对图腾的崇拜。他大约还抱有一丝对师、祖的愧疚之心吧？无数年日原乡人与土地图腾的深久关联在他手中突然断裂，他是不是有一种负罪感？

幻灭的还有信念与道义。作者叙述德业精湛的上头(为即将出嫁的新娘子用丝线绞去脸上的茸毛使容光焕发)婆婆槐香一生为三百多位新娘子上头，并教以善处婆媳关系、为人妇人母之道，广受乡人尊重。槐香有一个原则：只为处女新娘子绞面。当她看到桂枝未婚而孕三四个月时，当即谢绝桂枝的重金相聘，拒绝为她绞面，桂枝只好到城里请理发师服务——新时代的价值观并没有对忠贞观的要求。另有一对未婚夫妇来请槐香，不料当晚遭遇车祸身亡，槐香依诺对死亡女子的面容整旧如新，同时殷重默语送"新娘子"安心上路。但按规矩槐香上头手艺也必须终止，不可再与人绞面。

为死人扯脸上头，槐香的手废了，从此再没有人请她为新娘上头……上头婆婆们都失了业，她们每一年春天都约了到槐香家聚一天，回忆些往事，讲些趣闻，看满山的映山红开得鲜艳热闹，听溪沟里的春水汩汩流动，她们就唱一些五句子歌谣。(《一抹春色·逝水》)

槐香以及一众上头婆婆们的绞面手艺蕴含对职业规则的信念坚守和古老忠贞观的认定，然而新时代理发师们却在商业利益的驱使下无视此种忠贞观。面对新的价值观，槐香们无力抗拒；同时槐香因为死人上头又自觉废掉职业，表现对规则的尊重。一面是时势使然，一面是内心选择，一种职业就在此种内外趋迫中无奈地走向灭失，从个人与时势、信念与道义层面诠释了九佬十八匠的精神幻灭之路。原乡图腾至此仅存意义空洞的符号表相。

结　语

《一抹春色》忠实地描述了某种原乡图腾在鄂西乡民心中的真实面相，此种图腾既有土地表象，又有乔木骨节；既有器物载体，又有九佬十八匠的道业传承，更有歌舞的灵性表达。此种图腾是如此真实而具体，从里到外向原乡人发生着召唤与凝聚：召唤原乡人千百年来时时皈依于图腾释放的精神伦理，凝聚散处四方的原乡人走向族群的统一。与此同时，正因为原乡人对图腾是如此至爱入骨，至敬入心，至畏入神，乃有图腾在族群中的浑整心像与至大能量。唯其真实，乃能感召。然而，原乡图腾既然是在时间进程中渐聚而成，也必因历史的催迫涣然冰释。在时间的维度中，原乡图腾就这样演绎着一条有情而无情的生成与幻灭之路。

早期革命的世相白描

——评温新阶短篇小说《马脚》

温新阶短篇小说《马脚》叙述了一个出身于富家的小姐作为革命者唤醒底层穷人起而革命的故事。反映了早期共产党领导穷人闹革命时面对的人性民心、社会世相的严酷惨淡，以及革命的逻辑合理性。

大富人家马老太太八十大寿时接受众人贺拜的当晚，其装有大量首饰和二百大洋的首饰盒不幸失窃。马老太太要儿子谢家骥绕过只知劳民伤财、不能破任何案件的警察局，请来马脚(民间帮人查证失窃钱物的巫师)帮忙查找首饰盒，马脚师父邹发祥和徒弟史莽子长期合谋为奸，一面藏起别人的贵重钱物，一面又通过马脚巫术帮人找到，众人不知就里故二人声名远播。此次徒弟史莽子因一贫如洗，早已唆使准媳妇孙桂花盗窃马老太太的首饰盒里的适量银元，准备到舅舅所在地买地建房共享安乐。孙桂花在偷盗中因害怕发出响声干脆把首饰盒全部盗走，跑到被一道瀑布遮蔽的和尚洞藏身，史莽子假借巫术找到洞中的孙桂花。

小说运用平行蒙太奇方式叙述另一故事：马老太太在外地求学的四孙女谢如烟在武昌受革命者卫彪全影响，倾心革命并爱上卫彪全，闻知家乡要发动神兵暴动而敌人早已设好口袋要将 300 神兵全歼，谢如烟心急如焚要回乡阻止领头人冯大刀暂缓暴动，卫彪全却慷慨激昂论证"我们太需要这样的一场暴动来宣示八七会议的伟大精神，我们需要用鲜血来唤醒沉睡的人们，来昭示我们共产党人的存在，来敲击反动派的神经……要用我们的鲜血映红初升的太阳!"并表示以他为首的中大九虎一定会参加暴动，二人发生相爱以来的激烈冲突。谢如烟以"为奶奶祝寿"的理由潜回故乡报信，不幸被敌人追击在悬崖上摔断一腿，躲进和尚洞。

至此，两条线汇合：谢如烟、孙桂花、史莽子先后进入和尚洞，史莽子向昔日主家谢如烟坦承了全部阴谋，谢如烟在深切同情中不仅原谅他们，向他们晓以国家大义，还设计如何为史莽子圆谎，并委托孙桂花向冯大刀报信。孙、史二人被谢如烟心性人格、国家理念激荡感染，抛弃了迷信欺世的马脚巫术和狭隘自私的小我之念，先后加入革命。与此同时，发动暴动的中大九虎除卫彪全临阵逃脱，其余八人全部牺牲，卫彪全作为极"左"标本被省委开除党籍，谢如烟得到了公正对待。

小说虽曰短篇，但细节复杂，圆润饱满。作者设计情节，引导故事，多从间架骨节入手，给出框架，使情节、主线具有引导读者想象的功能。至于情节如何趋向和驱动意义，由读者体认。当然，关键细节也用笔甚微（如孙桂花偷盗首饰盒一节），而这正是白描笔法。

《马脚》写马老太太八十高寿时，众人齐来祝寿，当晚首饰盒失窃。此是小说交代的情节主线，着墨相当有限，只有轮廓性叙述，但有本质凸显的功能：马老太太不相信警察局，反倒请来具有巫术色彩的马脚破案。此中透露的官民关系困境，况味复杂。民众遇到困难时，首先想到的不是依靠政府，因为"到县上找官府报案，警察局来几个人，好吃好喝地招待着，还要给局长探长塞银洋，多半最后还是个不了了之，碰上大的金银财宝被盗，警察局长还两边收钱，行了方便让盗贼跑了"。可见在普通百姓认知中，政府、警察除了贪腐、巧取豪夺外，一无所能，因此早已被百姓抛弃。按说马老太太属于大户人家，理当与官府联系紧密，但事实上也因无数次遭遇政府欺骗压榨，政府对民众早已失去了凝聚力、向心力。

马老太太宁愿相信马脚巫术寻找失物，但马脚巫术有什么能为呢？众人看到的表象不过是烧纸焚香，手舞足蹈，哼哼唱唱，在漫长的等待中令众人麻木疲累，看不清或懒于分辨真假是非，内里不过是师徒二人合谋为奸，监守自盗，哪里有可以解释的科学原理？但这居然就能够被当时民众接受——民智一愚至斯！如果有人要起衰拯蔽，则希望何在？小说勾勒马

287

脚的实施场景，反映的是时代普遍的心智状况。虽没有涉笔"民智"的理性思考，但事件的勾勒却有致思功能，白描的效果再次显现。

史莽子曾作为马老太太雇工长期在谢家做工，受到马老太太和谢如烟关爱，内心里满怀感激，按说接下来顺理成章的应该是报恩之举，最不济也应该坚守底线，不至于设计马老太太一家。不料为了与媳妇共享安乐，买房买地，他们就轻易突破良知底线，盗走首饰盒并演出一套监守自盗的马脚大戏，既维护马脚巫术的实效名声，又得到马老太太的封赏，心计何深！用计何密！然而，良知和道德底线荡然无存！一般人认为，社会最底层往往是良知和道德的最后栖地，人性最后的收缩孔，事实上并非如此！当国危民困到极点时，人性其实通体俱黑！文本白描细节指向的是人性之思。

谢如烟、孙桂花、史莽子三人先后进入和尚洞，谢如烟同情史莽子夫妻的困境并原谅了他们机心险胆的设计，愿意成就史莽子的计划，向他们晓以国家大义，史莽子夫妻意识到谢如烟是放弃了自身优越的生活条件领导穷人闹革命，改变他们的生活境遇，她的心性、胸襟、人格都是与史莽子夫妻迥然有别的另一种境界，高贵卑劣何可以道里计！夫妻二人终于人性复苏，良知觉醒，认同并实践了谢如烟的道路选择。其实是为自己选择一条生命复新之路。

卫彪全明知敌人设下口袋要全歼神兵营，也要率中大九虎参与暴动，结果在战斗中又临阵逃脱，这犯了战略上的对抗主义和战斗中的逃跑主义，是极"左"路线的必然结果。事实证明，谢如烟"保存实力，待机而动"的思路是正确的。文本用虚写描述的一场战斗隐喻了早期共产党人因年轻幼稚而艰危血腥的历史。白描指向了历史之思。

最后，文本所有的白描情节和细节处理引出了一种逻辑追问：革命何以可能呢？当一切走向死路时其实意味着生机的来临：旧政党、旧政府已被百姓抛弃时意味着他们也在呼唤新政府的产生；世相危乱到极致时，人们正期望新秩序重整人世；人们贫病交加无以为生时，生命的热望正被最大限度地激发；心智愚黯而巫术盛行时，人心的厌倦已为理性之光预做准备，所谓"千年暗室，一灯可破"；人心危惧严冷到极处，正可感受心性的毫微之暖，何况道义与温度！这正是史莽子夫妻被谢如烟激荡感染的原因所在。小说使用了白描笔法，实现了小说形而上的价值。

阶级认知的多元取向与道路选择

——读温新阶短篇小说《小妾薛瑞菊》

温新阶短篇小说《小妾薛瑞菊》中解释了共产党早期革命的阶级因素与革命何以发生的动力因由。文本毫无虚饰的描写可作为读者理解穷人革命的一个最朴素、最实在、最可求真的样本。

薛瑞菊一家是四川云阳人，父亲在云阳县城开餐馆受到乡长盘剥，带着老婆和女儿逃到武昌继续开餐馆，薛瑞菊爱上了鄂西大地主的二少爷靳业。靳业来武昌求学前已结婚，因喜爱川菜常到薛瑞菊家的川菜馆消费，他因与出生富户的同学龚万民参加共产党地下组织，上街游行被国民党军警追查，逃到薛瑞菊床底下，之后二人对上眼干柴烈火，靳业被薛父逼迫必须把女儿娶进门，已有老婆在家的靳业只能把薛瑞菊娶做小妾，并回家与地主岳父柳宗彪商量，柳宗彪虽心性强硬但还是同意了，瑞菊考虑到自己并不宽裕的家境，被迫嫁做小妾，在地主公公和靳业正妻柳凤英面前毫无地位可言。

小说对靳、薛、龚、柳系列人物的交代都着眼于他们的阶级、身份、社会地位，为往后他们认知方式的形成、价值观的发生与生活道路的选择预置某种客观因素，表明在特殊艰困的时代中革命被迫发生的合理性。靳、柳都是有产阶级，财富是维持两大地主土豪之身份地位的唯一有效力量，两家都必将为了财富的稳定来源倾尽全力，不会因贫雇农的经济困境和底层人的苦难人生有所顾及；靳业、龚万民虽参加革命，但二人价值观是否真与本阶级决裂尚有可疑；而薛瑞菊自小挣扎于温饱的经历、她在公公家所受到的蔑视都有可能使之对于真正的无产者抱有理解与同情。总之，小说的阶级、阶层预设为之后有关人物行为的叙述埋下了认知、意义与价值的伏笔。

薛瑞菊嫁到靳家，正好赶上山村几个月的大旱，农民颗粒无收，但他们又必须按合同向靳家交租，租户们派极贫户齐万雄来向靳业父亲、靳家家主靳鹏程说情告饶，但靳鹏程、柳凤英翁媳绝不减租免租，薛瑞菊同情农民困境，主张不仅要减租免租，而且应再借给农民口粮，使他们度过灾年，于是与柳凤英发生争吵。靳鹏程派管家简为之、长工瞿万胜和李崇山出去收租，三人尽心尽力，但还是被粒米无存的农民打骂回来。

小说行文至此，预置的阶级伏笔所引导的价值认定开始发挥作用，靳、柳所代表的有产者开始与齐万雄、薛瑞菊代表的贫困无产者立场发生对立。薛瑞菊正是从自己身世出发对贫困农民的处境感同身受，主张应维持农民活路，让农民来年仍有余力继续向靳家租赁，但遭到翁、姐的狠心拒绝。靳鹏程对薛瑞菊建议的蔑视不仅使之走到农民对立面，还自己阻断了自救的可能，那么农民革命的发生就具有了必然性、合理性。伴随文本阶级预设的还有人物身份与情感的体认，隔着近百年的时间距离反观百年前的中国社会，读者会发现令人惊骇的社会革命原来如此合情合理，历史有其自身发生发展的逻辑轨迹，而作者的能事就是将此种逻辑揭示出来。此中需注意的是，长工瞿万年和李崇山居然尽心尽力成为靳鹏程的帮凶，他们的阶级身份认知在财富依附、衣食之需的压力下发生变异，走向本阶级的对立面，走向靳鹏程立场，表明阶级、身份的认知并不是铁桶一般，人们有受财富诱引和困境挫折而背叛本阶级的可能，这是另一种残酷的历史真实。

管家、长工出去催租失败而归，靳鹏程乃与柳凤英、薛瑞菊前往三处田庄亲自讨债，薛瑞菊所去之处是离家最远的偏远地区二墩崖，薛瑞菊走过险恶的山路首先来到齐万雄家，见其茅草土坯房中萧然壁立，手无余粮，米缸早已见底，锅里煮着半锅水、漆树叶和少量包谷糁子。齐万雄告诉她大批农民吃草根树皮或被迫逃荒。薛瑞菊离开时看到七八个人到齐万雄家里聚集，处于好奇心重新折回偷听，知道中共地下假阳县委书记龚万民——靳业的同学,现阶段以很阳中学历史教员的身份做掩护——正组织农会准备发动农民暴动,要杀掉几个不肯减租减息的地主老财,薛瑞菊惊慌出逃,惊动龚万民等人并被抓住,龚万民得知薛是靳业小妾就放了她。

小说至此继续本有的理路。阶级,是由经济状况决定的,无以为生的艰困处境迫使农民组织起来,他们首要而直接的革命对象当然只能是地主老财。与其说农民的报团取暖是走投无路之下的无奈选择,毋宁说是地主阶级生生创造了他们的对立面——农民阶级。薛瑞菊此时亲自见证了一个对立阶级是如何被创造出来的。在无路可走时,农民组织的反抗暴动是改变贫困农民的经济困境、获得政治身份的唯一有效方式。小说的叙述表明,暴力,在特有的历史语境中也有其合理性。历史力量是如此强大,龚万民心智明澈,顺应此种力量背叛本阶级,走上了符合历史逻辑的正确道路。可见,"阶级"并不是规定人们认知与命运的固有的、宿命性力量,有一种心智能够逃出此种固化的规定,成为本阶级的异端,表明阶级的认知与选择也具有多元取向,小说对社会真实和历史真实的叙述丰富了阶级认知的蕴含,这是小说的核心价值所在。

薛瑞菊回到家,给武昌的靳业写信要他呼应自己为农户减租减息的想法,靳业给他父亲靳鹏程来信要他减租减息,万一不行就分给薛瑞菊田地,由她自己安排。送信人告诉靳家,靳业已加入共产党并被抓进了监狱,共产党地下组织正在营救。靳父闻听儿子走到了自己对立面,勃然大怒,决定与儿子一刀两断。同时分给薛瑞菊最偏远的二墩崖,由她自己规划。薛瑞菊在自己土地上开始减租减息,这使靳鹏程在农会的暴力清算中免于一死,但仍然要游街示众。薛瑞菊到武昌监狱看望靳业,靳业发表一番高论:"你看我每天上课下馆子听戏,这生活多么单调乏味,我读书也只是一个平平而过的分数,没有谁注意到我,我需要一种新的生活,我需要成为人们关注的中心,我需要建功立业,因此我需要寻找新的政治力量,这样才有机会站到新的政治舞台上去……"这使瑞菊倍感陌生。不久,靳业熬不住严刑拷打向国民党投降,并保证回到老家诱捕很阳县委书记龚万民作为向党国"献忠"的投名状。

小说行文至此，时代、人性、阶级、选择的丰富意蕴完全显露。按靳业吐露的心声，他投身革命并不是看透了本阶级阻碍历史发展的负面价值，而是为了出人头地，站在政治舞台的中心被众人瞩目，选择共产党不过是在重新寻找政治靠山。靳业的选择代表了一种当时成为某种潮流的投机心理，他没有龚万民的明澈心智和一往无前反叛本阶级的坚定意志，因而再次背叛几乎是必然的。他之所以向决裂的父亲建议减租减息，完全是为了确保其原属阶级的稳定，财富给他提供享受和地位，这可以解释他为什么要其父亲划地供薛瑞菊来经营，有产阶级的财富与地位成为他考量事功的最后底线，是决不能放弃的。靳业不仅经不住严刑拷打，还信誓旦旦保证诱抓龚万民向国民党"献忠"，表明在特殊的时势中、特殊历史语境下，人性是多么脆弱，经不起考验。小说描述薛瑞菊对靳业的高论倍感陌生，这是直击"真心"之后的立场与情感判断，她并无多少理性认识，只是直觉眼前的靳业与她心中熟知的爱人距离太大，这是二人人生道路与命运分道扬镳的开始。小说叙述靳业对信仰的背叛、龚万民对信仰的坚守、薛瑞菊的陌生感不仅再次提供了阶级认知和人性本质的多元化样本，还显示了人性洞察的深刻性。

薛瑞菊参加了龚万民组织的农会和农民武装，并获得射击比赛第一名。靳业从武昌回来，到二墩崖找到薛瑞菊。薛瑞菊为靳业清洗衣服时，在衣服口袋里发现了国民党的特务委派证，联系靳业的种种反常之举，心中顿感不祥，她下山将此情况报告了龚万民，回到二墩崖，靳业已失踪，她在二墩崖高处发现靳业正带人带枪走在山谷中，薛瑞菊端枪打倒了一人，居然发现父亲被他们作为人质捆押着，薛父告诉女儿是女婿把自己出卖了，靳业哀告薛瑞菊为她腹中的胎儿着想与他一同归降国民党，薛瑞菊痛斥靳业不配做孩子父亲，靳业趁薛瑞菊不备一枪打中她左胸，薛瑞菊临死前忍着巨痛打断高崖上羁勒巨石的藤蔓，巨大的滚石砸死了全部军警。

矛盾白热化，冲突血腥化，阶级规定的价值体认和道路选择终究还是起主导作用，我们不妨将靳、薛冲突视作阶级对立的隐喻。靳业居然出卖自己岳父，甚至向自己爱人开枪，那么我们可以看出他对薛瑞菊的所谓爱情纯粹只是肉体需要，绝无真爱可言，这倒与靳业的出身及其追求享受的心理一理相通。薛瑞菊至此对靳业不仅有出于阶级的清醒洞察，还具有家仇的愤怒，当她亲历父亲被出卖、自己被爱人枪击之后，终于看透了靳业的本质，一切都明朗而决绝起来，义无反顾地与靳业辈同归于尽。

小说的结尾使人不自觉联想到苏联电影《第四十一个》，红军女战士玛柳特卡最终开枪击杀白军中尉，薛、靳的生死对决本质与电影主题完全一致。并不是所有时代都有血腥的阶级冲突，但在特殊的时势中，两大阶级的对立与斗争却没有调和的余地，尽管由于明澈的心智催生本阶级的异端导致认知与道路选择的多元化，但对立与冲突始终是多元化背后的合理主线。小说至此具备了政治哲学的价值。

涂一道尘世的烟火
——温新阶散文境界论

民族意识，是一个作家作为写作主体的身份自认。描写土家族乡村底层的世俗生活，既为温新阶散文提供了一种民族确证，又为其散文涂上了某种浓重的底色，这使他的散文带有一种尘世的烟火气，品味这一道尘世的烟火，可进趋其文本深蕴的底层情怀。《栽秧饭》《油菜荚》及其其余系列散文都是读者体认文本境界的样本。

一、九佬十八匠的图腾意识

温新阶散文集《那一抹春色》是一个别样的文本，文集通过描写活跃在民间的木匠、土匠、瓢匠、篾匠、铜匠等九佬十八匠，窥视他们心中与器物关联着的图腾意识，发现了与土地、民族、俗世生活一体相关的"原乡图腾"。作者以鄂西地理作为图腾的空间表象，用乔木搭建图腾的间架筋骨，将九佬十八匠所创造的器物设置为图腾的精神语码，让版筑与木工延续图腾的精神血脉，复又描述土家歌舞，作为图腾的灵性表证。经过多方面全方位的刻画，一个完整的原乡图腾从作品中向读者显现。

此种图腾既有土地表象，又有乔木骨节；既有器物载体，又有九佬十八匠的道业传承，更有歌舞的灵性表达。此种图腾是如此真实而具体，从里到外向原乡人发生着召唤与凝聚：召唤原乡人千百年来时时皈依于图腾释放的精神伦理，凝聚散处四方的原乡人走向族群的统一。与此同时，正因为原乡人对图腾是如此至爱入骨，至敬入心，至畏入神，乃有图腾在族群中的浑整心像与至大能量。唯其真实，乃能感召。然而，原乡图腾既然是在时间进程中积聚而成，也必因历史的催迫涣然冰释。在时间的维度中，原乡图腾就这样演绎着一条有情而无情的生成与幻灭之路。

由九佬十八匠负载的图腾意识是温新阶散文乡土情结、底层情怀的精致提炼，是尘世烟火的极致描摹，此种笔致在散文《油菜荚》中仍然延续着。该文叙述了乡民大舅世俗、平凡而创造的一生，文中写道："大舅的智慧表现在很多方面，他不是木匠，但是木匠的细活他比木匠做得精致，他不是篾匠，背篓烘篮他比篾匠做得好看，除此之外，他擅长一些小发明小制作，就说小孩子们玩的木头车，我们自己做的了不起装上四个木头的轮子，滚动起来左右扭动，还轰隆轰隆响声震天，但是大舅的孩子们的车不仅装着铁滚子，还安了轴承，滚动时几乎没有声音，这都是大舅的杰作。"（《油菜荚》）这意味着，九佬十八匠作为某种道业传承已成了乡民的自觉意识，大舅不经意间就能对其间的工匠技艺心领神会，乃至于某些手艺上手就会。图腾领悟已不仅仅是活跃于心中的自觉意识，而是随时可践之于器物的符号表证。该文站在大舅死亡的终点回望其一生行履和多才多艺，一定意义上有表证图腾意识如何深度印入乡民精神图谱的意味。

二、升腾于田野的炊烟

温新阶散文特别关注乡村生活。土家族村社、村民、田野、炊烟是其笔调惯常描写的对象，因此文本不经意间总是流露出浓重的烟火气，升斗小民的点滴得失，凡夫俗子的悲欢离合，柴米油盐的精确算计总是引动作者对乡民的牵挂。散文集《那一抹春色》描绘了九佬十八匠心中的原乡图腾，但其底色却是浓墨重彩的乡村生活，这种描写在《栽秧饭》中得到了淋漓尽致地展示。

《栽秧饭》叙述农村包产到户之后仍然采用集体协作的方式轮流解决村民平田插秧的春播事宜。土家族特重情意，村民集体到村民田里插秧，主家隆重安排一天的栽秧饭并各家暗中比胜居然成了村里广为流播的习俗。

"说栽秧是个节日，除了它在农事中的地位特别重要以外，更主要的原因是，它是左邻右舍聚集走动的一个契机。一群人，在一条冲住着，总要有机会相互走动，把感情的纽带系得更牢一些。"(《栽秧饭》)乡民的团结就在此种民情致密肌理的建构中得以代代绵延。

某一家村民已定在两日后插秧，女主人提前两天开始准备栽秧饭，整个过程充满了亲历亲为、时刻准备善待他者的俗世趣味。

烧腊肉："要把腊肉的皮烧焦，然后热水浸泡，洗出来焦黄脆嫩。腊猪蹄腊羊腿都需要烧，栽秧饭不逊于接春客，两个火锅被称为'双排座'，才对得起客人，也才对得起自己的面子。近几年，也有人买了液化气喷枪烧肉，快，轻省，有人说肉皮都烧掉了，不好吃。于是，招待贵客，还是柴火烧肉。点起熊熊大火，火钳夹着猪蹄或是羊腿，伸到大火中间，烧得嗞嗞地响，间或有油滴到火苗上，火苗顿时蹿得老高……"(《栽秧饭》)

杀鸡："鸡，得是自己喂的土鸡，昨晚鸡子上笼时就抓好了脚背篓扣在卫生间，今日，左手捏了鸡翅膀，右手握了菜刀，竟然落下泪珠子，一把谷一把米从鸡雏养大，公鸡雄赳赳，母鸡顺溜溜，哪舍得下刀？没法子，眼一闭，一刀下去，还咯咯了两声就再没声响，褪了毛，破了膛，挂到了厨房的柱头上，女主人的心还在冰窖里没暖过来。"(《栽秧饭》)

魔芋豆腐："有人说有了干辣椒烧的魔芋豆腐可以多喝一杯酒，为了这句话，这魔芋豆腐不敢少。"(《栽秧饭》)

懒豆腐："这懒豆腐是鄂西家常菜，黄豆泡好，石磨磨浆，铁锅烧开，并不过滤，焯好切细的白菜丢到锅里，撒一把盐，起锅，就成了，大概是因为相比豆腐的制作过程'懒'了许多，故而叫懒豆腐。"(《栽秧饭》)

此外，还有煎豆腐、五花肉炒豆豉、肥肠烧鲊辣椒、炒甜豆、烧豌豆、香椿炒鸡蛋、炒猫儿苔、炒竹笋、炒土豆丝、炒马齿苋、清蒸鹌鹑蛋、干豇豆烧口条，凉菜还有水腌盐菜、泡鸡爪、红椒鱼腥草、野韭拌皮蛋以及甑瓦子蒸出来的香喷喷的米饭……中午和晚上的两个火锅绝不重样。总之，一切以满足客人口味，激活他们味蕾为目标，使他们来年还有为主家栽秧的劲头。一众来帮忙的妇女中有人建议中午的剩菜还可整上晚

297

餐，但女主人坚不同意。"定要做新的，一年一度的栽秧饭，吃了现菜，明年还有人来给你栽秧？"(《栽秧饭》)

栽秧的男人们除了享受两顿盛宴，酒足饭饱之后最大的乐趣就是完成主家的任务，从抛秧开始就你追我赶，唯恐落于人后，一片白茫茫的水域很快就绿意盎然，细雨蒙蒙的春播中满蕴着秋收的热望。而"婆娘们收拾碗筷，又把今天的菜做了点评，对第二天的菜做了建议，也有人想到了好菜没有说出来，想等到到自己家吃栽秧饭时来个一鸣惊人"。(《栽秧饭》)

可以看出，作者为我们描绘了一幅村社的农忙图卷。虽然已经包产到户，但人们并不因此稍有膈应，而是在互助中延续着乡民的热情与理解。作者对农妇准备餐饮亲历亲为的描写，表现了人与对象的融合统一，有一种"反异化"的生活哲学旨趣。这是一种永远值得被追怀的世俗生活，是一道诗意的尘世烟火。

三、余　　思

散文，就其结构而论，历来有一个共识：形散神聚。这个认知现在已无疑议。但若论散文的功能及其所能达到的境界呢？学界和创作界历来人言人殊。笔者想，在一切审美文体中，散文创作有一个非常重要的特征：写作主体始终掌控叙事进程，不可能像小说一样，人物性格一旦形成，情节就必须由性格"内生"，作者都必须遵循性格逻辑去构思情节，主体让位于性格逻辑。如此，我们在谈论散文时怎么能撇开主体单论文本呢？既然主体始终主导叙事，则散文必然带有极强的主体性色彩，故散文传达的境界也就必然是主体的境界。笔者认为，以主体为依据，可将散文的境界分出三个层次：情趣；情调；情怀。情趣局限于个人化色彩的生活与审美趣味；情调倾向于表达智性、才调与胸襟格调；而情怀，是在对事相全面占有基础上向家国千秋、文化历史、民族生存情态乃至哲学之思的敞开、显露与发舒，其间往往流露主体对生命苦难的体认与悲悯。

温新阶系列散文就有一种与底层尘世生活深度契合的情怀。此种情怀在《一抹春色》《油菜荚》《栽秧饭》等文本中一以贯之，上而至于九佬十八匠的原乡图腾，下而至于农妇的柴米油盐。温新阶散文已走过了书写个人生活的情趣，表达智性的才调，而向情怀进发，他的文本有一种普遍播撒于土地、民族、文化的主体意趣，一种由尘世烟火绘制的精神图谱，而这，正是文本具有情怀的征象。

落寞的潜行者

——阎刚小说集《清明上河图》解读

读阎刚小说有一种遥望故乡的感觉——微茫的熟悉感，因其小说传承了传统小说的笔法，故有熟悉之感，又因作者在小说中融入了诸多笔法的创新，从而具有纯然新奇、陌生的美学风格，故有微茫的体验。小说集《清明上河图》把笔者这种感觉都集中起来了。

一、沉重的道义担当

小说传承了传统小说"文以载道"、道义担当之理念，被叙述的众多故事、众多人物特别是主角无不以道义担当为使命，似乎不如此不足以完成小说的叙事。中篇小说《清明上河图》叙述中学数学老师、高考课题改革组组长周林与不学无术的校长蒋自力不睦，蒋自力为求自己保住官位并继续升官，一面接受已被李副书记玷污而失去贞操的任莉莉，一面又为讨好县领导而在一中旁最危险的河道上建学生宿舍，已选为人大代表的周林用准确的数据证明河道上建房之不可行，开罪了蒋自力和县领导并最终失败。与周林同样命运坎坷的地理老师孙立望不仅老婆被开发商骗走，为阻止开发商在河道上建房，一怒之下打死了几个施工队员，于是与周林一同入狱。一场史无前例的大雨由于河上宿舍的阻挡使街道顿成泽国，宿舍也被摧毁，保外就医的周林为救孙立望的儿子和开发商的女儿被洪水卷走，虽最后捡回一条命并用事实证明自己的正确，使小说结尾有一抹微弱的亮色，但正义毕竟赢得太艰难了。周林与孙立望始终自觉担当道义，但身陷囹圄或孑然一身、衣食无着，这就是正义者的命运吗？太沉重了，也使主人公的道义担当沉重得使人喘不过气来，但这却是作者的信念，他坚信正义终必胜出，故有如是叙述，显然传承了古老的"文以载道"之道。

作者这种信念是如此执着，乃至于影响到他对人物命运的设计。中篇小说《河口纪事》写李、胡两家上代以天降馅饼的形式获得与世隔绝的河口码头之经营权，李家掌码头，胡家掌水运。到第二代，李五爷与胡七因误会结仇，胡处处设置障碍，李生意一落千丈，但李五爷根本不屑于向胡七解释误会，在日军从下游进占河口镇时，李五爷在自家和镇边放满炸药并浇上柴油，一场大火炸死自己并日军三百多人，保护胡七和镇上人逃跑。李五爷用同归于尽、玉石俱焚的方式实现了自己的道义担当，但却同样来得如此沉重。在当代作家沉溺于小我经营和娱乐化叙事的大潮中，如此执着的道义担当意识已不多见了。

二、水母式结构

阎刚小说最具创意者在其结构，以《家惠的战争》为代表。小说有一个简单的故事梗概，即叙述家惠执意要去看望已被枪毙、泡在医院药瓶里的哥哥。但在这一故事梗概上，作者又叙述了医院院长王为民当年与同为赤脚医生的桂枝相恋相爱的故事、王为民婚姻抗争失败的故事、桂枝被家雄欺骗而以身相许的故事、家雄多次行骗乃至于杀人的故事、胡杨公社农具厂采购员刘文才与桂枝不幸婚姻的故事、公安科长老肖好色的故事，最后回到家惠故事本身。为将故事讲到饱满，作者用了如许多的"穿插"，古人如清代李渔在《闲情偶寄》中曾戒言穿插不能盖过故事主干，否则结构就有崩溃之虞。但作者显然要挑战传统戒条，他在做一项危险的游戏——在简单的主干之上铺叙了如此多与故事有直接或间接关系的其他故事，使小说枝繁叶茂、摇曳多姿，状如水母——以一根细弱的腔肠支撑庞大的身躯，事实上作者成功了：正是有如此多的穿插，一个简单的故事才变得有味，他显然成功挑战了古人。纵观当代创作环境，作者这篇小说也正如水母游于深海，在一片深蓝中摇曳一团金黄，美轮美奂。但笔者认为这仅是特例，能否多用，颇堪疑虑。鲁迅很能遵法前人，如在《风波》中穿插"九斤老太"与儿子"七斤"的故事，仅用一言半语即回到主干。作者在继承与革新传统小说的夹缝中前行，为其明辨与慎思带来了更大的困难。

三、孤寂落寞的情绪基调

以《梦镇》最为突出，其实阎刚小说大多弥漫着一种说不清道不明的孤寂与落寞之情，人物与环境均如此，颇似马尔克斯《百年孤独》风格，但与其中魔幻现实主义又不同。又与郁达夫《春风沉醉的晚上》有类似处，却又不是郁达夫的自伤自怜。阎刚与其作品人物都是清醒的现实主义者。周林明知河道上不可建房大声呼吁终被漠视的绝望，家惠要去看望哥哥而对种种磨难的抗争，王为民眼看桂枝逐步走向磨难却爱莫能助备受煎熬独自心伤，甚至河口码头独处一隅的天生孤独等等，在在被孤寂与落寞所笼罩，但却看不出作者精心设计的痕迹。

这种情绪终于在《梦镇》中凸显地尤其明显。小说讲述了两个山区留守儿童的故事，张晓娥与黄克全的父母出家打工，留下年迈的祖父与孙子孙女独立撑持家庭，这是目前中国农村普遍的现实，孩子们不仅得不到父母的照顾，内心孤寂，还要担上家庭的重担。故事中黄克全家庭贫困，张晓娥条件稍好，但她与黄克全思念父母则是共同的，两个孩子资质并不低，都是可造之材，黄克全体育突出并被选送到省体校，但他们都被对父母的思念和生活的贫困所折磨，小小年纪而内心空落，于是张晓娥决定出走寻亲，黄克全则毅然担当起成全张晓娥的责任，他们在大山里转悠了几天，却始终没有走出山坳，就在他们看到了灯火闪闪的城镇时，两家父母碰巧回家并加入寻人队伍。故事虽以惊喜交加结束，但留守儿童的悲惨处境被翻了个遍，读者在安妥心绪时却不能不回味儿童的落寞与悲凉。显然作者对此现实问题有深长之思，提出了一个极为严峻而普遍的社会问题，让人们思考国家在现代化过程中如何对待和处理好新一代的灵魂成长。作者尽力贴近作品人物与生活，对他们的落寞与孤寂感同身受并作为情绪基调凸显在作品之中。

阎刚是孤独的，他因坚守道义理念而孤独，因文本形式与结构不被人理解而孤独，因太贴近和玄思自己的人物而孤独。唯其孤独，乃能深刻。读阎刚的小说，需要强大的理性，跟踪作者思路而游弋于文本，方能接受其价值观，其实阅读的过程正是被说服的过程，他能否说服各个层次的读者呢？笔者拭目以待。

在异化与反异化的叙事中前行
——阎刚长篇小说《河口纪事》解读

湖北作家阎刚长篇小说《河口纪事》（最初以《河口魂》为标题连载于《芳草》杂志2015年第3~7期，后出单行本更名《河口纪事》，与其中篇小说《河口纪事》同名）的发表，标志着中国当代批判现实主义的又一力作问世。在娱乐化叙事大潮裹挟当代作家的总体情势中，发生于19世纪中后期的西方（主要是俄罗斯、法国、英国）、中国少有继起与回应的批判现实主义显得极为孤独，更何况娱乐化、自恋式叙事早已席卷网络与创作界！阎刚是清醒的现实主义者，他看准我们这个时代正是批判现实主义的用武之地，以沉重的道义担当、几乎是只身孤往，深入人性与历史的深水区，揭示人性、社会与历史无可言喻的病痛，为歌舞升平、自我陶醉的现实袒露血淋淋的真实。故其《清明上河图》《家惠的战争》《河口纪事》《梦镇》等无不以沉重的叙事直陈时弊，今长篇小说《河口纪事》仍然秉承其固有的理路而来。

小说以张山桃、陈万力、沈全舟三个少年（女）在田野上的游戏故事为起点，重点叙述三个少年（女）各自所属家族之父辈、祖辈的故事，即祖辈沈老七、张满春、刘十子，父辈沈银道、张清元、陈二白（其父刘二，刘十子之子，与张满春同辈）之恩怨纠缠的故事，第三代张山桃辈的故事相对较弱，只是用来承担前两辈的故事，故中间弱，两头沉重，形成一个哑铃式结构。

如此，故事实是起于清末民初直至"文革"结束改革开放之前三个家族的三代故事。其间除了家族故事的流变外，更有时代乱象、土地沧桑参与人物命运的演绎，因此小说可视作一部地域传奇，其惊心动魄、波诡云谲、苦难丛生之人与土地的故事之中有一种深刻的命意——绑架于故事而由主题发生从而决定小说品位的立意——异化与反异化。此立意显示了作家的现实主义立场，是我们体验作品孤独、深刻而充实的唯一渠道。

——

小说并非刻意安排，而是一任历史真实自主显现，从而表现一种异化主题，但作者又站在一种批判立场，于是作品又领有了反异化的和声，异化与反异化相向并驱，构成了由人物命运与历史乱象凸现的立意。何为异化？即人在对物的沉迷中迷失自身，具体表现为拜物教、拜金主义、对权力的迷狂，以及自身欲望在对象上的极致投射，等等。此异化与反异化体现在两个层面：人与土地。

人的异化体现在欲望的变态实现、权力的巅峰迷狂与仇恨的极致显现三个层面。在沈老七、刘十子一辈，沈、刘本是河口世代打渔出身，一个时期沈的运气较好，经常能捕获大黄鱼，而刘十子运气不济，不料一次沈老七被大黄鱼报复，差点丧命，被刘十子所救。沈老七乃决定抛弃世代相传的渔具，弃渔从农，利用河口累世冲积而成的河沙地和因下江饥饿而来的劳力，种上玉米、小麦和棉花，家境迅速改变，逐渐成为河口的富户。按说沈老七的家族命运有了质的变化，该满足了，但沈却生起了更大的野心与欲望，他利用掌握河闸进出水流的权力强行赎买了整个河口的土地。为了得到赎买土地的经费沈老七设计杀掉北伐军的领袖并强占其所有银元，将全河口的劳力全部变成佃农，所有人的劳动所得几乎全为沈家所有，沈老七连娶几房姨太太，甚至将自己的救命恩人刘十子也用计除掉，并占有他美貌的老婆，全不知知恩图报，在欲望的极致满足中还精打细算。在那个混乱的时代，沈老七不讲道义，不讲诚信，一任欲望的驱使而蝇营狗苟，成了一个欲望的符号，他的所作所为与那个道义崩溃的时代若合符契，但他居然成功了，他就是一个时代欲望的醒目标识。

沈老七的欲望人生显然在儿子沈银道身上得到了有力传承。沈银道将父亲的物欲转化为性欲，在孤儿院长大的美女唐小芹苦恋失去亲人的张清元，为寻找张清元到他的老家河口，沈银道为唐小芹的美色所迷，性欲勃发，用尽心机占有了她。但沈银道的作为如此不得人心，他在"文革"武斗中重伤后，乡间王兽医为了复仇将沈银道净身，却无法净掉沈对唐的占有欲，沈虽从此匍匐而行，但对唐的占有欲有增无减，并由此演变成对张清元的极致仇恨，此是后话。沈老七的物欲与儿子沈银道的性欲是作品欲望叙事的标签，父子心性均在欲望的变态实现中被扭曲变形，表明作者对人性的洞察。

20世纪60年代，张满春之子张清元无意间救了"文革"武斗中秋收起义派总司令刘江海，从此不得不卷入两派的恶斗乱局之中，作品以张清元的眼光打量武斗各方对权力的变态觊觎，表明武斗本质不过是对权力的争夺。在权力的追逐中，秋收起义派总司令刘江海、新常青派总司令苟大河、新常青纠察队队长罗胖子、夺权成功的公社"革委会"主任胡成锁甚至在河口侍机报复的农民沈银道各自都达到了丧心病狂的地步，没有任何人包括刘江海在内能代表正义，不过是想掌握权力之后能一呼百应、欺男霸女、为所欲为、倾泻私愤，这种对权力的迷醉最后居然转化为对物的崇拜——张清元从刘江海身上取出的子弹成为众人景仰之物，小说并以张清元的亲身体验叙述人一旦掌握权力后如何身不由己——他被无数崇拜者像海浪一样推涌而行，他想回河口种田过一种与世无争的生活的想法一直不能实现，每个人都在权力的迷醉中不知所以、丧失自身。公社"革委会"赵秘书在武斗中命悬一线时，被张清元所救，但"文革"晚期赵秘书又重新崛起掌权，却在"左"的情势下与权力合流判处张清元死刑，全不念张的救命之恩，此一方面是为了显示权力，另一方面是身不由己，表明权力已彻底掌控人，人在权力控制下无能为力，人性、良知与道义在权力的执迷中荡然无存。

由于得不到权力，或失去代表性欲符号的女人，此种痴迷乃转化为极致的仇恨，小说以沈银道为代表叙述此种转化。沈银道通过欺骗的手段占有了张清元深爱的唐小芹，他又在武斗中断腰折腿，王兽医为沈银道净了身，日后沈银道只能匍匐而行，他看着张清元夺回了唐小芹，他靠告密等手段建立的声望业已旁落，受人轻贱，乃将满腔仇恨指向张清元，每天在通往公社"革委会"的路上爬行向"革委会"状告张清元，但"革委会"已经厌倦不理，沈又干脆整天躺在路上大骂张清元与唐小芹，人们由最初的同情转向鄙视。当他发现张清元率领河口人在河滩上种上了玉米，违反了县上的种植计划，且私分公粮，终于以此告倒了张清元，河口的农户也受到了扣减维持活计的供应口粮的责罚，但他此举却激怒了一个重要群体：河口的老百姓。他们埋伏在沈每天必经的水塘边，将他打残后自决淹死。张清元因曾当面警告过沈，且长期与沈的女人交好，被有罪推定而枪毙，父辈积累的仇恨至此似乎落幕，其实已经波及下一辈。

我们可以看出，此种仇恨呈世代积累并有扩大之势。个人的恩怨在每个人心中都种下了仇恨，生活在大家庭中的人们并不是仁义相亲，而是深怀怨恨，彼此防范，而沈银道更是将此仇恨推向了极致，导致身心扭曲，性命不保。对他者的仇恨反过来伤害自身。虽然此种情形并不是普遍状态，然而在特殊的时代一旦发生必然走向极致。

物欲、性欲、权欲与仇恨可视作人性异化的几种形态，阎刚既清醒又残酷，他要写出时代与人性的形形色色，以揭示这个民族苦难深重的根由。

二

土地以其沉默厚实、生长万物的功能滋养着人类，土地的本性就是生长人类适以自存的食物，以维持人类的自由生长，只有当人类在土地提供的食物中获得生命与自由，土地的本性才得以实现，因此土地的价值以人类的自由生命之实现为达成的前提。但亿万年来，土地以沉默的方式将朝向人类自由生命的功能始终蛰伏着，只是这种功能能否实现，却端看人类的取舍，若取舍不当，此种功能也会落空，土地不能生长粮食，其本性无以舒张，或因本性的落空而变异成仅仅具有指陈功能的符号——实体变成符号——此之谓土地的"异化"。换言之，土地的异化是以人的异化为前提的。马克思只是提到了人的异化，但《河口纪事》却将此种异化作合理延伸，触及土地的异化，而这种延伸却是马克思异化思想的逻辑必然。

河口处于清江与长江的交汇地，由清江上游历年带下的河沙冲积而成，土地肥沃，兼有地利与水利，非常适合谷物生长。换言之，其本性极其发达。这片河沙地也并不吝啬于向土地上的人们提供食物，但奇怪的是，这片土地上却动辄饥馑相连、饿殍遍地。何以如此？原来是人自己的造作导致土地本性被遮蔽，所谓"不作死就不会死"，不过是自作自受而已。

20世纪20年代军阀混战，人们无暇种地，此河滩第一次被闲置；30年代日军入侵，人们逃难，不可能种地，此河滩第二次被闲置；40年代人们没有摸清土地的本性适于生长什么，土地价值没有充分实现，可视作第三次被闲置；50年代吃大锅饭，做共产主义仿真实验，头几个月到处有饭吃，人们似乎忘了种地，此河滩第四次被闲置；之后大办钢铁，跑步进入共产主义，人们没有功夫种地，此第五次被闲置；60年代人们热衷于武斗，无闲心种地，此第六次被闲置；70年代计划经济，已经种好的玉米被强行拔掉，违了农时而种上棉花，结果颗粒无收，可看作第七次被闲置。在风调雨顺的好年景，河沙地非常适合于生长玉米、小麦、高粱、水稻，如果下种及时，不违农时，也适合于种植棉花。有意味的是，人的异化与土地的异化相向而并驱，同质而同果，两者纽合在一起，互相催发，每当河口镇的人们因人世动乱而灾难丛生的时刻，也正是河沙地荒凉之时，而河滩水旱失调时，也正是人世饿殍遍地的时刻。人与土地共命运。近百年来，那片河沙地因人的造作一再延宕，土地的本性始终没有实现，处于愿望落空、本性萎缩的异化状态。一片肥沃的河沙地就这样一次次被抛置于自由生命之外，使一种朝向自由生命的实体终于变异成仅仅具有指陈功能的符号——土地异化成符号！

小说多处写到人与土地有一种精神上的感应，以及人对土地本性之圆满实现的深沉呼唤。张清元老婆吴云芳临死时尝到了玉米的味道——她将两团黄泥当作两个黄澄澄的玉米馍，在幻觉中见到了玉米丰收的时刻，体验到玉米香味沁入鼻腔的满足感，以生命的结束表达对土地的祭奠。张满春本人无数次在不同女人身上体验到土地的气息，或一马平川的河沙地，或起伏不平的丘陵，茂盛的玉米或高粱妆点着，清香弥漫，满足与喜悦感油然而生。"文革"中，张清元被人潮推涌着，却远远闻到了河口河沙地飘来的玉米清香并幻现出一片绿油油的玉米地。夫妻俩的精神已与土地完全合一，因此我们可将幻觉的出现视作土地本性的律动，是不甘异化的挣扎。

小说有多处写到土地本性得到自由舒张时的好时光，以反衬土地异化时人世的荒凉。比较典型的有两次：一次是清末民初沈老七眼光独到，弃渔上岸，利用下江乞讨而来的劳力将肥沃的河沙地圈垸起来，并修建水闸，控制水源，解决了三百多户人家的吃饭问题，虽然人们大部分劳动为沈家所得，但毕竟人们结束了饥荒逃难，衣食有靠。一次是"文革"晚期张清元鼓动握有实权的陈二白率领村民在河沙地偷种玉米，玉米疯狂生长，大获丰收，果实被村民私分，虽违反了县上的种植计划，但土地本性毕竟得到了充分实现。而河滩被闲置的七次无不是土地与人性的扭曲时刻，故绝大多数时候，河口地上的人们饥馑频仍，苦难丛生。

古云："食色，性也。"食，取之于土地；色，发乎于本然，两种要求都出自于人的天性，亦即，在人的天性中本来就关联着土地与自身的本性，人的食色本性被满足的时刻，也就是人与土地同时饱满的时刻，是回归"自身"的时刻。但在小说里，人与土地向"自身"的回归却始终是一种奢望，其本性漂泊着、游弋着、扭曲着，无法找到落脚点，更无法找到回归之路，因此，这种因异化带来的苦难，就成了人与土地的宿命。这正是小说的深刻之处。

三

人与土地的异化作为小说的基本立意决定了小说的深度与品位,使小说具有了某种哲学品格。前文已述及,这两种异化是互相纽合而彼此催发的。阎刚在描述两种异化时显然隐含了某种批判立场。奇妙的是,作者的批判与否定倾向却是含而不露、隐而不发,并不是以某种价值尺度作简单的比量,作者的态度及效果可分如下几层来分析:

其一,因果。文本是平静叙述的,读者观此平静叙述的文本却有一种骇人心目的发现——如同观览一片广大的湖面,此湖水甚清,清到发绿,然在此湖中一条深沟,故此沟所处的湖水绿到发蓝,你观览既久,必会发现一条蓝影,此蓝影就是因果律——发现隐秘的因果律。换言之,正是作者尊重人性与历史的冷静叙述,致使因果律隐然显现:因财富而恣睢的沈老七最后一贫如洗;以算计别人起家的沈银道最后被别人算计致死;以道义为标榜而强横不羁的张满春父子死于非命。作者一任因果律以人与历史为道具演现自身,他的责任只是将此因果律向读者显示出来,以此方式不经意的表明立场,流露批判于无意之中。而读者却在这种深度领悟中不能不心动神摇,了知在任何混乱龌龊的时代都必须持守良知底线,作品就此输教化于不露声色之中。

其二,语境。因果律既然作为隐而不露的态度得到客观展示,显示了作者的批判立场,从而构成一种语境,在此语境中,诸多不可思议的人物命运与历史事件就可得到合理解释——无论是宏观的民族历史命运还是微观的个体命运,两种异化及其结果都在因果律的解释之中,细大不捐,巨细靡遗。那个"蓝影"无处不现身,以显示自身的无情与有情。

人的异化引发土地的异化,前述七次对土地的怠慢带来的结果是饥荒蔓延、民不聊生。违背土地本性,延时种植棉花,结果颗粒无收。人对大自然的每一次胜利都得到了大自然更为猛烈的报复!异化的人自以为是土地的王者而肆意践踏土地的本性,而不料因果律利用土地的荒凉置人于死地，人何曾逃脱因果的罗网？

作者无意用因果律作为价值尺度评判两种异化，只是用之构建一种微妙的语境，一切人的自我作践都在此语境中现出真形。

其三，二度创作。对所述人物事件不作任何评判，作者唯一的能事就是平静的叙述，却没有任何倾向性的流露。作者心量如虚空，一任云出云没，静观芸芸众生生灭无常，对每个个体的遭遇——尽管他是如此卑劣不堪——都保有一种大悲悯、大矜哀，尽管作品中的人物已走到了道德与道义的对立面，作者也不轻易流露否定，而对人物的遭遇有一种深度同情与理解，知道恶也有致恶的因由，等视众生犹如赤子，显示一种宽容慈悲的菩萨情怀。正是此种情怀给读者留下了极大的理解与评判空间，为读者伴随体验与想象的二度创作提供了可能，小说就在此二度创作中厚实起来。

民俗：作为文化的复合符号

——阎刚系列乡土小说对民俗的表现与建构

    阎刚系列乡土小说《圣手》《狗事》《皮袄》《调解》《出走》《河葬》《媒人》《口哨》是其"河口系列"以民俗为表现对象的短篇小说集群。小说虽是短篇形制，但含蕴深厚。文本不仅呈现了乡村民俗的原生态，更代入作者对民俗文化的自身体验。故民俗在阎刚笔下不完全是被原汁原味地描摹，还有发乎个人体验的重建，使民俗成为一个文化的复合符号。

一、上头婆婆的最后挽歌

    民俗是千百年来人类为了维护群体的延续而生发的人伦价值与风俗习尚，人伦观是民俗的核心价值，因受到群体的推崇而成为个人的自觉，无数个人对人伦的自觉坚守最终造就了具有统一习俗和行为模式的群体。在封闭的乡村，个人更因坚守人伦才有活着的自信，以及紧靠群体的力量获得感。任何试图撬动这种人伦观甚至不经意间对习俗有所不敬的行为都会被视为不祥。这种"亵渎人伦，冒犯习俗将招致不祥"的理念已由乡村的集体无意识转进为个体无意识。小说《圣手》深度揭示了此种个体无意识的巨大力量。

    上头婆婆三姑专为即将出嫁的准新娘扯脸(又称"绞面")——乡民称专为出嫁姑娘扯脸的年长女性为"上头婆婆"。三姑手艺精湛，十里八乡远近闻名，经手的新娘子个个光鲜水嫩，心怀感恩，三姑大半辈子也从中获得成就感。凡封闭山村的上头婆婆，都有一个从不宣之于口但众人默认的共识：她所绞面的姑娘都将以处女身份嫁出去！某次城里来招工，隔壁两位俊俏姑娘为了面试顺利过关，就请求三姑为她们扯脸——这已有违准新娘才扯脸的习俗，但生在人情社会的三姑未能免于人情，就应请把两位姑娘打扮得光彩动人，她们顺利应招之后却到城里从事卖身行当，被警察带走。维护女性贞操是封闭乡村至尊至严的人伦观。消息传到乡里，对姑娘父母和整个山村造成雷霆般的轰击，三姑自以为此事与自己有解不开的关系：为非出嫁的姑娘扯脸已违背习俗，又把她们装点得光鲜水嫩送进淫窟，自己罪孽深重，若不走错第一步，就不会有第二步的严重后果。违背习俗的罪孽感深入三姑的潜意识开始发挥作用，小说写道：

> 三姑神情恍惚，那天，她边铡麦秸，就想，要不是自己的这双手作孽，那姑娘兴许就面试不上。三姑的泪水又来了，看那笋尖样的手指像蛇头，铡刀下去，全身雷击一般，殷红的血，成线地往下流。三姑的右手断了三根手指头。三姑被送进医院，同去的人不少，挤得病房满满的。经过手术，三姑的断手指接上了，她泪汩汩地低语，这是报应。

读者可将此直接视作一种有关精神病理学的叙述样本。三姑所在的封闭乡村千百年来已将处女的贞操视作必须固守、维护的至高人伦，为无数待嫁的处女绞面是她活下去的信心来源和价值基础，为准新娘绞面既是在向旁人宣称"我手下出去的都是处女"，以此印证"我维护了习俗的纯洁与纯粹"，又是让这些嫁出去的姑娘向外宣称"河口乡村的女子依然纯洁，习俗依然淳厚"，这是一件于村社于自己双赢的事，因此表证人伦的纯粹乃至于成为三姑心中牢不可破的信念。如今两个打工的姑娘出去卖身居然是出于自己无意间的设计，这使三姑的信念被无情破毁。弗洛伊德说："一个人如果遭受到损毁其生活基础的创伤，他会完全灰心伤气以致对现在和未来都失去了兴趣而永久地沉迷于过去。"①如此，三姑自责自己没有严守只为准新娘绞面之俗而铸成大错，失去了活下去的信心与面向未来的勇气。她自觉是传统人伦的罪人，由此产生深重的负罪感，负罪感又成为她的一个新的心结。

如果说表证女性贞操的信念推动了三姑积极成为上头婆婆的行为自觉，那么负罪感的心结最终也会表现在行动之上。按弗洛伊德、荣格、弗洛姆等一批精神分析学家的共同认知，人在潜意识里的固结力量会以某种下意识的行动流露出来，其目的和效果就是释放或舒缓潜意识久受压抑的情结。三姑被铡刀铡掉三根手指看似无意，实则正是潜意识的负罪感在惩罚自己以减轻罪孽，这三根手指曾协助三姑施展妙法使多少处女成为河口村社纯洁习俗的符号表证，如今残酷断指正是对三姑损毁河口习俗的有力惩戒，故三姑坦然地说"这是报应！"——这是一种自觉必须受罚的卑微接受，似乎不如此其负罪感不会得到舒缓。

《圣手》把一种民俗放到人物潜意识里来观察，对民俗进行微观透视，解释了民俗得以传承的心智原因与情意力量。小说一面描述民俗的外在表相形态，一面深入人物心里进行内部精神体认，某种程度上重建了民俗得以成立并代代传承的文化心理之根，使民俗成为一种复合文化意象。在此基础上，作者以三姑的遭遇展示了某种民俗在现代意识的冲击下将要涣然冰释的必然，预示了民俗的未来前景。上头婆婆的赎罪之举作为其本人的最后挽歌也成了河口民俗的未来悲歌。

二、芦苇荡里的游魂

人都有"出走"的本能，走到哪里去？走向自己适以自存的乐土，走向某种虚拟的美好未来，走向心中的理想，走向繁复的意义。故"出走"的目

———

① [奥]西格蒙德·弗洛伊德：《精神分析导论讲演》，周泉等译，北京：国际文化出版公司2000年版，第242页。

的向来不是简单的，对主体而言，它是为了获得某种内在的充实。小说《出走》以某种特殊的表现方式表达了"人"之"出走"的繁复意义。

父亲因为与母亲的个性矛盾从家里负气出走，走向门前浩渺无边的芦苇荡，从此一去不回，乡亲们推断父亲一定死在芦苇荡里了，请来丧葬队为没有遗体的亡父送丧。幼小的我虽见证了父母互不相让的个性冲突，知道家庭破裂和父亲之死不可挽回，但内心里对父亲的依恋使我终究不能接受此种纯粹形式化的丧仪，于是众多奇妙的幻象在我眼前、在丧葬仪式的行进中一时涌现。奇怪的是，所有幻象都是为了铺就父亲的出走之路。

有一个神秘的幻象在我心中固执地定格：父亲出走的那天下午，火红的夕阳下，门前无边的芦苇荡一片起伏的血色，父亲背着草鞋在芦苇荡里踟蹰独行。"父亲那晚打草鞋很不顺利。中间的绳索老是断裂，父亲总是不厌其烦地接上又织，织了又断，父亲几乎没有织成一双草鞋"——幼小的"我"不能完全理解父亲出走的意义，但"血色芦苇荡"的幻象预示父亲出走将要遭遇不祥，此种预感又在父亲无法织成一双草鞋的事件中得到印证。民俗信仰认为，绳索断裂预示将要遭遇不顺。幻象与实景都在预言一种意义：死亡。

死亡已成事实，丧葬队伍被请来聚集于我家开始做送丧法事，母亲把父亲拒绝用来打草鞋的一片白布撕成布条缠在我们头上，让我们跪在歌师们面前感谢他们——这些平日里与父亲或近或远的大人们此刻居然不约而同地进入某种仪式，平静而聚精会神地、互相协作完成某个仪式过程，丧葬仪式历经千百年的熬炼居然成了指导人们心理、行为的规约性力量。在旁人看来，他们所唱丧歌就是对亡者的理解、悲感、同情与祝福。

父亲在祝福中似乎又重新"活"过来，我看到"父亲的步点恰好应着了那歌师们的鼓点。我这才感觉到，父亲原本不是在穿行芦苇荡，而是踏着鼓点在起舞，虽然他总是那种没有变化的僵硬表情。既然这样，父亲的出走就不是受难，而是享受。因此我们只要听到那节奏分明的鼓点，我们就能在芦苇荡里看到父亲"——幼小的心灵不能接受父亲死亡的痛苦，他幻觉性地看到了父亲神魂随着丧鼓起舞，在歌师们的祝福中得到了享受。

"复活"的父亲以一种特异的"常态"在我眼前晃动:"其实这里面也有父亲多年的朋友,父亲连睬都不睬,仿佛这些人都是该这么办的。父亲在我们中间穿行,仿佛就是我能看见,我不知他要忙活啥,他一会儿在厅堂,一会儿又去里屋的橱柜前翻检什么。父亲的行动之快是我不能想象的,他就像风一样飘忽着,堂屋里都挤满了为他送行的人,他却能在中间游刃自如地穿行,那些他熟悉的面孔没有谁与他打过一声招呼"——沉默寡言是父亲生活的常态,"我"虽对父亲不理会外人表示不满,但此种熟悉的漠然却对我是无限的慰藉。幼弱的灵魂里充满了对父亲复活的强烈愿望,哪怕父亲以冷漠的情态现身。

忙里忙外的父亲终于可以上路了:他从橱柜里找到了我认定的那个灰土布卷成的行囊背在驼弯的背上,直直地从我们身边走过。"歌师们随着他走,我们一行则紧跟歌师,我看见父亲的步履是那样的稳健,歌师们的步点无法跟上,我们自然也跟不上歌师们的步点。父亲是向那片广袤的芦苇荡走去的,那芦苇荡就近在咫尺,仿佛伸手可及,但却怎么也靠不近"——即便歌师们见惯了死亡,但也无法完全跟上父亲死亡的意义,只能在芦苇荡岸边点画父亲的形迹,将一种生命的结束凝定为永恒,使自己恐慌的内心获得暂时的安稳。而我们(包括母亲)就对此种死亡的意义完全茫然无知了。眼前广袤的芦苇荡随兴舞动,似近实远,正在一力张扬着自己无限的内蕴。沉默的父亲是否因对芦苇荡有着特别的领悟、因无人可以对话而只好沉默?是否因母亲太不理解父亲而有无法打破的隔膜,他只好拿生命来献祭这片芦苇荡的无限?父亲并不是不安于家庭生活,只是有一种内在的丰富无人理解,唯有芦苇荡才与父亲发生充分的感应,因此走向芦苇荡其实是走向了某种只可心会无法言说的内蕴。"我"至此恍惚能够理解父亲出走的全部意义了。

一种安抚亡魂的丧葬习俗被作者用魔幻现实主义笔法表现出来,实景与幻觉、生活与玄想交替出现,使得出走而死亡的命意具备了多重意味:父亲走向意义的繁兴;歌师获得仪式的安稳;"我"(包括母亲)对死亡意义的浩叹。至此,丧葬习俗成为一个文化的复合意象。

三、精心设计的狗事

中国传统的乡村，最能践行儒家的人伦之道，人伦在乡村有着最稳定而持久的形态。当儒家伦理被推为文化的主流价值观时，由这种伦理主导的媒妁、礼法婚姻比法律婚姻更具尊严而被维护。人伦指引着乡村的婚丧嫁娶、生养死葬，构成了乡村稳定的民俗。但人欲，主要是人的情欲冲动毕竟是最活跃的因素。情欲冲动固然不可冒犯媒妁婚姻的尊严，但却固执地、隐秘地悄然行事，这就是在乡村虽若有若无、却从未断裂的"偷情"习俗。尴尬的是，偷情习俗居然与婚姻习俗一直以来并行不悖、表里相应。于是，正当与不正当、防范与偷试便演绎着乡村底层世俗民风的情爱故事。小说《狗事》可视作对此种民风的观察与写照。

丈夫出外打工，王会玲留守在家陪伴读中学的儿子，某天给儿子送换洗衣服时认识了学校旁边的餐馆厨师吴华民，二人当晚在王会玲家无所顾忌、干柴烈火。王会玲婆母、精明强悍的柳成英为防范儿媳出轨，养了一条叫声如雷轰的大白狗放在门前，照看着儿媳家的后门。每次狗叫声响起，柳成英就唤起老公李友胜出去查看，往往一无所获——小说的故事主干就是一个礼法与情欲的冲突故事，由此释放出自由与规范、防范与冒犯、保守与颠覆、合理与非法、不良阴私挑战公序良俗之互反互成的意义，本质是展现两种民俗(媒妁婚姻与偷情)各自成立的理由与行进轨迹。

凶猛的大白狗成为吴王二人的心病，某次吴华民在大白狗的轰叫声中摔碎了脚脖，王会玲怨恨婆母，婆媳关系更见紧张。吴华民多方设法要除掉大白狗，但终究计无所出。李友胜多次查探，但意味深长的未置可否——在礼法与情欲之冲突的延展中，人性本质彰显无遗，每个人都行进在各自的意义体认中，因立场不同而使冲突加剧，表明明与暗两种习俗一旦遭遇，其对立是如此不可调和。此中唯有公公李友胜的未置可否意味深长，他大约要试图选择调和与平衡？但是，平衡有可能吗？

王会玲因为公公生日买来丰盛的酒食为公公庆生，顺便提出要把大白狗牵到身边为自己作伴,吴华民用牛肉终于收买了大白狗,二人从此安心偷情。与此同时,李友胜对老婆的一番谩骂开导使之如醍醐灌顶:"李友胜脖子一扭,指着柳成英说,牛日的,你折腾,你再瞎折腾。你不弄出点事来你是不会歇手的。你的那碟子酱谁不清楚?到时候,你不就是想把那狗往镇上一放,帮你认出个人来么?我问你,你就是认出人来了你又能怎么了?你还去撮合他们不成?你也不想想你的儿子。他一个大男人一年四季在外面,他就不会去找女人,他就那么傻二球?你把会玲逼走了,闹得鸡飞蛋打,你就那么心安理得?"——果然是醍醐灌顶!柳成英杀掉了大白狗,李友胜的平衡成功了!媒妁婚姻本来不以爱情为成立的理由,按照曾有过出轨经验的李友胜的理解,旧式婚姻以传宗接代和性的互相满足为目的,礼法不过是为性的满足提供一种众所公认的合理渠道。既如此,性就可作为婚姻之外的必要补充,此种补充并不会颠覆既有婚姻的稳定,与其逼使儿媳出走,使儿子的婚姻在抓奸的鸡飞狗跳、众人非议中土崩瓦解,何如维护他们既有家室的稳定?何况出门在外的儿子也当有所渔猎。当儿子回家后,儿媳自当与奸夫分手。这就是李友胜说服老婆的无可奈何的平衡策,是一种以妥协求胜的选择。

《狗事》通过细解乡村底层偷情的隐秘民俗,获得了一种"化蛹为蝶"的隐喻效果:众所公认、理所当然的礼法婚姻习俗在情欲的私密冲动挑战中被迫放开禁制,包容异端,以此重获既有模式,但"变异"也就不可避免。这就显示一种"化蛹为蝶"的意义:一面是既有模式的永无变异,一面是内质的生生不息,蝴蝶永远是那一只蝴蝶,永远又不是那一只蝴蝶。儒家文化笼罩下的媒妁、礼法婚姻习俗以此具备了一种"流变"意味。

四、错谬在河葬中

观念和信仰一旦形成,就被习俗模式固定下来,成为模式的意志,影响人的行为方式。随着时间的延伸和累积,此种习俗模式的意志会对人的情感、心态带来不利的影响。当人们由于无意间的行为错谬而发生不可挽回的损失时，人们会感受到习俗是如此乖张，不合人情。此时，"陋习"之名将是习俗不可逃避的阴影。小说《河葬》为读者提供了一个观察乖谬习俗的样本。

十岁的羊子身患哮喘，羊子爹得顺去找生产队长要他批准出纳借80元钱为羊子做手术，未果。母亲秀芝亲自去队长家，将身子交给队长借到了钱，但羊子终究死在手术台上。医院汽车将羊子尸体送到村口，队长召集村民为羊子治丧。

羊子尸体不能抬进屋——短命而死的人之鬼魂会给家里带来灾殃——只能放在屋外，队长和几个壮汉做好简陋的木匣装进羊子尸体。按习俗，早死的儿童(鄂西、江汉平原乃至整个长江流域等地又名为"化生子")只能赤条条被埋葬，但秀芝心疼儿子坚持要为羊子裹一片灰土布，队长照办。又为羊子脸上盖上一本语录——他在地下有机会读书，本来有人拿来一本账本，但队长害怕羊子在阴间成为地主将被批斗，不许。人们合力弯弯绕绕走了一个大圈将木匣抬到河滩，挖开软泥准备埋进去。队长为斩草除根，重新剥光羊子衣服在河滩上烧成灰烬，有人要分剥下来的衣服，队长认为拿回去将要包私生子，不许。队长直接将尸体河葬："讨债鬼，该漂江落河！""队长蹚到齐腰深的水，就将尸体抛开，双手浇了几捧河水在羊子僵直的尸体上。羊子流走了。"

一系列讲究太繁复了。大体而言，这一处理化生子的河葬习俗、仪式之各个环节，都是人类文明前夜的原始思维的遗留：原始思维认为人死而有魂，化生子之魂会给家里带来不祥，故遗体不能进门；装进简陋的木匣要使化生子死无可念，另找投生之处；化生子赤条条而来，也要赤条条而去，穿上衣服会带走家里财富；脸上盖书可引导化生子读书；抬棺弯弯绕绕走一大圈是使化生子迷路，不再找到原家；从化生子身上剥下来的衣服如果拿回家只能重新包上化生子或私生子；让尸体随水流走，永别原家。我们还可以发现，整个过程得顺夫妻都没有参与，全是旁人完成，这也是一种原始思维的意味：化生子生死无关我事，别再留念！亲自处理丧葬会使化生子因留念亲情而不能投生或重新投生到原家。

种种迹象表明，当原始思维渗透到仪式的各个环节时，也有仪式所属时代的观念跟着印入，脸上盖书本是通行于每个时代的固有方式，但盖什么书？盖上账房先生的账本将会成为地主，会被批斗，只好盖上当时随处可见的语录，寄托"读书明理"的愿望。但语录那么尊贵，怎会随死人陪葬？若细思其实相当惊悚，但原始思维似乎并不打算疏通显而易见的矛盾。法国人类学家列维·布留尔对此有更深的理解，他提出了原始思维具有"原逻辑"之说，原逻辑就是人类理性逻辑发生前夜、以感觉和想象为主导、以物我互渗意识为特征而发生神秘体验的初始逻辑："可以把原始人的思维叫做原逻辑的思维，这与叫它神秘的思维有同等权利，与其说它们是两种彼此不同的特征，不如说是同一个基本属性的两个方面。如果单从表象的内涵来看，应当把它叫做神秘的思维；如果主要从表象的关联来看，则应当叫它原逻辑的思维……我说它是原逻辑的，只是想说它不像我们的思维那样，它首先是和主要是服从于'互渗律。'"①总之，原始思维的核心就是原逻辑，其特征是：（1）只对对象的神秘力量和属性感兴趣；（2）人与对象、实体及其符号代码之间是互渗关系；（3）不关心万物之间显然的对立与矛盾，但也不回避矛盾。其实对矛盾的粗率处理，正是原始思维的特征之一，这也是它能够接受异质观念的原由。

队长处理完羊子的河葬又与秀芝鬼混，惊闻羊子是自己的种。秀芝讲述了不小心怀孕的原委，队长如五雷轰顶，失魂落魄。"除夕的晚上，队长喝了许多的烧酒，酒火烧心，晃晃然来到河谷的软泥上，打嗝，望河中心的急流。'羊子，我儿呐，你不走了，我来接你，你等着，你等着……'队长舌头直僵僵的。队长下水了，走了很远，沉下去了。"——在队长心中，他严格执行的河葬仪式至此对自身造成无可挽回的错误和钻心的伤痛，他之主动沉入河水就是为此错误和伤痛殉葬。我们可以看出，队长似乎并不是为自己亲手葬子而后悔，而是感到河葬对亲生儿子过于残酷，自

---

① ［法］列维·布留尔：《原始思维》，丁由译，北京：商务印书馆1997年版，第71页。

觉心中的痛悔只有自杀才能抹平。那么此时，他所一力认同和严格遵循的习俗会在他心中留下什么印象呢？

现代文明强调对于死者也要保有必要的尊重，此种尊重不分民族、性别、年龄，不因他（她）是殇子、化生子就稍有疏忽。中国古来虽尊重"死者为大"，但这种尊重多是献给得享天年、寿尽而死的老人，对早死的儿童却极尽蔑视，并以习俗传承下来，体现在仪式的各个环节，成为一种对生者、死者带来巨大伤害的陋习。小说《河葬》揭示了此种乖张陋习对人的伤害，把此陋习至今无变的本质描写出来，营造了一种文化的复合意象，虽是文学文本，而具有人类学的实证价值。

结　　语

阎刚系列民俗小说当然不只如上四部，但这四部具有代表性，代表了民俗的各种面向：《圣手》表述了守贞习俗本身对人的吸摄力；《出走》描写丧葬习俗对个体的意义启示；《狗事》透视礼法婚姻习俗意义的流变；《河葬》观察殇子处理陋习对生者死者的双重伤害。丧葬习俗的各个环节能够诠释死者每个生命时段的价值，是其意义启示的源头之因；守贞习俗因其模式化而凝聚群体形成强大的集体意志，为个体提供力量来源，这是引人沉迷的动力之因；礼法与情欲冲荡不息，是其"化蛹为蝶"的流变之因；殇子处理陋习走向极化必将为生死两方带来双重伤害，是其必将被淘汰的自陋之因。站在历史发展的时间立场，《狗事》代表了习俗发展的未来方向。四部小说所涉民俗不仅本身具有复合意义，若通观阎刚民俗小说，其符号更具包容性，意义层累，使民俗最终成为一个文化的复合符号。

丹纳理论的本土印证

——阎刚乡土小说对丹纳"文学三要素"的体现

王晓蕾

一、地理环境因素

丹纳指出:"人在世界上不是孤立的,自然界围绕着他,人类围绕着他。偶然性的和第二性的倾向掩盖了他的原始倾向,并且物质环境或社会环境在影响事物的本质时,起了干扰或凝固的作用。"①丹纳所指的"环境"有时是指地理环境、气候条件,有时是指政治的和社会的条件。丹纳的观点给我们提供了一个思考的路径,对阎刚乡土小说就环境问题而言,可从地理和政治两个方面入手予以解读。

不同的地域文化会产生不同风格的文学作品。地域文化是历史形成的,作家生活在这种文化氛围之中,就会因其文化气息的影响而引起作家创作风格的发生与确定。地理环境对于文学的意义不仅仅只在于为作家的创作提供了一个描述的地点,更在于形成了生活在这一方水土下的人们的独特个体和自然性格,从而在人物命运的历史进程中起到重要的作用。人类的每一行动、性格养成、思想情感都与社会生活、奋斗目标密不可分,而直接影响其社会生活、奋斗目标的很大一个因素就是自然环境。不同的

① 《西方文学理论史》,董学文主编,北京:北京大学出版社 2005 年版,第 180 页。

地理环境造就了不同的人物性格，从而导致了不同的人物命运。

在《河口纪事》这部中篇里，作家叙述了生活在河口这个地方的三个家族三代人的故事。故事围绕三个家族展开，但是故事的起因却是来源于河口这个特殊的地理环境。河口地处清江与长江的交汇地，河水充足，自上游带下来丰富的饵料，使得鱼虾肥美。因其地势低洼，汛期到的时候，种植的作物皆被淹没，生活不保，因此人们都是靠一条船、一张网和十几挂滚钩在河水里讨生活。三个家族中的祖辈沈老七和刘十子是打鱼的好手，也是惺惺相惜的好兄弟。在一个时期，沈老七运气奇好，每次下河都能打到大黄鱼，而刘十子偏偏在这时运气不济，两人之间生出嫌隙，直到沈老七被大黄鱼算计险些丧命，刘十子不忍心救了他一命，两人关系才渐渐缓和。沈老七因这片河水过的富足，却也差点因此丧命；沈老七最得意的当家滚钩为他挂起了无数的黄鱼，最后这排滚钩却挂在了自己的身上。不得不说世事无常，谁都说不清是福还是祸，若没有这一次的意外，沈老七也不会有后来的发迹和命运的波折。

弃了打鱼的营生之后，沈老七决心在这片水淹地上刨营生，并且劝刘十子跟他一起，刘十子清楚这些水淹地是不值什么钱的，所以当沈老七从阎府上买了最靠近河脚子的 500 担地，盘下那块水淹地时，刘十子把他骂了一顿。但后来的事，刘十子不得不佩服沈老七。出事那天是谁也没想到的，水一直上涨，直到全部淹没了沈老七的地长达十来天。洪水来的时候毫无征兆，不带怜悯，顷刻间就可以让人倾家荡产、一无所有。大自然就是这么霸道，不留余地，让你不得不屈服于这个环境，不得不安于生存。但总有些人不安于现状，反倒被现实激发出不懈的斗志，正如前面所说，地理环境对于文学的意义不仅仅只在于为作家的创作提供了一个描述的地点，更在于形成了生活在这一方水土下的人们的独特性格，从而在人物命运的历史进程中起了重要的作用。接下来几年，沈老七一直与这片土地做着抗争，吃了上顿没下顿，但他却因此在这片土地上琢磨出了一套生存下去的方法。沈老七开始挑土做堤埂，留住了下江讨饭的壮劳力一起帮忙筑堤，并利用送宅基地的方法让越来越多的老河口人也参与围堤种田的大计划中来。越来越多的人定居在河口，也从此改变了水浪客的生存方式。沈老七更是一跃成为河口的大地主，手里掌握着河口上万亩肥沃的黑土地。从一开始的顺从水靠水为生，到后来的与水抗争、与土地抗争，直到最后达到自己的最大利益获得胜利，这个过程不得不说是人类为了生存与环境进行抗争的过程。随着人类生产实践活动的历史演进，从人与自然的原始和谐演变为相互对抗，人与自然在此基础上不断向前发展；而人与自然对抗的消除、真正和谐的实现有赖于人与自然关系的"合理调节"，即人在努力提高生产实践水平的过程中也努力协调自身与自然的相互关系。

从这里可以看出，这片土地带给了沈老七以及河口安稳的生活甚至是额外的财富；但从另外一个层面上说，正是沈老七的围堤造田才让这片杂草丛生的水泽地变成了万亩良田，从而最大程度地实现了土地的价值。沈老七不安于靠水吃水的不安定感，转向能给人带来安稳的黑土地，从而获得了物质上和精神上极大的满足。在与环境和黑土地的斗争中，激发他性格中之前不曾有过的坚韧和潜力。恶劣的环境促使他成为人生赢家，充分发挥出了他潜在的价值。但巨大成功的背后，在物质利益面前，他性格的丑陋部分的成长更为迅速。笔者一直认为人性中的贪婪、狡诈、自私等恶劣方面不仅会被极度的贫困激化到最大状态，在巨大的财富利益面前更是肆意盎然，发展到令人发指。围垸造田给沈老七带来了巨大的成功，但是人往往不能满足于现有的利益而想要的更多。为了获得本钱买下更多的地，沈老七害死了革命党人和自己的老友刘十子，并且为了防止刘十子的老婆泄密，强娶了刘十子的老婆，最终导致刘十子老婆的死亡。这一切皆是因土地，因利欲熏心而起。随着土地的扩大，人的欲望愈发膨胀，沈老七要的是整个河口的黑土地，但正如刘十子所说：人的运气真的是此一时彼一时，红到极处就要败了。所谓物极必反大概说的就是这个道理。沈老七为了利益不择手段，为了达到自己的目的背信弃义，这一切都为他后来的衰败埋下了伏笔。写到这里可以看出，沈老七的命运经历了大起大落，因土地而辉煌，也因土地而败落。观此种种皆是因为环境改变了人的心态，改变了人的性格所致。人可以改变环境，但人类也会因为最原始的欲念而臣服于环境，让环境凌驾于自己之上。

二、环境的政治与社会因素

据丹纳所论，环境因素中的另一个方面指的是政治社会环境。如果说地理环境更多的是塑造了文学中人物独特的个体，促成人物性格的养成，那么政治社会环境则更多是让人性适应于这种特殊的环境而异化发展。在这种大的社会背景下，尔虞我诈凸显出来的人生百态，更多地折射出了人性中的弱点或者阴暗面，而正是这种弱点或者阴暗面才最终导致了人物命运的走向。

官场系列是阎刚小说的另一个重要主题。因为亲身经历过并见识过官场上形形色色的人物，体验过官场上独特的一份待人处事的模式，所以官场系列小说以极其真实沉重的叙事指陈时弊，以批判现实主义的手法揭示人性深处，以冷峻犀利的语言来叙说官场上人物的命运。从阎刚的河口系列、官场系列两种不同主题的小说可以看出，人物的命运不仅会受制于地理环境，也会被社会政治环境这只无形的大手玩弄于股掌之中。《清明上河图》是官场系列中极具代表性的一篇，小说中的周林、孙立望、蒋自力、李其才、任莉莉这些人物都塑造得有血有肉、形象鲜明，各自的命运无一不是在政治这只大手的笼罩下产生纠葛，最终不得不在政治的安排下走向各自命运的轨道。

身为县一中的老师周林为人义气，血气方刚。因为帮同事孙立望出气而引起了分管县一中的李副书记的注意，并且间接导致了校长调离，为能力强、有魄力的周林成为下一任校长铺路。周林任课题攻关小组的组长，带领老师们打了一场高考翻身仗，这更是让他声望倍增。然而他所谓的丰功伟绩在政治权力面前根本不值一提，原以为信心在握的校长职位被同乡蒋自力取代。一个因水平有限经常在讲台上下不来台的数学老师当上了县一中的校长成为极大的讽刺，而他当上校长的这个过程，也把政治权力下的黑暗体现得淋漓尽致。任莉莉利用宣传部长的位子很快就帮蒋自力在教育局谋了一个人事科长的职位。但是蒋自力并不满足于此，瞬时的成功，轻而易举就到手的权力让他兴奋不已。他敏锐地觉察到任莉莉作为一个大龄女性一直单身的问题所在，并且能够一直坐到今天的位子一定是付出了不可想象的代价。任莉莉从一个不谙世故的清纯女孩走到今天的高位，正是经历了我们能够预料到的今天所说的"潜规则"，甚至是自己的父亲亲手把她推入了深渊。家人乐于见到女孩当上干部给家里带来荣耀，但是女孩的面容愈发苍白，她知道自己能不能够回去已不是自己能够左右的了，她关乎一个群体的名誉，自己只能在一个自身卷起的暴风骤雨中随波逐流，纵使污泥满身，她也只能往前走了。

这个故事中的始作俑者正是时常坐在主席台声如洪钟作报告的李副书记，发现这件事情的蒋自力很快从中嗅到了可以利用的气息，他似乎找到了一个上升的契机。蒋自力通过捏住任莉莉和李副书记私通的把柄，通过李副书记从人事科调到了县一中当校长，挤下了呼声最高的周林。然而就任县一中校长之后，大费苦心修建学生公寓的这件事情，为所有人的命运都画上了一个句点。修建学生公寓的地址选在河上，这让身为地理老师的孙立望觉察到一旦这里持续下暴雨便会淹没河两岸所有建筑的隐患。身为县人大常委的周林立刻意识到事情的严重性，与孙立望联手捧出了警示现世的"清明上河图"，但是却没有引起县委的重视，只因为所有人都关注到这个地方建成后所带来的巨大商机，李副书记迫于蒋自力的威胁只能对他的利欲熏心视而不见。周林与孙立望因为对施工工程的万般阻挠而被送入牢房受尽折磨，周林的妻子也受蒋自力的诱惑而与周林离婚。周林在任莉莉的帮助下出狱之后不得不在蒋自力主张新建的那栋楼里谋生计，这对他来说似乎成了一个天大的讽刺，自己当初所极力反对导致自己家破人亡的工程现在成了自己生存下去的唯一保障。故事到这里并没有结尾，这种权力与利益相互作用下的产物必然会引起极大的隐患，人们对权力的极大推崇和对利益的过度追捧，最终都会反噬到自己身上。最终大自然无情嘲讽了"清明上河图"这一"先见之明"。一场持续的暴雨淹没了所有，并且造成了巨大的伤亡和损失，而一手操作这项工程的蒋自力和承包商早已跑得不见人影。

蒋自力和任莉莉的结合是他遂行自己权力意识的起点，他从底层艰难的环境里走出来，精于计算，不择手段，这个人物的意义在于为我们呈现了底层权力的阴暗面和出身于底层人的性格丑陋面。蒋自力这个人物形象如果没有身后的背景，在纷繁复杂的官场中根本站不住脚。他仰仗于一个对他有着特殊情感的女人宣传部长任莉莉以及忌惮他所捏住的把柄的李副书记。不得不说他对于现实的把握，对于官场的敏感度，对于自己想要的权益都表现出了极高的领悟力，才会让他能及时抓住特殊时期的关键机会。但正是这种过人的头脑让他栽了跟头，如若不趟官场这浑水，他很可能可以安稳地当一个老师。如若不是任莉莉和李副书记对他的推波助澜，不是自己深谙官场这套潜规则，也不至于让自己深陷泥淖中无法自拔。正如任莉莉所说："这个该救赎的人正是我自己一手放纵起来的。"任莉莉付出了巨大的代价当上了公社干部，她无力反抗这种规则只能接受，放弃了自己的梦想，"她才会想尽一切办法把自己住户的那个男孩送进大学，让他到另一个天地里去实现梦想。她真的不图别的，她只图爱和仁慈"①。但是这种爱和仁慈放在了权力与利益中杀伤力有多大是她自己也没有料想到的，她没有预料到一个贫穷出身的人在获得了权力和利益之后，道德的浅薄、眼光的短浅会让他没有能力控制住自己肆意狂妄的欲望。

在政治这个特殊的环境里，它可以让你一瞬间体会到权力所带给你的快感。权力与权利应该是相互制约相互促进的，在对这两者的使用发生异化时，产生的后果足以毁灭一个人，乃至一个社会。再说周林作为一个平民百姓在政治的操控下所走向的轨迹。本很有希望大展手脚成为校长的有力竞争者，却被蒋自力这个"关系户"轻松地挤下了台，自己所做的一切不如一个下不了讲台的数学老师，这让年轻气盛的周林心生怒恨。努力当上了县人大代表，却在代表大会上说不上话，还进了牢房受尽侮辱，出狱后的他本应该在出事之后恢复身份，甚至得到补偿，却剧情一转又被送进了

---

① 阎刚：《清明上河图》，武汉：长江文艺出版社2012年版，第18页。

监狱。周林是一个非常典型的被政治所操控的人，种种的努力和反抗都犹如以卵击石，不屈服于权力的他只能败倒在这种规则下，成为政治权力扭曲下的牺牲者。

这部中篇里，无论是获得了权力的蒋自力，还是在权力面前有心无力的周林，都体现了一旦踏入了政治这个环境中，个人的命运无法任由自己掌控的事实，政治权力自然会推着你往前走，至于是走向好的还是坏的方向，则取决于你自己对于权力与利益是否有一个正确的认知和运用，取决于是选择让自己掌握政治的方向还是让政治控制你。

三、文化价值观因素

丹纳认为除了民族和环境这两者外，还有一个"后天的动量"在影响着文学艺术，这就是时代因素。丹纳指出："当民族性格和周围环境发生影响的时候，它们不是影响于一张白纸，而是影响于一个已经印有标记的底子。"[①]在大的时代背景下，人显得极其渺小，思想不可抑制地受到束缚，毫无还手之力，冥冥之中，人的命运被时代推着前进。在阎刚的小说中并不缺乏这类的作品，《村上的将军》便是这一类作品中的典型。

将军在抗战之前是大户人家的少爷，一发不可收拾地喜欢上了家里的小丫鬟，两人从小时候的青梅竹马发展成后来的互相爱慕。在那个时代人有高低贵贱之分，门当户对是理所当然的择偶标准，大户人家的少爷喜欢上家里卑贱的丫鬟被发现之后结果只能是活生生地被拆散，故事在这里并不算完。更为离谱的是老太爷把丫鬟送给了老爷，直接成为了少爷的五娘。看到这里不禁觉得心寒，年轻气盛的少爷敌不过传统迂腐的时代势力，为了阻止出身悬殊的两情相悦，父亲把儿子心爱的姑娘纳为自己的小妾，丫鬟作为一个人却被迫地成为了一个物品，毫无反抗之力。可见这是

---

① ［法］丹纳：《英国文学史》，《西方文论选》下卷，伍蠡甫主编，上海：上海译文出版社 1979 年版，第 236 页。

一个什么样的时代，满嘴义正言辞地维护仁义礼智信的背后徜徉的是荒唐肮脏、迂腐可笑的臭水沟。无论是爱情、亲情抑或人情都会被淹没在这条臭水沟里，连声响都来不及发出。中华人民共和国成立之后，少爷带着一身伤回来了，并成为人人敬仰的大将军。曾经的大家族早就在土改时期被打倒，老太爷老爷相继去世，只剩下五姨太。将军在村子里拥有极高的声望，上阵杀敌的亲身故事犹如传奇，为中华人民共和国成立立下了丰功伟绩的将军对于久经动荡、生活不宁的村里人犹如一颗定心丸。他再也不是当年毫无反抗之力的少年，反而因为他的威望可以让心上人在大集体的时代享受一些特权。时代的变迁，地位的变化，没有了旧时代的阻隔，曾经的恋人破镜重圆指日可待，但如若就此有了一个大团圆的结局，我们也就未免太小瞧了时代这个因素的杀伤力。

将军在村子里的试验田搞得如火如荼，并且取得了很大的进展，为了自己的上位，赵秘书让将军把实验成果让给李全，并且树成了典型。对此将军是愿意的，毕竟李全对他和五姨太多有照顾，并且有意识地撮合他和五姨太。将军最终选择回来，自然是为了曾经的爱人。克服了心里的重重障碍，打破了世俗的观念，五姨太最终愿意跟将军在一起。两人的婚事像风一样的传遍了河口，同样传到了公社那方青砖围成的大院里，第一个发急的是赵秘书。为了不让将军的风头盖过自己，他企图推翻将军所有的抗战事迹，并且给他戴上了一顶帽子，为此，将军一怒之下对赵秘书动了手。为了不让将军再跟赵秘书发生冲突，五姨太被迫说出了赵秘书其实是两人孩子的秘密。事情发展到这里出现了戏剧性的转折，为了自己的儿子能够顺利提干，将军自动地承认是有罪之人，他的人格就像一堆瓦砾轰然坍塌了。将军被自己的儿子像拉着牲畜一样拉着上街游行，李全是第一个站出来揭发将军的人，最终将军选择结束了自己的性命。赵秘书却因此遭到了报应，落下了遗尿的毛病，四处求医无效，最终被调入农场打杂。李全凭借着将军的书稿，顺利地成为一名脱产干部，五姨太却失踪了，无人知晓。

四、民族因素

阎刚的"河口系列"大多以宜昌土家族居住的地理位置为背景,主要描写土家族人的日常生活和风俗习惯。在土家族这个大的民族背景下,阎刚的作品中或多或少的会呈现一些土家族特有的民族特色。在丹纳看来,"民族"这一因素属于"内部主源",是一个民族先天固有的东西。无论是作家本人还是他周围的群众,都会受到"民族"因素的影响。在《河口纪事》这部小说中,张满春解救卢玉儿,并与之结为夫妻的过程中所发生的令人费解的情节,则是土家族人所特有的一种灵异现象。张满春带着卢玉儿回到三江城,走进家门口的时候,卢玉儿眼前突然晃亮起来,看到了远在上河口的老宅院和她娘向她招手;卢玉儿治病的时候,梦到了她爹答应把她许给张满春,并且知道了为这事张满春给了她爹两块大洋。对于卢玉儿过于真实的幻觉和梦境,张满春一直纠结着,害怕有更大的灾难在等待着他们。张满春和卢玉儿回到上河口的时候,卢玉儿的母亲像是提前知晓一般在家里布置上了女儿出嫁后回门的宴席,在吃饭期间,得知卢玉儿的母亲能看见远在三江城生活的夫妻俩,这让张满春更加的心惊。夫妻二人吃完饭回家后,母亲便在家里上吊自杀了,紧接着卢家大院被一把火烧了个精光,这不禁证实了张满春的那个猜想,在土家族有一种说法,只有走了魂将要死的人才隔山隔水让人看见。无论是卢玉儿看见的自己家的宅院,还是母亲和父亲,都无一例外地逝去了。这正是土家族所特有的灵异现象缘梦求实。卢玉儿的母亲牵挂着自己的女儿,导致与女儿产生了心心相通,能在千里之外看见自己女儿的现状,当看到自己的女儿安全无恙时,便放心地结束了自己的生命。同时,卢玉儿的幻觉与梦境也预示着家人的结局。这种事实与梦境互相映衬的现象在土家族广为流传,形成了这个民族特有的民俗,也使小说更具民族文化的底蕴。

五、结　语

　　无论是地理环境、政治环境或是时代因素的影响，作者阎刚以平静的叙事，一任云出云没，静观芸芸众生的丑陋百相，揭示了人被物欲与权欲所奴役的社会现状。地理环境无疑会改变一个人的性格，会改变一个人的生活习惯，会为你打上地域的烙印，但能不能改变一个人的命运则是在于自己。处于什么样的时代自己没有选择，当时代压迫与自己的利益底线发生冲突时，该如何抉择？我们无法改变时代，但我们可以改变自己，去捍卫自己想要追求的东西。阎刚在歌舞升平的时代始终保持着一份清醒，告诉读者在任何时代都必须持守良知底线，不要任由心底的欲望控制了自己，无论身处怎样的环境，都应该把自己的命运牢牢握在自己的手里，一个人如果对抗不过自己的命运，便为悲剧之发生留下了契机。

肉躯凡胎的道义传奇

——评杨子峰微小说集《虎垴背春秋》

古语有云："失礼求诸野。"当一个民族经历战争或文化的大变动之后，主流意识形态隐含的价值观往往显得涣散，失去对民族的凝聚与整合能力，让位于新的文化精神，此新的文化精神因其异质性与原民内心互相排斥，并不具备将原有民族凝聚起来的能力，于是新的时代急需强大的原力凝聚起原有民族以继往开来，知识精英因而特别渴望文化原力，政治、文学、艺术都在寻找"父亲"（文化原力），每一次文化大变动之后都会出现寻找"父亲"之事。他们将目光投向底层社会，于是"父亲"又会被反复找到。

一、虎垴背的文化隐喻

能够找到"父亲"的前提是底层社会仍然保留着文化的基本盘。中国文化的基本盘有几个根本的价值向度：就伦理价值而言，是以"仁义礼智信"为核心的人伦范畴；就心性而言，是因《周易》乾坤二卦而来的"自强不息厚德载物"的意志之思；就国家层面而言，是以"家国千秋道义担当"为核心理念的主体意识。每当社会因大变动而行将瓦解时，底层社会都会以这三种核心理念抗拒这种瓦解，显得坚定、顽强、自信，同时也不乏封闭与保守。杨子峰微小说集《虎垴背春秋》就为读者提供了一个文化搏杀的范本。

《虎垴背春秋》共由 26 篇微小说集成。虎垴背是明清时期一个真实存在的地名，处于长江西陵峡下游的虎牙滩，因背似虎背而得名，今改名

"猇亭"。作者以此为原型虚构了一个文化的虎垴背，叙述当地居民的生活方式与精神状态，以承载上述三种文化向度，本质是一个文化的隐喻符号。如马尔克斯《百年孤独》之"马孔多"和金庸《神雕侠侣》之"桃花岛"。

小说中的地理环境多是为刻画人物性格而存在。环境在小说中具有纯粹的文化意味多在新时期以后大量出现，体现作家对环境的哲学思考，从而成为一种文化符号。如刘心武《钟鼓楼》，王安忆《小鲍庄》，今《虎垴背春秋》亦具此种功能。所不同的是，作者以微小说的形式对文化作散点透视，写虎垴背土著居民作为凡夫俗子在动荡时代对文化的坚守，由于时势动荡，他们对道义、对底线的坚守显得那么执着，乃至处处流露着传奇色彩。

二、民族大义的叙写

《迟到的请求》《将军》《英雄的半步之痛》是小说集中叙述出自虎垴背的土著英雄为担当国家民族大义舍身忘死、无我献身之事。角度各不相同，但意义指向一致。《迟到的请求》写中共地下党员段伯义为救日军枪口下的全镇百姓，不得已暴露身份，以一人之命换取全镇百姓生命，献身之前写信向组织解释临时从权的不得已——"没了古镇没了百姓我存在还有何意义！"英雄以无我的精神为百姓而献身，大义凛然！

《将军》写虎垴背原住民、当年带兵抗日解放虎垴背的老将军，以九十多岁的高龄回到古镇，听说虎垴背低保人数太多，又拿出自己多年积蓄资助百姓，将军当年率兵抗日，如今资助百姓，时刻不忘故土，情谊与道义集于一身，他不仅是一个英雄，更是一个大写的"文化的"人——道义以情谊的方式体现出来。

《英雄的半步之痛》写虎垴背邹英雄自发组织抗日游击队与敌周旋，多次巧胜。他假扮渔翁混进敌人岗亭去杀掉汉奸杨，因上岗亭七步台阶错走半步，被敌人识破，逃出岗亭，日军调来大部队追捕，邹与八名兄弟全部牺牲，此半步之错成了邹与当地百姓心中永远的痛。小说以此半步之痛透视英雄的道义担当精神，从后悔的角度写，是小说创作中并不多见的角度。

上述三篇微小说价值指向均趋向于道义担当，但角度各异，或以倾其一生的意志力量执着于此种理念；或违背组织原则临时从权而献身；或因半步之错承担牺牲。多角度的叙述既表现了道义精神的丰富性，又表明作者对价值体认的深度。惟其如此，当道义担当在一个普通的凡夫俗子身上体现出来时，往往带有其克服凡性、坚定笃诚而迸发出来的传奇意味，体现一种人性向神性的提升。

三、道义的人伦渊源

《地主冯守德》《握她左手》《咬过一口的玉米棒子》《找不到第二个你了》可看作道义理念的另一种类型，即仁义传统在善举、感恩、关爱、理解上的体现。

《地主冯守德》写地主冯守德土改时被批斗，上台"揭发"的农民居然尽说冯守德如何如何借给人粮食并最后撕掉借据，并不许人宣传，批斗会只好不了了之；更有调查发现冯曾借给解放军大宗钱粮，民政局欲偿还本息，冯的后代按冯的嘱托将借据在坟前烧化了——"替我说，不用还了"——家传厚德代代流芳。小说并没有正面写冯的阴德厚道，全是通过旁人的追忆或政府的严格调查而发现，是旁人的记忆佐证了冯守德的至善之德，这种善其实有其发生的淳厚的道德环境，乡人们怀着感恩之心回忆冯守德的每一善举是其传奇道义精神发生的渊源。

《咬过一口的玉米棒子》写"他"的儿子买到河边码头摊主的最后一个玉米棒，但被摊主的残疾儿子强行拦下自己吃，他向儿子百般解释并许诺明天来买，儿子却说这玉米棒子自己已偷咬一口，会不会将黄疸肝炎的病毒传染给残疾哥哥？儿子不是因为玉米棒被强行拦下而不满，而是担心可能将病毒传染给别人。善德在幼小的心灵里就已扎根，为古镇的道义传统提供了某种合理的说明。

《握她左手》写年轻漂亮的女画家到作家花园写生，她小时因车祸左手残疾，爱情一再蹉跎，作家的刑警朋友也因保护战友而丧失左手，当刑警伸出右手握住画家的右手时，两个受伤的灵魂因尊重、因理解而心许目成。这是"义"体现在爱情中，令人心酸，令人动容，"义"以一种特别的方式体现出来。

《找不到第二个你了》可作为前述理念的反证文本：美女小丽与一无所有还有盗窃前科的"他"相爱，仅凭"他"的一句"这世上再也找不到第二个你了"就与之生死相许，父母凭他们的道义标准并不看好此人，婚前为之进行财产公证。一无所有的女婿从不携妻看望岳父母，不久设计偷走了公证书，卖掉房子远走高飞，小丽欲哭无泪，喃喃自语"这世上再也找不到第二个你了"。小丽为情所迷，反证父母的道义标准百无一失，是小说道义书写的另类形式。

小说将道义理想置于人伦、亲情、爱情中，使道义坚守呈现出一种为善忘躯、寻找爱情、判断人品的传奇色彩。

四、"义"体现在职业习惯中

如果某种道义精神的坚守达到笃诚，在职业习惯上会以怎样的方式体现出来？小说《挑窑货》《小满的最后三块砖》《职业习惯》为读者提供了一种范本。

《挑窑货》叙述兰二被叔叔推荐到温家窑挑窑货，干这营生之前先要参与实践整个烧制窑货的过程，体验一件陶瓷是如何诞生的，以建立人与陶器的亲密感——陶器的破碎会使人心痛的。某个雨天兰二不听叔叔劝阻，借机挑窑出去，结果脚下打滑摔碎了一担陶器，被罚三天苦力。其他晴天摔坏陶器的工人没有受罚，老板解释："温家窑允许雨天新手可不挑货出行，规矩厚道在先；你不听叔叔劝阻出事，当然应该受罚，其他人晴天出事是因为意外。"原来行业制定准则都是以礼服人，以道义为先，宽厚待人，奖惩都令人心服口服，行业不仅仅是生意，还是育人的摇篮。

《小满的最后三块砖》叙述瓦工小满为人铺设地砖时，不仅兢兢业业，还要留下三块砖最后铺设，原来他有一个心愿：堪设最后三块砖时为房主作出最美好的祝愿。这是古老的"成人之美"的良知与道义在新时代的遗风，小满为人作工，要的不仅是工钱，还要成人之美，虎垴背的流风遗韵已沉淀在手艺人的职业习惯中。

《职业习惯》叙述"我"将要为医术精湛、盛名在外的彭医生夫妇做六十大寿，因为他们曾凭自己的职业习惯将假死二十分钟的我从死神手中救回。一切就绪，我到后花园寻找彭医生夫妇，发现夫妻俩正在满头大汗启动一辆割草机，多次试验，终于启动久已朽坏的割草机，使之重新具有了生命。小说感人之处在凸显彭医生夫妇以医生救死扶伤的精神对待毫无修复可能的机械，正如面对生命本身一样，不放过丝毫机会，对生命的笃诚与尊重已成其职业习惯的核心理念。

道义理念体现在职业习惯中，是小说选定的一种特殊视角。此视角不仅是对传统的一种追怀，更是对当代商业社会丧失职业道德造成假药假酒假老婆假儿子泛滥的时代乱象的极大讽刺。因是之故，道义传统就显得更加可贵。

五、人与对象的至密关系——道义的主体性依据

杨子峰的行文方式令人印象深刻，即致力于书写人与对象的至密关系，表达人与世界的统一性，以此凸显人的主体性，从而表现人因获得了自身主体性而游冶于世界的自由。这是古希腊自《荷马史诗》以来的书写传统，这种书写为虎垴背土著居民之道义的坚守提供了哲学的合理性说明。

仍以《挑窑货》为例：小说写道："制作陶器的师傅们带他们沤土、发土、和泥、擦泥、车泥、修胚、上釉、烧制直至陶器出窑。经验积累有之，技术绝技有之，烟熏火燎有之，捶打摸捏共计七十二道半手脚，让学徒们在疲惫不堪、瞠目结舌中感受一件成品陶器诞生的不易。程序完结后再触摸陶器，有种从未有过的人物相通的感觉，息息间，好像陶器有了生

命体征，和其打交道唯有格外小心呵护才是。"这是写制陶工艺的繁复芜杂，写人的行为在与对象的磨合中逐步获得灵魂的互融、精神的统一，只有将陶器与自己视为一体，才能发生"爱物如爱己"之心。当陶器被作为商品卖出去时，商品的价值体现的其实是人的价值，别人的认同本质是对主体的认同，事关脸面，事关尊严，而不是一力为了金钱不顾脸面与尊严，人对商品的"视如己出"乃因其中承载的是自己的价值与尊严，那么商品的质量与职业精神的诚笃自然会得到保障，道义为之而发舒。

人与对象的至密关系本质是一种"反异化"，即随时提防人与对象的分裂，为了某种功利目的(金钱、权力等)而沉溺，丧失人的主体性，在对象中迷失自身而"异化"。因此在杨子峰的书写中，人与对象始终是统一的，处于一种至密的亲和状态。惟其如此，虎垴背土著居民之道义的发生与表达就有了主体的人性基础。

小小说虽曰短制，但创作界并没有为其特别开恩允许小小说言不及义，照样要求小小说遵循经典理念塑造性格，故此小小说要写好其实至为困难。一般人大多推崇鸿篇巨制，而对千余字的小小说撇尔不顾，视之为初学者的入门练笔习作，如同武学的入门功夫，焉知此种"入门功夫"正是原发性基础，影响一生的成就。据笔者有限的知见，英国、日本作家的小小说还有世界影响，不知中国作家出于何种心理轻视小小说？幸好有杨子锋在寂寞中的实践探索，算是对笔者"有可能"是错误判断的一种反证。

在"历史"的断裂处接续未尽之言*

——张永久《摩登已成往事》之新历史主义论

2012年7月至2013年6月，湖北名刊《长江文艺》连续发表了知名作家张永久先生有关鸳鸯蝴蝶派漫忆的系列散文随笔，在读者群中激起了连续的反响，至今余波不绝，不久，作者将系列文章整理成文集《摩登已成往事》，独特的视角激发了笔者欲从新历史主义角度重新观照鸳蝴派作家的理论兴趣。

新历史主义批评理论以反对形式主义批评、新批评等过于自闭于文本本身之批评方法的姿态而现身，要求将文学文本重新置于历史学、人类学、艺术学、政治学、文学、经济学等各学科的关系维度中，关注文本发生的语境，特别留意权力意识、政治意识形态对文本意义的暗示、引导与潜在干预。与此同时，新历史主义批评理论又反对历史编纂学家心中有关历史的"客观"认定，反对读者对"历史"进行实证性阅读。他们认为人们不可能遭遇真正的"历史"，仅仅只能遭遇历史编纂学家关于历史的叙述，而历史编纂学家虽然是按时间序列叙述历史事件，但这种叙述本质是意识形态话语干预的结果，是"语境"规约的叙事，他们遵循某种句法结构重新编织故事情节，因而是在重建"历史"意义。"历史和文学同属一个符号系统，历史的虚构成分和叙事方式同文学所使用的方法十分类似。"①故"历史"是

* 本文获湖北省人文社科重点研究基地"当代文艺创作研究中心"资助，项目名称"宜昌地区当代作家研究（一般）"，编号：17DDWY20。

① 张京媛主编：《新历史主义与文学批评》，北京：北京大学出版社1993年版，第4页。

语言符号的叙述产物，"历史"不是过往事件的客观涌现，历史文本带着历史编纂学家的个人印记。经过这种双重反对，新历史主义批评理论既为文本重新夺回了时间维度和关联语境，又将文学文本和历史文本置于同一视域下使之具有互文性。于是此种理论成为一种解读文本、领悟文本之繁兴意义的"文化诗学"（格林布拉特语）。

以此视角观察作家张永久《摩登已成往事》①，发现此作正是新历史主义的经典个案。《摩登已成往事》是一部带有人物传记色彩的散文随笔集，其笔触直指久已淹没在时间深处、消失在人们记忆中的特殊文人群体：鸳鸯蝴蝶派。作家重新搜检梳理旧文献，重新讲述这一百年来久被意识形态偏见扭曲遮蔽的文学流派，显示的正是新历史主义的理论视角。

一、恶名的由来

鸳鸯蝴蝶派又名礼拜六派，兴起于清末民初，是以十里洋场大上海为中心、辐射京津苏（州）扬（州）等地、四五百位作家参与、20世纪二三十年代达到繁荣鼎盛、之后逐步衰落至今后继乏人的创作群体。此派多以长篇小说为主，主题涉及艳情、苦情、哀情、娼门、黑幕、武侠、神怪、家庭、军事、侦探、滑稽、历史、官僚、民间等事相，描写富商豪绅、官场丑闻、明星艳史、名妓情殇以及中下层市民的生计艰辛与家庭纠葛，作品多有复古趣味，继承了中国古典章回小说的形式特征，语言甚至采用四六骈体文的表达形式，情节转折有度，密合无间，人物有血有肉，栩栩如生。他们作品一经在报刊上连载，立即受到市民的追捧，争相传阅，作品一版再版，一时洛阳纸贵，五四运动前鸳鸯蝴蝶派文学达到极盛时期，有的作品甚至被搬上银幕。大体说来，学界将鸳鸯蝴蝶派概括为"五虎将"和"四大说部"：徐枕亚、李涵秋、包天笑、周瘦鹃、张恨水五人和《玉梨魂》《广陵潮》《江湖奇侠传》《啼笑因缘》四部小说。这五虎将和四大说部虽不能涵盖鸳鸯蝴蝶派的全部，但能够显示此派大致风格和趣味。

---

① 张永久著：《摩登已成往事》，天津：百花文艺出版社2012年版。

严格说，鸳鸯蝴蝶派和礼拜六派都不是这群文人的自觉自称，而是外人为批判的方便强加的符号，作者叙其来历其实源于一次酒席上的分歧。

关于鸳鸯蝴蝶派的来历，平襟亚在《"鸳鸯蝴蝶派"命名的故事》中回忆道：1920 年某日，杨了公作东，请好友在上海小有天酒店聚餐叙旧，座中有姚鹓雏、朱鸳雏、成舍我、吴虞公、许瘦蝶、闻野鹤、平襟亚以及北里名妓等，朱鸳雏脱口成句："蝴蝶粉香来海国，鸳鸯梦冷怨潇湘。"满座欣赏。欢笑间，忽然有一少年闯席，乃刘半农也。刘入席后，朱鸳雏道："他们如今'的、了、吗、呢'，改行了，与我们道不同不相谋了，我们还是鸳鸯蝴蝶下去吧。"刘半农认为"卅六鸳鸯同命鸟，一双蝴蝶可怜虫"这样的句子言之无物，徐枕亚的骈文小说《玉梨魂》，犯了空泛、肉麻、无病呻吟的毛病，该列入鸳鸯蝴蝶派小说。朱鸳雏反对道："鸳鸯蝴蝶本身是美丽的，不该辱没它。"这边在尽情说笑，不料隔墙有耳，席间的话被人偷听到了，随后传开，从此便有了鸳鸯蝴蝶派这个名称。

至于"礼拜六派"，是因为周瘦鹃、王钝根等人在其 1914 年创刊的《礼拜六》杂志上连续发表以言情、消闲为主题的小说，他们认为唯有周六和周日人们才有余暇，此时读点休闲小说以消周一到周五的劳瘁正是乐事一件。这一刊物的广告就是"宁可不娶小老婆，不可不读《礼拜六》"，刊物一时争相传阅，"礼拜六派"因此得名。

二、被遮蔽是宿命

鸳鸯蝴蝶派与礼拜六派的名头自从被摊派这群文人头上，似乎已注定了它们被遮蔽于历史烟尘中的宿命。

从出生来看，鸳鸯蝴蝶派作家大多出生于 19 世纪 70 年代至 90 年代，大清内外交困，一方面在西方的坚船利炮之下摧枯拉朽，另一方面在太平天国和捻军席卷全国的运动中苟延残喘，中国正逐步陷入半封建社会半殖民地的泥淖中，鸳鸯蝴蝶派正赶上"三千年未有之大变局"（曾国藩语），千余年的"科举取士"政策仍然被晚清执行，他们在成长过程中埋头于以儒家思想为核心的四书五经、经史子集，从内心到外在行为都完全践行着儒家的纲常伦理，计划以满腹诗书将来效命于帝王家。不料1905年清政府取消科举，1911年清朝覆亡，他们一时失去了生活的方向，虽满腹诗书，但在变乱的时局中却茫然无措。他们各随其因缘不约而同地汇聚于十里洋场，苦心焦虑地在乱世中谋划一条生活的出路。而袁世凯复辟帝制，提倡复古，为这群满腹旧学的文人提供了机遇。那个时代，上海出版业特别发达，报刊丛聚，各相招徕，正好为他们提供了大展身手的舞台，于是经史子集、古典小说、戏剧、笔记、野史居然成为他们的资生之源，他们从中拿来章回体形式、典雅的四六骈体，描绘才子佳人、艳遇苦情、侠客奇遇、官场见闻，书写身世飘零和际遇幻灭，营造人物一生命运跌宕起伏或携妓纵酒享乐淫逸的故事，极大地迎合了市民阶层的生活趣味，使报刊与文人扭结成牢不可破、兴衰与共的命运共同体。总之，他们虽被称为"文丐"，以卖文为生，但"卖文"却是这群文人在科举之外唯一而有效的谋生之道。

不幸的是，鸳鸯蝴蝶派作家似乎天生时运不济，他们不仅被科举抛弃，更被时世板荡出局。清末民初正是一个大变乱的时代，世事无常，一切都在变化，一切皆有可能，王朝覆灭，山河破碎，风雨飘摇，欧风美雨裹挟着新的价值观洗礼着十里洋场的灵魂，而鸳鸯蝴蝶派作家群体中有部分人汲汲于旧趣味旧伦理的经营，似乎与动荡时世了不相关，他们"提倡新政制，保守旧道德"（包天笑），当市民阶层还处于对旧时代旧趣味的追怀中时，鸳鸯蝴蝶派作品无疑正是对这种心灵的慰安，但当灵魂完成了价值、伦理与趣味的转变后，他们的作品又必将受到冷遇！何况其中作品质量参差不齐，多有作家难出新思，佳构不再。于是作为群体，他们隐没于时世中，他们应运而生，也应运而灭，正如夜空的流星雨漫天洒落，仅有刹那的光华。

鸳鸯蝴蝶派从诞生起，就遭遇四面围剿。新潮社、语丝社、未名社、创造社、文学改良派、现代评论派、中国左翼作家联盟(左联)等各种新文学流派对鸳鸯蝴蝶派无不群起而攻，将这个流派概括为"才子加流氓"的社团，学界和创作界五四前后对鸳鸯蝴蝶派共发起三次批判，直至抗战余波未息。这些学派认为在国破家亡、社稷丘墟的大背景下，在九一八事变、一·二八事件的空前危机中，鸳鸯蝴蝶派不应对外界危乱麻木不仁，汲汲于个人哀情苦情或旧道德的书写，而应让文学担当起国家民族救亡图存的责任。鲁迅认为鸳鸯蝴蝶派虽继承了古典通俗小说的传统，但却将清代的拟古、讽刺、人情、侠义四大派各各玩到末流，是文学在十里洋场的一种"堕落"。学者范伯群屡叙并总结了鲁迅的批判："从拟古派的《聊斋志异》→神道设教的神怪因果小说，是一种堕落；从《儒林外史》的讽刺小说→谴责小说→黑幕小说，是一种堕落；从《红楼梦》等人情小说→侠邪小说→才子加流氓等言情小说，是一种堕落；从《水浒》→《七侠五义》→鸳鸯蝴蝶派的武侠狂潮也是一种堕落。"①

李大钊："以视吾之文坛，堕落为男女兽欲之鬼窟，而罔克自拔，柔糜艳丽，驱青年于妇人醇酒之中者，盖有人情之殊，天渊之别矣！"②

茅盾："鸳鸯蝴蝶派是封建和买办意识的混血儿。"③"他们思想上的一个最大错误就是游戏的消遣的金钱主义的文学观念。"④

郑振铎："我们所需要的血的文学，泪的文学，不是'雍容尔雅''吟风啸月'的冷血的产品。"⑤

叶圣陶针对《礼拜六》广告词"宁可不娶小老婆，不可不读《礼拜六》"

---

① 贾植芳主编：《中国现代文学社团流派》，苏州：江苏教育出版社1989年版，第151页。

② 贾植芳主编：《中国现代文学社团流派》，苏州：江苏教育出版社1989年版，第159页。

③ 贾植芳主编：《中国现代文学社团流派》，苏州：江苏教育出版社1989年版，第161页。

④ 贾植芳主编：《中国现代文学社团流派》，苏州：江苏教育出版社1989年版，第154页。

⑤ 贾植芳主编：《中国现代文学社团流派》，苏州：江苏教育出版社1989年版，第162页。

批判道："这实在一种侮辱，普遍的侮辱，他们侮辱自己，侮辱文学，更侮辱他人！……无论什么游戏的事总不至卑鄙到这样，游戏也要高尚和真诚的啊！如今既有写出这两句的人……这不仅是文学前途的渺茫和忧虑，竟是中国民族超升的渺茫和忧虑了。"①

瞿秋白："他们就是运用下等人容易懂得的话……来勾引下等人。"②

周作人："现代的中国小说，还是多用旧形式，就是作者对于文学和人生，还是旧思想，同旧形式，不相抵触的缘故。"③

不必再引了。综观新文学对鸳鸯蝴蝶派的批判，除了周氏兄弟批评其文学形式与精神旨趣之流弊而具有学术价值外，其余批评家多有阶级批判、道德绑架甚或意气发泄之嫌。然而，针对如此激烈的批评，鸳鸯蝴蝶派却并没有进行文学精神与功能的有力辩护，他们指责新文学派"一派哲理说教""党同伐异""同行相妒"、有"壁垒森严的领导欲"，比新文学派更加情绪化。大约这批由经史子集孕育的旧式文人多有老旧的伦常之识与诗意想象用之于文学创作，却并无多少逻辑理性的论辩功底，他们不善于讲道理，更兼新文学派的指责切中要害。到了论战后期，他们集体心虚，集体败北，集体偃旗息鼓，于是团队开始分化：大多数作家对别人的攻讦表现"谦谦君子"式的沉默无语，毁誉由他，"以不辩为解脱"，继续埋头创作；有一部分作家拒绝承认自己是鸳鸯蝴蝶派(包天笑等)；部分作家开始向革命文学靠拢(范烟桥等)；或讴歌新社会(周瘦鹃等)；或彻底自我否定(宫白羽)；更有部分作家才思枯竭，终止创作(徐枕亚等)。如此，鸳鸯蝴蝶派从鼎盛走向式微，"鸳鸯蝴蝶派"和"礼拜六派"成为描述一个文学社团的贬义性指称符号。

---

① 贾植芳主编：《中国现代文学社团流派》，苏州：江苏教育出版社1989年版，第162页。

② 贾植芳主编：《中国现代文学社团流派》，苏州：江苏教育出版社1989年版，第167页。

③ 贾植芳主编：《中国现代文学社团流派》，苏州：江苏教育出版社1989年版，第152页。

历史需要记录。奇怪的是，众多现代文学史居然选择性地集体对鸳鸯蝴蝶派失忆：钱理群《中国现代文学三十年》①共出版七次，内容修改三次，教育部拟定为各大高校重点教材，对鸳鸯蝴蝶派没有正面叙述；朱栋霖《中国现代文学史1915—2016》②到2018年第三版，依然对鸳鸯蝴蝶派选择无视；丁帆《中国现代文学史》③2011年初版，到2019年印刷13次，对鸳鸯蝴蝶派直接忽略；乃至远在美国的夏志清《中国现代小说史》④也对鸳鸯蝴蝶派撇而不顾。这些文学史、小说史都在叙述革命文学如何在对"某个"文学流派的论争中从胜利走向胜利，构建了一部革命文学的"胜利"史。夏志清的小说史颇多新见，甚至重建了张爱玲在文学史的地位，但对鸳鸯蝴蝶派依然无视，难道是他们作品数量不够不足以引起重视吗？此中单个作家就有数百万字的作品，耸动十里洋场，辐射京、津、苏、扬等地，造成一个时代的喜乐与阵痛，显然并不是数量不够，但何以居然被忽视？

此中可述者唯贾植芳《中国现代文学社团流派》⑤和范伯群《中国近现代通俗文学史》⑥开始正视鸳鸯蝴蝶派，前者有关鸳鸯蝴蝶派的专章由范伯群教授叙述了其中作品内容、风格、语言特征、文本形式及其生存状态，并兼及当时的三次论战与结果，持论大体客观公允；后者范教授分出"社会言情编""武侠会党编""侦探推理编""历史演义编""滑稽幽默编""通俗戏剧编"几大类，将鸳鸯蝴蝶派涵括叙述。就是说国内目前真正正视鸳鸯蝴蝶派的学者以范伯群教授为担当，但并没有形成主流。总之，无论是从群体命运、读者选择还是时代的价值偏见观之，鸳鸯蝴蝶派都宿命式地被遮蔽于历史烟尘中。

---

① 钱理群等主编：《中国现代文学三十年》，上海文艺出版社1987年初版，北京大学出版社2016年版，内容第三次修改。

② 朱栋霖等主编：《中国现代文学史1915—2016》，北京：北京大学出版社2018年版。

③ 丁帆等主编：《中国现代文学史》，北京：北京大学出版社2019年版。

④ 夏志清：《中国现代小说史》，香港：中文大学出版社2005年版。

⑤ 贾植芳主编：《中国现代文学社团流派》，苏州：江苏教育出版社1989年版。

⑥ 范伯群主编：《中国近现代通俗文学史》，苏州：江苏教育出版社2010年版。

三、揭开历史的断层

历史，在一般人理解中，是个人、家族、社群、国家所经历的重大事件与重要人物构成的客观时间进程。但这种理解有一个显而易见的问题：任何人都不可能经历某个"重大事件"的每一环节、每一细部，则这一"重大事件"如何被描述？何况往往有极不起眼的小人物或某一不经意的细小事件改变家族或王朝的命运走向，则这一小人物、小事件是否应被记住？基于种种疑点，新历史主义提出：历史是时间序列中有关人与事的记录，历史是文本，是叙述，故"历史"带着叙述者的个人印记。以此为基点，新历史主义认为，基于叙述的历史文本包括事件、记录、解释三个方面，新历史主义并不否认某个历史事件在某时某地发生的客观性，其理论产生于"历史"的记录和解释阶段。新历史主义理论认为，面对历史事实，记录和解释的偏差造成了历史编纂学家差异性的叙述，而记录和解释又遵循某种语境、意识形态、价值取向，于是发生如下结果：（1）如果事件并不吻合某种特定的意识形态和价值取向则不被记录或扭曲记录、或仅仅记录能够被意识形态和价值取向接受的部分，随意取舍，因而形成"历史"被遮蔽，甚至直接造成历史"事件"的断层。（2）事件被解释时向着某种意识形态和价值取向牵合，成为意识形态和价值取向的印证，使历史事件在精神意义层面陷入晦暗之中，形成历史"价值精神"的断层。这两种情况（事件断层与价值断层）都在历代历史文本中反复发生着，一方面以其价值惯性（如儒家的仁义礼智信入世伦理与道家的出世逍遥）影响着世世代代的读者，型塑着一个民族的精神形态和时间体验；另一方面又因对事件、价值的双重遮蔽而不断需要在新的时代语境下被重新发现和重新阐释，以此而言，"一切历史都是当代史"（克罗齐语）。

百年来，鸳鸯蝴蝶派之被新文学派批判、否定、排挤、边缘化，乃至各大文学史最终的"无视"，其终极因由都是源于价值偏见对事件的遮蔽。而《摩登已成往事》首要工作就是发现旧史之事件记录的晦蔽之处，在历史的缝隙打捞久被尘封的文献，重新拼接旧史的断层。

作为一个具有五百余人的庞大的文学社团流派，其中成员形形色色，"才子加流氓"固然可指称其中部分作家，但显然不能代表主流。《摩登已成往事》作者通过搜检大量文献，证实五百余人中与旧史表述迥异其趣的另一类事实，使人们不得不修正对鸳鸯蝴蝶派的旧有认知。

就出身背景而论，其中确有部分作家家世丰饶，但更多的是出生即已家道中落，另有部分出身贫寒，奔走于衣食之需。即便第一流的出身，也因时世的风雨飘摇走向没落。而出生底层的他们对他者的困苦特别敏感，能够互相理解、同情、帮助，这使社团内部洋溢着互助互爱的风气：

> 郑逸梅《艺林散叶》有这么一条："毕倚虹病中，典质俱尽，每向陈定山乞贷，手札盈匣。倚虹殁，定山不忍检点，将札付之一炬。倚虹幼子庆康，依定山为生。"……毕倚虹去世后身后萧条，由诸位好友负责筹办丧事，并组织"倚虹遗孤教育扶助会"，与毕氏遗妇缪世珍、胞弟毕介青共商善后事宜。旧式文人之钟情仗义，可见一斑。

自古文人相轻，但鸳蝴派作家却能跨越"相轻"之势，达到互助互爱，大约就是基于底层之困苦体验的明智之思。

也正是在贴近底层过程中，鸳蝴派作家得以真切看到大时代中动乱与革命的真实境况，看到民生百态和底层艰辛，从而将"爱"推己及人。这发生两个效果：一方面鸳蝴派作家自觉将自身融入民众之中，因对底层困境感同身受而发生某种悲悯情怀：

> 陈定山回忆说，父亲陈蝶仙不喜欢机器，办造纸厂的想法是依靠手工。有一次，陈定山赴日本参观了几家大型造纸厂，回国后大发感叹，认为日本人从植树、锯木、造浆，一直到成纸，甚至连带印刷以及装潢成册，都是一体化的机械化作业，规模宏大让人叹服，相比之下，中国的造纸业显得太渺小。陈蝶仙听后微笑，抚着儿子的肩膀

说："你不要灰心，你要知道，现在的世界各国工商实业有的是资本，而我们有的是人力。我们为什么不利用手工业的丰富人力，使穷人个个有饭吃，而一定要跟在人家后头，用机器来逼迫自己呢？除了飞机、火车，无法用人力推挽，一切工厂里面的马达，我认为都可以用人力来代替的。"陈蝶仙还说："我不是不会造机器，只是我们不愿意用机器来压迫我们的工人，使他失业。尤其是我们家庭工业社，二十年来，每一个工人，大都成家生子，他们父母子女都在我家庭工业社做工。我一旦造了机器，拿装粉部分来说吧，一只装粉机的效能，至少可以抵七个人。我们的经常开支固然要省得多，但是我们的六个工人就失业了。"

作家自己开办工厂，但因害怕工人失业，宁愿采用手工作业以雇佣更多的工人，这种不以利润为目的的商业行为不正是久受家国之思和血亲伦理熏染的"儒商"情怀吗？

另一方面，由于真切认知了底层的生存困境，他们作品也许没有多少革命的激情，但却领有文学最宝贵的真实：

> 小说原名《过渡镜》，主要围绕扬州的三户人家，展开辛亥革命前后十余年的世态沉浮和社会变迁，按照李涵秋的本意，是想将小说写成中国社会转型时期的一面镜子。钱芥尘提笔将书名改为《广陵潮》，在《大共和日报》的副刊专栏《报余》上逐日连载，一经问世，大受读者欢迎。

对于这部近百万字的小说，时人如此评价："二十四桥之风物，犹跃然纸上。"李涵秋自己也曾坦率地自白："我这《广陵潮》小说是个稗官体例，也没有工夫记叙他们的革命历史，我只好就社会上的状态夹叙出他们的事迹。"

此种"就社会上的状态夹叙出他们的事迹"的社会民情叙事，不仅强化了文学的真实性，更有史料价值，具有史笔之真，使后人得窥大时代的众生相，重建断裂的历史。

鸳蝴派作家始终朝向社会最底层，注重从底层获取创作材料，将诗书教化与底层民情结合引发创作之思。作者提供了一则文献：

> 谈起他写作的素材来源，也颇多趣味：原来，看守毕倚虹的仆役是个老兵，生平经历曲折精彩，见闻亦广，毕经常与老兵聊天，高兴时佐以绍兴黄酒，老兵讲的那些故事，一经毕才子笔头渲染，便在纸上大放异彩。

这正是"深入生活，体验民情"的典型案例，至今被创作界奉为圭臬，也正是革命文学素材来源的正途，可见，二者题材来源和表现对象并无二致。因为鸳蝴派文学素材来源于社会底层，这可以解释何以他们作品能够吸引十里洋场的读者，盛读不衰。

与此种追求史迹之真的创作心态相应的是鸳蝴派作家的人格与气节之真。他们虽然大多荒疏，但儒家伦理教化的遇事不折、遇变不挫之浩然气节依旧被完整保留：

> "八一三"战事爆发，上海沦陷成为"孤岛"，严独鹤所在的《新闻报》，被迫接受日方新闻检查……日伪特务对于上海新闻界采用拉拢与恐吓二法，给知名的编辑、记者寄恐吓信，"要求他们立即改变态度，否则即缺席判决死刑"。严独鹤也收到了这样的信，他未予理睬，有一封信更为离奇，掂在手上沉甸甸的，拆开来看，信封里包着一颗子弹。在这么一种背景下，1941年，严独鹤愤然辞职，改而从事教育，与好友陆澹安、朱大可、施济群等，在上海北京东路创办大经中学，亲任校长。并延聘名师，担任教务，又请陈蝶仙、王西神等作诗词讲座。可惜学校没开办多久，日伪政权派人上门来，要他去登记注册，严独鹤嘴上应承了几句，回头却含泪将大经中学解散，安心去过清贫的生活。

面对日伪的武力威胁，坚守民族气节，耻于与日伪合作，甘于淡泊清贫，是鸳蝴派作家的通常选择。他们确乎是旧式文人，但保留与传承了儒家的节义观。

针对革命文学指责鸳蝴派作家无视民族危亡、汲汲于经营小我趣味的言论，文本提供了一系列有关叶楚伧的材料：

> 1909 年，叶楚伧在广东加入同盟会。是年冬天，思乡情切，回江苏吴县与妻儿共度春节，重游汾湖，百感交集，有纪梦诗《梦吴江行》，其序曰："冬夜之午，梦身在旧朝，城守吴江，时城外围敌以数万计，累月未破；继闻苏浙相次沦陷，孤城残坏，兵无斗志，遂为敌乘；惘然出城，兵不满百，思奔赴行在，又不得达，大哭而醒。"
>
> 武昌首义事起，光复后的广东军政府声援武汉，派遣北伐军从广州出发，乘船经香港赴沪，其时总司令是姚雨生，叶楚伧投笔从戎，入姚大将军幕中随军北上。在出师的号角声中，叶楚伧写下了那篇气势磅礴的北伐誓师檄文："吁今！武哉粤军人，洪军搴帜，蔚郁风云，赤符北指，涤荡胡氛。衣冠文物，开十三年汉家陵阙之金陵；越五十年，广惠钦廉，海波茫淼，皇逭遐天。洎夫新军倡义，春茁继葩，血埋碧草，魂祀黄花。此俦非吾粤英雄之陈迹，为吾诸将士烈所必继，仇所必报者哉……"字里行间激荡着一股雄浑悲壮的楚风燕气，这一种风骨是坐在咖啡馆里的文人不可企及的。[①] 南社王平陵先生评价叶楚伧的创作时说："写作的技巧，是平易通俗的文章，但不比今天的白话文更难懂些。他们确实是旧时代的晨钟暮鼓，不知唤醒了那时代多少年轻人的迷梦！"

这表明，鸳蝴派作家群体中有人具有强烈的家国担当、危机意识和血火情怀，他们将此种家国情怀引入文学叙述，成为时代的晨钟暮鼓，指引

---

① 张永久著：《摩登已成往事》，天津：百花文艺出版社 2012 年版，第 135 页。

着青年的成长。

总之，由于鸳蝴派作家大多出生时家道中落或直接出身于社会最底层，使他们对底层社会有一种天然的亲缘认同，此派作家其实很少买办文人，他们在对底层困境的体认与历练中结合儒家的修齐治平观陶炼出以同情、博爱、普施为核心的价值取向与行为方式，坚守儒者的道义立场与民族气节，体现危机意识，流露家国情怀，并以他们最熟悉的社会民情为表现对象，赢得了最广大的读者群。《摩登已成往事》作者提供的一系列材料是在历史缝隙中打捞的全新文献，这些全新文献的出现揭开了久被价值偏见遮蔽的历史断层，刷新了读者对鸳蝴派的旧有印象，重建了有关鸳蝴派的全新叙事。

四、解释：在新的语境下

重建历史叙事不仅是大量全新文献被发现和记录的过程，而且是在新的时代语境下重新解释事件的过程。这意味着新历史主义的叙事进程就是在语境的转换中不断发现、阐释新旧材料和重建历史文本的过程，故带有历史意味的文学文本因此打上了鲜明的个人印记。而记录和解释都遵循某种句法结构，既如此，"历史"就是句法结构对事件的重新编织，"历史"不是事件的客观涌现。

句法结构，本质是语言结构，是话语结构，由于叙述者久经其所属社群、民族之语言习惯的影响而沉淀于其话语进程中的言语模式与惯性，因关联多种因素而在某种客观性过程中反复发生。按罗曼·雅各布逊的解析，这个客观性过程所涉因素包括话语信息的发送者、接收者、语境、信息、接触、信码六个因素[1]。发送者发送的信息要在某种共同语境中被接收者接受，其信息的意义才能获得领悟和认同，如此，语境就成为共时性

---

① 赵毅衡编选：《符号学文学论文集》，天津：百花文艺出版社2004年版，第175页。

意义之源，既是叙述者解释事件的取义源头，又是读者认读和领悟意义的历时性联想源头。

《摩登已成往事》站在新的时代语境回望鸳蝴派作家，显然要对他们的存在价值表现出更多的宽容和理解，文本有一个目的：矫正革命文学对鸳蝴派作家的独断性指责和价值偏见，恢复他们应有的历史席位，重新拼接历史的价值断层，使晦蔽的历史真实重新敞亮起来。

文本最先关注的就是鸳蝴派久被革命文学无视的精神革命与价值重建。

> 新旧思想大冲撞的民国初年，《玉梨魂》能像一颗明亮的彗星，以其独特的光芒摇曳生姿，这绝非偶然。当时西方婚姻自主思想已传入中国，但传统的旧式婚姻仍根深蒂固，要想冲破礼法约束，必须付出沉重的代价，有时甚至是生命。而《玉梨魂》的横空出世，既有檄文的意义，又符合那个时代读者们半新不旧的审美情趣，被压抑的现代性，透过文言文的形式流露出来，有旧瓶装新酒的味道……戊戌变法失败后梁启超逃亡日本，隔海提出了小说界革命的命题："故今日欲改良群治，必自小说界革命始！欲新民，必自新小说始！"梁氏言论决非空中楼阁，他是在新市民们日益蔓延的喜爱旧小说的情绪上因势利导，把小说当作救国的神话提出这一命题的。而最先实践这一命题的，却是当时倍感精神困惑的一帮旧文人，他们像迷失在丛林中的兽群左冲右突，用力撕扯周遭藤蔓的束缚，这些探索者，无意中竟充当了中国近现代文学转型时期的先锋队角色。看上去有点荒诞，然而却是现实：发掘现代性，打头阵的文学方阵，竟是被斥之为鸳鸯蝴蝶派开路先锋的徐枕亚、吴双热、李定夷等人。

此段文字立足于"文学的现代性"和梁启超"文学的道德教化"语境，指出徐枕亚《玉梨魂》正有变革旧时代的精神传统而除旧布新的价值意义，作品描写的爱情悲剧具有讨伐旧式婚姻的时代价值，代表了鸳蝴派作家试图突破旧式伦理、领潮时代的先锋姿态，体现旧式文人锐意自我革命的前卫自觉，无疑是对于旧材料的全新阐释。

鸳蝴派的先锋姿态基于某种内在自我警觉和对于时代的敏感。

  无论从哪个角度看——他的从文态度或者作品风格——叶楚伧被划入鸳鸯蝴蝶派都纯粹是个误会。其作品《如此京华》《前辈先生》，包括那部半个月内写完的、为他赢得盛名的《古戍寒笳记》，处处金戈铁马气吞山河，哪里看得出鸳鸯蝴蝶的影子？他自己也说：小说具有移风易俗的作用，必须十分注意作品行世之影响，作者必须严肃认真，对社会、对读者极其负责的态度，那种借言情、黑幕诲淫诲盗的小说商，无异乎私贩鸦片者。

  韩南分析这部作品(陈蝶仙《黄金祟》)时说："《黄金祟》所代表的，特别是爱情和情感方面，是一种犹豫不决的、混乱的、令人痛苦的、绝望的和屈辱的文学。在《黄金祟》里，我们感受到了一个正在迅速变幻的时代里，成长于一个错综复杂的大家庭的青年身上的压力和紧张……小说揭示了一个敏感、才华横溢、娇惯而沮丧的男孩，努力将自己的爱情与当时的社会规范相互妥协调和，却极少成功的过程。"

可见，鸳蝴派自身也在尽最大努力防止文学走向低俗末流，为叙事灌注金戈铁马和道义担当，唯此才能准确表现青年面临的灵魂屈辱与家国之困，表现"成长"的艰难。这未尝不是一个时代的隐喻。作者给出叶楚伧本人的"夫子自道"与韩南分析，就是从学派自身和旁观者洞察这内外语境中提出鸳蝴派具有先锋派之敏感度的理由。

此种敏感还表现为对域外文学精神和价值精神的感知与接受。

  当时周瘦鹃写过各种各样的作品，有鸳鸯蝴蝶的，也有革命的，谁能想到屡屡遭人批判的鸳鸯蝴蝶派领军人物早年曾经扮演过新文学运动的急先锋？他还是第一位翻译"革命文豪"高尔基作品的中国人，据贾植芳回忆，建国初期，苏联驻中国大使曾专程到苏州拜望周瘦鹃，向他表达敬意，因为周瘦鹃在中国率先翻译了高尔基。

夏志清识辨出民初小说中现代性的萌芽，在《〈玉梨魂〉新论》中夏先生写道："徐枕亚写作《玉梨魂》时，并不知道《少年维特之烦恼》这本书，但他读过林纾翻译的《茶花女遗事》等西洋名著，显然对徐氏有巨大影响，不仅提供了一位玉洁冰清的西洋女子血泪史的例子，更重要的是，供给徐氏结尾一个直接样本。"又说："《玉梨魂》是第一本让人提得出证据，说明受到欧洲作品影响的中国小说。"

《摩登已成往事》回到鸳蝴派作家所处的历史语境中，指出这群旧式文人并不封闭保守，而是积极向域外文学拿来全新的文学与价值精神，塑造本民族的文学形象，成为一批最早向西方学习的中国文人，此种情形显然并不逊色于革命文学。

他们向西方"拿来"，最重要的是拿来了个体"真我"意识。

有位笔名为"海绮楼主人"的作者在为李定夷《賈玉怨》所作的序言中，发表过一通议论，在他看来，一向被认为忧愤最深的屈原、贾谊之怨，其实"卑卑不足道"，惟有男女之爱，超越一切利害得失，发自情之所至，故其怨最是真挚，力量也最为巨大。这一说法具有浓郁的现代性色彩。人的解放是现代化进程中重要的一环，将人从血缘、族群乃至民族的牢笼中释放出来，从共同体认同到单个鲜活的人，这是现代性的基本元素。遗憾的是，最早试图在这方面进行探索的一群旧文人被指认为"鸳鸯蝴蝶派"，无端遭受辱骂和嘲讽，他们的左冲右突在世人眼里成了小丑横行。指鹿为马，混淆视听，无怪乎夏志清说，他们"当时的文字已经非常好了，后来的新文学反而退步了"。

这段文字在"人的解放"语境中，解释鸳蝴派作为久受族类、群体意识教化而忽视个体独立体验的旧式文人从西方文学中发现了人的自由解放之独特价值，及其将"真我""真情"作为文学核心的"向导"意义，比较革命文学的民族救亡图存之意义指向，两种意义其实互为表里，并行不悖。在此种解释中，鸳蝴派文学的价值精神从遮蔽中被解救出来。

最后，作者将鸳蝴派文学的构思理念、创作技巧置于整个文学史层面界定其价值。

> 倒是若干年后，远在大西洋彼岸的夏志清先生不经意间为鸳蝴派摘下了这顶帽子。夏先生认为，《玉梨魂》大胆运用西方小说的写作技巧……梦霞梨影之间的爱情故事之所以能写得如此缠绵悱恻，哀婉凄凉，一个重要诀窍是放缓了叙事节奏，拉长了心理时间。这部小说仿佛是一座桥，搭着古典诗文和林译小说的两头，既得到了旧读者的爱戴，又被新市民的生活圈子拥趸。
>
> 范伯群教授在《中国近现代通俗文学史》中曾作如是评价："穿越了100多年小说史的长河，继承《红楼梦》的人情传统，竖起清末民初言情之蠹的是陈蝶仙的长篇小说《泪珠缘》。"又说："天虚我生深得《红楼》技巧之三味，也有从容调度大场面、驾驭宏大叙事网络的能力；从突出作品主题而作不同侧面的巧妙设置，直到对故事起承转合的轻松调遣，皆有上好表现；从对几百人物的出场、退场的自然安排，可以看出作家心中具有运筹帷幄的统领腕力。总之，对天虚我生承继《红楼》精华来说，他学的是大家风范和胸襟见识，学的是拥有驾驭全局的大家手笔。"这部作品文笔细腻，温柔缠绵，情缘掺着情愁，摹仿《红楼梦》而又情趣有别，其功绩在于承上启下，历史地位不可低估。

无疑，这两段文字的释义语境就是"重估文学史"。在此语境下，《玉梨魂》《泪珠缘》分别具有放缓叙事节奏、拉长心理时间、注重场面调度、驾驭宏大叙事、运筹帷幄、统御全局的创作理念和技巧，是西方文学的叙事方法与中国古典文学的统御能力之于时世人情的全新运用，具有承上启下、继往开来的功能价值，断裂的文学史因此解释被弥缝而衔接起来。

作者虽在多种语境中重释鸳蝴文学，但多引旁人之论，表明自己的解释并非孤证，只是这些旁论多被文学史忽略，而作者的能事就是要将诸多遗失的事证、理证打捞，呈现于读者眼前。由于价值观的侧重与干预，革命文学的史迹梳理将繁荣了三四十年的鸳蝴文学严重忽略，乃至出现了不可思议的历史断层。在当代宽松的价值语境下，重估鸳蝴文学的精神价值，就是为此派文学赢得了应有的客观公正。

结　　语

五百余人各出机杼、引领时代三四十年、联结新旧历史意识的关键环节、面目各异个性舒张的鸳鸯蝴蝶派文学，在革命文学的指责和书写中隐没于幽暗的时间深处，形成不可思议的历史断层，这是鸳鸯蝴蝶派和历史叙事的双重悲剧。《摩登已成往事》以十一位传主为个案，秉承新历史主义的理论自信，通过爬梳大量文献，力图从记录与解释方面为鸳鸯蝴蝶派正本清源，以揭开久蒙尘垢的历史断层。作者细检文献，认为革命文学的史实书写多有遗漏，诸多代表作家的身世微贱决定了他们不能不关联底层民众、坚守儒家伦理和民族气节、表现社会民情，从而走通俗文学的道路；而他们承上启下除旧布新的文本结构技术以及向西方拿来真我价值和表现技巧、引领青年面向自我的前卫意识又显示了其永远独立不羁的先锋姿态。经过从记录、解释两面细检革命文学的遮蔽性叙述，读者获得了一个必然性结论：鸳鸯蝴蝶派文学史需要重新书写！

在内向性中重构

——朱朝敏小说的心理主义倾向

内向性，即主体长期养成的惯于内省反观的习惯性心理向度。内向性的根本特征是主体思维指向内在的自我，思维具有反身性，在对自身的体认中抽身而出，将自身作为对象而反观，使主体同时具备"自我"与"他者"的意谓，从而重构具有主体精神意味的"万物"。

一般而言，由于文学创作的情意取向，文学文本或多或少都有内向性特征，但文本内向性的多寡最终还是取决于主体内向性写作的自觉程度。

朱朝敏系列小说就是在内向性的深度自觉中创作的作品。

一、"我"与"他"：限知叙事与全知叙事的功能关合

传统小说一般采用全知叙事，被叙述者都是"他者"，而叙述者几乎无处不在，对"他者"无所不知，全面知晓"他者"的出身、生活、言行、心理，叙述者领有上帝的智慧与权能，故全知视角又称为上帝视角。限知视角则处处流露"我"的观察与感知，无论是生活范围还是精神范围都所知有限，故限知视角又称为自我视角。

上帝视角因隔着一定距离观察他者，规约了此种视角一定是客观描述，即使深入人物心理，也是对他者心理事相的距离性言说。自我视角因时时流露情意感知，主观色彩俨然，必然影响所涉人、事成为主体心理的符号验证。两种视角各有优劣，上帝视角无法达到主体的意志体认与对万物的情意渗透，自我视角又无法达到观照的客观理性，而创作界似乎从来

对两种叙事规定的言路进程谨遵不违，成了一般叙事的通则。朱朝敏小说却突破两种叙事的边界，力图会通主客，在两种叙事中自由转换，给读者带来二度创作的极大自由。

两种视角、叙事的转换需要技巧，朱朝敏首先选择了一种非客非主、亦客亦主的立场，模糊了全知视角与限知视角的边界，一面确保了叙事的客观进程，一面又渗透着主体的体验外放：

> 练完刀，照例要留下来喝喝茶，茶室一般不要室内，而是选择后院的竹林。出刀馆后门到竹林，要过一方池塘，那池塘……睡莲正红黄白地绽放，池塘上的木板桥十来步吧，敏感得很，脚一踏上就会嘎吱作响，而桥头的亭台楼榭寂寂矗立，倒也不失古旧味道。竹林在池塘靠右后方，因高出的坡地舒展出满目葱茏。(《慈悲刀》)

小说主角萧谷声练完刀后"照例"要与于师傅留下来喝茶，这是对人物习惯动作的留意，是上帝视角。但接下来对竹林、池塘、睡莲、木桥的描述却是主角认知体验的描写，此种描写既充分对环境进行客观展示，又充斥着人物主体的内在体认——睡莲绽放、嘎吱作响、寂寞矗立、古旧味道、满目葱茏等，物的展开随时验证着主体的精神进路，如此，使客观环境满蕴着主体体认的心理能量，毋宁说这一"客观"环境就是主体的心理世界。自我视角取得了上帝视角的资格，限知叙事获得了全知叙事的功能。此种言路在朱朝敏文本中随处可见，构成了其小说的主流风格。

限知叙事要获得全知叙事的功能并非易事，有可能僭越其言路本位而受读者"非伦"之讥，朱朝敏敏锐地意识到了两种叙事的功能限域，于是她采用第二种方法：将客观进程置于主体精神进路之中，以此获得亦客亦主的叙事效果。

> 通体舒泰的路三鹿在午休中，被梦抱住了。
> 梦潮水般涌来，浮起他的身体，又翻卷浪花淋湿了他，继而转

圈，转起漩涡……一个戴狗圈的小男孩搭把椅子靠住饭桌，爬上椅子，右手伸向桌上的菜碗。碗里是辣椒丝，男孩手指拈起一根送进嘴巴，再拈起一根再一根……但，外面传来货郎的叫卖声和拨浪鼓声。小男孩回过脑袋。经过家门前的货郎递出满面红光的笑脸，接着递出他手里的糖人，转圈的糖人后面是一根大棍，大棍插着冰糖葫芦。

来来来，这糖人好吃的很，千金不换哦。货郎亲昵地招手。

他跳下椅子，跨出屋门，接过货郎掰下的一块糖人……他跟着货郎跑，经过一笼翠竹，翠竹扫来的风声在脸上刷出凉意，再过木桥，木桥嘎吱作响，却被风声和货郎的叫卖声吞没……瞌睡来了，他被放进货架下面的篓子里，晃来荡去中，睡眠生根。(《辣椒诵》)

自以为出生于北方的路三鹿居然嗜吃辣椒，有南方人的口味，路三鹿在满心疑虑中被一个怪梦困扰，梦到了童年时代在猛吃辣椒时被货郎拐卖之事，梦中熟悉的故乡风物提醒了路三鹿寻找自己身世的线索，小说据此抽丝剥笋展开叙事。

路三鹿童年时代吃辣椒被拐卖之事正是小说的关键细节，小说既要引导路三鹿发现自身的身世线索，必须采用全知叙事，又要描述路三鹿对自己口味发生悬疑，必须采用限知叙事，于是作者用梦境将两种需求关联起来，提醒路三鹿的寻踪冲动，并铺设他将要寻找的身世线索，全知叙事被植入限知叙事中，不仅使自我视角与上帝视角达到了巧妙关合，更使限知叙事涨满了全知叙事的能量。

站在读者立场，以文本为中介观察作者，读者会发现作者其实始终在进行着一种努力，打破两种叙事的边界，创造某种融合视角，使新的叙事既能显示主体视界，又能具有"全知"功能，全知功能显现于主体视界中，正是内向性的反身心理所能达到的效果。

二、悬念：文本叙事的心理驱动之路

朱朝敏小说吸取了侦探小说的大量有效元素，其中悬念——设悬与释悬——构成了文本的基本言路，作者往往在叙事中凝聚起某个关键细节，这一细节捆绑着各种悬疑：从何来？如何来？为什么？有何内质？关联何人何事？将如何涣然冰释？等等，就在系列疑念的凝生与解释中完成了文本的叙事进程，故悬念不仅关涉人物的身世、性格与心理，更是文本形式的能动构建力量。

悬念的凝生也有路数，按此路数可发现悬念的发生、凝聚时刻，以及随着悬念的展开而故事逐步走向饱满的言路。以《辣椒诵》为例：二十余岁的北方木材厂老板路三鹿将木材以极便宜的价格卖给了南方客户许女士，许女士请路三鹿喝酒，席上有一盘虎皮青椒，路三鹿作为北方人从来没有尝试吃过整盘辣椒，他始而畏惧，继而试探，终而胃口大开，嗜辣椒成癖，作为北方人的自己怎么会有辣椒口味呢？——这是悬念的初生。

路三鹿买回辣椒回家准备向父母、姐姐姐夫推广，不料遭到家人的普遍反对，事实上家里乃至村里从来只将辣椒作为主菜的辅料或制成腌菜，买回的辣椒被弃置一旁，做成的虎皮青椒也被鄙视，同是北方人的自己怎会与家人有如此大的差异？——此为悬念的凝定。

路三鹿想到二十余年来父母、大姐大姐夫对自己并无亲情，只有二姐对自己关爱有加，但二姐与自己怎会相差十七岁？难道十七年间父母没有生育？自己是父母唯一的儿子怎么不被关爱？——此为悬念的深化。

对自己童年并无多少记忆的路三鹿梦到自己儿时吃辣椒时被货郎拐卖之事，并在许女士指引之下来到长江江中某小岛，一切都是似曾相识，童年记忆奔涌，于是路三鹿开始追索自己的身世——此为释悬的开始。

路三鹿在江中孤岛追查自己身世，但乡人们个个噤若寒蝉，或恶声以对，他体验了底层社会的冷漠，领略了人性的险恶，经历了亲情的破碎，最终一无所获——此为悬念的展开，以波及更广的世相。

路三鹿用钱贿赂某瞎子老头，知道二十余年前某吕姓女子带着一个两岁孩子嫁给了鲍传庭，但不久孩子被人贩子抱走，鲍家以女孩子失踪的案子上报派出所，路三鹿基本知道了事情的轮廓——此为悬念的揭开。

路三鹿结婚后又来到江中孤岛，对鲍老头一顿痛揍，并向鲍老头和自己生母说出了事情的原委：自己生母吕红翠未婚先孕生下儿子，嫁给鲍传庭，为讨好他，让孩子改姓鲍，取名鲍琪，并据其喜好将其打扮成女孩子，但鲍传庭终究不能容忍鲍琪，策划了利用人贩子将其拐卖给北方辽宁一心想要男孩的路家，鲍传庭以自己女儿失踪的消息误导派出所记录在案，致使二十余年后路三鹿的追查茫无头绪。鲍传庭心如蛇蝎，二十余年来吕红翠备受压抑，为了活下去只好忍辱偷生，甚至与鲍传庭共谋作案，但其母性也荡然无存——此为悬念的延伸与收刹。

可以看出，文本就在设悬与释悬的理路中展开叙事，铺设故事情节乃至塑造人物性格，完成了文本的建构。朱朝敏其余小说也大体遵循同样理路。需要说明的是，设悬与释悬一般为侦探小说所用，而作者拿来用于社会世情小说，用悬念驱动故事，并一路进发走向故事核心，情节深入性格肌理，事件碎片成为人性构件。悬念，既深入人性塑造性格，又统御文本形式结构，从形式到意义成就了小说的艺术品位。

重要的是，作者将悬念的生成和破译之路置于人物心理之中，主体在悬念的驱动之下观人观物，历人历事，"内化"的心理视境统御一切，全知视角与限知视角达成了统一，"内化"使小说所涉的人、事、性格、世情、价值之重构具备了切实而能量勃发的精神支点。

三、情节拆分与重组

朱朝敏小说的故事架构其实相当简明，几句话就可提纲挈领地重述，但其中的情节复杂曲折，蓄满能量。小说故事与情节是有差异的，故事只是时间序列中的事件描述，而情节却是指向事件的情意、价值、因果，必然关联性格，简言之，故事是时间事件，情节就是性格事件。但故事又不仅为人物搭建起活动的时空经纬，而且铺设情节行进的路径，故情节离不开故事。由于情节指向人物性格，因此作者的能事就是在因果律的指引下连缀起相应的情意、价值事件以塑造性格。所谓写作的"自由"只有作者遵循因果律的自由。

为了使人物性格趋于饱满，朱朝敏放弃了一口气讲完故事的方式，小说故事并无贯珠泻玉的流畅感，相反，作者有意阻断故事进程，在故事的每一个环节让事件关联起情意与价值，从而指向人性，性格成为被蓄满情意与价值的事件碎片建构起来的精神的一极。要以言之，朱朝敏用情节拆分与重组的方式塑造性格。今以《长吻鮠》为例。

姑姑火急火燎找"我"（贞真）来借钱，说是要去省城兑现一个承诺，但并不透露履行何种承诺，给我留下无尽悬想，故事被中断，姑姑出走事件只能成为故事要素。

姑姑出走搅乱了她家里人，全家到我家来问罪，姑姑故事此时中断。我丈夫向姑父提及一种长江小洲水域极难捕获的江团，江团学名长吻鮠，长吻鮠全身是宝，可治疗风湿、骨折等病，此鱼只会呼应信义之人的邀约而被捕获，我太公和姑父都有过请到江团的记录。故事再次被中断。至此，姑姑出走因搅动家人来问罪，二者具有因果关系，于是事件成为情节。而捕获江团之事因与人的信义相关，与价值关联，初步具有情节意味。

我丈夫与姑父讨论完长吻鮠之事，姑父、姑父子女包括弟弟弟媳在我家发完脾气，走人，我倍感心累，故事中断。至此，所有事件都内卷为情节。

我太公身怀绝技，因讲信约多次请到过长吻鮠，入赘太公家的姑父学到了太公的手艺，也曾因信约请到了长吻鮠，故事中断。"请江团之事"至此与人的信义、心性紧密相关，成为一个价值符号，一个性格事件——情节。

姑父找到我单位朝我大发脾气，要我到省城接回姑姑，说她在省城医院正在照顾一个从楼梯上摔断腿骨的邹姓老头。我买票到省城医院，看到姑姑正在给邹姓老头喂饭。我和表弟圣福劝姑姑回家，邹老头也坚拒姑姑，姑姑不为所动，坚持要兑现四十余年前的一个承诺。情节暂时中断。至此，长吻鮠呼应信义之人的动物本性与姑姑履行信约之间关联起来，长吻鮠具备了隐喻意味。

好说歹说，姑姑同意回家，但要求我把邹老头接到我所在的城市继续照顾，姑姑回到我家向我讲述了她与邹老头之间曾经的然诺与失信往事：现在的邹汉林儿子车祸死亡，老婆女儿移居国外，邹已是孤家寡人一个。而作为中医世家传人的邹汉林曾以知青身份下乡住到姑姑家，用太公捕获的长吻鮠鱼胶治好了太公的风湿病，太公有意将姑姑许配给邹汉林，适逢邹汉林考上大学，拙于言辞的邹汉林要姑姑决定他的去留，去则带着姑姑离开孤岛，留则住下来成家，十七八岁的姑姑一方面爱着邹汉林，一方面又感到自己是作为交换物被父亲换给邹汉林，同时倍感自己与邹汉林地位差距之大，心中纠结，决定拒绝邹，情节中断。至此，反复被中断的故事有了大致的轮廓，而所有被拆分的情节都向性格集中。

我将老邹接到我所在的地方医院，不料姑父也因高血压住进了同一医院，他跟踪送红薯稀饭的姑姑发现了老邹，老邹理屈，姑姑百口莫辩，极为难堪，晚上，表弟媳打电话责难我"上梁不正下梁歪"，我倍感疲累，情节中断。至此，所有情节都复杂起来，或断裂，或交织，或互补，并向人性深处延伸。

我与老邹在病房谈到姑父四十年间四次请到江团之事，姑父请江团其实就是在江州中面对江团表示罪的悔悟、心的净化与精神沟通，最后七八年前请到的江团鱼胶被老邹买走，此为姑父老邹相识之始，情节中断。至此，与长吻鮠的信约需以精神净化为前提，长吻鮠的隐喻功能指向价值领域，文本具备了形而上品质。

老邹并不知道姑姑对他究竟承诺了什么，此事困扰着我回家逼问父母，在百般巧计中终于知道事情眉目，原来姑姑爱着下乡知青邹汉林，她与太公一起设计诬害邹汉林性侵姑姑，致使考上大学的邹汉林并没有被大学录取，被迫留在孤岛一年，因救活一名溺水儿童才使坏名声略有好转，第二年被省城钢铁厂招工方得回城，八年前老邹到江州买江团鱼胶，姑姑得知老邹一家惨状，觉得老邹悲苦命运都是自己造成的，内心愧疚与日俱增，决定对老邹有所弥补，此所谓姑姑对老邹的"承诺"。至此，有关姑姑与老邹的恩怨委曲全由父母转述和我的猜测衔接整合起来，情节的发生同时领有全知与限知视角。在旁人的转述和我的揣度中，某种出于良知的忏悔和赎罪情节与长吻鮠的信义之征达到了深度关联。

笔者只是粗线条地略叙情节主线，无法复原文本肌理，若深入文本，还有更深微的细节。有意味的是，从上述简要的主线提示中，读者可以看出，朱朝敏小说从不一次性地将故事讲完，在故事铺设的时空经纬中，小说的情节每每被掐断，每一次掐断都是为了使情节关涉更多的细节，成就更深微的叙事，积聚更丰富的人性内涵，从而更深地深入性格肌理甚或价值感悟。总之，作者通过情节拆分与重组的方式完成性格塑造，指向价值之思。要完成这一过程，作者必须基于内省之心突破自我与上帝双重视角，既有表达个我体认的限知叙事，又有描述个我活动之时空境域的全知叙事，使全知植根于限知。要以言之，内向性，再次成为主体构建文本的心理基础。

四、性格的层次

朱朝敏小说的人物性格大多都有层次，作者往往在塑造人物的某一主流性格时，又使性格在人物关系的延展中具有动态流变的色彩，但主流性格始终俨然，如同交响乐，是主旋律统率的多声部合奏，或如阳光解析的光谱，五色斑斓。事实上，作者正是充分尊重了性格逻辑，放手信任性格的自主运演，乃能呈现性格的复杂况味。

尊重性格逻辑是一切成功小说家不期而然的自觉选择，朱朝敏也不例外。今以《钩吻》为例分析人物性格的层次。

县卫生医院职工黄娉婷因作风问题带着女儿枪丁丁被下放到孤岛卫生院，"我"（鲜秋子）父亲是孤岛卫生院著名的骨科大夫，母亲张兰香因此被照顾到卫生院管理药园，童年的秋子与童年的丁丁因此相识且成为好姐妹。

黄娉婷容貌出众，身段妖娆，生性风流——风流是少妇黄娉婷的主流性格，因对自己容貌绝对自信，黄娉婷并不理会旁人的侧目和非议，看人总是美目斜睨，但眼神时刻放电勾魂。作为少妇的黄娉婷此时具有风流、自信、睥睨众生的傲慢等性格。

黄下放孤岛卫生院后本性不改，又与新分来的大学生医生栾宇峰勾搭，在一次舞会上用钉子刺伤了栾的恋人某妇产科医生的脚板，试图拆散这对恋人——黄娉婷又有了嫉妒和恶毒。此种嫉妒和恶毒由舞会情节导引而出，居然有人抢夺自己看中的男人，挑战自己对男人的吸引力，黄娉婷因此智计百出，故嫉妒和恶毒是因其自信被挑战而发生的合理反弹，合情合理。

一位傅姓农民因农药中毒，老婆带着儿女与众人合力抬着农民到孤岛卫生院请求栾医生抢救，不巧管麻药的黄娉婷以女儿丁丁有病为由滞留家里，栾医生往返去找黄娉婷却错过了抢救时间，农民死亡。傅家女儿傅东晨因年幼无知在药园误食钩吻（断肠草），此为黄娉婷亲见而不阻止，傅东晨死亡，栾医生恋人、妇产科医生指责黄娉婷害死了父女俩，傅东晨哥哥傅东晓记住了黄娉婷和枪丁丁名字，发誓报仇，黄娉婷陷入极大的恐惧之中。恐惧是黄娉婷性格的自然流露。

二十余年后，枪丁丁与某傅姓老总订婚，订婚仪式在傅总后花园举行，黄娉婷觉得自己的大龄姑娘终于有了结果，始而高兴，但当她知道傅总是因为丁丁的名字就开始追求丁丁，同时在后花园看到大片金黄的钩吻花，并了解傅总父亲与妹妹均已过世时，她意识到一种复仇的阴谋正在降临，强大的母爱和灾难临近的恐惧使之下决心阻止这桩婚姻，乃至陷入魔怔之中，聘请我这个心理医生多次到她家中纾解心魔，晚年的黄娉婷早已非复昔时容颜，身材臃肿，举动迟缓，白内障眼疾使其眼泡长年水肿，对女儿的担忧使其倍感煎熬，愿意献出自己生命满足傅总的报复，一次在洗浴间不小心撞倒墙面玻璃，被玻璃砸伤住进医院，临死前眼神死死盯着傅总，希望傅总因自己的死饶恕女儿。这一阶段黄娉婷的性格主流是母爱，因母爱而发生执着、恐惧、煎熬、魔怔。

综上，黄娉婷主流性格分为前后两段，前期风流，由风流统率自信、嫉妒、心计；后期母爱，由母爱统率恐惧、执着、煎熬、魔怔，极有层次。黄娉婷并不是一种主流性格贯穿始终，而是发生着前后变化，之所以有变化，乃因女人身体变化，后期黄娉婷美貌不再，于是心性主要集中于女儿的幸福，表现出充分而执着的母爱。此种身体变化——心理变化——性格变化的精神流变之路意味着作者对人性的准确把握。

有意味的是，作者对人性的描写具有临床精神病理学的实证价值，黄娉婷后期性格其实是某种心结导致，此种心结即负罪感，黄娉婷被妇产科医生斥责后，心中对傅姓农民及其女儿之死产生沉重的负罪感，自认有罪，虽极其恐惧傅总的报复，但也愿意用自己的死亡承担罪责。按弗洛伊德、荣格、弗洛姆等一批精神分析学家的共同认知，人在潜意识里的固结力量会以某种下意识的行动流露出来，其目的和效果就是释放或舒缓潜意识久受压抑的情结。黄娉婷看似被玻璃无意砸伤，其实是赎罪情结的现实表现，试图以此换取傅总对女儿的饶恕。

综观作者在《钩吻》中对人物性格的塑造，笔者认为其中也有不如意之处：丁丁性格过于单薄，没有层次，没有变化，没有成长，她对我的心态从童年到成年从来就只有信任，此种信任有没有强化或弱化？她怎么抗拒母亲对自己婚姻的阻碍？在自己母亲的担忧下，她对傅总身份是否有过怀疑和追查？她遭遇性侵后心性是否有重大变化？同样美貌的丁丁对自己假眼是否有心理负担？等等。系列疑问缺乏相关情节呈现，作者似乎并无兴趣启动丁丁心理逻辑之路，致使其性格流于扁平。

文本性格塑造仍然遵循内向性原则，作者以全视之眼深入人性表里，既尊重性格对情节的主导，又关照人物关联的世相，或旁叙，或追叙，或猜度，或"情同此理"，多种叙事并用，性格因此带着丰富层次和斑斓色彩被呈现出来。

结　语

　　朱朝敏小说多从人类生活日常入手，写出生活的传奇，在简单的故事框架中细掰情节，对人性进行微观透视，使性格饱满深蕴，于是文本惊艳起来，平淡的日常因此别有韵致，宛如腐草里发生菌菇，枯木上长出木耳，或野花遍布山岗，微观文学世界里蕴蓄着活跃的人性生态。朱朝敏对情节的拆分与重组尤见功夫，作者能将情节细分为毛尘，在性格逻辑的驱动下，使每一毛尘都能在人物关系中游冶，饱蘸人性能量并整合为价值之思。

　　文本突破了全知叙事和限知叙事的边界，以内向性的反身性心理为基础，将上帝视角植根于自我视角中，用悬念驱动情节，深入性格肌理，刻画了性格的多侧面特征。

　　读朱朝敏小说，需要打起十二分精神，动用强大的理性，方能整合其情节碎片，跟踪侦探式悬念，体验一种精神盛宴和文本的厚重饱满，但此种阅读并不适合于所有读者，有读者会感受到心理被碾轧的焦思。

黄文彬之死

——论"情执情结"的困境与出路

于红新[*]

小说《圣地亚哥在下雨》描绘了两组家庭中的三个个体面对命运给与的天然"情结"困境(详情见图一),竭力寻找出路的惶惑与不安。黄文彬作为连接两个家庭、两种情结的中间人,在文中起着承上启下的作用。因此本文欲以黄文彬在"情执困境"中对出路的找寻历程为切入点,从"个体到个体的困境""家庭到家庭的困境"以及"情执出路:个体对自我的正视与反思"三个方面来探索个体与自我的关系;并通过对黄文彬情执情结的分析,更好地理解与之密切联动的章、徐二人的"情结"困境。

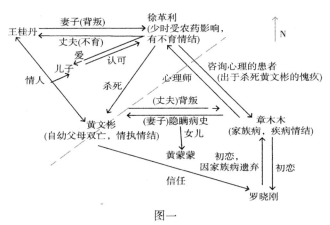

图一

附注:以东北西南走向的虚线为界,黄文彬连接起章黄与徐王两个家庭。

* 于红新,女,汉族,河南省济源人,三峡大学文学与传媒学院研究生,研究方向:文艺学。

一、黄文彬情执情结的形成

"人类区别于其他动物的一个特点是，由于进化的原因，我们生下来时完全不能自立，需要全部依靠大人——通常是我们的父母的照料，才能生存。"①这种照料表现为：幼儿在由"自然人"转化为"社会人"的过程中，需要父母为之提供精神与物质上的关爱与庇护，并且在需求的满足中，幼儿会生发出对父母强烈的依赖与连接感。自幼父母双亡的经历，使黄文彬与父母之间的连接感被强制性截断。父母的丧失和缺位造成童年黄文彬情感欲望的断裂与阻滞，"但这最初的潜意识愿望并未随着儿童阶段的结束而泯灭"，② 反而由于被压抑在心灵中最终形成了难以磨灭的"情执情结"。为突破"情执"的困境，黄文彬开始了漫长的自我救赎之路，总体而言，大致经历了以下三个阶段。

(一) 个体到个体的困境

"情执"情结源自个体与亲密之人连接感的断裂，"不过，任何知道一点人的精神生活的人都会意识到，要丢弃曾尝试到的乐趣，是再难不过的事了。的确，我们丢不掉一切，我们只是以一件事来代替另一件事"。③ 因之，黄文彬以新的个体来替代父母以完成自我"情执"情结的表达与外化。具体而言这种替代性的"个体"分为两种类型：一种是连接感微弱但数量众多的个体类别：这类个体以缺席的方式出场，侧面表现为黄文彬作为魔体

---

① [英]特雷·伊格尔顿：《二十世纪西方文学理论》，伍晓明译，西安：陕西师范大学出版社1987年版，第168页。

② 杨朴：《文学批评：理论与实践》，长春：吉林大学出版社2009年版，第28页。

③ [奥]弗洛伊德：《弗洛伊德论创作力与无意识》，孙恺祥译、罗达仁校，北京：中国展望出版社1986年版，第43页。

健身教练的欢迎程度；同时作者对于黄文彬的外貌描写时特别突出其眼神"看人时总是热烈亲和"，这种亲和力，表面来看是教练职业需求所造就的，然而更深层次的原因是传达出人物（黄文彬）内心热切地渴望与人建立连接感的"情执"。唯有态度"亲和"才可使得他拥有更多的对象来寄托情感，从而使得他本身强烈的"情执"以众数的形式加以稀释。如果说前者是黄文彬情执情结的泛化，那么亲密伴侣作为另一种替代性个体，才是其情执情结的根本聚焦。首先从亲密关系的确立来看：作者在文本中指出经过"三五次"的"外力撮合"，以及章木木的"内力推动"，最终促成了一对璧人恋爱关系的迅速确立。然而黄文彬作为一个独立的个体，默许自己的人生大事以如此草率又被动的方式加以确立，显然不合逻辑。因此笔者以为作者虽尚未点明却真切存在的又一内在动力是黄文彬渴求与章木木建立连接感的迫切性。具体而言，在章木木主动推进二人关系所进行的吃饭逛街看电影等一系列活动中，被动的黄文彬在章木木身上感受到了父母般的关怀，因之将其当做"父母"的替代者，迫切渴望与之建立连接，以填补内心情执情结的缺口。同时从对待伴侣的态度来看，相较于章木木将他视作治愈情伤的替代品，认为"要有新故事，才不会对过去念念不忘"的做法，黄文彬显然更为诚挚。这种诚挚源自黄文彬"情执"情结中面对父母时所抱持的孩童的赤诚。作者以细节来彰显这种纯粹与赤诚：如在"信来"早点黄文彬曾询问章木木与老乡的关系，面对章的两次沉默，黄文彬的反应是空白的。这种空白是作者有意为之，表面上是省去，实则是以环境的"信来"加以暗示，这种暗示在后文二人再遇时加以确证——即黄文彬对待罗晓刚态度是"亲热得比熟人还熟"。种种迹象表明黄文彬是确信"章罗"之间关系的纯粹性，并且爱屋及乌，把罗晓刚亦作为一种可产生连接感的人物来看待的。

然而这种向个体求助的方式非但没有使其走出困境反而给他造成了更大的困境——妻子和女儿的家族病成为了不定时引发其情执情结的隐患。这种情节的突转一方面显示出人物的被动性。如文本中黄文彬对于"章罗"关系的理清，以及章木木家族病的了解，是由于"时间长了，亲戚乡邻的闲言碎语不经意传到了他的耳朵里"。无论是"时间长"亦或是"不经意"都明确指向黄文彬得知真相的被动性。另一方面，自其情执情结中的"诚挚"与"迫切"性来观照人物性格本身的发展与走向，这种突转又确乎潜藏着必然。首先从诚挚性来看，诚挚是情执情结的衍生物，是孩童时期的黄文彬面对父母时表现出的信任与不设防。这种诚挚性使得黄文彬与更多人产生连接感，成为了受欢迎的教练；但与此同时也降低了其对外界的辨别能力，使得其在选择伴侣时缺乏辨识力。其次从迫切性来看，由于情执情结本身就代表着黄文彬与亲人之间情感的匮乏，长期的压抑造成情感加剧反弹，因此不可避免导致黄文彬与人确立关系的盲目迅速性。而这种迫切性与诚挚性相结合便是必然地引发人物的轻信，导致情执困境的必然性。所以从个体层面而言，作者从情执情结的特性上根本否定了黄文彬向新个体求助得以摆脱情执困境的可能性，即便没有遇见拥有同样受情结困扰的章木木，黄文彬也会因情执中的轻信与盲目而陷入新的困境。

(二) 家庭到家庭的困境

由于家族疾病是一种不可逃脱的必然悲剧，而与亲人别离的痛苦会激发出黄文彬童年时期隐藏在潜意识中的恐惧。以此为转折，为求自保，黄文彬以背叛家庭的方式来表达自己"抗拒与亲人别离"的情执情结。这种与旧家庭的割裂，在文中具体显化为"冷"，这种冷一方面表现为态度的冷淡，妻子担心他非法兼职遭受惩罚，对之好言相劝，他不仅冷漠地回怼拒绝，而且以"冷眼冷调交代'如果蒙蒙生病了，别来找我'"，如果说只是为了报复妻子隐瞒家族遗传病的行为，他的冷淡就应该只针对妻子，作为父亲出于本性也会顾念无辜女儿的感受，然而黄文彬选择将二者一并"冷处理"。其根本的原因在于：只有将旧连接彻底斩断，他才能在被亲人抛弃的生离死别时刻得以最大限度地保全自身。另一方面的"冷"则表现为行动的冷酷。如果说态度的冷淡是心理上与旧有连接的隔绝，那么行动的冷酷则是物理上对旧家庭的割裂。从最初凌晨以后的晚归到夜不归宿，"再接着，好多天难得跨进家门一次，即使春节团圆饭也缺席"，黄文彬最终从时空两个方面外化了自身的情执情结。

从旧家庭到新家庭黄文彬放弃了作为丈夫与父亲的责任与担当，来保全自我情执的救赎，然而这种求助方式亦未能使他走出情执困境。出走之后的黄文彬面临的新困境大致分为三个阶段。

第一阶段：新家庭中情执寄托的落空。

这种落空主要通过后文中新家庭成员(情人王桂丹以及儿子)的境遇刻画从侧面展示。首先从王桂丹的视角来看，出轨行为一方面使得她要在精神层面承受沉重的负面指责，正如在后文中徐革利指出"后来我儿子来到世上，她起心离开，这不可能。某些意外发生了，她也害怕，也担不起那份名誉受损的世人指责"。另一方面，从物质层面来讲"她毕竟是虚荣的人，贪慕虚荣贪慕浮华，怎么舍得离开这个家呢?"王桂丹是"大手大脚"惯了的人，经济依附于徐革利，显然冒着违法的风险做兼职教练的黄文彬并不具备支撑王桂丹"阔太"生活的经济能力。王桂丹和黄文彬的结合注定是一场虚妄。其次，从儿子方面来看，黄文彬尽管在血缘关系上与之有着深切的羁绊；然而从情感层面来看，孩子在出生之后与黄文彬之间极有可能是强烈的疏离与隔膜，甚至可以说儿子并不知晓黄文彬的存在。作者在文本中多次暗示出这种疏离，首先作者给予黄文彬的手机屏保以特写，值得注意的是这张屏保的时间跨度，从文本时间来看图像中"这个粉嫩鲜亮的孩子，刚来到世上不久"，而从故事时间来看这张照片是"一年前照的"。时间的错位暗示着：由于与儿子疏于接触，黄文彬对孩子的近况不甚了解仅停留在出生时的模样。其次，从徐革利与儿子的亲密关系中，这种疏离感亦可见一斑。相较黄文彬，徐革利与儿子的关系恰好相反。从血缘关系来看，二者之间有着难以逾越的鸿沟；然而从情感层面来看，二者又确乎父子情深。一方面徐革利珍视儿子，送儿子到圣地亚哥读书，不仅为了给儿子营造良好的精神环境，摆脱妻子时时处于崩溃边缘的坏情绪；同时考虑到圣地亚哥常年晴空万里，拥有良好空气质量的气候状况利于儿子的身体健康。另一方面儿子治愈了徐革利。首先，身份上的治愈，"儿子每次遇到圣地亚哥下雨就会跟徐革利语音"，因此在儿子眼中自始至终认可并信赖可以称之为父亲的人只有徐革利。其次，心理上的治愈。恶劣的环境损害身体所形成的童年情结，以及杀死黄文彬的恐惧感，造成徐革利双重的心理负荷。而徐革利用以化解焦虑的良方有二，其一是找章木木倾诉（或者说忏悔），其二是与儿子交流。从文本来看，徐革利少有的两次笑容皆是由于在心理咨询期间接到儿子电话所引发的情绪好转，且徐革利宁可中断咨询也不愿错过儿子的来电，某种程度上可以说，于徐革利而言"和儿子的交流"是比心理咨询更具治愈力的方式；而儿子与徐革利的亲密就意味着与黄文彬的疏离。正是由于向新家庭寻求情执寄托的阻滞，使得黄文彬被动回归。由此进入第二阶段复归旧家庭。

第二阶段：复归旧家庭失败

尽管表面来看黄文彬的回归似是为了与章木木"摊牌"，文中指出"章木木退回餐桌前，黄文彬已经吃完饭，却没离开饭桌。他在等我，然后摊牌……"然而这句话的发出者是章木木，因此认为黄文彬此行为了"告知妻女自己在外已有孩子，并就此决裂"的想法是章木木在之前被抛弃以及现如今又被诊断为肺癌后难以自控的悲观想象。更何况，如果纯粹为了"摊牌"，他最为便捷的方式是在一开始在女儿发现屏保之后直接告知，就像第一阶段那般将妻女一并"冷处理"，大可不必配合妻子来欺骗女儿；同时后面对待女儿的一系列善意举动都显得多余。当然黄文彬此次归来，还有一种可能，即为父为夫的人性使然，他的归来是为了弥补自身对妻女的愧疚。这或许可以解释为何他对女儿的态度有所转变，然而无法解释的是在离开之际，他明明得知妻子患癌，为何仍要落井下石，告知屏保上的孩子来自自己的家外之家。因此笔者以为黄文彬此次归家并非指向决裂，亦非为了弥补，更深层次而言，是情执情结作祟，是黄文彬向外寻找连接感受挫后出于自保的被动救赎。具体而言，如果"旧家庭"所指代的是随着时间推移必然来临的"与亲人的别离"，那么"新家庭"则是在社会伦理道德的规范下，与儿子"出生即别离"的境遇。"情执情结"作为黄文彬性格中的支配性力量，迫使他在两相权衡后，两害取其轻，不得不选择动摇与回头。因之便产生了女儿的视角下"亲自手冲热可可""陪伴写作业",而且还"答应今晚在家住下"的暖心父亲形象。然而旧家庭并没有给与他暂缓的机会。

第三阶段:被动性再度出走

章木木作为黄文彬选定的"父母原型"的移情对象,其肺癌报告单的出现与黄文彬童年时期遭遇的父母双亡的经历有着强烈的同构性。因之,黄文彬不自觉被召回了童年的创伤性场景中,其不安外化为"站起来在客厅来回走动,上厕所,踱步到阳台抽烟,接着再上卫生间,还坐回餐桌旁"等一系列挣扎又焦躁的动作。由于他本身不具备应付这种具有强烈情感色彩的事件的经验,出于生存本能,他一方面选择离开来完成情感的物理隔绝;另一方面在死别面前,新生儿成为了他唯一可以抓住的救命稻草,所以在离开之际那句"已经这样了还是告诉你,那是我儿子相片"。表面上是说给妻子听的,本质而言更像是黄文彬本身的自我安慰。至此,肺癌作为新元素的介入,一方面打破了黄文彬回归旧家庭以"躲避与亲人别离"的自保理想,另一方面加速了黄文彬在旧家庭中"与亲人别离"时刻的到来,导致黄文彬再次陷入"一边是与儿子的生离,一边是与妻子的死别"的两难境遇,不得已之下,只能于被动之中再次出走。

总体而言黄文彬从旧家庭到新家庭的救赎方式是失败的。首先,从目的与结果来看,是一种悖论式的悲剧,即尽管他拼尽全力地自我突围与救赎,然而他每一次主动的努力都使得自身处境变得更为被动与荒唐。其次,从道德价值层面来看,某种程度上这种突破情执困境的尝试可看做在情执情结下谋求自我生存的本我与遵守伦理道德的超我之间的博弈,在二者的冲突中黄文彬每次都选择了前者,或放弃了作为父亲与丈夫的责任与担当或侵犯他人的家庭以完成自我的满足。作者一方面表达了对其在命运的残酷之下选择本我(生存本能)的理解与同情,另一方面通过徐革利杀死黄文彬的情节安排否定了其价值选择的可取性,控诉了其在超我道德层面的价值缺失,从而以黄文彬生命的终结否定了其从家庭到家庭的求助方式。

尽管黄文彬一生受困于情执情结,到死都未找到突围的方式与出路,但作者的悲悯之处在于，让黄文彬成为了他人完成情结突围的引子，并且通过章木木，为黄文彬的情执情结指明了出路。

(三)出路：个体对自我的正视与反思

黄文彬之死之所以不是完全的悲剧就在于，他本人的牺牲成为了他人破除情结困境的关键因素；而他人情结困境的破除一方面为黄文彬本人走出情执情结指明了方向，另一方面也使得黄文彬本身的情执情结最终收获了理解和原谅。

具体而言，这种情结困境出路的呈现以章木木为核心，分为自我与他者两个层面。首先，自我——由外向内的转向。第一，目光向外——注视他者的悲切结局。文本中章木木起初和黄文彬一样，将目光聚焦他者，试图假借他者力量以逃避疾病情结带给自我的伤害。作者以黄文彬得知真相之后的决绝与冷漠，以及章木木患癌的悲剧情节昭示着这种引入他者元素以逃避自身情结困境的方式不仅难以填补自身的缺憾，反而因过度关注他者对自我的伤害而在心理与生理层面为自我构建了更大的困境。那么同样是面临困境向外求之而不得出路，为何章木木得以完成由外向内的思路转变。笔者以为原因有二，其一，相较黄文彬，章木木多了一份为人母的担当。在得知妻子有家族遗传病之后，黄文彬急于撇清与妻儿的关系，将二者一并抛弃；而章木木即便面临着黄文彬的决绝以及同事的怂恿，但考虑到无辜的女儿，坚决不愿轻易选择离婚。其二在肺癌误诊阶段，黄文彬为自保轻易违背对女儿的承诺，而章木木对死亡的恐惧源自自己的离去会使得读小学的女儿无人照看。作者十分肯定这份担当，因之在就医时让医生提醒她："一般是没救，也有例外，那些例外就是心态好的人。"要关注自身的心理问题。如果说现实的需要是章木木目光内转的内因，那么其自身作为心理教师的身份则可看做其目光内转的外因。具体而言，长期教授心理学课程的经验，使章木木相较于常人有更为敏锐的自我心理与情绪洞察力，同时较快识别出自身的内在需求。因之在心中并无具体规划的情况下，她能够有勇气赌上一切休息时间参加心理培训。加之自身心态会影响女儿的病情，为母的责任与担当实则充当了章木木深入了解自我的动力。双管齐下，共同为其第二个阶段的直面自我奠定了坚实的理论基础。第二，向内——直面自我，困境突围。正如刘再复所言："当人确认自身乃是脆弱的个体时，便产生一种拒绝的力量——拒绝带假面具掩盖自己的脆弱，于是获得真诚与真实。而从这里开始，人也就获得自审与自白的前提。"①随着前一阶段心理学学习的深入，章木木对自我疾病情结的认识逐渐深化，从而逐步获得了正视自我的勇气。当她开始承认自身的局限，放下对命运的无用纠结后，家族遗传病带来的恐惧被自动消解了。这种消解一方面源于医疗技术的发展，另一方面转化为人为因素可控的心态与情绪变化。至此疾病情结带来的人与命运的抗争在个体对自我的正视中成功突围。

其次，他者观照下的自我反思与理解。如果说自我阶段的突围过程使得章木木意识到人是脆弱的，但是脆弱的人有他的尊严和价值。他们和自己的弱点搏斗，不断叩问自身存在的意义，从而完成了对自我脆弱的正视与接纳，那么在他者阶段则是通过两种视角的转换使章木木获得了对他者处境的全面审视，从而进一步完成个体责任的体认与承担。其一，以心理咨询师视角来看，章木木身为心理咨询师，将徐革利视为无差别的顾客来看待。某种程度上可以说正是由于客观的咨询与被咨询的关系，使得章木木获得了一种超越的视角，即跳脱出事件本身，以旁观者的姿态在道德责任范围内诉诸良知，来审视徐革利过往的经历与遭遇。具体而言，在此视角下徐革利的身份大致分为三种：第一，慈爱的父亲。如前所述徐革利珍视儿子，一方面考虑到儿子的身心健康将儿子送到圣地亚哥去读书，另一方面在接到儿子的电话后自身亦随之变得雀跃。第二，不被理解的丈夫。这种不被理解一方面体现为尽管徐革利本身倾注了许多心血来维护看似美满的家庭，终究还是遭到了妻子的背叛；另一方面妻子并不理解其将儿子

① 刘再复：《罪与文学》，北京：中信出版社 2011 年版，第 435 页。

送出国的良苦用心，将之视为是对自身的变相折磨，使得徐革利不得不面对僵化的夫妻关系。第三，被命运降格的抗争者。一方面徐革利是不幸的，即由于幼时恶劣的生存环境，致使其"父亲中毒死了，大表哥中毒成为残废，一个堂伯成为疯子"，自身亦因此留下了后遗症；另一方面徐革利又是极具勇气的抗争者，他将童年的不幸升华为"优化环境、改良土壤"的坚定信念，为保证更多人免遭不幸，竭尽所能与不择手段的急功近利者作斗争。因之在此视角下章木木对徐革利更多的是同情与理解并因其对命运的抗争和努力而生出敬佩之情。其二，以章木木视角来看，无论是在蒙蒙生病时进行的匿名捐款，抑或以双倍价格不远千里来进行咨询，皆是徐革利在良知的不断叩问中进行的赎罪行为。而赎罪的前提是，他有罪——他杀死了黄文彬，剥夺了他人的生命权力。至此两种视角的转换昭示出一种呼之欲出的理念，个体并非单向度的存在，而是兼有双重身份，身为受害者同时也成为加害者。从徐革利的视角来看，黄文彬践踏了他的家庭尊严他是受害者，而最终他杀死了黄文彬，因此他同时又是加害者。正因为徐革利意识到个体的双重身份，因此，他杀死黄文彬的事实，在躲过显在的法律监控后，遭到自身隐含的道德监控的控诉。在对自我罪责加以深刻的正视和忏悔后，最终以向死而生(自杀)的方式领受了自己的罪罚。推人及己，引发章木木对自身的反思，即在前一阶段她只看到了自我的脆弱，是被黄文彬出轨行为所伤到的受害者，并未意识到自身行为对他者的影响，即自己在隐瞒家族病的时候亦成为了对黄文彬情感的加害者。至此在对他人的审视中，章木木完成了对自我更深一步的叩问，并承担起自身的罪责，完成了对黄文彬情执情结的理解和原谅。

二、小　结

本质而言，黄文彬面对自身的情执情结，所进行的从个体到个体、从家庭到家庭的出路探索，与章木木隐瞒家族病的婚姻以及徐革利在不育情结下对黄文彬生出的妒恨，皆源自个体对自我脆弱性的逃避。而逃避的结果便是使得三种情结成为互相咬合的齿轮，带给他人与自我更沉重的倾轧。作者的精妙之处在于，当情执的沉重超出了生命的负荷，便以向死而生的方式完成黄文彬情执情结的突围。具体而言：黄文彬的死不瞑目引发徐革利以死为生的救赎，二者的悲剧又共同启发了章木木正视自我的反思以及推己及人对黄文彬的谅解。回环交织的生命情结昭示着每个人都不是孤立的，人与人之间的关系休戚与共。只有个体直面自身的脆弱，自己追问自己的罪责，叩问自己的灵魂时才能推己及人理解他人的脆弱。同时也"只有每个人都进行这种追问与叩问的时候，才能真正铲除罪恶的条件与基础，使灾难的悲剧免于重演"。①

---

① 刘再复：《罪与文学》，北京：中信出版社 2011 年版，第 131 页。

文本的张力

——朱朝敏小说《慈悲刀》评论

赵琬茹

一个家境殷实衣食无忧却对父亲充满不屑的富二代，一个痴迷无相刀法、潜心跟随师傅修习心性的武术爱好者，一个饱受妻子背叛而内心充满怨愤之情的中年人，一个恋上瘫痪在床的残疾女的神秘男人……显然，上述每一项身份背后所蕴含的信息都是复杂的，因而让人很难想象，这众多复杂身份的背后所指向的竟是同一个人。在朱朝敏的小说《慈悲刀》中，其所塑造的主人公萧谷声就是拥有这个多重身份的人。小说中，在其父亲萧天林看来，萧谷声是他萧氏房地产的继承人，是应当配合他摆布的废物儿子；在于师傅开的慈悲刀馆，萧谷声是诚心修习刀法、积极磨炼心性的好学武者；在妻子王小鱼眼中，萧谷声是一个懒散无为、易怒无趣但又颇具利用价值的丈夫；在昔日为他挡了一下而至今瘫痪的女同学欧阳曼丽面前，萧谷声则是一个幽默风趣、温柔绅士的神秘男租客。这些身份之间所展现的人格形象似乎显得有些矛盾和对立，可作家朱朝敏却将这几重身份糅合得很好。她使这些看似冲突的身份信息全被归落到同一个人身上，却丝毫不叫人感觉违和。这当然要归功于作家深厚的写作功力。那么，从文本层面来看，究竟是什么将这些显得矛盾的身份信息要素完好地整合为一体的呢？

笔者认为，原因有二，其一在于，小说中各人物要素以主人公为中心所展开的对立式安排，造成了文本情节结构的均衡性，因而也使得主人公的各身份之间矛盾对立却统一相容，换句话说，也即造成主人公之多重身份背后的这些人物势力对立均衡，且以主人公萧谷声为中心，形成了两对势力杠杆，因而在文本的情节结构上维持了萧谷声拥有多重身份却毫无违和感的形象；其二，此篇文本的语言变换灵活，具有很强的互文性，可以很好地根据人物的身份来渲染适当的气氛，也就是说，文章文本语言能够随时配合主人公身份的转换来营造相应的环境，每当萧谷声的身份发生转变时，文本中的语言环境总能随之灵活变动，并利用互文的有机性来创造出能够迎合其身份状态的气氛，因而也就使得萧谷声能够自如地在这些身份之间切换却不至于让读者在观感上不适。

文本情节结构在安排上的均衡性，以及语言配合情节氛围所做出的及时转换，令《慈悲刀》的文本充斥着两股巨大的内在张力，并化成了这篇小说的独特魅力。

一、情节结构的均衡性

《慈悲刀》讲述的是一个与复杂人性相关的故事。在萧谷声十七岁那年，他因在学校走廊嬉闹，无意撞到了背靠栏杆的女同学欧阳曼丽，致其从楼上坠落，导致腰部以下瘫痪。事后，他得知，原来导致欧阳曼丽坠楼的原因还有一个，即自己的父亲萧天林在承包学校教学楼时偷工减料致使栏杆高度不达标。萧谷声对此产生心结，与父亲之间也产生芥蒂。数年后，萧谷声与当初暗恋的同班同学王小鱼成婚，但没想王小鱼发现萧谷声不能生育后，便渐渐勾搭上了其父萧天林。纸包不住火，妻子和父亲的乱伦之事最终被萧谷声撞破，于是他彻底和父亲萧天林反目。由于之前萧谷声就有在慈悲刀馆练刀的爱好，因而此事之后，萧谷声就将慈悲刀馆彻底当成了精神上的避难所，并且，他和刀馆主人于师傅也逐渐成为至交。盂兰盆节，萧谷声陪于师傅回老家上坟，得知于师傅家中至亲全因房屋倒塌意外过世，心中默然，便提出愿帮于师傅翻修刀馆，扩大产业。于师傅欣然同意。正巧，慈悲刀馆附近的竹林巷要开发，正是萧氏集团将承包开放的项目。萧谷声纠结再三，还是找了妻子王小鱼来办此事。哪知，王小鱼恰好在此时查出怀了孕——孩子是谁的，这不言自明。王小鱼以萧谷声想要的地皮为筹码来换取生下孩子的愿望，萧谷声出离愤怒当即和她争吵起来。争吵中，王小鱼冷不丁地提起了欧阳曼丽。萧谷声这才得知，原来欧阳曼丽如今就住在距离慈悲刀馆不远的竹林巷里。思忖再三，萧谷声最终决定前去探望欧阳曼丽。去了之后，他发现欧阳曼丽并没有认出他，便又将计就计地以租客的身份在欧阳曼丽的房子住下。慢慢地，在和欧阳曼丽相处的过程中，萧谷声逐渐由最初的愧疚转为对其爽朗性情的喜爱，而欧阳曼丽也对其渐生情愫。但不久，王小鱼发现端倪，于是就向欧阳曼丽透露了萧谷声的身份，并联合萧天林设计陷害于师傅。接着，不仅欧阳曼丽委婉和萧谷声断绝关系，一直以来亦师亦友的于师傅也失联了。萧谷声很快明白了前因后果，转而找萧天林对峙。此时，他的慈悲刀法已达无相境界，可做到无需持器、以手为刀的境界——萧谷声誓要父亲领教一下这慈悲刀法。故事到这，也就戛然而止了。

《慈悲刀》的整体情节虽可作如上概括，但作家朱朝敏在书写过程中却并不是按照故事原有的情节顺序来进行叙述的。小说选取的叙述起点是从萧谷声常驻慈悲刀馆的时间节点开始的，从这个起点之后所有的叙事基本属于正叙，只是故事主人公"所经临过的历史记忆穿插其中"①。有意思的是，这些历史记忆，基本上都与欧阳曼丽、萧天林、王小鱼有关，却几乎与故事现实中占据主人公大量实际时间的慈悲刀馆没有任何关系。因此，通读整部作品后，会让人不禁发出疑问，为什么表面上和其他人物都不甚有利益关系的于师傅，会在《慈悲刀》里占据大量的篇幅呢？确实，王小鱼、欧阳曼丽、萧天林，这些人物角色都和主人公萧谷声有直接的关系，但，于师傅却缘何与主人公纠缠在一块呢？仅仅只是萧谷声喜欢练刀么？难道萧谷声真的只是出于对于师傅过往的同情，才要帮助于师傅扩建刀

---

① 蔚蓝：《在变化中接续个性化的文学表达——朱朝敏文学书写扫览与阐析》，《长江丛刊》2018 年第 34 期。

馆？作者为什么要花大量的笔墨来描写于师傅甚至超过了小说中的任何一个人？这就和《慈悲刀》的隐藏情节有关了。

《慈悲刀》的文本中明显存在一种召唤结构，召唤着读者在阐释循环中将信息补全。王小鱼、萧天林、欧阳曼丽、于师傅以及萧谷声这五人之间的关系，就是在读者填补断裂与空白的过程中逐渐现于眼前的。于师傅看似与其他人没有利害关系，但实际上，他是全小说中最大的受害者，也是最清白无辜之人。于师傅有一段悲惨的过往，盂兰盆节在萧谷声送他回老家上坟时，他曾向萧谷声倾吐过。原来，于师傅家"祖上的老房子在一次暴雨中坍塌"，他祖母和太祖母两个老人以及叔叔都被埋在房屋里，但这还不算，他"父亲开的刀馆又坍塌"，而且还是三更半夜，毫无征兆，直接将他的父母以及哥哥妹妹压死了，而他则因在外地上学逃过一劫①。且看萧谷声当时的反应，在听到他家祖上老房坍塌时，他仅是默然无语，而听到其父亲刀馆也坍塌时，他立刻停下车，沉默许久后开口就说要帮于师傅重建刀馆。为什么萧谷声此前在罗律师提及翻建刀馆之事时默不作声，偏要在这时开口呢？因为萧谷声知道，江城大部分与房地产开发之类的事宜，均与他家有关，而他又晓得自己的父亲素来有在工程中偷工减料的恶劣传统。一个好好的房子，没赶上下暴雨，也没有碰到地震海啸，怎么能好端端地就塌了。萧谷声心下了然，房子有问题，可能被偷工减料了，而这十有八九是自己父亲干的事——他的父亲"是靠谋杀起家的"，这一点他素来清楚，当初，欧阳曼丽的事情就和自己父亲有关。因此，萧谷声想帮于师傅重建刀馆，很有可能是因为发现了于师傅也是自己家族产业扩张中的受害者，因而他想为于师傅做些什么，好替父亲赎罪。

此外，《慈悲刀》中在别处亦有这种暗示，且看：

> 他站起来，换了一个坐势，屁股坐在石头桌子上。刚才那个可怖的梦要说明什么？其实，除了房子倒塌是事实，通天大火却莫名其

---

① 朱朝敏：《慈悲》，《人民文学》2016年第10期。

妙。房子塌了，祖父他们老家的房屋，还有刀馆曾经的前身，就是塌，塌成废墟，却与大火无关。于师傅几乎痛恨梦中的通天大火。无由地烧来，那是对他心中多年来的疑问的遮掩，是不负责任的解释。房子为什么都塌了——塌死所有的至亲，这就是谋杀。然而，还在体校读书的自己，什么都不知晓。罪恶尚在，罪人缺席。

于师傅闭上眼睛。肩膀上有一只手轻轻搭上，还有拢来的热量。萧谷声练完了刀法，也信步来到这竹林。剧烈运动后，肯定是热，而散热的最佳选择，除了竹林，暂无其它。

坐吧，这里好，佛家所说的"无上清凉"，就是此刻。于师傅跳下石桌，屁股挪到石凳子上面。我刚才在这里睡了一会儿。

哦，那是好觉。

说不上好，也不是不好。于师傅说起刚才那个梦。没由来的大火，莫名其妙啊。于师傅摇头，轻声笑笑，眼角细纹折叠出清淡的素描画。

没事吧。

还好，这么多年了，没有梦，我还真忘记了。

你追求自然状态……慈悲刀名副其实，以后，这竹林，包括那池塘，还要扩大许多，明年春上应该就有大气候了。

从于师傅的噩梦后的感想，我们可以发现，对于过往的那桩惨案，于师傅心里是有疑惑的，他不相信房子会无缘无故的倒塌，他隐隐也觉得其中有"谋杀""罪恶尚在，罪人缺席"。"谋杀""罪人"——当我们反复通读小说之后，就会发觉这两个词给人一种似曾相识的感觉——萧谷声当初因欧阳曼丽坠楼之事在控诉萧天林时也说过，"你偷工减料就是谋杀，你是靠谋杀起家的……本来应该是我，而她替我飞出栏杆掉到楼下……你杀了人，你就是罪人"。"你就是罪人"，作者在这句话里隐藏的暗示可谓非常明显了。此外，在萧谷声听完于师傅关于过往房子坍塌的噩梦之后，又再次提及了要将刀馆重新翻建的事——这明显不是偶然，萧谷声此前明明刚找过王小鱼，还和她发生了争吵，扩建刀馆的事分明很可能会泡汤，但萧谷声在于师傅面前却信誓旦旦，这种态度可以说是反常的。可见，萧谷声想为于师傅扩建刀馆的决心近乎迫切，几乎透露出一种补偿的心态。而在文章的最后，萧谷声誓要父亲领教慈悲刀，这何尝不是萧谷声想要代表于师傅讨回公道？因而，从这种种蛛丝马迹中，我们完全有理由推测，于师傅实际上也是萧天林谋财图势之下的受害者。

如此一来，我们就会发现，透过萧谷声这个中心人物，另外四个人的利害关系就开始明晰起来了。正如下图所示：

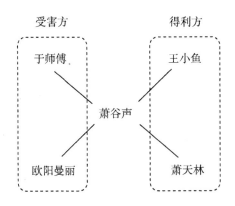

萧天林和王小鱼代表既得利益方，而于师傅、欧阳曼丽则代表受害者一方，两方关系以夹在中间的萧谷声为纽带中心，仿佛一对杠杆，形成无形的关联与对抗，但由于有萧谷声这个中间人物作为缓冲，他们之间始终没有爆发出直接性的矛盾，而是成为一种内化的文本张力，令他们之间的关系充满韧性，也令萧谷声的人性获得更多内包性。萧谷声作为各种利害关系之间的中间人物，明明和得利者一方有伦理上割舍不了的亲缘关系，却在心理上极其厌恶他们的一切所作所为；明明他和受害者一方非亲非故，可在内心里他却更愿意与他们亲近。萧天林是萧谷声血缘上的父亲，王小鱼是萧谷声名义上的妻子，但这二人在萧谷声那里却远远不及于师傅和欧阳曼丽在他心中的地位；甚至，萧谷声在父亲、妻子那里得不到回应和释放的情感，在于师傅和欧阳曼丽这里，反而都得到了相应的出入口。

正是由于情节上缠绕在主人公周围的这两方人物势力的均衡性，才使得萧谷声这个形象能够容纳进多重的身份信息要素，而丝毫不显违和——这也正是文本张力的体现。实际上，这种张力不仅能在文本中出现，在现实社会关系网的构成中亦存在。我们每个人作为社会中的一份子，都要扮演不同的身份与角色，大部分时候，这些身份是相互和谐的，但是，当外界利益和诱惑来临时，复杂的人性和理想的人格之间发生分裂，往往会让这些和谐的身份之间产生冲突。在如今纷杂变化的世界中，如何在一副身躯中处理这些变得充满矛盾的各种身份，或许，这正是作者想引起我们思考的地方。

二、文本语言的互文性

《慈悲刀》的文本语言具有很强的互文性，能够跟随主人公萧谷声身份的变化而做出相应的环境配合，因而，尽管萧谷声的几重身份要素之间存在冲突点，但在其需要进行身份转换时，其背景语言总能作出恰当的调整，也就不让人明显察觉到这些身份之间的矛盾之处了。韦勒克和沃伦在《文学理论》中指出："一个小说家艺术上不可原谅的错误就在于不能保持语调气氛上的一致性。"著名文学评论家刘俐俐认为，这句话的思想反过来表述也即：成熟的小说家善于在始终统一的语调和叙述语气中叙述。① 若以此观点来看，《慈悲刀》的作者在语言的运用上无疑是成熟的。

所谓"互文性"，最早由法国符号学家、女权主义批评家朱丽娅·克里斯蒂娃提出，她说："任何文本都是其他文本的吸收和转化。"也就是说，没有完全孤立的文本，文本和文本之间的意义总是相互交叉、重叠、转化

---

① 刘俐俐：《中国现代经典短篇小说文本分析》，北京：北京大学出版社 2006 年版，第 215 页。

的。① 因此，所谓语言具有互文性即指文本的语言内容包涵丰富的文化资源，能够引人联想出更多样的意境与氛围等。《慈悲刀》的语言即具有这样的特点，其文本并不单纯依靠叙述来推进情节和场面的展开，而是利用各种带有互文性的语言，来引导读者去联想人物之间的关系以及场景情况。例如：

> 练完刀，照例要留下来喝喝茶，茶室一般不要室内，而是选择后院的竹林。出刀馆后门到竹林，要过一方池塘，那池塘……睡莲正红黄白地绽放，池塘上的木板桥十来步吧，敏感得很，脚一踏上就会嘎吱作响，而桥头的亭台楼榭寂寂矗立，倒也不失古旧味道。竹林在池塘靠右后方，因高出的坡地舒展出满目葱茏。

> 起先，只有萧谷声和于师傅两人，围青石圆桌而坐。黄昏时分，竹林把夕阳筛出铜钱似的光斑。风起，桌凳、身体和地面游弋着森森细细的静美。服务员送来干毛巾，又返回送来沏好的芽茶。一身汗水后，就着竹林晚风，一壶水芨司水仙春毫正好。两人端着茶杯，拿眼闲望或者半闭，任石桌与地上的光影逐渐沉重。

每当故事的场景发生在慈悲刀馆时，文本语言就立刻带有一种明显的中国古典韵味，淡雅、明净、恬然，给人以丰富的阅读感觉。像竹林、池塘、莲花、青石圆桌、铜钱似的光斑等这一类的词语，明显带有深厚的中国古代文化资源，所以仅仅只是这些词语出现，就已足够将人带入古色古香的纯美意境之中了，更何况，这些词语还是被作者加以适当组织和修饰的。在这样的意境下，不管萧谷声的其他身份如何，勤奋修习刀法的武者这一身份形象却是与此境地十分相容的。此外，萧谷声与于师傅之间那种心灵默契、相互欣赏的关系，也在这一派和谐的景象中不言自明了。

---

① 陶东风：《文学理论基本问题》，北京：北京大学出版社 2004 年版，第 205页。

但当萧谷声面对父亲萧天林时，文本语词所营造的气氛就与其在慈悲刀馆时截然不同了，萧谷声每次见萧天林，文本中出现的词语往往是办公室、老板桌、大班椅、香烟等这一类的词，立刻让人联想到与生意场上各种利益交换、商谈业务等相关的气氛，凸显出萧天林成天忙于产业、热衷于赚钱牟利的形象，因而，自然也就反衬出萧谷声闲散无为。而当萧谷声与妻子王小鱼周旋时，文本送出的词语就成了鲍鱼粥、天香冰果酒、卫生间、客厅、沙发、赘肉等一类的词，当即就让人感受到一股世俗之气，那么此时再联系到萧谷声在妻子心中懒散无趣的形象，读者也就马上可以适应了。至于萧谷声和欧阳曼丽相处之时，文本词语就成了哈根达斯冰激凌、黑森林蛋糕、瑞士莲、碟机、公主、月亮等一类的词，这些词语背后所夹杂着的文化信息，几乎可以立刻给人以浪漫联想，完全可以迎合住萧谷声想要扮演的神秘绅士的男租客形象。

《慈悲刀》中还有很多带有暗示性、意象性的文本语言也十分值得人留意和品味。例如，萧谷声疑惑于师傅怎知山林间窜过的动物不是黑猫时，于师傅便答因为"猫过于狡猾，对人间生活早学会了阳奉阴违，这也是猫多为杂色和白色的缘故"，后来，萧谷声见够了身边人的尔虞我诈之后，便"声称以后只穿黑色练功服"了。萧谷声选择纯黑色，实际上也是对之前于师傅之语的回应，他决心选择不要成为这世间里的狡诈奸滑之人。再例如，作品中连续两次在萧谷声练刀时提到于师傅放出的音乐《锁麟囊》，且每次都提到其中的同一句歌词——"休余恨收娇嗔，且自新改性情，休恋逝水，早悟兰因"。这些语言显然在暗示些什么。《锁麟囊》是说富家女薛湘灵出嫁途中偶遇贫家女赵守贞，于是慷慨解囊赠珠宝，而数年后富家女寥落积贫，贫家女反而时来运转，此时两人偶遇，赵守贞涌泉相报，又敬薛湘灵如座上宾。而这句歌词则正是薛湘灵最寥落之时的感叹，她自劝要早日醒悟，看透世事因果，及时改变心态，勿要过于执念过往。于师傅总在刀馆放这出剧，自是在奉劝自己不要总执着过去、惦念仇恨，但其实，他也是想奉劝萧谷声勿要太纠结这世间种种不可挽回之事。这种带有暗示性、意象性的语言文中还有很多，因文章承载有限，这里不再一一列举。

　　不论是多种互文性的语言，还是充满暗示性、意向性的语言，都意味着链接更多样的表达风格。于是，各色的语言风格相互拉扯而又相互浑融，这亦形成了文本的另一张力来源。这种张力除了令文本内容更具吸引力之外，主要的作用是能给读者带来更多品读的角度与阐释的空间，经典优秀作品之特征往往可以见于此。

溯游从之，宛在水中央

——从文学伦理学批评分析《辣椒诵》

刘文馨

21 世纪初，我国学者在借鉴西方已有的文学伦理学的基础上，结合中国文学研究存在的问题和需要，提出并发展起来一种文学批评方法——文学伦理学批评。"文学伦理学批评是一种从伦理的立场解读、分析和阐释文学作品、研究作家以及与文学有关问题的研究方法，它认为文学是特定历史阶段伦理观念和道德生活的独特表达形式，文学在本质上是伦理的艺术。"①文学伦理学批评认为，文学的目的不仅是简单地做出价值判断，而是透过艺术想象的虚拟世界去把握现实世界的真实，从文学作品出发去发现文学的伦理价值，达到教诲的目的。《辣椒诵》主人公路三鹿的寻根记是在寻找过程中对自我伦理身份的体认，最终在做出伦理选择之后达成与自我、与世界的和解。

一、原乡记忆的追寻

主人公路三鹿和大姐、大姐夫经营着一家木材厂，本来日子过得和和美美，但一桩偶然的生意却打乱了路三鹿一家平静的生活。远住湖北的许姓夫妻为了和路三鹿做木材生意请路三鹿吃饭，许晴亲自下厨做了虎皮青

---

① 聂珍钊：《文学伦理学批评：基本理论与术语》，《外国文学研究》2010 年第 1 期。

椒和辣椒灌肉两道菜。从小在北方长大的路三鹿对辣椒本毫无兴趣，但在许晴的热情招呼下动了筷。好像有种奇怪的感觉击中了路三鹿一样，那让他辣得冒汗的辣椒从味觉一直延伸到他身体里某一处，唤起了他别样的感觉。在那之后，他总做梦梦到一个陌生遥远的地方，在那里似乎也有一个小小的自己。路三鹿从小长大的地方是不爱吃辣椒的，最多只把辣椒当配菜，但他不顾家里人的反对，买了好多辣椒来满足自己说不清道不明的味觉和心理满足。对自己异于家人的特殊口味延伸到梦境中那些熟悉又模糊的记忆使他对自己的身世产生了怀疑。他瞒着家人三下南方，到达了那个梦境中长江水围绕的百里洲，在那个小小的羊庙村弄清了自己的身世：亲生母亲带着他改嫁给鲍传德，但继父讨厌他，设计把路三鹿卖给了远在吉林家中有三个女儿却无子的路家，成为了路家的小儿子，木材厂的继承人。路三鹿对自己身世的苦苦探求是人本身原始本能的体现，对自我身份的认同感和归属感是人的本能。路三鹿寻找的不仅是自己的亲身父母，更是自己的伦理身份。"按照文学伦理学批评的理解，由于理性的成熟，人类的伦理意识开始产生，人才逐渐从兽变为人，进化成为独立的高级物种。把人同兽区别开来的本质特征，就是人具有理性，而理性的核心是伦理意识。"[1]路三鹿从小生活在一个温暖的家庭中，父母关心，姐弟和睦，他在这样一个伦理环境里得到的是健康快乐地成长，一个身体和心智都健全的人格。但他不同于动物，他自己有思考有理性，辣椒透过味蕾刺激到他遥远模糊的记忆，身体里那股沸腾的血激起他对自己伦理身份的探寻。他好奇自己的亲生父母，好奇自己明明是南方人却生活在北方，好奇和家人不同的他为何姓路。于是他一次又一次地行动，去找那些流在他血液中的答案。身处于世，人总是生活在各种各样的伦理关系中：父子关系、姐弟关系、师生关系等，而其中最基本的就是对自己伦理身份的认识与把握。只有认清自己的伦理身份，才能在各种复杂的伦理关系中清晰找到自

---

① 聂珍钊：《文学伦理学批评：基本理论与术语》，《外国文学研究》2010年第1期。

己的定位，从而找到自我的价值。更重要的是，在找到自我定位后能更尊重伦理秩序，维系整个社会的安稳与和平。路三鹿到羊庙村得知了一切真相，看清了整个世界的虚假与丑恶。伦理身份的混乱使他迷失了自我，他既是路家珍惜的唯一男丁也是鲍家的弃子。他对于自己的亲生母亲是一种复杂的感情，既怨恨又渴望，对于路家人，虽然他没有血缘关系，但路家提供给他的伦理环境与温暖弥补了他内心的缺憾。人生活在复杂多变的伦理社会中难免会有迷失，正如路三鹿一样，但他最终在自我伦理身份确认后认清自己，与自己和解。

二、困境中迷失的选择

"伦理两难由两个道德命题构成，如果选择者对它们各自单独地作出道德判断，每一个选择都是正确的，并且每一个选择都符合普遍道德原则。伦理两难一旦做出选择，结果往往是悲剧性的。当然，如果不作出选择，也会同样导致悲剧。"①路三鹿经过自己的苦苦追寻得到的是一个残忍的现实，自己是亲生母亲被强奸生下的孩子，而母亲为了能和鲍传德生活下去默认鲍传德把孩子带走送人。路三鹿本身的存在就带有悲剧色彩，他通过辣椒味道刺激到梦到童年的自己："一个戴狗圈的小男孩搭把椅子靠住饭桌，爬上椅子，右手伸向桌上的菜碗。碗里是辣椒丝，男孩手指拈起一根送进嘴巴，再拈起一根再一根……"童年的路三鹿在羊庙村也是不幸的，继父不善待他，母亲不袒护他，他就像一只小狗一样被人圈养在那个充斥着辣椒味的地方。路三鹿之所以儿时陷入这种困境实则是社会和他亲生母亲的选择导致。吕红翠被迫生下路三鹿陷入了进退两难的伦理困境，她不想丢掉孩子但自己的丈夫鲍传德心眼小容不下路三鹿的存在，尽管她尽最大努力把儿时的路三鹿打扮为女孩子去讨鲍传德的喜欢，最终还是被

---

① 聂珍钊：《文学伦理学批评导论》，北京：北京大学出版社 2014 年版，第 263 页。

人性中最低劣的部分所打败。吕红翠被囚禁在难以抉择的伦理困境里，一方面是她必须尽到照顾自己儿子的伦理责任，另一方面是作为鲍传德的妻子要顺从丈夫的传统伦理观念。在人性的较量中，她最终在痛苦中屈服于自己人性中的懦弱与妥协，默认把孩子卖给路家人。而在路三鹿悲剧的生命中，鲍传德是个十恶不赦的坏人。家庭遭遇惨剧失去家人的鲍传德最开始接受了带着孩子改嫁给他的吕红翠母子，但和他们相处的过程中，兽性冲破了人性，他敌对两岁多的路三鹿，处心积虑想要"处理"掉他。鲍传德兽性因子中的自私无情早已冲破压抑本能的理性，他所做出的伦理选择是造成路三鹿悲剧人生的直接原因之一，路三鹿是混乱伦理关系下的牺牲品。纵观长大后的路三鹿，算起来是在一个比较温暖的家庭中长大，有严厉的双亲，疼爱自己的姐姐，但路三鹿回忆中那个戴着狗圈吃着辣椒的自己是需要花一生时间去治愈的。

三、病态的社会世相

"文学伦理学批评重视对文学的伦理环境的分析。伦理环境就是文学产生和存在的历史条件。文学伦理学批评要求文学批评必须回到历史现场，即在特定的伦理环境中批评文学。"[1]在对路三鹿这个人物的理解中，我们难免发出这样的疑问：他明明生活得很幸福，事业有成，爱情美满，家庭幸福，为何要执着于那荒谬的口味偏好和模糊的梦境？文学伦理学批评认为，我们不能割裂文学作品的背景孤立地去评价一个人物或者一个事件，要以文学作品为基础，充分理解和感受人物和事件。路三鹿作为一个从小在北方长大的孩子，却对代表着南方的风俗口味——辣椒情有独钟，还有那些幻影般的片断记忆都纠缠着他，让他难以安稳地过日子。因此，他对自己伦理身份的追究是合情理的。显然，随着路三鹿身世之谜的揭

---

① 聂珍钊：《文学伦理学批评：基本理论与术语》，《外国文学研究》2010年第1期。

开，我们理解了这个人物。故事的结尾是悲剧，路三鹿弄清楚了自己身世，但亲生母亲不愿意承认，继父鲍传德暴露出丑恶面目，对路三鹿破口大骂和阴险诅咒。感觉到一直生活在欺骗里的路三鹿和继父动起手来，继父身体本来不好，挨了路三鹿的打后危在旦夕。这时，吕红翠不得已承认了自己就是路三鹿的亲生母亲，并主动为路三鹿扛下罪责。路三鹿就这样带着满身的伤痕回到了他长大的地方，那个没有辣椒味的地方，和他的新婚妻子他的养父母过上了平静的日子。生活了二十几年的路三鹿终于明白自己的存在不过是一场谎言，他所处的伦理社会充满了虚假，得到的关爱也充满了算计和谋划。所以，理解路三鹿所受到的伤害便能理解他对继父的大打出手。文学伦理学认为，"将文学与伦理道德的关系研究作为一个重要的议题加以探讨，强调文学的教诲功能，坚持认为文学对社会和人类负有不可推卸的道德责任和义务"①。作家朱朝敏关注的并非是路三鹿这个个案，而是容易受到伤害的整个儿童群体。路三鹿艰难的寻亲路揭露了伦理禁忌下父母责任的缺失，父母将孩子带到世界上来理应尽到健康抚养孩子的责任，这是为人之基本。没有自我保护能力的儿童处在混乱畸形的伦理现实中，往往成为了无辜的受害者。作家关注人性的堕落与不堪，试图将社会中存在的普遍现象浓缩在路三鹿这个人物形象当中。给主人公取名"三鹿"使人自然想到 2008 年三鹿奶粉事件，在那场资本角逐的利益场中，儿童无疑成为待宰的鱼肉。当人性被商品化私欲化，整个社会会变得扭曲和丑陋，而在这个社会中生存的每一个人便无可避免地成为无辜的受害者，其中作为民族希望的儿童更是从根底留下难以修复的创伤。社会前进过程中，物质世界得到了极大地发展，而人的精神却患上了病症，一次次地伤害需要更多的爱与时间去痊愈，这造成的后果难以想象，人性泯灭、人格病态，社会充满着谎言和虚伪，那我们的伦理秩序也会溃败，我们的社会文明将成为废墟。路三鹿这个人物身上肩负的责任不仅是自己的寻

① 苏晖：《学术影响力与国际话语权建构：文学伦理学批评十五年发展历程回顾》，《外国文学研究》2019 年第 5 期。

根，认清自我后去救赎自我，更是给整个社会敲响警钟，警示世人敬畏生命、关注人性、关爱儿童。

四、总   结

《辣椒诵》以路三鹿的寻亲为伦理线，由对路三鹿身世之谜的揭示上升到对复杂人性的批判，作品中展示的伦理意蕴不言而喻。从某种意义来说，路三鹿由对味觉记忆的找寻到自我身份的确认再到认清谎言、救赎自己实际上是个体对社会依存感与归属感的寻找。社会是复杂的，人性更是难以捉摸，处在错乱复杂的伦理网中难免会受到伤害，感到失落，除了社会的病相需要治理外，人也要学会完善自己的人性，洗涤掉污垢去拥抱美好。这，便是这篇文章的教诲目的所在。

结　　语

一

　　拙著《宜昌当代地方作家研究》是本人多年关注宜昌作家创作的论文集。令人汗颜的是，宜昌注册作家据说有七八百位，而文集所论作家仅有三十位，不及其中一个零头。由于本人精力有限，很多作品惊艳而有才华和个性的作家，本人只能遗憾地暂时放下，准备在下一部评论中集中研究。

　　遍览宜昌整个评论界，其实与创作界并不相称，没有形成与创作大致比量的阵容，真正评论者不出二十位。创作界如此繁荣，而评论界应者寥寥，如秋虫之声，渐入寂廖。正常的情形应该是，唯有评论界从文学理论到阅读经验对创作动态作出及时回应，作家的创作激情与水平乃能更上层楼，共同促进创作的勃发与繁兴，故评论是创作的必要助力。本人既然无权要求其他评论者深入宜昌作家的创作，只能时时提点自己的研究生关注此一领域，故此文集也收入了少量(七篇)本人研究生的相关研究文本，出于对他们版权的尊重，凡研究生个人文章，都特别署上了他们大名。

二

　　就文集所涉所论的四十余篇三十位作家而言，新时期宜昌作家的创作大体与当代国内创作风潮同步，国内每一创作潮流、风格、写作手法等都有宜昌式的回应，批判现实主义、新写实主义、新历史主义、表现主义，儿童文学，先锋派、乡土派、意识流，玄幻、穿越、侦探、官场，等等，形形色色，五色斑斓。故此宜昌虽是新崛起的现代化都市，但具备精准回应全国乃至世界的人文视野。宜昌的文学，可视作观察此人文生态的具体而微的场地。

大体而论，宜昌文学大多采用了底层视野，描写底层人的挣扎和奋斗，十分接地气。所谓"底层"所涉范围甚广，五欲（财色名食睡）的凡夫，传统而世俗的乡村，抛家舍业的库区移民，进退无据的城市农民工，每日为衣食之需打拼的市井小民，城市衣食艰困的流民，乃至为了蜗角功名而内卷的基层官场，等等。虽然底层并不一定天然代表道义，但从中国礼制文化传播的效果而言，底层社会毕竟是儒家礼制文化的最后蓄水池。仁义礼智信五常文化为文学提供了充沛的滋养。

如是之类，由于底层社会仍然是中国社会结构中最广大的存在，宜昌文学视野投注于底层，由乎其然地描写了最大众化的生活，表现了底层人最一般性的忧患，通过叙述底层人的悲欢离合和衣食困苦直击人性的多面性，观察仁、义、礼、智、信等礼制传统在底层社会中的原初样态，乃至我们可从底层人的价值坚守预判历史传统的走向与流变。要以言之，生活真实、人性真实与价值真实的致密关联是宜昌文学的最大特征。

三

宜昌自古是土汉杂居之地，恩施、五峰、长阳、鹤峰、咸丰、建始、来凤等地都以土家族（远古巴人后裔）为主体民族，但也有汉民族杂居其间，此汉民族即古来楚民族的后代。两个民族及其文化历史既有其各自发生发展的轨迹，与此同时，土汉杂居必然导致巴楚文化的交融，相应的，此种文化特色必然留下文学的深重印痕。事实上正是如此，大量文本表现巴楚民风民俗各自的独立不羁及其互融形态，为读者提供了民俗史迹与文学诗意的双重滋养。

此中笔者特别留意有关地域文化的散文文体，因散文散点透视的方便，获得了对文化对象全方位多侧面尽性表达的自由。温新阶《一抹春色》从鄂西山险水恶的地理空间发想，描写此地传承已久的九佬十八匠，在田间山林时时传响的土家五句子歌，以及"仁义"广布的民风民俗，构建了具有厚重历史意味的"原乡图腾"。

韩永强《泊岸归州》《桡夫子》等文叙述记忆中古老归州的官井、廊桥、茶馆、马灯、吊脚楼等史迹，描写此地曾经的人烟繁茂、烟火味十足的市井生活，以及为了一家老小可怜的衣食之需赤身裸体匍匐于江边乱石搏命前行的纤夫，呈现巴人以命搏食、艰苦万状的历史剪影，文本激荡着历史的悠远回响，勾起了读者无尽的乡愁。

甘茂华《鄂西风情录》《这方水土》以如椽之笔描写巴人原汁原味的风情民俗，还原了巴人世俗生活的原生样态，并从作者自身二十年来远游—回归的飘零身世以及身份的数次变化凸显三峡人文在现代文明的冲击下向历史深部渐行渐远的情状，流露无法挽回古老文明最终涣然冰释的忧伤，为巴楚文化的呈现与理解打上了鲜明的个人印记。

如上作家通过独具个性的文本呈现的图腾、乡愁、原生态，描绘了巴人文化的原汁原味，展现巴楚文化交融传承的历史过程与现代智印，构成了三峡人文突出鲜明的个性特色。

四

土家族是一个新识别的民族，20世纪50年代才由潘光旦、田心桃等专家力主辨识出来，此前被混同于其他民族之中，但其远祖巴人的民族个性太鲜明，文化亦复自成一体。随着土家族被识别出来，巴人的系列文化个性被陆续发现与认证。白虎图腾、向王天子、虎纽錞于、撒叶尔荷、五句子歌、悬棺葬、巴渝、哭嫁、跳丧、踩生，等等，成为土家族独有而其他民族绝无的文化符号，土家族以这些文化符号为标识在中华民族中鲜明地兀立。笔者认为，将这些文化符号从学术认证带进文学表现尚需一个过程，从人类学的田野调查到社会学的统计分析再到文学的语言艺术既是一个民族历史重新发现的过程，亦复是一个思想意识深化的过程。文学要呈现一个民族真实的文化历史，表现者其实面临一个由学者到作家的身份转换。以笔者所知，宜昌作家大多从自身回忆、亲历、经验入手表现或描写土家文化或巴楚文化交流的某一片段，类似巴尔扎克"人间喜剧"兼具学术探讨和文学表现以呈现广大繁复世相的土家族历史图景，仍在读者的期待之中。

感谢武汉大学出版社出版拙著！感谢著名作家韩永强先生拨冗为拙著作序！如果拙著略有微光，也是众多优秀的宜昌作家作品启我愚蒙的结果。